富樫倫太郎

スカーフェイス

警視庁特別捜査第三係・淵神律子

SCARFACE

幻冬舎

スカーフェイス

警視庁特別捜査第三係・淵神律子

装幀　片岡忠彦
写真　SMETEK/SCIENCE
PHOTO LIBRARY/
amanaimages

目次

プロローグ

平成二一年五月一七日（日曜日）

非常階段に靴音が響く。

警視庁捜査一課強行犯捜査四係に所属する淵神律子《ふちがみりつこ》巡査部長と、同じく四係に所属する元岡繁之《もとおかしげゆき》巡査長がベガと呼ばれる連続殺人犯をビルに追い詰め、必死に追跡しているところだ。

「おい、大丈夫か？」

先を行く元岡がちらりと振り返る。律子が足を滑らせそうになったからだ。

「平気です。ベガを追って下さい」

顔中から汗を噴き出し、荒い息遣いで律子が答える。元岡は四三歳の中年だが、マラソンが趣味というだけあって、まったく呼吸に乱れがない。律子は格闘術や射撃は得意だが、走るのは苦手だ。

「よし」

元岡が律子を置き去りにして階段を駆け上がっていく。何度か大きく深呼吸してから、律子も上り始める。

律子の頭上で非常扉が閉まる音がした。

ベガが屋上に出たに違いない。

数秒後、また非常扉の閉まる音が聞こえた。元岡も屋上に出たのが律子にはわかった。

その直後、うおーっという叫び声とも悲鳴とも判断のつかない声が聞こえた。

（元岡さん！）

律子は猛然と階段を駆け上がって、非常扉を開け、屋上に飛び出した。腹を押さえて倒れている元岡の姿が目に入る。

「しっかりして下さい！」

律子が元岡に駆け寄る。

「いいから行け、あいつを捕まえろ」

脂汗を流し、苦悶の表情を浮かべながら、元岡が絞り出すように言う。腹を押さえる指の間から大量の血が溢れ出している。

「絶対に逃がすな。これ以上、犠牲者を増やすな」

ほんの一瞬、律子は逡巡《しゅんじゅん》したが、すぐに立ち上がり、拳銃を手に取った。

「ベガを逮捕します」

そのビルの屋上には様々なものが置かれていて見通しが悪い。給水塔や変電室、それにエアコンの室外機が大量に並び、その周囲にはダクトが設置されている。

律子は両手で拳銃を構える姿勢で、中腰になって前進する。神経を研ぎ澄ませて物音に耳を澄ます。周囲が暗いせいである。屋上には照明がないのだ。どこかにあるのかもしれないが、今は消えている。幸い、夜空に大きな月が出ているから、かろうじて人の姿を見分けられるくらいの明るさがあるが、そうでなければ、暗闇の中で身動きが取れなかったであろう。

足許のダクトに注意しながら、ゆっくり進む。ずらりと並ぶ室外機の前を通り、変電室の手前まで達したとき、何か物音が聞こえた。咄嗟《とっさ》に、そちらに体の向きを変え、銃口を向ける。その瞬間、反対側から何かがぶつかってきて、律子は脇腹に熱を感じた。ベガに刺された、と直感した。律子の肉体が反射的に動き、銃把で相手の後頭部を殴った。

ベガが怯《ひる》んだので、律子が踏み込もうとする。

（あ）

と思ったときには、顔を切られていた。

腰の力が抜けて、律子が片膝をつく。

ベガが走り出す。非常口の方ではなく、屋上の外縁部に向かっていく。

「止まれ！」

片膝立ちのまま、律子が拳銃を構える。手が震えてしまい、なかなか狙いを定めることができない。

ベガが外縁に立って、律子を振り返る。

全身黒ずくめで顔も隠している。顔に何か着けているのが見えた。

（赤外線スコープ……）

何て用意周到な奴だろう、と律子は驚いた。

手の震えが止まって、狙いが定まる。律子は引き金を引いた。ベガが外縁の向こう側に転落する。

「え」

思わず声を発した。

そんなはずはない。当たったはずがないのだ。引き金を引くとき、また手が震えてしまい、弾丸は大きく逸《そ》れた。だから、何の手応えも感じなかった。

刺された腹部を押さえ、顔からだらだら血を流しながら、律子は外縁に近付き、そこから身を乗り出して下を見た。テラスがある。ベガは律子に撃たれて地上に転落したのではなく、テラスがあるのを知って、そこに自ら飛び降りたのだ。

(いや、そうじゃないな……)

律子が首を振る。きっと、屋上からテラスに逃げられると知っていて、このビルに逃げ込んだのに違いないと思った。赤外線スコープを持参するほど用意周到な奴なのだから、それくらいの下調べをしていたとしても何の不思議もない。

律子は、その場に坐り込んで壁にもたれ、携帯電話を取り出した。上司に現在位置を伝え、応援と救急隊員の派遣を要請した。

「ベガは、どうした?」

「すいません……」

律子の手から拳銃と携帯電話が落ちる。拾い上げようとするが、手が動かない。あまり痛みは感じないが、猛烈な睡魔に襲われ、目を開けていられないほどだ。そのときになって、自分の出血がかなりひどいのだとわかった。

第一部　スカーフェイス

一

平成二四年五月一七日（木曜日）深夜

世田谷区若林一丁目に、築五年ほどの、赤い煉瓦色の壁が印象的な七階建ての瀟洒《しょうしゃ》なマンションがある。最寄り駅は東急世田谷線の西太子堂駅だが、三軒茶屋まで歩いても大した距離ではない。

そのマンションの四階の一室には「淵神」と「町田」というふたつの表札が並んで出ている。姓だけで名前を出していないのは女性の二人暮らしなので用心しているのだ。淵神律子は二九歳、町田《まちだ》景《けい》子《こ》は三一歳である。

深夜、寝室から苦しげな唸り声が洩れている。

三年前の同じ夜、律子はベガに襲われた。

去年も、そして、今年も、律子はひどい悪夢に魘《うな》されている。目が覚めてから不思議に思うのは、夢の中の自分の姿をあたかも第三者のように眺めていることだ。どこか高いところから、眼下で演じられている劇を見下ろしている感じなのである。

顔を包帯でぐるぐる巻きにされた律子が病室のベッドに横たわっている。意識が朦朧《もうろう》としているのか目が虚《うつ》ろだ。

ベッドの周りを医者や看護師が忙《せわ》しなく動き回っている。病室の隅には父の隆太郎《りゅうたろう》と母の菜穂子《なおこ》がいる。菜穂子は今にも泣き出しそうな不安そうな顔をしているが、隆太郎は何かに腹を立て怒っているような顔だ。

「役立たずめが」

と、隆太郎が舌打ちする。

その瞬間、映像が切り替わる。

実家だ。

高校の制服を着た律子が階段を上っていく。

高校二年生、律子は一七歳だ。

二階には律子と隆一《りゅういち》の部屋がある。

ふたつ年下の隆一は中学三年生だ。

階段を上りきると、律子は自分の部屋に入ろうとする。ふと、思い直して隆一の部屋の前に立ち、そっとドアを開ける。

隆一が首を吊って天井からぶら下がっている。爪先から糞尿が滴り落ちて、畳に黒ずんだ染みを作っている。

あまりのショックに、律子は悲鳴を上げることすらできず、凍り付いたように固まってしまう。

突然、隆一が顔を上げる。

「どうして助けてくれなかったんだよ」

律子が絶叫する。

町田景子がサイドテーブルの上にあるスタンドライトをつける。その仄《ほの》かな光が、ダブルベッドの上で、苦悶の表情を浮かべながら叫び続ける律子の顔を照らす。律子の顔は汗まみれだ。

「律ちゃん、起きて。律ちゃん……」

さして慌てる様子もなく、穏やかな声で呼びかけながら、景子が律子の体を揺り動かす。律子の悲鳴が止《や》み、静かに目蓋が持ち上がる。

「景子さん……」

「魘されてたよ。こんなにすごいのは久し振り」

「ごめん。起こしちゃったね」

「お水でも飲む？　持って来ようか」

景子がベッドから下りようとする。

「あ、いいよ。景子さんは寝てて。ひどい汗だから、シャワーを浴びてくる」

「平気？」

「うん。もう目が覚めたしね。シャワーを浴びれば、すっきりすると思うから」

律子がベッドから下りて寝室を出る。

後ろ手でドアを閉め、リビングの明かりをつける。

リビングを突っ切って、台所に入る。冷蔵庫から天然水のペットボトルを取り出し、直接、口を付けてごくごく喉を鳴らして飲む。

それから洗面所に入り、スライド式の板戸を閉める。正面に大きな鏡がある。鏡の前に立ち、律子はじっと自分の顔を見つめる。左の頬に大きな傷痕が残っている。七センチくらいはある。みみず腫れのように赤っぽく盛り上がっており、縫合するときに皮膚を引っ張った名残で、左の唇の端が少し持ち上がっている。もちろん、それは応急処置として治療された結果に過ぎないから、傷が回復した段階で傷痕を消す手術をすることも可能だった。担当医も、現代の美容整形技術を以てすれば、傷痕を一〇〇％消すことができるとは言わないが、化粧をすれば目立たなくなる程度にはできると請け合ってくれた。傷痕が残っているのは顔だけではない。右の脇腹にも残っている。担当医は、顔だけでなく腹部の傷痕の整形も勧めてくれた。

しかし、律子は断った。

目を瞑《つむ》ると、三年前、病室での出来事が脳裏をよぎる。入院して何日か経った頃、病室には律子と理事官の篠原宏幸《しのはらひろゆき》の二人しかいなかった。なぜ、二人きりだったのか、そのあたりの記憶は曖昧だが、篠原が発した言葉だけは正確に覚えている。

「土壇場でびびりやがって。これだから、女は当てにできないんだよ」

吐き捨てるように言い、篠原は顔を顰《しか》めた。

同じ病院に入院している元岡繁之は律子よりも重傷で、しかも、刺された場所が悪かったせいで、下手をすると障害が残り、もう歩くことができないかもしれないと言われていた。それを知って、篠原は苛立っていたのかもしれない。

凶悪犯を追跡していたのだから、相手に反撃されて怪我をしたのはやむを得ないとしても、なぜ、犯人を逮捕できなかったのか、拳銃を発射する力が残っていたのなら、なぜ、命中させることができなかったのか、せめて、かすり傷でも負わせることができていれば、ＤＮＡを採取することができたはずではないか……律子の射撃の腕前を知っているだけに、土壇場で外したのは、律子がびびったせいだと篠原は考えたに違いなかった。

律子は目を開けて、ふーっと大きく息を吐く。

鏡に映る醜い傷痕を見つめるたびに、三年前の屈辱が甦《よみがえ》る。父の隆太郎からは、「役立たずめが」と舌打ちされ、篠原からは「女は当てにできない」と罵倒された。この傷痕を見ると、まるで昨日のことのように胸に怒りが甦り、ベガを自分の手で逮捕しなければならないという誓いを思い起こすことができる。他人から見れば、ただの醜い傷痕に過ぎないだろうが、律子にとってはそうではない。警察官として生きていくための勇気の象徴なのだ。

視線を落として自分の手を見る。小さく震えている。心臓の鼓動も速くなっている。浴室に入って、シャワーを出す。浴室を出て、タオル類をしまってある戸棚を開ける。手を奥まで入れて、何かを引っ張り出す。モルトウィスキーの小瓶だ。床に坐り込み、壁に背をもたせて、ウィスキーをラッパ飲みする。水を飲むのと同じように、ごくごく喉を鳴らしながら飲む。半分くらい飲むと、手の震えが止まり、気持ちが落ち着いてくる。

ベガを拳銃で狙ったときに手が震えたのは恐怖でびびったせいではなく、アルコールが原因だとわかっている。いつも震えが出るわけではない。捜査と追跡が長時間にわたり、酒を口にする機会がなかったので、肉体がアルコールを欲するサインを出した。間《ま》が悪かったとしか言いようがない。

もちろん、そんな言い訳など口にせず、どんな批判にも反論しなかった。だからといって、反省したわけでもない。アルコールの助けがあったから、今まで生きてこられたという確信があるからだ。一日中、素面《しらふ》で過ごすような暮らしをしていたら、とっくの昔に頭がおかしくなるか、そうでなければ、隆一のように自殺していたに違いないと思う。

アルコール分37%のウィスキーだが、いくら飲んでも酔った気がしない。

誰もいない浴室ではシャワーが流れ続けている。

二

五月一八日（金曜日）

午前七時過ぎ、テレビではNHKのニュースが流れている。律子はコーヒーを飲みながら新聞を読んでいる。白のブラウスに黒のパンツスーツという格好だ。台所で、パジャマ姿の景子が料理をしている。


「景子さん、今朝はゆっくりだね。いいの？」

「ゆうべ、準夜勤だから、今日は遅番。病院に行くのは午後からよ」

「え。それなら寝ててよかったのに」

「いいの。目が覚めちゃったし」

「ナースのシフトって何回聞いてもわからなくなる。刑事の仕事も不規則だけど、ナースには負けるね。ベッドに入る時間だって、睡眠時間だって、シフトによって、毎日変わるわけだし」

「パターンに慣れると、それに体が順応するのよ。刑事は、大きな事件が起こると、署に泊まり込みで家にも帰ってこられなくなるんだから、警察の方がずっと大変だと思う」

「どっちも重労働ってことだよね。残業手当なしの超過勤務は当たり前だしさ」


律子がプチトマトを口に入れる。

景子と暮らすようになるまで、律子には朝食を食べる習慣がなかった。それを知った景子は驚き、せめて、トーストとサラダだけでも食べるように勧めた。看護師をしているだけあって、三食きちんと食事を摂ることが健康にいいとわかっているのだ。

しかし、放っておくと何も食べずに出かけてしまうとわかっているので、自分が遅番の日でも律子と一緒に起きて朝食を用意するようにしている。

律子の携帯が鳴る。画面を見ると、相棒の鳥谷公平《とりたにこうへい》からだ。四〇歳のベテラン巡査長である。

「はい、淵神です」

律子は、じっと鳥谷の言葉に耳を傾けた。

「了解しました。現場に向かいます」

事件が起きた場所だけを告げて、すぐに鳥谷は電話を切った。急いでいる様子だったし、鳥谷自身、詳しい内容を知らない感じだった。恐らく、管理官から緊急の呼び出しがかかったのだろう、と律子は察した。別に珍しいことではない。

トーストを囓《かじ》り、コーヒーをもう一口飲むと椅子から立ち上がって、そそくさと玄関に向かう。

「律ちゃん、上着」

椅子の背にかけたままになっていた上着を手にして景子が追いかける。律子は靴を履きながら上着を受け取る。

「気を付けてね」

「…………」

まだ口をもぐもぐさせていて声を出すことができない。右手を挙げて、にこっと景子に微笑《ほほえ》む。景子も笑顔で見送る。

エレベーターを降り、マンションを出ると、律子は小走りに三軒茶屋駅に向かう。現場は杉並だ。タクシーに乗ることも考えたが、杉並といっても広い。甲州街道近辺ならまだしも、現場は青梅街道寄りだ。渋滞に巻き込まれる危険を冒すより、確実に到着時間を計算できる電車を使う方がいいと判断した。

律子は不意に足を止めると、通り過ぎたばかりのコンビニに戻る。さりげなく周囲に視線を走らせてから、バッグに手を入れる。ウィスキーの空き瓶を取り出すと、瓶専用のゴミ箱に素早く捨てる。何事もなかったかのように、また駅に急ぐ。

東急田園都市線で三軒茶屋から渋谷に出る。渋谷で副都心線に乗り換えて新宿三丁目で降りる。ここで丸ノ内線に乗り換えて新高円寺に向かう。朝は電車の本数が多いので、乗り継ぎもスムーズだ。三軒茶屋から新高円寺まで三〇分弱で着いた。駅前でタクシーに乗り、松ノ木二丁目、都営住宅近くの現場に向かう。一〇分ほどで着く。

現場にはパトカーが何台も停まり、一課の刑事たちの顔も見える。その中に鳥谷もいた。律子は鳥谷に近付き、

「おはようございます。物々しいですね。殺しですか？」

「まだ仏さんは出てない。通り魔だ」

「え」

律子の顔色が変わる。

「ベガじゃないよ。奴は、チャリンコで人を襲ったりしないだろう？」

「自転車を使う通り魔なんですか？」

「通行人を追い越すときに金槌で後頭部を殴って、そのまま逃げてる。もう三人やられた。出勤途中のサラリーマンとＯＬは軽傷だが、散歩中だった老人は頭蓋骨《ずがいこつ》骨折の重傷だ。そこに血まみれで倒れ

ていたそうだ」

ブルーシートで覆われて確保された場所を鳥谷が顎でしゃくる。

「サラリーマンとOLから目撃証言を得ているが、二人とも犯人の背中して見ていない。今のところ、人相も年格好もわからない。乗っていたのは、ありきたりのママチャリで、犯人は野球帽を被り、ジャージの上下を着ていたそうだ。ジャージの色はグレーで、側面に黒のラインが入っている……」

手帳にメモした内容を鳥谷が律子に伝えているところに、捜査一課の管理官・大石謙三《おおいしけんぞう》がやって来た。階級は警視、年齢は四三。

「おはようございます、管理官」

「おう」

大石は右手を軽く挙げて挨拶を返すと、おまえたちは本庁に戻れ、と命じた。

「え、なぜですか?」

律子が聞き返す。

「被害者の一人が搬送先の病院で亡くなった。傷害から殺人に格上げだ。捜査員は拳銃を携行することになった。装備課から請け出して、大部屋で指示を待て」

「………」

律子と鳥谷が顔を見合わせる。二人とも自宅から現場に直行したので拳銃を携行していない。

「ほら」

大石が車のキーを律子に放り投げる。

「おれが乗ってきたクラウンを使っていいぞ」

管理官の命令は絶対だ。

それはわかっているが、すでに三人も被害者が出ていて、更なる被害者を出さないためにも、一刻も早く犯人を逮捕しなければならないという状況で現場を離れなければならないことが律子は悔しくてならない。その不満そうな顔を見て、

「じゃあ、早速、戻りますので」

律子が口を開く前に、鳥谷は律子の腕を引っ張って大石のそばを離れる。放っておくと大石に食ってかかるとわかっているからだ。

「ひどくないですか。犯人が持ってるのは金槌でしょう。拳銃なんかなくても平気ですよ」

「淵神は腕っ節が強いからなあ」

鳥谷が含み笑いをする。

クラウンに乗り込み、エンジンをかけようとして、ふと、律子は、

「被害者は、三人とも、ここで襲われたんですか？」

「ここは三人目の被害者が襲われた現場だよ、死亡した老人の」

「あとの二人は、どこで襲われたんですか？」

「何で？」

「わたしの実家、杉並なんですよ」

「ああ、土地鑑があるわけか。ええっとなあ……」

鳥谷は手帳を開いて、一人目のサラリーマンは松ノ木三丁目の信光寺の近くで、二人目のＯＬは松ノ木二丁目の児童会館の近くで、そして、三人目の老人が襲われたのは、この松ノ木二丁目の都営住宅近くだ、と説明した。

「ちょっと失礼します」

律子が助手席の前にあるダッシュボードから東京都の地図を取り出し、杉並区のページを開く。

「ここと、ここ……。それに、ここですね」

律子が三つの犯行現場にペンで印を付ける。

「南に向かってるよな。被害者が犯人の顔を見ていないとしても、ママチャリに野球帽、グレーのジャージの上下ってことまでわかってるんだから、すぐに見付かるさ。だから、管理官もおれたちに帰っていいと言ったんだろう。悪く取るなよ」

「………」

律子は、じっと地図に視線を落としたままだ。

「おい、淵神?」

「犯人がこのまま南に向かうと、小学校にぶつかりますよね」

「もちろん、手配してるさ。杉並署から続々と応援が駆けつけてるはずだ」

「高井戸署からも応援が出て、警戒に当たってるんでしょうか?」

「高井戸署? 三件とも杉並署の管轄で起きた事件だから、まだ積極的には動いてないんじゃないか。通り魔による殺人事件だから、警戒はしてるだろうが……」

「これを見て下さいよ。ここに善福寺川が流れてますよね。この川を挟んで、北側の松ノ木は杉並署の管轄ですけど、南側の大宮一丁目とか堀ノ内一丁目は高井戸署の管轄なんですよ。松ノ木小学校近辺は杉並署が警戒しているから安心だとしても、大宮中学校や済美小学校付近は高井戸署が警戒してるんですか? ここからの距離は、どちらも大した違いはないんですよ」

「それは聞いてないな」

鳥谷が首を振るや否や、いきなり、律子がクラウンを発進させる。鳥谷の体はシートに押しつけられ、その反動で前方に投げ出されそうになる。慌てて天井のアシストグリップにつかまる。

「寄り道させて下さい。気になるんです」

「いいけど、安全運転で頼むよ」

鳥谷がシートベルトを締めながら言う。

「わかってます」

と口では言いながら、律子は猛然とクラウンを走らせる。カーブを曲がるときにも、ほとんどスピードを落とさないので、タイヤが音を立て、車体が大きく傾く。国内A級ライセンスを持ち、サーキットレースに出場したこともあるからプロ並みの運転技術だ。趣味でライセンスを取得したのではなく、運転技術が向上すれば、犯人逮捕に役立つと考えて、自腹で講習会に通った。真剣に格闘術に取り組むようになったのも同じ理由で、三年前、ベガに瀕死の重傷を負わされてから、律子は警察官として備えるべき能力と技術のレベルアップに努めてきた。

またタイヤが音を立てる。時速30kmの制限の道路を時速70kmで飛ばしている。住宅街の中にある狭い道路である。通行人も少なくない。左手でアシストグリップをつかみながら、鳥谷は右手で顔を覆う。今にも通行人をはねそうで気が気ではないのだ。律子を注意しようと思うが、うっかり口を開くと舌を嚙みそうなので、何も言うことができない。

早朝の通勤通学時間には車両の進入が制限されたり、一方通行に指定されたりしている道路も多いが、そんな表示にお構いなしに、律子は平気でクラウンを進入させる。対向車がやって来ると激しくクラクションを鳴らす。自分が違反をしているのに相手に譲る気配はまったくない。スピードも落とさない。対向車が路肩に車を寄せ、その横を通り過ぎる。対向車の運転者は顔を引き攣《つ》らせて、ぽかんと口を開けている。

（通報されれば一発で免停だな。いや、免停どころか、下手をすると停職か……）

溜息をつきながら、対向車の運転手がナンバープレートも覚えておらず、警察に通報しようなどとも考えないことを鳥谷は願わずにいられなかった。

荒玉水道道路を越え、大宮一丁目から堀ノ内一丁目に入る。

「あれじゃないですか」

律子が言う。前方に自転車が見える。野球帽を被り、ジャージの上下を着ている。その三〇メートルほど先には集団登校している小学生の姿が見える。黄色い安全帽を被った子供たちが一列縦隊で路肩を歩いている。

律子がアクセルを踏み込んでスピードを上げる。自転車を追い越すと、小学生と自転車の間に割り込むようにクラウンを停める。急ブレーキの音が響いて、小学生や付き添いの保護者が何事かと振り返る。

鳥谷が転がるように勢いよく車から飛び出すものの、激しい運転のせいで車酔いでもしたのか、足許がふらついて地面に膝をついてしまう。そこに犯人の自転車がぶつかり、鳥谷が仰向けにひっくり返る。慌てて顔を上げると、自転車から下りた犯人がハンマーを振り下ろすところだ。咄嗟に首をすくめる。ハンマーが額をかすめる。それでも強い衝撃を感じ、鳥谷は、一瞬、目の前が真っ暗になる。そこに今度は真横からハンマーが飛んでくる。避けようもなく、右頬にまともに命中する。骨が潰れる鈍い音がする。犯人が鳥谷に馬乗りになり、ハンマーを振り上げる。

律子が犯人の胸板に蹴りを入れる。犯人が鳥谷の体から転がり落ちる。だが、さほどのダメージではないのか、すぐに起き上がって律子に向かってくる。ハンマーをかわすと、犯人の手首を両手でつかみ、自分の体重をかけながら、わざと前方に倒れ込む。腕を引っ張られて、犯人の体勢が大きく崩れる。手を離すと、素早く犯人の頭をつかんで顔に膝蹴りを入れる。鼻血を出しながら、犯人が大の字にひっくり返る。手からハンマーも離れる。

他の人間にはわかりようもないが、律子はかなり手加減した。鼻血が出たので派手に見えるが、それほど大きなダメージを与えてはいない。格闘術の玄人だから素人に対して手加減したわけではない。律子なりの理由がある。

「鳥谷さん、大丈夫ですか、しっかりして下さい」

苦悶の表情を浮かべながら呻き声を発する鳥谷の傍らに片膝をついて、律子が呼びかける。額からはかなり出血しているが、その傷はあまり心配ないだろうと律子は判断する。むしろ、右頬の傷が深刻だ。血はほとんど出ていないが、皮膚の色がどす黒く変色し、腫れもひどい。携帯を取り出し、大石管理官に連絡を入れる。場所を伝え、通り魔を確保したことを告げ、応援を要請する。重傷一名、至急、救急車を寄越して下さい、と付け加えることも忘れない。電話で話しながら、律子は目の端で犯人の動きを捉えている。ゆっくり起き上がろうとしている。律子が手加減したせいだ。ハンマーを拾い上げて、背後から律子に接近する。きゃーっ、危ない、という悲鳴が上がる。付き添いの保護者と小学生だ。彼らの目を律子は十分すぎるほど意識している。後々、何か問題が起こったとき、彼らが律子の正当防衛を証言することになるからだ。

犯人がハンマーを振り上げると、律子は跳ねるように立ち上がり、体を反転させて強烈な回し蹴りを食らわせる。犯人が背中を丸めてよろめくと、相手の懐に踏み込んでハンマーを握っている右手をつかむ。ぐいっと捻《ひね》る。ぐきっ、という嫌な音がする。手首が折れる音だ。犯人が腰から崩れ落ち、手首を押さえて、うおーっと獣のように叫ぶ。脇腹を蹴って犯人を横倒しにすると、犯人の背中を膝で押さえつける。そのままの姿勢でまた携帯を取り出す。

「淵神です。現場に救急車をもう一台お願いします。犯人が負傷しました」

三

看護師の勤務パターンは大きくふたつに分けることができる。

日勤と夜勤を中心とする二交代制と、日勤、準夜勤、夜勤を中心とする三交代制だ。どちらを採用しているかは病院によって違う。

景子の勤務する聖アウグスティヌス医科大学病院には日勤、準夜勤、夜勤の他に早番と遅番というシフトもあるから変則的な三交代制といっていい。今週は日曜が休みで、月曜から日勤、早番、夜勤、準夜勤と続き今日が遅番、明日の土曜は休みだ。

遅番の勤務時間は午後二時から午後十時まで、勤務先の病院は新宿にあるから、一時過ぎにマンションを出ればいい。

律子を送り出すと、景子はワイドショーを見ながら、ゆっくり朝食を摂った。それから掃除をしたり、洗濯をしたりする。下着やタオルなどは乾燥機を使うと、すぐに乾くので畳んで片付ける。タオルは共用なので、洗面所の戸棚にまとめてしまう。衣類や下着は、寝室にある備え付けのクローゼットを半分ずつに分けてしまっている。畳んだ下着を寝室に運び、クローゼットを開けると、下着や靴下を入れるプラスチック製の収納ケースが積み重ねてある。まず自分の下着を、次いで律子の下着を片付ける。収納ケースの取っ手を引いたとき、ゴトッという微《かす》かな音が聞こえた。テレビでも流れていれば気が付かなかったであろう微かな音だが、寝室には静寂が満ちているので、そんな小さな音も景子は聞き逃さなかった。収納ケースに手を入れ、奥の方を探る。指先がガラスに触れる。それをつかんで引っ張り出す。ウィスキーの小瓶である。

「律ちゃん……」

景子が溜息をつく。

下着を片付けると、ウィスキーを持ってリビングに戻る。ウィスキーをテーブルの上に置くと、しばし思案してから玄関に向かう。下駄箱を開け、冬のブーツを取り出す。ブーツの中にウィスキーの小瓶があった。それもリビングのテーブルの上に並べて置く。リビングのキャビネットも探してみる。普段、あまり使うことのない食器類をしまってある戸棚を開けると、やはり、奥の方にウィスキーがある。それから本棚を探してみる。古い雑誌を棚から下ろすと、そこにもウィスキーがあった。リビングに戻って、ウィスキーをテーブルに置く。四本の小瓶が並んだ。他にもあるはずだ、寝室をもう一度、探してみようと景子は歩き出そうとするが、足が動かなかった。こんなものを何本見付けたとしても無駄ではないか、という気がする。

四本のウィスキーを台所に運ぶと、中身をシンクに流してしまう。むっとするアルコール臭が立ち上り、景子が顔を顰める。蛇口を捻って、水を勢いよく出す。空になった瓶からもアルコール臭がするので瓶を水で濯《すす》ぐ。空き瓶をビニール袋に入れて玄関に持って行く。あとで買い物に出るときに、どこかで捨てるためだ。ビニール袋を床に置くと、景子もその場にへたり込んでしまう。

律子と知り合ったのは三年前、一緒に暮らすようになったのは二年前だ。律子がベガに襲われて入院したとき、看護師として担当したのが景子だった。

それまで律子は一人暮らしだった。通勤に不便のない杉並に実家があるにもかかわらず、律子がアパートで暮らしていたのは父親と折り合いが悪かったからだ。

初めて律子の部屋を訪ねたときの衝撃を今でも景子は鮮明に覚えている。部屋の中はゴミだらけで、足の踏み場もないほど散らかっていた。台所からは異臭が漂っていた。掃除や整理整頓ができないだけでなく、料理もまるで駄目で、食事は外食かレトルトばかりだった。

何よりも驚かされたのは、律子がアルコール依存症だということだった。本人には自覚がなく、たまに飲みすぎてしまうことがある程度だと軽く考えていたが、実際には、そんな生易しいものではなかった。さすがに仕事中に飲むことはなかったが、仕事の前後には酒を手放すことができず、今日は飲むまいと思っても飲んでしまう。自分で酒量をコントロールすることができる状態ではなく、景子の前でも、まるで水を飲むかのように度数の強いアルコールをがぶがぶ飲んだ。

景子は根気よく、アルコール依存症は病気なのだと律子に説いた。唯一の治療法は酒を断つことであり、自分の力で酒を断つことができなければ入院するという方法もあると話した。

律子は努力すると約束し、実際、このマンションで暮らすようになって何ヶ月かは酒を断った。

しかし、警察官という仕事柄、否応なしにストレスが溜まってしまうのか、景子に隠れて、こっそり酒を飲むようになった。アルコール依存症の厄介なところは、たとえ五年断酒しようと一〇年断酒しようと、ある日、コップ一杯の酒を口にした瞬間、断酒期間が元の木阿弥になり、またアルコールに溺れてしまうことである。アルコール依存症と縁を切るには、死ぬまで酒を口にしない覚悟が必要なのだ。

律子は部屋のあちらこちらに酒を隠し、景子の目を盗んで飲む。景子は隠してある酒を見付けると、黙って捨ててしまう。律子は何も言わない。また酒を買ってきて隠す。その繰り返しなのだ。鼬《いたち》ごっこなのである。辛いのは、自分が律子の助けになっていないという無力感に苛《さいな》まれることだ。

どうして、律子のようにいくつもの問題を抱えている女と関わって、厄介を背負い込むような真似をするのか、という問いかけは景子にとっては意味がない。酒が好きだからアルコール依存症になるのではなく、心に苦しみを抱えているから酒に救いを求めるのだし、常識で判断できないほど部屋が汚れているのも、だらしがないという理由で片付けられるほど単純ではなく、やはり、心を病んでいる証である……それが景子には理解できた。なぜなら、景子自身、心に大きな傷を負っていたからだ。ただ景子の場合、アルコールに救いを求めたり、身の回りのことに無関心になるというやり方で癒やしを求めなかっただけのことである。形が違うだけのことで、景子と律子は同じ穴の狢《むじな》なのである。

律子といると、景子は無理して心の傷を隠す必要がなかった。無理にいたわり合おうなどとせず、何も気が付かないように、そっとしておいてくれる。心に傷を持たない人間、そういう痛みを経験したことのない人間は、土足で心の中に踏み込んできて、おまえはおかしい、間違っている、普通ではない、他の人間のようにきちんとしろ、と声高に責め立てる。そういう人間とは付き合うことができないし、本心もさらすことができない。

律子のおかげで景子は安らぎを得ている。だから、律子も、そうであってほしいと願っているが、現実には、律子は酒を断つことができないでいる。それは心の傷が癒やされていないことを意味している。律子の顔には大きな傷痕があり、警察仲間から「スカーフェイス」とあだ名されているが、顔の古傷など見栄えこそ悪いが、もう痛むこともない。それに引き替え、心の傷は、いまだに律子を苦しめ続けている。アルコール依存症の患者が酒を飲み続けるのは緩やかな自殺をしているようなものであり、行き着く先には確実に死が待っている。それがわかっているから景子は辛い。律子が寿命を縮めているのに、自分が何もできないことが歯痒くてならない。

「律ちゃん、お願いだから、もう飲まないで……」

景子は膝に顔を埋め、両手で頭を抱えたまま、いつまでも動かなかった。

四

負傷した鳥谷は中野の警察病院に搬送された。顔面を骨折しただけでなく、犯人に自転車で体当たりされたときに転倒し、腕と腰も骨折していた。顔面をハンマーで強打されたのが重傷で、レントゲンを撮った結果、ひどい複雑骨折をしていることがわかり、直ちに手術することになった。

付き添いの家族のために用意されている待合室のベンチに律子がぼんやりと坐っていると、

「淵神」

声をかけられた。顔を上げると、四係の係長・井上輝政《いのうえてるまさ》が立っている。四二歳の警部である。

「どんな具合なんだ？」

律子の横に腰を下ろしながら、井上が訊く。

「命に別状はありませんが……」

律子が容態を説明する。

「ひでえな。顔に腕に腰を骨折かよ。それだけでも大変だが、当たり所が悪かったらと思うと、ゾッとするな」

井上が顔を顰める。

「まったくです。ご家族との連絡は？」

「奥さんがこっちに向かってる。動転してたみたいだからパトカーを回すことも考えたが、電車で来てもらう方が早いしな。何はともあれ、大事に至らなくてよかった。犯人も負傷したそうだな？」

「一度は確保したんですが、鳥谷さんの様子を見ているときに背後から襲いかかってきたんです」

「救急車で運ばれたんだから、軽傷ってことはないよな。重傷なのか？」

「それは何とも……」

「嘘つけ」

井上が、ちっと舌打ちする。

「腕か足の骨を一本くらいはへし折ってるんだろうが。今年になって三件目だぞ」

「わたしが望んでそうなったわけじゃありません」

「一応、正当防衛ってことになってるが、どれも過剰防衛すれすれだろうが。今度は、どうなんだ？」

「小学生が襲われるところだったんですよ。変に手加減なんかできません。近くに児童や保護者がいたから証言してくれるはずです」

「それなら正当防衛で通るかな……。本庁に戻れ」

「手術が終わるのを待ちますよ。奥さんにも付き添ってあげたいですし」

「おれが残るから心配するな。理事官の命令だ」

「ああ、篠原理事官ですか……」

律子が口をへの字に曲げて、溜息をつく。

「世間が正当防衛と認めても、それで理事官が納得するかどうかわからないぞ。覚悟しておけ」

「目の仇《かたき》にされてますからね」

「理事官に逆らうなよ。口答えもするな。すいませんでした、と頭を下げてればいいんだ。おまえは感情が顔に出るから、下を向いて顔を見せない方がいいんだよ。凶悪犯を逮捕したのは事実なんだし、理事官だって、それは認めてる。いつまでもねちねち嫌味を言われることはないだろう」

「そうですかね」

「ほら、その顔だ。少しは自覚しろ」

「はい」

「わかったら、行け」

井上が顎をしゃくる。

五

警視庁は千代田区霞が関にある。捜査一課が置かれているのは本部庁舎の六階だ。俗に「大部屋」とも呼ばれる。

その大部屋から一課の理事官・篠原宏幸警視の怒鳴り声が聞こえている。理事官は課長代理という立場で、課長の右腕でもあり参謀役でもある。五一歳のベテランだが、短気で、カッとなりやすく、すぐに部下を怒鳴る。興奮すると口から白い泡を吹いて呂律《ろれつ》が回らなくなるという癖があるので、陰で「カニ」とあだ名されている。

篠原は最初に一言、

「よく犯人を逮捕した」

と、律子を誉めると、そこから延々と嫌味を言い始めた。律子が渋い顔になると、

「何だ、その面《つら》は」

と頭に血が上って声が大きくなる。

そんなことを繰り返しているうちに、篠原が一方的に律子を怒鳴り、律子が能面のように無表情に黙

り込むという格好になった。

篠原曰く、

「犯人を逮捕するためなら何をしてもいいってことはねえんだ。代償が大きすぎるだろうが。現場に着くまでに、どれだけの交通違反をしたんだ、てめえは？　住民から苦情が何件も来てるぞ。事故でも起こしたら、おまえが刑務所に行くだけじゃすまねえ。刑事部長がマスコミに向かって頭を下げるところだぞ。いや、部長どころか総監が頭を下げることになったかもしれねえな。そんなことになったら、どうやって責任を取るつもりなんだよ」

律子の机の前に仁王立ちという格好で、時折、拳で机をばんばん叩きながら大声を出す。初めて一課に配属され、篠原の怒りの洗礼を受けると、大の男が顔面蒼白になって涙ぐむと言われるほどに迫力がある。

しかし、律子は篠原をまったく怖れていない。慣れたというわけではなく、一課に配属された最初から少しも怖くなかった。免役があったからだ。大男が怒鳴り散らして暴れる姿を、物心ついてから嫌になるほど間近に見てきたせいである。父の隆太郎が酒乱で、酔っ払うと難癖をつけて母の菜穂子を殴り、グラスを壁に叩きつけたり、テーブルをひっくり返したりして暴れ、テレビを壊したことさえある。そんなとき、律子は弟の隆一と共に押し入れに逃げ込んで、両手で耳を塞ぎ、目を瞑って、早く時間が過ぎるように祈った。暴れ疲れると隆太郎は大いびきで眠り込んでしまうからだ。そんな経験があるので、律子はいくら怒鳴られても平気だった。どんなに怒っても篠原は暴力を振るったりしないし、備品を壊して暴れることもない。じっと嵐が静まるのを待てば、カニはしゃべり疲れて口から泡を吹く。隆太郎に比べれば、かわいいものだ。

ところが、

「先走った真似をするから鳥谷が大怪我しただろうが。なぜ、現場に向かうなら向かうで大石に連絡しなかった？　妙なスタンドプレーをするから、凶器を持った犯人に鳥谷が一人で立ち向かうようなことになるんだよ」

篠原が口にした、「スタンドプレー」という言葉に律子はカチンと来た。

「待って下さい。わたし、そんなつもりは……」

「うるせえ！」

篠原がどんっ、と机を叩く。

「生意気に口答えするんじゃねえ。何も言うな。おまえの言い訳なんか聞きたくねえんだよ。犯人を病院送りなんかにしやがって。おれたちは暴力団じゃねえんだ。これでまた警察がマスコミに叩かれるじゃねえか。せめて、犯人を普通に逮捕してれば鳥谷だって名誉の負傷ってことで胸を張れたんだ。おまえが暴走したおかげで犯人の怪我の方が目立っちまった。マスコミを喜ばせるだけだってことが、どうしてわからねえんだ？」

「………」

律子は口を閉ざして下を向いた。篠原と向き合っていると、

「何だ、その反抗的な目は！」

と絡まれるとわかっているからだ。

尚も篠原はぶつくさ文句を並べていたが、さすがに疲れてきたらしく、息が荒くなってきた。

（そろそろ終わりだな）

と、律子がほくそ笑んだとき、

「鳥谷もしばらく病院暮らしだろう。その間、おまえは内勤だからな」

「えーっ！」

律子ががばっと顔を上げる。

「そんな！　ひどいじゃないですか」

「こいつ、やっぱり、何も反省してねえな。つべこべ言うな。文句を言える立場じゃねえだろうが。犯人を逮捕しました、手柄を立てました、誉めてもらって当たり前です……そんな考えを捨てろ。甘ったれんじゃねえ！　黙って命令に従えばいいんだよ。これ以上、おれを怒らせると所轄に飛ばすぞ。おとなしく始末書と報告書を書け」

いいな、わかったな、と念押しして、ようやく篠原は、その場から離れ、大部屋を出て行く。

「あーっ、信じられない」

律子が深く椅子にもたれかかり、両手で顔を覆う。

「そう落ち込むなよ」

律子のマイカップにコーヒーを注いで持ってきてくれたのは、同い年の二九歳、四係の倉田《くらた》正男《まさお》巡査部長だ。

「通り魔を捕まえて小言を食らうんじゃやたまらないよな」

「すぐそばに小学生が集団登校してたっていうじゃないか。子供が被害に遭ったとしても、あの台詞《せりふ》が吐けるのかね」

これは同じく四係の福留勇司《ふくとめゆうじ》巡査部長だ。三二歳。

「昔とは違うんだよ。今は犯人の人権も尊重しないと、こっちがしっぺ返しを食らうことになる」

四係の巡査部長・渋川富雄《しぶかわとみお》がコーヒーを啜りながら律子の机に近付いてくる。三八歳。

「それでなくても淵神は睨まれてるからな」

四係の班長・佐々木直行《ささきなおゆき》警部補が自分の席で大きく伸びをしながら言う。三九歳。

「手柄も立てるが問題も起こす。プラスマイナスゼロですか」

福留が言う。

「いやあ、理事官の顔を見れば、マイナスの方が大きいと思ってるんだろうよ」

渋川が笑う。

「ねえ、皆さん、それは慰めてるわけですか？　それとも、更にへこませて気落ちさせたいわけですか？」

律子が顔から手を離す。怒りのせいなのか、頬が上気している。

「何を言ってやがる。こんなことくらいで気落ちするほど柔《やわ》じゃないだろうって」

「スカーフェイスだからな」

その場にいた者たちが声を合わせて笑う。律子だけが口をへの字に曲げている。そこに、

「ふざけるんじゃねえよ！」

ドアのそばに三係の巡査部長・芹沢義次《せりざわよしつぐ》が立っている。出先から戻ったところらしい。芹沢は四六歳のベテランだ。性格に癖があり、自分が納得しないと上司の指示にも素直に従わないような男だが、刑事としての勘が鋭く、検挙率も高いので篠原ですら芹沢には一目置いている。

芹沢は苦虫を嚙み潰したような顔で律子に近付くと、

「また、やったらしいな、疫病神」

と吐き捨てるように言う。

「芹沢さん、淵神は犯人を逮捕したんですよ。そんな言い方はないでしょう」

倉田が律子を庇《かば》うと、

「引っ込んでろ、バカたれ。メス犬に尻尾を振ってんじゃねえよ」

「……………」

倉田の顔色が変わる。

「芹さん、もうちょっと穏やかに行きましょうや」

佐々木班長が仲裁に入る。この場を収められるとすれば警部補の佐々木だけだが、芹沢には佐々木の言葉など耳に入らないようだ。憎悪に満ちた目で律子を睨み据えている。

「おれが言いたいのは、犯人を逮捕するためなら、仲間を犠牲にしてもいいのかってことだ。今度は鳥谷を犠牲にしたそうじゃねえか。ベガに刺された元岡は退職した。鳥谷も退職させる気かよ？」

「……………」

律子は何も反論しない。ただ冷たい目で芹沢を見つめているだけだ。芹沢が律子に絡んでくるのは今に始まったことではない。何かと言えば、ねちねちと神経を逆撫でするような嫌味を言う。陰険な芹沢に比べれば、拳を振り回して怒鳴り散らす篠原の方がさわやかで感じがよいとすら思えるほどだ。

「次は、誰がこの女と組むんだ？　ひとつだけ、はっきりしてるのは、誰が組むにしろ、いずれ、そいつも病院送りにされるってことだな。それどころか、あの世に送られちまうかもしれねえな」

芹沢は、ぐいっと顔を律子に近付けて、

「手柄を立てるためなら、仲間の命なんかどうでもいいんだからな。仲間を踏み台にして自分が手柄を立てたいだけなんだよな。そんなのは手柄とは認めねえぞ」

「芹沢さん」

律子がじっと芹沢の目を見つめる。

「少し離れてもらえますか。口臭、ひどいですよ。ガムでも噛んだらどうですか。それとも、仁丹でも。加齢臭は何とか我慢してますけど、その口臭は勘弁して下さい。吐き気がします」

「何だと……」

芹沢の形相が変わる。そのとき、

「油を売ってるんじゃねえ！　仕事をしろ」

大部屋に戻ってきた篠原理事官が大声を発したので、芹沢は、ちっと舌打ちして自分の席に向かう。

六

見るからに退屈でつまらなそうな顔で律子が報告書を作成している。事務処理が大嫌いなのだ。

廊下からチャイムが聞こえてきた。五時一五分、退庁時間だ。この時間に退庁できる警察官など滅多にいないが、警察といえども役所には違いないから、形だけでも退庁を促すのである。

珍しいことに大部屋には何人もの刑事たちの姿がある。大きな事件が起こっているときにはあり得ない光景だ。事件と事件の合間の凪《なぎ》という感じである。本当なら、杉並の通り魔事件の捜査に追われているはずだったのに、事件発生直後に律子が犯人を逮捕したために手持ち無沙汰になった刑事が多いわけである。

「事件がなくて内勤ばかりしてると、かえって疲れるよなあ」

福留が大あくびをしながら言う。

「まったくだ。外回りの方が楽に感じるんだから嫌になる。刑事の性《さが》ってやつか」

渋川がうなずく。

「みんな揃って内勤なんて滅多にないことですから飲みに行きませんか」

倉田が言い出す。

「そうするか。うまい具合に芹沢さんは席を外してるし、淵神、たまには付き合えよ」

渋川が律子を誘う。

「わたし、飲めませんから」

律子は素っ気ない。

「下戸《げこ》だなんて信じられないよな」

倉田が首を捻る。

「顔に大きな傷があって、格闘技が得意で、それで大酒飲みだったら、おっかなくてそばに寄れないよ。酒が飲めないなんて、ちょっとかわいいところがあるじゃないか」

福留が言うと、

「こいつ、淵神に気があるのか」

渋川が肘で福留の脇腹を小突く。

「やめて下さいよ。淵神に回し蹴りを食らわされるじゃないですか」

「よし、飲みに行こうぜ。もたもたしてると事件が飛び込んできちまうからな」

渋川、福留、倉田の三人は、さっさと大部屋を後にする。三人がいなくなると、急に律子の周りは静かになった。

ペンを放り出して、律子が机に頬杖をつく。

「わたしだって、飲みに行きたいわよ……」

小さな溜息をつきながら、窓に顔を向ける。まだ外は明るい。

「普通の公務員は、こんな時間に家に帰れるわけか。たまには早く帰ろうかな」

律子が書類を片付け始める。

警視庁から自宅までの交通の便は文句なしにいい。

千代田線で霞ヶ関から表参道まで四駅、半蔵門線に乗り換えて三軒茶屋まで三駅だ。乗り継ぎがうまくいけば、二〇分そこそこである。ただ、朝も帰りも、運悪くラッシュに巻き込まれると、息をするのも苦しいほどの猛烈な満員電車に乗る羽目になる。

朝は仕方がないとしても、帰りはいつも遅いので、それほどひどい目に遭ったことがない。久し振りに帰宅時の満員電車である。たまたま前後左右を年輩の会社員に囲まれた。強い整髪料と汗、タバコ、それに加齢臭が入り交じった嫌な臭いがする。その臭気が呼び水になったのか、律子の脳裏に篠原宏幸理事官と芹沢義次巡査部長の顔が思い浮かぶ。二人とも、周りにいる中年男たちと同じような臭いを放っているからだ。二人に共通しているのは悪臭だけではない。律子を本心から嫌っているという点も同じだ。

篠原理事官に嫌われる理由は律子にもわかる。

強面《こわもて》で口が悪く、部下を怒鳴り散らしてばかりいるから、いかにも豪放磊落《ごうほうらいらく》に見えるが、実際は、そうではない。篠原のモットーは、

「長いものには巻かれろ」

であり、だから、上司には決して逆らわない。

酔うと口癖のように、

「水ってのは高いところから低いところに流れるものなんだよ」

と部下を説教する。

普段、律子は酒席の誘いを断るように心懸けているが、誰かの送別会や歓迎会など、どうしても断り切れない飲み会というのもある。そういうときには仕方なく参加して、ウーロン茶を飲んで一次会で引き揚げることにしているが、必ずといっていいほど、酔っ払った篠原が、若い刑事を横に坐らせて、とうとうと説教する姿を目にすることになる。

篠原の本質は、小心な出世主義者だと律子は見抜いている。だからこそ、部下が問題を起こして、それが自分に跳ね返って管理責任を問われることを何よりも怖れる。律子が通り魔を逮捕したことを喜ぶよりも、犯人を怪我させたことばかり気にするのは、そのせいだ。事なかれ主義者だから、律子のような問題児は目の上のたんこぶであり、何かへまをしでかしたら、それを理由にして一課から追い出してやろうと虎視眈々《こしたんたん》と狙っている……それは律子も承知しているが、だからといって、自分のやり方を変えようとは思わないし、篠原に胡麻《ごま》をするつもりもない。

わからないのは芹沢の方だ。

端《はた》から見れば、芹沢と律子はいがみ合っているように見えるだろうが、実際は、そうではない。常に芹沢の方から突っかかってくるのだ。嫌味と揚げ足取りの名人だから、芹沢の毒舌の餌食《えじき》にならない者は一課にはいないといっていいが、律子に対する態度には常に悪意が籠もっていて、他の刑事に対する態度とは明らかに違う。

律子が腑に落ちないのは、自分と芹沢が似たタイプの刑事だと感じるからだ。芹沢も人並み以上に頻繁に手柄を立てる刑事だが、それが真っ当な捜査だけでもたらされたものではないことは律子にもわかっている。汚い手段を使うことを厭《いと》わず、時には暴力すら用いて違法行為すれすれの捜査を行い、誰にもばれないと判断すれば法を犯すことすらためらわない……それが芹沢のやり方であり、律子のやり方でもある。つまり、似た者同士なのだ。にもかかわらず、なぜ、芹沢に目の仇にされなければならないのか、それが律子にはわからないのだ。

七

新宿にある聖アウグスティヌス医科大学病院のER（救命救急センター）は夕方から猛烈に忙しくなる。日中でも一時間以上待つのは当たり前だが、近隣の病院の外来受付が終了すると、どっと患者が押し寄せるため、二時間待ちどころか三時間待ちも珍しくない。

しかも、急患が搬送されると、その待ち時間は更に延びる。待ちくたびれて疲れ切った表情の患者たちで待合室が溢れ返るというのが、ありふれた日常の光景である。

医師や看護師も休む暇もなく忙しなく働き続けているものの、如何《いかん》せん患者の数が多すぎるため、いつまで経っても待合室の混雑は解消されない。

そんな中で町田景子は、てきぱきとそつなく仕事をこなしていく。待合室の人混みを縫うように歩きながら、受付を済ませた患者たちから、具体的な症状を聞き取っていく。医師が診察するときに役立てるためだ。

それと同時に、さりげなく緊急性を要する患者がいないかも確認している。時には、重症患者が歩いて来院することもあるからだ。例えば、心筋梗塞《しんきんこうそく》の発作を起こす前の患者は、胸が痛むという自覚症状しかなく、我慢しようと思えばできないほどの痛みでもないし、意識もしっかりしており、血圧や呼吸も正常である。あまり重症にも見えないから放置されがちだが、一旦、発作を起こしてしまうと意識を失って心停止までは、あっという間である。軽症の患者に紛れた重症患者を見逃さないために景子のようなベテラン看護師が待合室で聞き取りを行いながら、患者たちの様子に目を光らせているわけだ。

中には、長時間待たされたことで苛立ち、声を荒らげるような患者もいるが、景子は嫌な顔もせず苦情に耳を傾けてやる。相手が十分に不満を吐き出した頃合いを見計らって、

「お待たせして申し訳ありません。できるだけ早く治療できるように努力しておりますので」

と丁寧に頭を下げる。

すると、腹立ちが収まった患者は、

「まあ、あんたが悪いわけじゃないのはわかってるんだけどね」

と気まずそうな顔でおとなしくなってしまう。

「先輩」

背後から声をかけられて景子が振り返る。若村《わかむら》千鶴《ちづる》が緊張した表情で立っている。千鶴は二四歳の看護師で、年齢は七つも景子より下だが、この病院での経験は景子よりも長い。にもかかわらず、何かと景子を立てて、先輩として慕ってくれている。

「交通外傷の収容依頼です」

声を潜め、景子の耳許で言う。

「何人？」

「五人です」

「わかった」

景子は千鶴と一緒に待合室を出る。近くに患者がいなくなると、

「どんな事故なの？」

「自動車同士が正面衝突して、それにオートバイが巻き込まれたみたいです」

「容態は？」

「二名が意識不明で脈拍微弱、あとの三名も重いみたいです。かなりのスピードでぶつかったみたいですから」

「待合室から患者さんが溢れるわね」

一度に五人もの交通事故患者を受け入れるとなれば、しかも、五人とも重傷患者となれば、これから何時間か、てんてこ舞いの忙しさに見舞われるはずだ。ＥＲに所属する医師や看護師だけでは対処しきれないだろうから、他の科にも応援依頼がなされることになるだろう。まず外科の当直医が呼ばれ、帰宅した整形外科医や脳外科医も病院に呼び戻されるはずだ。待合室の患者たちを診察するのは内科の当直医に任されることになるだろうが、ＥＲの流れを理解していない医師だと診察に時間ばかり食って、手際よく患者をさばくのは難しいだろう。それでも治療を受けられるだけましだ。外科治療を望む患者は、交通事故患者の治療が終わるまで、ずっと待たなくてはならず、それがいつになるか見当もつかないのだ。

「あと何分？」

「二〇分です」

つまり、受け入れ準備の時間が、それしかないということだ。急がなければならない。景子と千鶴は小走りに手術室に向かった。

手術室では主任看護師の小《こ》堀《ぼり》弓枝《ゆみえ》を中心に患者の受け入れ準備が進んでいた。弓枝は四二歳のベテランで、仕事に厳しく、口の悪いところはあるが、看護師としての腕は確かだし、どんなときにも冷静さを失わず的確に状況を判断する目を持っている。大病院のＥＲで、大勢の看護師たちを指揮するだけの実力を持った看護師である。

「町田さん、ここはいいから搬入口に行って。若村さんも一緒に」

景子と千鶴は、はい、と返事をして搬入口に向かう。わたしも行きます、とついてきたのはシニアレジデントの西園真琴《にしぞのまこと》だ。

医者になるには医科大学で六年学んだ後に国家試験を受け、それに合格してから二年間の初期臨床研修を受けなければならない。これをジュニアレジデントという。この二年間で内科、救急、地域医療という三つの必修科目を学び、他に二科目を選択して学ぶ。それが終わると、更に三年間の後期臨床研修を受けることになり、この段階で専門領域に絞り込んで学ぶ。これがシニアレジデントだ。この三年を終えて、ようやく一人前の医者として認められることになる。

西園真琴は二七歳だから、医者への道を順調に歩んでいるといっていいが、まだ一年目のシニアレジデントに過ぎないから実務経験が乏しく、ＥＲではベテラン看護師たちに顎で使われる立場だ。

「五人は多いですね」

真琴が景子に話しかける。

「近くに受け入れ可能な病院がなかったんでしょうね。五人とも重症みたいですし」

小走りのまま、景子は横目で真琴の顔をちらりと見た。ほっそりとした瓜実顔《うりざねがお》で、端整で上品な顔立ちをしている。見るからに育ちがよさそうな感じだ。こんな人がどうして救急医療をやりたがるのだろう、普通は楽な眼科でも選びそうなものなのに……真琴を見るたびに不思議に思う。

すでに何人かの医師や看護師たちがストレッチャーを用意して搬入口付近に待機している。しばらくすると救急車のサイレンが聞こえてきた。

三台の救急車が次々に到着する。バックドアが開き、患者がストレッチャーに移される。その間にチーフレジデントの沢田龍一《さわだりゅういち》が救急救命士から患者たちの状態を聞き取る。その上で、自分の目で患者たちの状態を判断し、どの患者を誰が担当し、その患者をどこで治療するかをてきぱきと指示する。

意識不明で脈拍が弱まっている女性患者、呼吸困難を起こして胸部に激痛を訴えている男性患者、背骨から首にかけて強い痛みがあり、両脚を動かすことのできない男性患者の三人は直ちに手術室に運ばれることになった。右足と左前腕に骨折を疑われる変形があり、顔や腕に大きな裂傷を負っている女性患者は精密検査を受けた後、整形外科医の治療を受けることになった。これら四人は正面衝突した二台の車に乗っていた患者たちである。

五人目の患者は、自動車事故に巻き込まれて転倒したオートバイの運転者で、意識はないが、見たところ大量出血もなく、骨折を疑わせる変形もない。沢田龍一はペンライトを手にして患者の目蓋を持ち上げ、瞳孔反応を観察した。

「左への共同偏視《きょうどうへんし》があるな」

共同偏視というのは左右の眼球が一方向を向いたままの状態だ。

「西園」

沢田が西園真琴を呼ぶ。真琴の指導医という立場なので、できるだけ実地勉強させることを心懸けているのだ。

「意識不明、共同偏視。何を疑う？」

「多発外傷による右頭蓋内出血です」

眼球運動は脳が司っているから、意識不明で共同偏視が起こっているとなれば、頭蓋内出血を疑うのが普通だ。共同偏視は左だから右の頭蓋内で出血している可能性が高い。

「他に根拠は？」

「四肢の反応です」

「確かめろ」

沢田が命ずると、真琴は患者の左右の手足に触れて反応を探る。

「左の上下肢のみ自発動が認められます」

「右は麻痺してるってことだな。よし、処置は？」

「頭部をCTスキャンしてから脳外科医に処置を委ねます」

「脳外科の野村《のむら》先生は、さっきの患者を先に診《み》る。おれも他の患者の手術に入る。任せていいな？」

「大丈夫です。患者の状態を確認してからCTスキャンし、野村先生の手が空くのを待ちます」

「町田と若村を連れて行け」

沢田とすれば、多発外傷で重傷を負っているとはいえ、一刻を争うという状態ではなく、治療の流れも明確だから、この患者を真琴に委ねても問題ないと判断した。他に生死をさまよっている患者がいて猫の手も借りたいくらいに忙しいから、そうせざるを得ないのだ。景子をつけたのは、万が一、予想外の事態が起こって真琴がうろたえても、経験豊富な看護師が真琴をサポートして、うまく対処してくれるだろうと期待したからである。

その患者を乗せたストレッチャーを景子と千鶴が押し、その横を真琴が小走りについていく。

処置室に入ると、生体情報モニターをセットして、心電図、心拍数、血圧、体温などのバイタルサインのモニタリングを開始する。その間に血液を採取して検査する。

「血圧七〇、脈拍一三〇、呼吸三六、体温三七・二」

千鶴が読み上げた数値を聞いて、真琴と景子がほとんど同時に、えっ、と声を発して顔を見合わせる。血圧は低すぎるし、脈拍は速すぎる。これではショック状態に陥っているということだ。

「もう一度、確認して」

真琴が言う。

「同じです。変化ありません」

「何で……」

真琴の表情が強張《こわば》り、動揺の色が浮かぶ。頭部に外傷を負っているだけなら、血圧は上昇し、脈拍は減るというのが普通だ。頭部外傷だけで患者がショック状態に陥ることはないから、他に原因があることになる。

真琴がペンライトをつけ、患者の目蓋を持ち上げる。

「瞳孔三ミリ、左右差なし、左への共同偏視あり、対光反射あり……」

ペンライトを胸ポケットに戻すと、患者の左右の側頭部を触診する。

「左側頭部に腫張《しゅちょう》あり、うーん、七センチ」

次いで患者の胸部と腹部を触診し、それから胸に聴診器をあてる。

「左前胸部に皮下気腫《ひかきしゅ》、左の呼吸音聞こえず、腹部は平坦、しこりなく柔らかい……」

真琴は首を捻ってから、

「酸素一〇ℓ、輸液ルート確保、グリセオール静注」

と指示を出し、速やかに頭部CTスキャンに移動します、と付け加えた。

突然、生体情報モニターがピーッ、ピーッと警報を発し始める。

「血圧低下、心拍数も落ちてます！」

千鶴が悲鳴のような声を発する。

「先生、下顎《かがく》呼吸です！」

景子が叫ぶ。

下顎呼吸というのは、口をパクパクさせて喘《あえ》ぐような呼吸で、脳が酸素不足に陥っているときに起こる。呼吸困難の表れで、患者が死に瀕しているサインとも言われる。

「若村さん、沢田先生を呼んできて！」

真琴が叫ぶと、千鶴が青い顔で処置室を走り出していく。

「先生、緊張性気胸ではないでしょうか」

景子が言うと、真琴は、ハッとしたように、

「あ。だから、左前胸部に皮下気腫が触れたんだ。呼吸音も聞こえなかったし……」

「それなら胸腔《きょうくう》ドレナージチューブを挿入すればいいんですよね。すぐに用意します」

「無理」

真琴が首を振る。

「え？」

「やったことがないの」

「………」

景子は、一瞬、呆然とした。確かに、胸腔ドレナージチューブの挿入はどんな医師でもできるという手技ではなく、経験したことのない医師も珍しくないが、少なくともERの医師であれば、できなければおかしい。緊張性気胸は対処が遅れると患者を死に至らしめるが、チューブ一本で命を救うことが可能なのだ。この場にいるのが景子ではなく、主任の小堀弓枝ならば、腹を立てて真琴を怒鳴りつけるだろう。それくらい深刻な事態なのだ。

（西園先生は、まだ一年目のシニアレジデントなんだから……）

景子は自分を落ち着かせるように大きく深呼吸すると、

「減圧しないと患者さんは助かりません」

「だって……」

真琴が今にも泣きそうな顔になる。

「静脈留置針を使って一時的な減圧を試みてはどうですか？」

「できないと思う」

「大丈夫です。それなら何度も見たことがありますから、お役に立てると思います」

景子が自信ありげにうなずく。


その五分後……。

沢田龍一が処置室に駆け込んできた。もっと早く駆けつけたかったが、手術の最中だったので抜け出すのに時間がかかった。

「下顎呼吸を起こしたって？」

沢田が怒鳴るように言うと、患者の傍《かたわ》らに立っている景子と真琴がゆっくり振り返る。

「緊張性気胸でショック状態だったんです」

真琴が言う。

「くそっ、見落としちまったか。それで患者は？」

「静脈留置針を使って一時的な減圧を試みました。バイタルは安定しています」

「ほお、針で減圧したのか」

沢田が患者に近付く。

胸腔ドレナージチューブを挿入できないときは、太めの静脈留置針を何本か第二肋間《ろっかん》鎖骨中線に挿入することで減圧し、時間稼ぎすることができるのだ。

「うん、よくやった。咄嗟の判断だったんだろうが、文句なしだ」

「いいえ」

真琴は心持ち頬を上気させてうなずき、ちらりと景子を見た。景子は伏し目がちにうつむいている。真琴の手柄を横取りするほど意地悪ではない。

八

三軒茶屋駅を出たとき、まだ西の空には明るさが残っていた。それだけのことで律子は何となく心が浮き立った。こんな時間に帰宅できることは滅多にないのだ。景子も早く帰ってくるようなら久し振りに二人で外食するのもいいなあ……そんなことを考えながら、軽い足取りでマンションに向かう。

部外者が勝手に立ち入ることができないようにエントランスのドアもロックされていて、居住者が鍵で開けるようになっている。訪問者や宅配業者はインターホンで相手を呼び出して、ロックを解除してもらわなければならない。

一足違いでエレベーターに乗り損ね、エレベーターが上昇していく。ボタンを押しかけて気が変わり、非常階段を使うことにした。四階まで上がるだけだし、今日は大して疲れてもいない。

部屋には鍵がかかっていたが、だからといって景子が留守だとは限らない。家にいるときも用心のために必ず施錠することを心懸けているからだ。女の二人暮らしなのだから、それくらいの用心は当然だと律子は思っている。

「ただいまーっ！」

明るい声を発しながら、律子がドアを開ける。その途端、玄関と廊下の明かりがつく。人の動きをセンサーが感知して自動的に明かりがつく仕組みになっている。廊下を歩き出して律子が怪訝《けげん》な顔になったのはリビングが暗かったからだ。

「やっぱり、わたしの方が早かったか……」

と、つぶやきながら、ふと、キッチンに目を遣《や》ると食事の支度がしてある。それを見て、ようやく律子も、

「あ、そうか。景子さん、遅番だ。一昨日が夜勤で、昨日が準夜勤だったから、今日は遅番なんだよね。わかりにくいよね、ナースの勤務はさ……」

でも、今日は遅番だって言われたような気もするなあ、通り魔事件に夢中になって、わたしが忘れてただけかも、あはははっ、と自嘲気味に笑いながら、台所に入る。冷蔵庫から天然水のペットボトルを取り出して口を付けて飲む。景子の前ではやらない癖だ。

景子は心が広いというのか、人並み外れて豊かな包容力があって、律子のわがままを大抵は受け入れてくれるが、ちょっとしたこだわりというか、妙に神経質なところもあって、天然水に限らず、牛乳や野菜ジュースでも必ずコップで飲んでほしいと口を酸っぱくして言うし、飲み終わったコップは水でゆすいでくれと言う。お風呂で髪を洗ったとき、抜けて手に付いた髪の毛をバスタブの縁に無造作に残していく律子の癖も嫌がっていて、律子の後に風呂に入り、バスタブの縁に髪の毛がへばりついているのを見ると金切り声を上げ、風呂から出た後に目尻を吊り上げて律子に食ってかかる。潔癖症というわけでもなく、ゴキブリを見付けると、平然とスリッパで叩き潰したりする。そのあたりのバランス感覚が、いまだに律子には理解できない。

スーツを脱ぎ、部屋着に着替えてから、台所に入る。フライパンに野菜炒めが作ってあり、火を通

せば、すぐに食べられるようになっている。アサリの味噌汁もある。ホウレン草のお浸しやカボチャの煮付け、野菜サラダなどの惣菜は冷蔵庫に入っている。フライパンと手鍋を火にかけながら、冷蔵庫から惣菜を取り出す。カボチャの煮付けはレンジで温める。ひとつつまんで口に入れる。味が染みていておいしい。

「マメだよねえ。これが女ってもんだよ。わたしには真似できないもんなあ」

料理をリビングのテーブルに運ぶ。景子がいないと、律子はごはんを食べない。米があまり好きではないし、すぐにお腹が膨れてしまうからだ。だからといって、パンが好きなわけでもない。いろいろなおかずをちょっとずつつまんで食べるのが好きなのだ。律子自身は自覚していないが、要は、酒飲みの食事ということである。

テレビをつけ、ぼんやりと画面を眺めながら食事を始める。

「おいしいなあ。景子さん、料理が上手だよね」

景子は律子の好みを熟知していて、律子の口に合うように味付けしているのだから、律子が喜ぶのも当然だ。おいしい、おいしいと食べているうちに酒が飲みたくなってきた。景子は遅番だから、あと何時間も帰って来ないし、今は自分一人だ、ちょっとくらい飲んでもばれやしない……そう考え出すと、もう歯止めがかからない。飲みたくてたまらなくなってしまう。

腰を上げ、キャビネットの戸を開ける。奥の方に手を入れる。そこにあるはずのウィスキーがない。ほんの少し律子の顔が強張る。

しかし、ここに隠したというのは自分の勘違いかもしれないと思い、戸棚を閉めて、本棚に移動する。古い雑誌を棚から下ろして、奥を覗き込む。そこにもウィスキーがないことを確かめると、自分の勘違いなどではないことを確信する。

「やるなあ、景子さん。ここも見付けたのか」

ちっ、と舌打ちして、今度は寝室に向かう。収納ケースに隠したウィスキーを探すが、それもない。

「ふんっ、いいよ、いいよ、勝手に捨てればいいじゃん。どうせ、これはダミーだもん。わざと探しやすい場所に隠しただけなんだから」

負け惜しみを言いながら玄関に行く。下駄箱から冬のブーツを取り出し、その中に手を入れる。ここに隠しておいたウィスキーもなくなっている。

「うそ……」

さすがに律子の顔色が変わる。ちくしょう、何でわかるんだよ、景子さん、ひょっとして魔女、それとも、部屋に監視カメラでも隠してあるわけ……ぶつくさ言いながら、リビングに戻る。カッとなって、ソファを蹴り飛ばす。部屋に酒がないとわかった途端、酒を飲みたいという欲求が膨れ上がり、どうにも我慢できなくなってくる。すぐにでも酒を口にしないと頭がおかしくなってしまいそうだ。

部屋着を脱ぎ捨て、ジーンズとTシャツに着替える。プライヴェートで持ち歩いている小さなリュックに財布を放り込むと、サンダルを突っかけ、荒い足取りで部屋を出る。マンションを出る頃には、いくらか興奮も冷め、そもそも一緒に暮らすことを決めたとき、もう酒を飲まないと景子に約束したのだから、あるはずのない酒を部屋で見付ければ、その酒を景子が処分するのは当然の話であり、文句など言える立場ではない。悪いのは、景子との約束を破った自分なんだから、と反省するだけの落ち着きも取り戻した。

だからといって、部屋に引き返そうとは考えなかった。一旦、飲みたいと思い始めたが最後、何かに取り憑かれたかのように、酒のこと以外は何も考えられなくなってしまうからだ。

三軒茶屋まで出て、大きなスーパーマーケットで酒を買った。近所の酒屋などでは決して買わない。うっかり顔馴染みにでもなったら大変だ。スーパーで買うときもレジ打ちがいるところでは精算しない。必ず、セルフレジを使う。ウィスキーの小瓶をまとめ買いし、口臭剤とガムも一緒に買う。ウィスキーはリュックに入れて背負う。手にぶら下げるより、リュックで背負う方が楽だということもあるが、もっと大きな理由は、ウィスキーの入ったレジ袋を手にしてマンションの近くを歩きたくないということだ。近所付き合いなどまったくないが、どこで誰に見られているかわからないから用心するに越したことはない。

部屋に戻ると、まず、ウィスキーをあちこちに隠した。なるべく見付かりにくい場所に隠そうと思うものの、大して広くもない部屋だから、景子が本気になって徹底的に探せば、ウィスキーを見付け出すのは、そう難しいことではないだろう。

そのときはそのときで諦めるしかない、と律子は割り切った。見付かったら、また買ってくればいいだけのことだ。たとえ鼬ごっこだとしても、酒を飲まずにいられないのだから仕方がない。

ウィスキーの小瓶を一本手にして、律子はテーブルに戻る。テレビをつけ、冷めてしまった料理を口に運ぶ。冷めているとはいえ、やはり、うまい。キャップを捻って、ウィスキーを飲み始める。グラスを使うような面倒なことはしない。口を付けて飲む。どうせ、こんな小瓶、すぐに飲み干してしまうのだから、グラスなど必要ない。

九

病院の職員用ラウンジは、日中は混み合うこともあるが、夜になると人影もまばらになる。

看護師は勤務時間内に、食事時間として一時間、休憩時間として三〇分の確保が認められているが、実際には絵空事に過ぎない。忙しさに追われて、気がついたら食事も摂らず、休憩もしないまま勤務時間を超過していることが多い。だから、食事も休憩も一律に何時から何時までという風には決められておらず、各自が自由に取ることになっている。平たく言えば、「食えるときに食え、休めるときに休め」ということだ。空腹を感じれば、仕事の合間を縫って控え室に駆け込み、ロッカーからパンやおにぎりを取り出して大急ぎで食べる。ものの一分か二分で喉に押し込むと、もぐもぐ咀嚼《そしゃく》しながら、また仕事に戻る。休憩も、暇になるのを待っていたら、いつまでも休むことなどできない。救急外来が暇になることなどないからだ。

常に忙しいといっても、忙しさには多少の波があるから、大きな波が去ったときを狙って、次の大きな波が来る前に、さっさと休憩を取ることが肝心だ。休憩も取らずに無理をすると、結局、自分に跳ね返ってくる。しっかり仕事をするには、しっかり休むことが必要なのだ。看護師もベテランになると、仕事の効率が落ちてきたことが感覚的にわかるようになり、そんなときには、さっさと休憩を取るようになる。

この夜、景子が休憩を取ったのは、午後九時頃だった。交通事故で一度に五人もの重傷患者が運び込まれるという大波が来たせいで目が回るような忙しさに巻き込まれ、その波が去ってからも、診療の順番を待つ患者たちが待合室から廊下に溢れるほどだったので、とても休憩など取れなかった。ようやく患者が待合室に収まるくらいに減ったところで、すかさず休憩を取った。遅番だから一〇時に上がりで、それまで一時間少々だったが、遠慮はしなかった。坐る暇もないほどの忙しさに追われていたせいで、脹《ふく》ら脛《はぎ》の筋肉が張っていたし、腰にも違和感を覚えた。無理は禁物だ。仕事は今日だけではない。明日以降のことも考えて、少しでも体をいたわらなければならない。

ラウンジの隅で、景子はコーヒーを飲みながら、雑誌を読んでいる。どうせ、きちんと食事時間など取れないと覚悟していたから、出勤途中にサンドイッチを買っておいたが、それは手付かずでロッカーに入ったままになっている。あまり食欲もなかったし、この時間にサンドイッチを食べるくらいなら、帰宅してから食事をする方がよかった。

「ここ、いいですか？」

「え」

ハッとして雑誌から顔を上げると、湯気の立つ紙コップを手にした西園真琴が立っている。

「どうぞ」

「失礼します」

景子と向かい合って腰を下ろすと、

「デートですか？」

「いいえ、そんなのじゃないんです」

景子が慌てて雑誌を片付ける。東京の遊園地を特集した「るるぶ」を読んでいたのだ。

「すいません。詮索するつもりじゃないんです。話のきっかけというか、その……」

真琴がもじもじした様子で赤くなる。それを見て、

(不器用な人なんだな)

と、景子は好感を持ち、

「いいんです。気にしないで下さい」

「さっきは助かりました。ありがとうございます」

「わたしは何もしてませんよ。処置なさったのは西園先生なんですから」

「町田さんがいなかったら、どうなっていたか……。あのとき頭が真っ白になってしまって」

「救急外来ではよくあることです。そのうち先生も慣れますよ」

「他の先生たちが町田さんを誉める理由がよくわかりました……」

仕事のできる看護師は、やたらに偉そうだったり、経験の浅い医者を露骨に見下すような態度を取ったりすることが多いが町田さんは違う、仕事ができるのに謙虚で控え目なのは、とても珍しいと思う、と真琴が言う。

「よほど大変な病院で研修をなさったんですね」

思わず景子が吹き出す。真琴の言うような看護師もいないではないが、みんながみんな、そうだというわけではない。真琴がそんな看護師ばかりに巡り会ってきたのだとしたら、よほど運が悪かったに違いない、と景子は思う。

「町田さんなら、もう主任になっていてもおかしくないと思いますよ」

「とんでもない。経験のある先輩がたくさんおられますし、そもそも、この病院に勤務して、まだ二年足らずですから」

「以前は中野の警察病院にいたと聞きました」

「ええ、そうなんです」

「警察病院は長かったんですか？」

「そこも二年くらい……」

「すると、その前は？」

「池袋の方で……」

景子が困惑した表情になる。それを見て、

「あ、ごめんなさい。やっぱり、詮索してますよね。そんなつもりじゃないんですけど、つい根掘り葉掘り聞いちゃって……」

真琴が恥ずかしそうに肩をすくめる。

「いいえ」

「詮索したいんじゃなくて、できれば町田さんともっと親しくなって、いろいろ教えてもらいたいと思って」

「教えるだなんて、とんでもないです。何かわからないことがあれば沢田先生に教えてもらって下さい。小堀主任だって経験豊富なベテランですし」

「ちょっと辛口ですよね、小堀主任」

「ええ、そうですね。悪い人じゃないんですけど」

景子がうなずいたとき、胸ポケットに入れてあるスタッフ用受信機がピーッ、ピーッと音を立てた。緊急招集のスタッフコールだ。ほぼ同時に真琴の受信機も鳴り始める。

「急患みたいですね」

真琴がコーヒーを飲み干して立ち上がる。

「はい」

景子も荷物を手にして腰を上げる。

一〇

遅番の勤務は午後一〇時までだが、何だかんだと切れ目なく仕事が続く。人手が足りないのもわかっているから、景子は嫌な顔もせずに残業をした。

結局、タイムカードを押したときには日付が変わっていた。さすがに疲労でぐったりし、空腹も感じる。それでも、明日は休みなんだから、と自らを鼓舞した。


玄関のドアを開けると、センサーが作動して明かりがつく。廊下の向こうに目を向けると、リビングが明るい。

(律ちゃん、起きて待っててくれたんだ)

律子と暮らすようになって、何よりもよかったと思うのは、誰もいない暗い部屋に帰らずに済むことだった。部屋に自分以外の温もりがあるというだけで心が和むのだ。もちろん、いつもというわけにはいかない。律子も不規則な仕事だから、景子が先に帰ることも多い。だが、たとえ週に一度でも、律子が部屋で待っていてくれると一週間の疲れが吹き飛ぶ気がするのである。

しかも、今朝、事件の呼び出しがあったから、帰りは遅いだろうし、場合によっては泊まり込みになるかもしれないと思っていただけに景子の喜びは大きかった。

リビングのドアを開けた瞬間、景子の喜びは消えた。最初に目に入ったのは床に転がっているウィスキーの空き瓶だ。律子はソファで眠り込んでいる。口を半開きにして、口の端から涎《よだれ》が垂れている。深酒して眠り込むと、いつもこんな風になる。

景子が床全体に視線を走らせる。他に空き瓶がないかと探したのだ。それ以外には見当たらないが、だからといって、これが一本目だとは限らない。一本目と二本目を飲み干して空き瓶をどこかに隠し、三本目を飲んでいる途中で眠り込んでしまったとも考えられる。空き瓶が転がっている部分に染みができているのはウィスキーがこぼれたせいに違いない。つまり、完全に飲み干す前にひっくり返してしまったということだ。体調でも悪いのなら別だが、ボトル一本を空けたくらいで律子が泥酔して眠り込むとも思えなかったから、やはり、これは二本目か三本目だろうと景子は推察する。他の空き瓶を探そうかとも思ったが、そんなことをするには疲れすぎているし、律子と言い争うのも億劫《おっくう》だった。このまま寝かせておこうかとも考えたが、風邪でも引いたらと心配になったので起こすことにした。

「律ちゃん、起きて。こんなところで寝たら、風邪を引くよ」

「え……」

律子が薄く目を開ける。景子を見ると、にこりと笑いかけ、

「お帰り。今、何時？」

「もう一時過ぎよ。また飲んだのね」

景子が悲しそうに言う。

「ごめん」

律子がソファに体を起こす。

「鳥谷さんなんだけど、入院しちゃった。犯人に襲われて重傷。しばらく復帰は無理そう」

「鳥谷さんが？　律ちゃんも一緒だったの？」

景子の顔色が変わる。

「わたしがもたもたしてたせいで鳥谷さんがやられた。もちろん、犯人も病院送りにしてやったけどね。だけど、そういう問題じゃないよね。さんざん理事官に絞られちゃった。当面、現場には出さないって、おとなしく内勤してろってさ」

「そう……」

景子が律子の隣に坐る。

「辛かったね」

「うん」

律子が景子の肩に頭を載せる。景子は律子の髪をそっと撫でてやる。

「鳥谷さんのことは残念だけど、律ちゃんが無事でよかった」

「わたしが無茶したせいで、鳥谷さん、やられたんだよ」

「律ちゃんのせいじゃないわよ。自分を責めないで。明日のことはいいから、ゆっくり休んで。疲れを取らないとね」

「明日って……何かあったっけ？」

律子が小首を傾げる。すぐにハッとしたように顔を上げ、

「拓也《たくや》君と遊園地に行くんだよね。忘れてないよ。もちろん、一緒に行くって」

「うちで休んでる方がいいよ。無理しないで」

「無理なんかしてないから。外に出る方が気が紛れるしさ」

「それならいいけど……」

「あっちで寝る」

「うん」

律子の足取りがふらついているので、景子も寝室について行く。ベッドに寝かせ、明かりを消して寝室を出ようとして、ふと、

「あ、そうだ。昼間、お母さまから電話があったわよ。メールしようと思って忘れてた。ごめん」

「いいよ」

律子の表情が強張る。

「しばらく帰ってないでしょう。お母さま、律ちゃんと話したかったみたいだよ。行ってきたら？」

「用があるなら、わたしに電話すればいいんだよ。携帯の番号だって知ってるんだし。わたしがいない時間を見計らって、わざと景子さんに電話してるんだよ。直接、わたしと話したくないから」

「でも……」

「ごめん、寝るから」

　律子が頭からタオルケットを被ってしまう。

「………」

　景子は、どうしようかと迷う様子だったが、結局、何も言わずに寝室を出る。台所に行って、ケトルを火にかけて、お湯を沸かす。あまり食欲もないが、昼から何も食べていないから無理をしてでも少し食べなければと思った。丼にごはんをよそい、永谷園のお茶漬けの素をかける。椅子に坐り、お湯が沸くのを待ちながら、西園真琴との会話を思い返した。今の病院に勤務する以前のことを訊かれて、久し振りに昔のことを考えた。

　聖アウグスティヌス医科大学病院の救命救急センターに勤務して二年になる。その前は中野の警察病院に二年勤務した。そこで律子と知り合った。ベガに襲われて負傷した律子を担当したことがきっかけだった。最初は患者と看護師という関係だったのである。二人の距離が接近し、一緒に暮らすことを決めたときに転職した。たまたま誘いがあったということもあるが、景子としては生活を一新するために職場も変わりたかったのだ。そこで働いていると、律子が重傷を負ってベッドで苦しんでいた姿を思い出してしまうということもあった。

　警察病院の前は、池袋の聖火会病院で救急外来を担当していた。これまでに四つの病院に勤務したが、聖火会病院がふたつ目だ。看護学校を出て最初に勤めた病院で優秀だったので、よりよい条件で転職できた。仕事が面白くなり、看護師として自信がついてきた頃だ。そこには四年いた。

待遇はよかったものの、いろいろ問題の多い病院だったことも確かだ。景子が勤め始める一年ほど前に経営陣が刷新されていたが、赤字体質を改善して黒字化を図るために病院経営の合理化を急激に進め、その過程で様々なトラブルが発生したのだ。患者第一ではなく、経営第一というのが新しい理事長の方針で、病院長は理事長のイエスマンだったから、その方針に従うことのできない医師や看護師は次々に解雇された。職員の定着率が悪いので、他の病院より待遇をよくすることで人員を確保していた。

もっとも、給料以上の働きを要求されたことも確かで、他の病院であれば三人でこなすような仕事を二人でこなさなければならなかった。

慢性的な人手不足のせいで、医師も看護師も疲労困憊しており、手術中の医療事故や治療ミスなどは日常茶飯事だった。小さな事故やミスは隠蔽《いんぺい》され、裁判になったり、マスコミに取り上げられそうな重大な事故やミスは金で揉み消された。

今にして思えば、よく聖火会病院に四年も勤めていたものだと思うが、ちょうど自分も、心も体もぼろぼろに荒《すさ》んでいた頃で、家にいる時間を少しでも減らしたかった。病院勤務は辛くて大変だったが、それでも家で育児に追われるよりは、ずっとましだったのだ。

(あの事故は、起こるべくして起こった……)

そんな気がする。

景子自身は、幸いというべきか、医療事故や治療ミスに関わることもなく、どんなに疲れていても自分の仕事には責任を持って取り組んでいたが、五年前のある夜、とうとう重大な医療事故に巻き込まれてしまった。

目を瞑ると、今でも、あの夜の情景がまざまざと脳裏に甦る。交通事故被害者の血まみれの青年が運び込まれてきた。かなりの重傷で、ほとんど意識がなかった。譫言《うわごと》のように何かを口にしていたが、意識が錯乱しているらしく、何を言っているのかわからなかった。事故の後、すぐに救急車を呼べば、そこまで容態が悪化することもなかったかもしれなかった。運転者が被害者を放置して逃げたのだ。つまり、轢《ひ》き逃げの被害者である。

それだけでも不運だったのに、その夜、聖火会病院の救急外来は異様に混み合っていた。医師も看護師もへとへとの状態で患者に対応していた。被害者を担当したのが経験の浅いシニアレジデントだったことも不運だった。

なぜ、そうなったのかといえば、最初に診察したベテラン医師が、

「命に別状はない」

と判断したためだ。

救急外来では、何よりも命を救うことを最優先する。従って、生死の境をさまよっている患者にベテラン医師が割り振られる。その被害者はひどい外傷を負ってはいたが、命に関わるほどではなかったので優先順位が下がり、シニアレジデントに任されることになった。そのシニアレジデントが疲労しており、ひどく不機嫌だったことも不運だった。本当であれば、その日は休みで、恋人とイブを過ごせるはずだったのに、同僚が過労で倒れたために急遽《きゅうきょ》呼び出されたのだ。

その被害者は全身に外傷を負っていたが、最も深刻なのは右腕で、二の腕の骨が露出し、肘から下が千切れかかっていた。修復するのは難しい手術になりそうだった。外科の医師たちを招集して長い手術をして、それでも成功するかどうかわからないような状態だった。

「いいよ、切断だ」

さして悩むでもなく、そのシニアレジデントは決断を下した。イブの夜を家族や恋人と過ごしている医師たちを緊急招集して、後から恨まれるのはごめんだというのが本音だった。

その被害者が身分証明書の類を持っていなかったことも不運だった。財布もなかった。

いくつもの不運が、これでもかというくらい、この夜、その被害者に重なった。被害者の名前がわかっていれば、そのシニアレジデントももっと真剣に悩んだに違いないし、少なくとも家族に連絡を取って、家族の了解を取り付けてから手術を始めることができたはずだ。

天野《あまの》正彦《まさひこ》……それが後からわかった被害者の名前だが、クラシック音楽に疎い景子ですら名前を知っているほどに有名な新進ピアニストだった。

この夜、ピアニストとしての天野正彦の将来は消えた。その七日後、新年を迎えた直後、天野正彦は病院の屋上から飛び降りた。

その一月後、景子は聖火会病院を退職した。三ヶ月後、警察病院で勤務を始めた。その直後、夫から離婚を切り出され、景子は家から追い出された。

(そうよ、わたしは追い出された……)

だが、誰を恨むわけにもいかない。なぜなら、悪いのは自分だとわかっていたからだ。

「景子さん」

「…………」

「景子さん」

「え」

ハッと顔を上げると、すぐ横に律子が立っている。

「どうしたの、律ちゃん?」

「どうしたって……ケトルが吹いてたよ」

危険防止のために、沸騰すると音が出る仕組みになったケトルなのである。その音を聞きつけて律子は起きてきたらしい。

「ごめん、考え事をしてて」

「ふうん、景子さんでもぼんやりするんだね。お茶漬け、食べるの？　お湯、かけようか」

律子がケトルに手を伸ばすと、

「いいの。やめておく」

景子が首を振る。もう食欲がなくなっている。

二

五月一九日（土曜日）

土曜日の豊島園には家族連れが多い。人気のある乗り物は長蛇の列だ。何がそんなに楽しいのか、子供たちが絶え間なく笑い声を上げている。地方から修学旅行にでも来ているらしい、学生服やセーラー服を着た男女の学生が歓声を上げて走り回っている。

そんな様子を、律子はベンチに坐って、ぼんやり眺めている。

昨日、久し振りに早めに帰宅することができ、景子は遅番だったので、調子に乗ってウィスキーを飲みすぎた。それで二日酔いというわけではない。もっと飲みたい、と肉体が要求しているのだ。

これが平日であれば、否応なしに出勤することになるから、まさか朝っぱらから酒など飲むことはできない。しかし、今日は休みだから、飲もうと思えば飲めないこともない。目が覚めたときから、頭の中で酒のことばかり考えている。

律子が一人であれば、きっと飲んでいただろう。ベッドの中でウィスキーを飲み、酔いが回ったら眠り、目が覚めたら、また飲む。それを繰り返しているうちに夜になって一日が終わる。次の日も休みなら、同じことをするだけだ。景子と暮らすようになるまで、いつも休日は、そんな風に過ごしていた。今では懐かしい思い出だ。

（ウィスキーが飲みたいなあ。ストレートで一杯だけでいいんだけどなあ。そうすれば、しゃきっとできるんだけど……）

頭の中に霧がかかったようなもやもやした気分を持て余していると、景子が戻って来るのが見えた。横に拓也がいるが、二人の距離は五〇センチくらい離れている。景子はちらりちらりと横目で拓也の顔色を窺い、一方の拓也はむっつりと黙り込んでいる。遊園地に来ているのに、六歳の男の子がつまらなそうな顔をしているなんて、おかしいだろう、と律子は思う。

（手くらい繋《つな》げばいいのに。何で、あそこまで気を遣うのかね）

景子は四年前に離婚した。嫁ぎ先に拓也を残して家を出たのである。追い出された、という方が正確かもしれない。一緒に暮らすようになってから律子が事情を知り、

「自分の子供に会えないなんておかしいでしょう。景子さん、会いたくないの？」

「会いたいけど……」

ためらう景子の尻を叩いて弁護士に相談するように助言し、弁護士がうまく交渉して、月に一度、拓也に会う権利を勝ち取った。拓也と定期的に会うようになって二年近くになるのに、いまだに景子は拓也と打ち解けることができないままだ。景子が冷たいせいではなく、拓也と離れ離れになってい

た時間が長すぎたために、どう接すればいいのかわからず、わが子でありながら他人の子に対するようなよそよそしさがあり、異様なほど気を遣っているせいだと律子にはわかる。仲良くしたいのに、どうすればいいかわからずに戸惑っているのだ。遊園地で乗り物に乗るには三人よりも二人の方が好都合だし、親子水入らずで過ごさせてやりたいという気持ちもあったから、遠慮してベンチに坐って時間を潰していた。遠慮した意味がまったくないことに腹が立った。その怒りをぐっと抑え、

「どうだった、拓也君、楽しかった？」

と笑顔で訊く。

「うん、楽しい」

拓也はうなずくが、その返答も取って付けたようで、いかにも嘘臭い。

（ある意味、似た者親子ってことだよね。子供のくせに大人に気を遣ってさ……）

内心、うんざりしながら、どんな乗り物に乗ったの、と拓也に訊く。

「ええっと……」

拓也が困ったような顔になる。うまく説明できないのだ。律子が景子に顔を向けると、

「回転木馬でしょう。アンパンマンのゴンドラ、スカイトレイン、アニマルカップ、それにミラーハウスにも入ったし……」

「何だか、おとなしいものばっかりだね」

「そんなことないよ。ミニサイクロンにも乗ったし」

「拓也君、何が一番楽しかった？」

律子が拓也の前にしゃがみ込んで訊く。

「ジェットコースター！」

「ふうん、ミニサイクロンか。そうだよね、男の子だもんね。どうして、ミニじゃなく、普通のサイクロンに乗らなかったの？」

律子が景子を見る。

「だって、身長制限があるし」

「そうだっけ……」

入場のときにもらったパンフレットを律子が広げる。サイクロンは110センチ以上利用可となっている。律子は立ち上がって、拓也の横に立ち、

「全然大丈夫だよ、120センチくらいありそうじゃない」

「………」

景子が目を伏せて黙り込む。

「あ、そうか。駄目なんだっけ」

景子が絶叫系のアトラクションが苦手だということを律子は思い出した。しかも、高所恐怖症だ。

「それなら、わたし、乗ってこようか？」

「頼める？」

「うん、景子さんがよければ」

「お願い」

景子が懇願の眼差しを向ける。

「拓也君、サイクロンに乗ろうか」

「うん」

「コークスクリューっていう二回転するすごいのもあるけど、乗る？」

「乗る！」

「よし。その後は、あれだ」

律子が指先を上に向ける。フライングパイレーツだ。大きな船が急上昇と急降下を繰り返している。

「乗る、乗る、乗る！」

拓也がぴょんぴょんとジャンプしながら何度も大きくうなずく。

（やっぱり、こうでなくっちゃね。子供が遊園地に来たら、これくらい喜んでもらわないと連れてきた甲斐がないでしょう）

律子が満足そうに笑みを浮かべる。

お昼になったので食事をすることにした。

「何にする、景子さん？」

「何がいいのかな」

景子が困ったような顔になる。

「本人に訊けばいいじゃない」

どこまで他人行儀なのだろうと呆れながら、何が食べたいか拓也に訊く。ハンバーガーとポテトが食べたいというので、あっさり決まってしまう。

食事をしている間も、もっぱら、律子が拓也と話した。時折、律子が景子に水を向けるのだが、景子と拓也の会話は長続きしないのである。

食事中に隣のテーブルにいた拓也と同い年くらいの女の子が律子を指差して、

「あのおばちゃん、顔が怖いね」

と大きな声を発した。女の子の両親は慌てて、どうもすいませんと謝り、もう食事も終わりかけていたので、さっさとテーブルを離れた。

拓也がじっと律子の顔を見て、

「その傷、どうしたの？」

と訊いた。

「ちょっと……」

景子が顔色を変えて止めようとするが、

「怪獣と戦って、やられちゃったのよ。もちろん、勝ったのは、こっちだけどね」

律子は両手を大きく広げて、ガオーッ、ガオーッと叫びながら拓也に抱きついていく。拓也は笑いながら律子の手から逃れようとする。

景子がホッとしたように微笑みながら二人を見つめている。

二

武蔵小金井駅。

律子は改札を出ずに、柱の陰から景子を見守っている。拓也は電車の中で眠ってしまい、景子がおんぶして改札を出ていく。そこに矢代耕助《やしろこうすけ》が待っている。見るからに不機嫌そうな顔だ。景子の別れた夫、拓也の父親である。

（嫌な奴……）

律子は矢代耕助が嫌いだ。景子の前夫だから嫉妬しているというわけではないし、嫌なところをいくつも挙げられるほど耕助のことを知っているわけでもない。それでも、こいつは嫌な奴だと直感できるのである。

耕助についても、足かけ四年に及ぶ耕助との結婚生活についても、景子が自分から語ることはほとんどないが、拓也との面会権を獲得するために弁護士を依頼するとき、少しだけ話を聞いた。

それによると、耕助は中堅製薬会社のＭＲ、即ち、医薬情報担当者である。かつては、プロパーと呼ばれていた職種で、他の業界の営業職に当たる。景子が看護師として初めて勤めた病院を担当していた。

陽気で社交的な男として景子の前に現れ、女性看護師の間でも人気があったという。異性との交際経験がほとんどなく、初《うぶ》な景子はすぐに耕助に夢中になり、知り合って一年後には結婚した。結婚の半年前に職場を変わったのは、耕助の強い勧めだった。新しい病院の方が待遇がよかったのも確かだが、当時、耕助がその病院への食い込みを狙っていたので、景子を利用したとも言える。

一緒に暮らすようになると、陽気で社交的なのは営業用の仮面に過ぎず、家の中では陰気なほど無口で、小言の多い怒りっぽい男だとわかった。

しかも、新居には耕助の母親が同居しており、炊事や掃除など細かいところに目を光らせ、口うるさく景子に小言を浴びせた。景子の立ち居振る舞いが気に入らないというのではなく、耕助の妻であることが許せないという感じだったという。母子家庭だったせいなのか、義母は耕助を溺愛しており、何かにつけて景子を目の敵にした。人気者だった耕助が三〇過ぎまで独身だった理由が景子にも納得できた。

そんな事情を景子は訥々《とつとつ》と律子に語った。一方的に耕助や義母を悪く言ったわけではなく、自分の至らなかった点をいくつも並べた後に、ようやく耕助や義母に対する不満をひとつかふたつ口にした。

景子は誰かを一方的に罵《ののし》るような女ではないのだ。

耕助に対する失望や義母との折り合いの悪さだけが離婚の理由ではなさそうだったが、では、肝心の離婚理由は何なのかといえば、景子は律子にも語ろうとしなかったし、離婚する前にまた職場を移った事情、なぜ、離婚するときに拓也の親権を争わなかったのか、ということについても何も話そうとしなかった。弁護士を決めてからは、景子が自分で対応し、律子が口出しすることを嫌がったので、今でも景子の結婚生活については、謎めいたことが多い。律子にも秘密は多いし、秘密を探られることに苦痛を感じることもあるから景子の秘密を興味本位に詮索することは控えている。

警察官として過ごすうちに、自然と律子には人間を観察する癖が身についている。被疑者を尋問するとき、昔ながらの脅したり賺《すか》したりといったやり方だけでなく、FBI方式と呼ばれる被疑者のボディランゲージを観察する方法を警視庁でも少しずつ取り入れるようになっており、強制ではないが、その種のテキストを読むことも推奨されている。律子も、そういう勉強を続けているので、相手の表情や仕草から発せられる簡単なサインならば読み取ることができる。

もっとも、そんな技術が身についていなくても、耕助の冷たい目やよそよそしい態度を見れば、景子に敵意を抱いていることがわかるし、拓也を引き取ったら、すぐにでも立ち去りたいと考えていることは一目瞭然だ。

一方の景子はといえば、遠目にも、おどおどして落ち着かない感じがする。拓也への他人行儀な態度といい、耕助への卑屈な態度といい、本当に何年も夫婦として親子としてひとつ屋根の下で暮らしたのかと疑いたくなるほどだ。

険しい表情で二言三言、何か景子に言葉を投げつけると耕助は拓也をおんぶしたまま景子から離れていく。景子は、その場に佇んだまま動けない様子だった。見かねて律子がそばに行こうとしたとき、景子が踵《きびす》を返し、改札を抜けて戻ってきた。

「ごめんね。待たせちゃって」

景子が無理に笑顔を作ろうとする。

「いいよ、無理しなくて」

律子が景子の二の腕を軽くぽんぽんと叩く。


夕食は渋谷のヒカリエでスペイン料理を食べることにした。パエリアと生ハムのサラダを注文して、二人で取り分けて食べる。ウェイターに飲み物をどうするか訊かれ、その料理に合うワインを勧められたとき、景子がハッとして表情を変えた。

「お水を下さい」

律子は迷いなく答えた。

「わたしも、お水を」

景子が安心したように微笑みながら言う。

ウェイターが一礼してテーブルを離れると、

「拓也君、喜んでたね」

「律ちゃんのおかげよ。本当にありがとう」

「ひとつ、訊いていい？」

「ん？」

「久し振りに会うから最初のうちは照れ臭かったのかもしれないけど、景子さん、ずっと拓也君に遠慮してるように見えたんだよね。ものすごく気を遣ってるっていうか、よそよそしいっていうか

「……」

律子がちらりと上目遣いに景子を見る。景子は沈んだような表情でうつむいている。

「別れた旦那さんに会ったときも、何ていうか、景子さんが悪いことでもして、それを必死に謝っているっていうか、そんな風に見えてさ」

「ねえ、律ちゃん」

景子が顔を上げて、正面から律子を見つめる。

「お互いの過去には立ち入らない約束だよね？」

「そうだけど……」

「今までうまくやってきたじゃない」

「………」

その通りだと律子にもわかっている。この二年、お互いの抱えている問題について踏み込んで話し合ったことはない。どちらかが何かを話したいと思えば、相手は黙って耳を傾けるという関係で、自分の方から相手の領域に立ち入るような真似はしなかった。誰よりも親しい間柄なのに、常に微妙な距離を保ってきたのだ。よそよそしく他人行儀かもしれないが、そのおかげで二年も一緒に暮らすことができたのだと律子も納得している。それが律子と景子の間にある暗黙のルールなのだ。

これまで律子が付き合ってきた女性たちは、最初のうちこそ、きちんと距離を保つものの、親しくなるにつれて距離を縮めようとして心の中を探ろうとした。それが律子には耐えられず、結果として、一年以上、特定の相手と付き合ったことはない。

景子が律子のアルコール問題に関わってくるのは純粋に律子の体を心配してのことであり、なぜ、律子がアルコールに溺れるようになったのかという、より根本的な問題には触れようとしないのも、ルールを守っているからだ。

「心配してくれるのは嬉しいけど、まだ話したくないの。いつか話せるかもしれないけど、今は無理」

「わかったよ、ごめん」

ちょうど料理が運ばれてきたので食べ始める。

元々、景子は口数が多い方ではないので、律子が黙ってしまうと途端に会話がなくなってしまう。

二人は黙々と食事をする。

一三

五月二〇日（日曜日）

景子は日勤なので、七時半までには家を出る。玄関で見送る律子の顔を心配げに見るので、

「大丈夫、飲んだりしないから。もう少ししたら実家に行くからさ」

「お母さまと連絡を取ったの？」

「ううん」

律子が首を振りながら肩をすくめる。

「何か用があるから連絡してきたんだろうから行ってくる。そうしないと、また景子さんに面倒な電話がかかってくるだろうし」

「別に面倒なんかじゃないよ」

「実家に行くと、イライラしてストレスが溜まるだろうから、帰りにジムに寄ると思う。景子さんより帰りが遅くなるかもしれないけど、そういうことだから心配しないでね」

「わかった。お母さまによろしく。お父さまにも」


律子は九時過ぎに家を出た。約束してあるわけではないから何時に出ても構わないのだ。突然、訪ねれば両親が外出している可能性もないではないが、それならそれでよかった。むしろ、その方がありがたいというのが本音だ。

実家は杉並の浜田山二丁目、柏の宮公園の近くにある。最寄り駅は井の頭線の浜田山駅だ。三軒茶屋からだと渋谷で各駅停車に乗り換えても三〇分足らずで着いてしまう。急行なら、もっと早い。

そんな近くに住んでいるのに、律子が実家に帰ることは滅多にない。少なくとも自分の意思で帰ることはまったくない。母の菜穂子が何か用事があって連絡してくると、仕方なく実家に足を向けるという感じで、何も連絡がなければ、半年くらい帰らないこともある。

ドアには鍵がかかっていない。

「ただいま」

声をかけて玄関に入る。

正面にリビングに続く廊下があり、右手に二階に上がる階段がある。中学二年生の夏休みが終わった頃から、律子は両親に強く反発するようになり、特に父の隆太郎に対しては、顔を見るのも避けるほどに嫌い、口を利くこともほとんどなくなった。その頃は、帰宅すると、両親のいるリビングには顔を出さず、すぐに階段を上って自室に飛び込んだものだ。二階には律子と弟の隆一の部屋があった。朝の早い隆太郎は午後一一時を過ぎると寝室に引き揚げるのが習慣だったから、それを待って、律子は階下に降りて食事をしたり入浴したりした。空腹で我慢できないときは、隆一に命じて、こっそり台所から菓子パンや果物を持ってこさせた。

（隆一……）

律子が階段を見上げる。

その瞬間、フラッシュバックが起こり、首を吊った隆一が天井からぶら下がっている光景が脳裏に甦る。二二年も前の出来事なのに、まるで昨日のことのように色鮮やかに生々しく記憶が甦ってくる。

律子は目を瞑り、大きく深呼吸する。心臓の鼓動が速くなっているのがわかる。

そのとき、リビングから、

「なーうーこーっ、どがいっだー、み、み、みーずー、よごせーっ……」

隆太郎の唸り声が聞こえて、律子の表情が険しくなる。舌打ちして、廊下を踏み鳴らして大股にリビングに向かう。律子が腹を立てている証拠だ。

隆太郎は車椅子に坐り、体を大きく揺らしている。テーブルに置いてある水差しを取ろうとしているのだ。ところが、車椅子はテーブルの右側にあるので、右手で水差しを取ろうとすると体を捻ってテーブルに手を伸ばさなければならない。届くはずがなかった。車椅子に乗っているのは、痛風を患って手足が痺れるようになり、同時に骨粗鬆症《こつそしょうしょう》も悪化して歩行が困難になったからだ。しかも、脳梗塞の発作を何度も起こしたために左半身に麻痺が残り、左腕と左足をまったく動かすことができない。言葉をうまく話すことができず、唸り声しか出せなくなったのも口の左側が動かないからだ。

（またやってるんだ……）

律子が呆れたのは母の菜穂子の仕打ちである。わざと車椅子をテーブルの右側に止めたのに違いなかった。そうすれば水差しに手が届かないと承知の上で意地悪したのだ。

隆太郎は警察官だった。うだつの上がらない巡査長で、所轄の地域課に籍を置き、退職するまで交番勤務を続けた。出世はできなかったが、上司からは真面目で熱心な警察官だと評価されていた。だが、それは外での仮面に過ぎず、家の中では本性を露わにした。帰宅すると浴びるように酒を飲み、些細なことで菜穂子や子供たちに絡み、少しでも逆らうと暴力を振るった。たとえ逆らわなくても、隆太郎の虫の居所が悪ければ暴力の餌食になった。性質《たち》の悪い酒乱というしかなかった。

午後一一時になると就寝するのも、入浴し、食事しながら酒を飲み続け、酔い潰れて寝てしまうのが、たまたま、その時間だったというだけのことだ。退職して三年後に発作を起こし、車椅子生活を余儀なくされたのも、長年にわたって過度の飲酒を続けたツケが回ってきたのだ。まだ六五歳だというのに、それより一〇歳くらいは老けて見える。

「みー、みー、ずっ、ずー」

隆太郎が顔を真っ赤にして唸る。口の端に白い泡が溜まっている。よほど興奮しているのであろう。

「水か？」

律子が水差しを手に取る。

「これが飲みたいのかよ」

「うーっ、うーっ」

隆太郎が律子を睨む。体は不自由だが惚けているわけではない。頭はしっかりしている。憎しみに満ちた目で律子を睨む。

「違うだろう？　あんたが飲みたいのは水なんかじゃないよな。酒だろ？　酒が飲みたいんだろう？日本酒が大好きだもんなあ。非番の前の夜には一升瓶を空にしてたもんなあ。酔っ払って、お母さんに皿をぶつけたり、わたしや隆一を殴ったり蹴ったりしたもんなあ。理由なんかなくても面白半分に青タン張ってくれたよなあ？」

「うーっ、うーっ」

「ふんっ、飲めばいいだろうが。好きなだけ飲め」

律子は水差しをテーブルの端に移動させる。どう足掻いても隆太郎には届かない場所だ。

怒り狂って唸り声を発する隆太郎を置き去りにして、律子はベランダから裏庭に出る。家の中に菜穂子の姿が見当たらないときは、大抵、庭にいる。

やはり、いた。律子に背を向け、しゃがみ込んで花の手入れをしている。

「お母さん」

律子が呼びかけると、振り返りもせずに、

「いらっしゃい」

と言う。

「ねえ、あの声、聞こえないわけ？」

家の中から隆太郎の唸り声がはっきり聞こえている。

「ほっとけばいいの。何でもかんでも手を貸すのはよくないんだってよ。身の回りのことは、できるだけ自分でやる方がリハビリにもなるんですって」

悪びれた様子もなく、菜穂子が答える。

「リハビリねえ……」

律子の目には意地悪をして楽しんでいるようにしか見えない。

もっとも、それを責めるつもりはない。

長い結婚生活のほとんどを隆太郎の酒と暴力に苦しめられたのだから、少しくらい復讐したくなる気持ちもわからないではない。隆太郎が元気なときは、息をするのも憚《はばか》るように暗い顔をしていた菜穂子だが、隆太郎の肉体と言語が不自由になるにつれ、それと対照的に、菜穂子の表情は生き生きしてきた。明るく社交的になり、今では様々なサークル活動に精を出し、テニスをしたり、生け花やお茶を嗜《たしな》むようになっている。サークル活動に出かける日にはヘルパーを呼んで隆太郎の世話を頼んでいる。

菜穂子が隆太郎を介護施設に入所させない理由も律子にはわかっている。そんな施設に入れたら、隆太郎は手厚い介護を受けて、ぬくぬくと満ち足りた老後を過ごすことになる。そんな楽をさせないために自宅介護を続け、時折、ねちねちと静かな復讐をして溜飲を下げているのだ。

「あれでも少しずつよくなってるのよ。あまりわがままも言わなくなったし」

「言わないいんじゃなくて、聞こえない振りをしてるだけなんじゃないの？　わたしの目には昔のままのクソ野郎にしか見えないもん」

「下品ねえ。まるで男の人みたい。男性ばかりの職場にいると、そうなるのかしら」

菜穂子が立ち上がり、袖で額の汗を拭う。

「それより、何か用があるんだったら、景子さんじゃなくて、わたしに直接、連絡してよ」

「いやよ」

菜穂子が首を振る。

「律子は、すぐに怒るんだもの。その点、町田さんは親切だし、優しいから。律子と話すより、町田さんと話す方が気楽だもの」

「景子さんだって忙しいんだから」

「ちょっと伝言を頼んだだけよ。そんなに怒ることじゃないわよ。ねえ、お茶でも飲む？　わたしも休憩するから」

「結構です。あんなにぎゃあぎゃあ喚《わめ》かれてるそばでお茶なんか飲んでもまずいだけ。ねえ、何の用事なのよ？」

「そんなにイライラしなくてもいいじゃない。たまにしか帰ってこないんだし」

「お母さん……」

律子が溜息をつく。

「いやあねえ、隆一の法事の相談をしたかったのよ。もう一月もないんだから」

隆一が自殺したのは、一二年前の六月一八日なのである。


隆一の墓は世田谷区北烏山四丁目にある。

律子は墓石に水をかけると、供花を置き、墓前にしゃがみ込んで手を合わせた。

（ごめんね、隆一。助けてあげられなくて……）

心の中で弟に詫びる。

目を開ける。墓周りはきれいに掃除されており、墓石もきれいだ。菜穂子が通ってきて、掃除しているのに違いなかった。

だからといって、律子は菜穂子に感謝するつもりはない。むしろ、無性に腹が立つ。死んでからこまめに墓掃除をするくらいなら、どうして生きているときに、もっと親身になって支えることができなかったのか、と怒りを覚えるのだ。

隆一は律子とは違って弱い子だった。おとなしく物静かで、律子とは、まるで違っていた。中学三年への進級時にクラス替えが行われたが、隆一は、そのクラスに馴染めず、クラス内で孤立した。いじめまがいの悪ふざけがクラスメートによって為されていたとわかったのは隆一の死後だ。隆太郎は不登校などを許すような男ではなかったから、学校に行きたくないという隆一を口汚く罵り、殴る蹴るの暴行を加えて強引に登校させた。

隆太郎が隆一を言葉と暴力で責めているとき、菜穂子は常に傍観者だった。そのときだけの話ではない。律子と隆一が幼い頃から、菜穂子は自分の身を守ることに精一杯で、子供たちを無防備なまま隆太郎の暴力にさらしたのである。律子は気が強かったから、中学生になると、おとなしく隆太郎の暴力に屈することがなくなり、時には取っ組み合いをし、時にはバットや包丁まで持ち出して隆太郎に抵抗した。その結果、律子は自分を守ることに成功したが、その分、隆太郎の怒りのはけ口は菜穂子と隆一に向けられることになった。隆一は学校でも苦しみ、家庭でも苦しみ、どこにも居場所がなくなって、一五歳の誕生日に自ら命を絶ったのだ。

だから、たとえ年老いて弱ろうと、体が不自由になろうと、律子は決して隆太郎を許さない。

(ちくしょう、飲みたいな……)

隆一のことを思い出すと、無性に酒が飲みたくなってしまう。素面でいると辛すぎるのだ。それが逃避の一種だと自覚しているものの、律子自身にも、どうにもならない。

一四

日勤の勤務時間は、午前八時三〇分から午後四時三〇分までだ。

もっとも、時間通りに上がれることは滅多にない。切れ目なしに患者がやって来て、待合室は常に満席状態だから、少しくらいと思って残業をすると、あっという間に二時間くらいは経ってしまう。

だから、景子が五時に病院を出たのは、かなり珍しいことだった。疲れのせいで体がだるく、残業する気になれなかったのである。昨日、拓也を連れて遊園地に出かけた疲れが残っているのだとわかっている。いつもそうなのだ。肉体的な疲労ではなく、精神的な疲労が残ってしまうのである。

スーパーで買い物をして、六時過ぎにはマンションに帰り着く。

着替えると、すぐに台所に立って夕食の支度を始める。食塩が残り少なくなっていたので、確か、買い置きがあったはずだと食器棚の奥を探す。食塩は見付からなかったが、その代わりに、ウィスキーの小瓶を見付けてしまう。

(律ちゃん……)

景子の表情が曇る。

気になって他の場所も探す。すると、何本ものウィスキーが出てくる。ウィスキー瓶を抱えて台所に運び、全部シンクに流してしまおうとする。

が、そこで景子の手が止まる。

(いつまで、こんなことを繰り返すの?)

酒を見付けると景子が処分する。律子はまた酒を買ってきて隠す。景子が見付けるまで、律子はこっそり飲み続ける。景子が見付けて処分する。すると、律子は……そんな愚かしい鼬ごっこを繰り返しながら、景子も律子も、決して、そのことに触れず、何食わぬ顔で日常生活を営んでいる。

景子は、すべてのウィスキー瓶を元の場所に戻すと、ソファに坐り込む。

(どうしよう……)

これまでにも何度となく自問してきた。景子も看護師である。そのプロの目から判断して、律子は明らかにアルコール依存症である。このまま放置すれば、取り返しのつかないレベルまで症状が悪化してしまうかもしれないという怖れを感じる。

アルコール依存症は緩慢な自殺である、と言われる。肉体と精神を緩やかに破壊していくからだ。

世間には様々な偏見もはびこっている。例えば、

「アル中は本人のだらしなさが原因だ」

という決めつけである。

実際は、そうではない。

アルコール依存症の本質は、それが「心の病」だということなのである。なぜ、飲まずにいられないのか、何が、そこまでアルコールにすがらせてしまうのか、その原因を探らないと何も解決しないし、その原因を探っていくと、生まれ育った家庭環境にまで遡らなければならないことも多い。

つまり、アルコール依存症を治療するには、物心ついてから現在に至るまでの、その人間の人生そのものに真正面から向き合うことが必要なのである。

ところが、厄介なことに、アルコール依存症に陥っている者は、自分がアルコール依存症だということを容易に認めようとしない。それが病気だと知らないことも多いし、ましてや、治療の必要性など認めようとしないことがほとんどだ。

もちろん、自分の飲酒に何の問題もないと思っているわけではないが、せいぜい、度が過ぎている程度であり、それほど深刻ではない、まだ治療するほどではない、と楽観視する傾向があり、これを「否認」という。

アルコール依存症の治療を始めるには、まず「否認」を改めさせ、自らの飲酒に問題があることを本人に自覚させ、治療へと結びつけることが必要で、これを「コンフロンティション」という。

景子が自身の抱えている問題を律子に打ち明けたことがないように、律子もまた自分の抱えている

問題を景子に打ち明けたことはない。

しかし、何気なく律子が洩らす言葉の端々や、たまにかかってくる菜穂子からの電話……そういったものから、ぼんやりと律子の抱えている問題を類推することができる。そこから、律子がアダルト・チルドレンなのではないか、という疑いを景子は抱いている。

アダルト・チルドレンというのは、アルコール依存症患者のいる家庭で育ったために精神的にも肉体的にも多くの問題を抱えてしまった子供のことである。親がアルコール依存症だと、攻撃性のある情緒障害を発症しやすいし、非行に走る子供も多い。アルコール依存症の親は児童虐待に走りやすいので肉体的なダメージを受けることも多い。最も深刻なのは、その子自身が大人になったときにアルコール依存症になりやすいことで、そうでない場合、特に女性は、自分が酒を飲まなくても、アルコール依存症の男性を配偶者に選ぶことが多い。

律子が実家を毛嫌いしているのは確かだし、家族の話もほとんどしない。打ち明けられなくても、よほど深刻な溝が存在していることはわかる。その原因がアルコールだとすれば、様々なことが納得できるのである。そうだとすれば、律子が酒を手放すことができないのは、律子が心に大きな傷を負っているせいで、その傷が今でも癒えていないからに違いない。しかも、放置すれば、状態は悪化する一方だ。

（律ちゃんを手助けできるのは、わたししかいない……）

それは景子にもわかっている。

もちろん、アルコール依存症の治療が難しいことは承知している。並大抵の苦労ではないのだ。本人が苦しいだけでなく、それを支える家族も患者と同じように苦しむのだ。

しかし、景子は、律子が立ち直るためならば、どんな苦労も厭わない覚悟がある。

ならば、なぜ、ためらうのかといえば、もし律子の抱えている問題に踏み込めば、当然ながら、景子の抱えている問題に律子が踏み込んでくることも拒むことができなくなってしまうからであった。その覚悟は、まだできていない。

同じ頃、律子は、渋谷にあるスポーツクラブのジムで汗を流していた。何種類ものマシンで筋肉を鍛え、バーベルを持ち上げ、エアロバイクを漕いだ。最後にはジャズダンスのクラスにまで参加した。シャワールームに入ったときには、思わず坐り込んでしまいそうなほど疲労していたが、ひたすら、体をいじめ続けたことで頭の中が空っぽになり、余計なことを考えずに済んだ。

いつものことだが、実家を訪ねた後は、ひどく苛立ってしまう。隆太郎への怒りと憎しみ、菜穂子への苛立ち、隆一への罪悪感などが渦巻いて、何とも言えない不快感が汚泥のように心の奥底に沈殿するのである。そんな気持ちのまま、景子の待つマンションに帰るのは嫌なので、ジムに寄り道する。

体がくたくたになると喉が渇く。

だが、水を求めているのではない。水ならば、運動しながらたくさん飲んだ。シャワーのコックを捻ろうとして、指先が震えているのに気が付く。ウィスキーをストレートで飲み干せば、さぞ、うまいだろうと思う。ビールでもいいし、焼酎でもいい。とにかく、アルコール分を含んでいる液体を口にしたかった。アルコールのことしか考えられなくなってしまう。

「駄目よ……」

コックを捻る。冷たい水が勢いよく降り注ぐ。火照った体には、その冷たさが心地よい。その心地よさに身を委ねていると、汚泥のような不快感も洗い流される気がする。もっとも、アルコールを求める渇きは、そう簡単に洗い流すことはできそうになかった。

律子が帰宅したのは八時過ぎだったが、景子は食事をせずに待っていた。

「先に食べてればよかったのに」

「だって、一人で食べてもつまらないし」

「わたしも二人で食べる方が嬉しいけどさ。あーっ、お腹ぺこぺこだよ」

「じゃあ、食べようか」

「うん」

いい雰囲気で食事を始めたものの、いざ食事が始まると、あまり会話も弾まず、二人は黙りこくったまま食べた。

「どうだったの、実家？」

「忘れちゃった」

フォークでくるくるパスタを巻きながら律子が答える。

「え？」

「思い出すとむかつくから、忘れたの」

「ふうん」

それでまた会話が途切れる。

律子は何か考え事をしているし、景子は、どうやってアルコール依存症治療について切り出そうか、そのきっかけを探っている。なかなか、きっかけを見付けられないまま、二人は静かに食事を続ける。

一五

五月二一日（月曜日）

大部屋で一課の全体朝礼が行われている。

理事官の篠原宏幸が事務的な口調で連絡事項を次々に説明する。捜査員たちは神妙な顔つきで聞き入っているが、実は、真面目に聞いている者はほとんどいない。自分に関係のあることがあれば、全体朝礼に続いて行われる、係毎の朝礼で改めて係長が話をするとわかっているからだ。

「最後になるが……」

篠原理事官が、藤平《ふじひら》君、と呼ぶ。髪をきれいに整え、鼈甲《べっこう》の丸い眼鏡をかけ、真新しいスーツに身を包んだ、ひ弱な感じの青年が緊張した面持ちで篠原理事官の横に立つ。年齢は二〇代半ばというところである。

「本日付の異動で警察庁の長官官房から一課に配属になった藤平保《たもつ》警部だ……」

篠原理事官が紹介すると、捜査員たちがざわめく。

季節外れの異動というだけでも普通ではないのに、藤平という青年の階級が捜査員たちを驚かせた。

二〇代で警部ということは、当然、キャリアである。

キャリアは、国家公務員I種試験を合格して警察庁に採用された一握りの警察官を指し、将来、警察組織の幹部になることを約束されたエリートである。採用後、警察大学校で学んだ後、所轄で現場勤務を経験するが、その段階で警部補になる。ノンキャリアの警察官は巡査から始まって、昇進試験を受けて巡査部長、警部補へとキャリアアップしていくが、それには最短でも八年かかると言われる し、巡査部長に昇進できないまま年齢を重ねて、一種の名誉職である巡査長で定年を迎える警察官も少なくない。

現場勤務を数ヶ月経験した後、再び警察大学校で補習を受け、警察庁に戻される。このときに警部に昇進する。そのまま警察庁で二年から三年の内勤業務を無難にこなしていけば警視に昇進し、三〇歳になる頃には所轄署の署長、もしくは県警本部の課長クラスのポストに就くことができる。

もちろん、キャリアの間でも競争はあるから、昇進のスピードには個人差があるし、評価によって異動先も違ってくる。そのキャリアがどの程度の評価を受けているかは、警察庁の、どの部署に配属されているかがひとつの目安になる。

その点、長官官房といえば、警察庁の中でも選《よ》りすぐりのエリートが集まるところである。その長官官房から、突然、警視庁の捜査一課に季節外れの異動となれば、捜査員たちが驚くのも無理はない。

「藤平君は四係に所属してもらう」

篠原理事官が言うと、捜査員たちは互いに顔を見合わせ、

（そういうことか）

と、うなずき合う。

四係には空きがある。鳥谷公平巡査長が負傷して入院中なのだ。かなりの重傷なので、治療とリハビリにどれくらいの時間がかかるか今の段階でははっきりしないが、長期間の離脱になることは間違いない。当然、人員の補充が必要になる。

捜査員たちの視線が律子に注がれる。藤平保が鳥谷の補充という形で四係に配属されるのだとしたら、藤平と組むのは鳥谷の相棒である律子に違いないからだ。

律子は能面のように無表情で、口を真一文字に引き結んだまま、じっと正面を見つめている。何を考えているのか、その表情からはまったく窺い知ることができない。

カフェテリアで一課の刑事たちが雑談している。

大きな事件が起こると、家に帰ることもできず、警視庁への泊まり込みが続くほど忙しいが、事件と事件の合間は、報告書の作成などの事務処理をするだけなので、のんびり過ごすことができる。束の間の休息といったところだ。

四係の班長・佐々木直行、同じく四係の渋川富雄、福留勇司の三人がコーヒーカップを手にして他愛のないおしゃべりをしている。そこに倉田正男が息を切らして小走りに駆けて来る。

「おう、何かわかったか？」

福留が訊く。

「まず、水を飲ませて下さい」

「ほら」

佐々木が自分のコップを差し出す。

「すいません」

倉田は、ごくごくと喉を鳴らして一気にコップの水を飲み干してしまう。

「で？」

渋川が倉田を促す。

「向こうでも、今回の異動はサプライズだったみたいです」

倉田が答える。所轄に勤務していた頃、現場研修に来たキャリアの面倒を見たことがあり、そのキャリアが今は警察庁にいる。そのコネを使って、今回の藤平保の異動について探りを入れたのだ。

「長官官房から捜査一課への異動なんて聞いたことがない。普通なら、そのまま所轄や県警にも出ないで、警察庁で出世の階段を昇っていくんじゃないのか？」

佐々木が首を捻る。

「ここだけの話ですが……」

倉田が声を潜める。

「藤平が所轄に出ないで警察庁に残っているのは、現場勤務をしたときの評価が低すぎて、とても現場に出せないと上層部が判断したからだそうです。言ってしまえば、使えない奴と烙印を押されたわけです。本人は現場勤務を希望していたようですが」

「それはおかしいだろう。いくら何でも、そこまで現場勤務の評価が低ければ、長官官房に行けるはずがない。あそこは超エリート集団なんだろう？」

福留が言う。

「親父さんが公安委員会にいて、しかも、うちの副総監の大学時代の先輩だそうです。警察庁の上司たちも、藤平には腫れ物に触るように接していたみたいですね」

「ゴリゴリのコネかよ」

「シーッ！　声が大きいっすよ」

「副総監の息がかかってるんだから、下手なことを口にすると、こっちが所轄に飛ばされちまう」

福留が肩をすくめる。

「そんなコネがあるなら、理事官も文句なんか言えないだろうな」

佐々木が言う。

「下に厳しく、上には、にっこりのイエスマンですからね。役立たずのお荷物をふたつ返事で背負い込んだんでしょうよ」

福留がうなずく。

「どうせ、この秋の異動で警察庁に戻すんじゃないのか？　警視庁の捜査一課で勤務したっていう箔を付けてな」

渋川が言う。

「秋の異動まで、もう半年もありませんよ。いくら何でも、それはないんじゃないですか」

倉田が言うと、

「それなら来年の春だな」

「どうかな……」

佐々木が首を捻る。

「何がです？」

渋川が訊く。

「スカーフェイス」

「なるほど、鳥谷さんの件で理事官に叩かれて、それでなくても頭に血が上っているときに、淵神が、出来の悪いお坊ちゃま君の面倒を見てやるとは思えませんよね」

福留がうなずく。

「何日もつかな？」

渋川が言う。

「内勤している間は我慢するでしょうけど、現場に出たら歯止めが利かなくなるんじゃないかなあ。

現場で藤平がヘマをしたら、淵神のことだから、ぼこぼこにしちまうかもしれませんね」

倉田がにやりと笑う。

「淵神は極めつけのSだからな。となると、今週中には、お坊ちゃま君とは、さようならってことか。今は理事官のお仕置きで内勤させられてるけど、事件が立て込んで忙しくなれば、腕利きの淵神を遊ばせている余裕はなくなる。さすがに来週まで現場に出ないなんてことはあり得ないだろうからな」

福留がうなずく。

「わかりませんよ。藤平は極めつけのMかもしれないじゃないですか。SとMならウマが合う」

「おい」

佐々木が倉田の脇腹を肘でつつく。

カフェテリアに律子が現れたのだ。律子は佐々木たちをちらりと見たが、プレートにコーヒーを載せて、佐々木たちとは離れた窓際の席に坐った。

「おれたちのこと、意識してるよな？　何で、あんなところに坐るんだ、ここに来ればいいのに」

福留が言う。

「一人になりたいんだろうよ。気持ちはわかる。鳥谷さんの代わりがキャリアのお坊ちゃま君だなんて、人をバカにしてやがるもんなあ」

わかる、わかる、と渋川がうなずく。

「噂をすれば、ってやつだな。お坊ちゃま君の登場だ。あいつ、何をする気なのかな」

福留がにやにや笑う。

カフェテリアの入り口付近で藤平は周囲を見回し、窓際にいる律子を見付けると、そちらに歩いて行く。

「あの……」

テーブルの傍らで直立不動の姿勢になる。

「ここ、いいですか？」

「何か用？」

視線を窓の外に向けたまま、律子が訊く。

「い、いいえ、特に用というわけではないのですが、まだ、きちんとご挨拶もしていませんし、これからペアを組むことになるので、少しお話できればと思いまして……」

「遠慮して」

「は？」

「今、ものすごくムカついてるから、あんたにコーヒーをぶっかけちゃうかもしれない。そんなことをしたくないから、わたしのそばにいない方がいい」

「ムカつくって……なぜ、腹を立てているのでしょうか？」

「気の利かない男も鈍感な男も好きじゃない。いいから黙って、わたしの視界から消えて」

律子が藤平を睨む。思わず藤平が後退《あとずさ》ってしまうほどに鋭い視線だ。藤平は一礼すると、すごすごとカフェテリアから出て行く。

それを遠目に眺めていた佐々木、渋川、福留、倉田の四人は、

「怖《こえ》え〜っ」

と声を揃える。

「次の事件が起きたら、淵神が藤平をぼこぼこにして一課から叩き出すと思ってたが、そんなに時間はかかりそうにないな。お坊ちゃま君、明日には姿を消してるんじゃないか？」

佐々木が言うと、他の三人が黙ってうなずく。

一六

律子が黙々と事務処理をしている。

それを、ちらりちらりと藤平が横目で見ている。何とか話しかけるきっかけを見付けたいと思っているのだ。しかし、律子は、その隙を与えない。何度か思い切って話しかけようとするが、その都度、律子に鋭い視線を向けられて怯《ひる》んでしまう。

そんなことをしているうちに終業時間になってしまう。律子は机の上を片付けると、さっさと帰り支度を始める。

藤平は椅子から立ち上がり、

「お疲れさまでした」

両手を真っ直ぐに伸ばし、腰を45度に曲げてきちんと挨拶するが、その横を律子は無言で通り過ぎていく。

「よかったじゃないですか、警部さん」

福留が藤平の肩をぽんと叩く。

「は？　何がですか。まるっきり無視されて、口も利いてもらえないんですよ」

「とりあえず、殴られなかったんだから、今日のところは、それでよしとしないとねえ」

横から倉田が口を出す。

「はあ……そういうものですか」

「なあ、警部さん。最初に確認しておいていいですかね？」

渋川が訊く。

「何でしょうか？」

「ここにいるおれたち三人は巡査部長で、淵神もそう。班長だって警部補だからね。警察に入った年次や、年齢だけは、こっちが上だけど、階級は階級だし、正直に言えば、警部さんが同じ班にいるってことに戸惑ってましてね。そもそも、何て呼べばいいんですか？」

「班の調和を第一に考えていただきたいので、呼び捨てで結構です。警部といっても、それに見合った実績や実力があるわけでもなく、皆さんから教えてもらわなければならない立場ですから」

「ふうん、呼び捨てでいいんだね？　おれたちは単純だから、その言葉を真に受けて、階級の違いなんか無視して警部さんを下っ端として扱いますよ。本当にいいんですね？」

「はい」

「あ、そう。聞いたな、福留、倉田？」

「ええ、確かに聞きました」

倉田がうなずく。

「よし、藤平、おれたちにコーヒーだ。廊下に自販機があるから買ってこい」

福留が高飛車に命ずる。

「はい」

藤平は背筋をピンと伸ばして返事をすると、そそくさと大部屋を出て行く。それを見送りながら、

「割と素直な奴じゃないか」

渋川が感心したように言う。

「だからって、淵神が藤平をかわいがるとは思えませんけどね」

倉田が肩をすくめる。


律子は寄り道せず、真っ直ぐマンションに帰った。景子は早番で二時上がりだから、いくらか残業したとしても、もう帰宅しているはずだ。早番の日は、夕食までたっぷり時間があるので、景子はいつも以上に手の込んだ料理を作ってくれる。それがわかっているから律子も帰りを急いだのだ。

思った通り、手間暇かけた料理がテーブルに並んでいた。どれもおいしかったが、会話がぎくしゃくしてしまうのは、律子が苛立っているせいだ。うちに帰ったら仕事のことは頭から閉め出そうと思っているが、なかなか、うまくいかない。藤平とかいう、見るからに使えそうにないキャリアとペアを組むように命じられたことが、どうにも腹立たしくてならないのだ。警視庁にいるときは、その不満や怒りを抑えていたが、帰宅した途端、箍《たが》が外れてしまったかのように途切れることなく律子の口から不満と怒りが溢れてくる。こんなに人を馬鹿にした人事はあり得ない、わたしだけでなく、鳥谷さんのことも馬鹿にしている、あんまり腹が立つから、辞表を叩きつけてやろうかと考えた……そんな刺々しい言葉が律子の口から吐き出される。

ふと、景子が黙りこくっていることに気が付き、

「あ、ごめんね。わたしのことばかりしゃべっちゃって」

「いいのよ」

景子がにこりと笑う。

「ねえ、律ちゃん」

「ん？」

「余計なお世話だとわかってるんだけど……」

「何のこと？」

「その藤平さんていう人と組むのが嫌だから辞表を出そうと思ったって言ったよね？　辞める辞めないは別にして、この機会に、いっそ内勤業務に回してもらったら？」

「どうしたの急に？　わたしが愚痴ばかりこぼしたから……」

「ううん、そうじゃないの」

景子が首を振る。

「急に思いついたわけじゃない。前々から考えてたの。アルコール依存症を治療するには、まず、ストレスをなくす必要があるでしょう？　その上で、依存症になった根本的な原因に向き合わなければならないんだけど、今の仕事をしていると、ストレスをなくすなんて無理だと思う。それどころか、どんどんストレスが大きくなって、症状を悪化させているように見えるの。仕事を辞めてくれなんて言うつもりはないけど、せめて、内勤業務に就くことができればストレスだって減るだろうし、危ない目に遭うこともないだろうし……」

律子の顔に残る傷痕に景子がちらりと目を向ける。

「内勤なんかになったら警察にいる意味がないよ」

「ベガとかいう連続殺人犯を捕まえたいから？」

「そう。この傷に誓ったんだ。必ず、わたしの手で逮捕するって」

律子が指で傷痕に触れる。

「その気持ちはわからなくはないけど……」

「ありがとう、景子さん」

白い歯を見せて、律子が微笑む。

「心配してくれる気持ちは嬉しいよ。でも、わたし、大丈夫だから。飲みすぎて失敗することはあるけど、ちゃんとコントロールできてるし、景子さんが思っているほど深刻でもないんだよ。これからは、あまり心配かけないように注意するから」

「律ちゃん……」

「わたしを信用して。ね？」

「……………」

そう言われると、景子も、それ以上、何も言えなくなってしまう。会話が弾まないまま、二人は黙々と食事を続ける。


早番の次は夜勤というのが景子の勤務パターンだ。夜勤は深夜零時から朝八時半までである。

景子は一一時に出かける。律子が玄関先で見送る。

「いつも大変だよね。頑張って」

律子が景子をぎゅっとハグする。

ドアを開けようとして景子が肩越しに振り返り、

「お酒のことだけど、律ちゃんを信じてるからね。いいんだよね、信じても？」

「うん、わたしを信じて。景子さんを悲しませるようなことはしないから」

律子がにこっと微笑む。

「行ってきます」

景子が出かける。

リビングに戻ると、律子はソファに寝転がる。テレビのバラエティ番組を流しながら、景子の雑誌をぱらぱらとめくって流し読みする。ファッション雑誌は、時たま景子が買ってくるもので、律子が買うことはほとんどない。女性ファッションにはまるで無関心で、普段は、ジーンズとTシャツというラフな格好で過ごすことが多い。あまり化粧もしないし、アクセサリーもつけない。仕事に行くときは黒のパンツスーツと決めているから、まるで女らしさがない。

「それじゃ、男の子みたいだよ」

と、景子が気を遣って、ネックレスやポーチをプレゼントしてくれたり、コロンを選んでくれたりする。その気配りに感謝しつつも、本心では、

(女っていうのは面倒臭いなあ。いっそ男に生まれたかったよ)

と思っている。

雑誌の写真や文字を眺めるのが億劫になり、テレビの音が耳障りになってくる。テレビを消し、雑誌を放り出す。どうにも落ち着かない。ひりひりするような喉の渇きを感じる。水がほしいわけではない。そういう渇きとは別の感覚だ。体がアルコールを要求しているのだとわかる。

しかし、律子の理性が、

(景子さんと約束したじゃない。わたしを信じてくれてるんだよ。その信頼を裏切っていいの?)

と諭す。

「そうだよ、景子さんを裏切っちゃいけないんだよ」

そう言いながら、律子がソファから立ち上がる。

食器棚に近付くと、奥の方からウィスキーの小瓶を取り出す。それをじっと見つめながら、

(景子さん夜勤だしな……)

今夜が夜勤で、明日の朝八時半までの勤務、夜勤の次は準夜勤だから、夕方四時半から深夜零時までの勤務である。つまり、律子が次に景子と顔を合わせるのは明日の深夜で、それまで丸一日以上も会うことがない。それだけ時間が空けば、ちょっとくらい酒を飲んだとしても景子に気付かれることはないだろうと思う。

（わたしが飲んだことを景子さんが気付かなければ、景子さんを裏切ったことにならないし、景子さんを悲しませることもないよね）

そう自分を納得させると、律子はウィスキーをラッパ飲みする。その途端、頭の中がクリアになり、気分が高揚するのを感じる。たちまち一本を空にしてしまい、律子は別のウィスキーを探し始める。

一七

ＥＲの待合室は深夜になっても混み合っている。引き継ぎやら患者への対応をしているうちに、夜勤に入ってからの二時間があっという間に過ぎてしまう。仕事に不慣れな新人看護師であればパニックでも起こしてしまいそうなほどの忙しさだが、景子は新人ではない。忙しさに抗うことなく、忙しさに身を委ねる術《すべ》を心得ている。

待合室で患者からの聞き取りを行っていると、若村千鶴が駆け込んできて、

「先輩、来て下さい」

「わかった」

細かい事情など訊かずに、聞き取りをしていた患者に断ってから、景子は待合室を出た。千鶴の慌てた様子を見れば、何か尋常でないことが起こったことはわかる。非常事態の発生はＥＲでは珍しい

ことではないが、だからといって、それに慣れるということもない。廊下に出ると、

「どうしたの？」

「患者さんが暴れていて……」

「暴れる？」

「暴力を振るうとか、そういうことじゃなくて、痛みが激しいらしくて」

「担当は？」

「西園先生です」

「……」

今夜の当直は西園真琴だ。真琴は現場経験の浅いシニアレジデントに過ぎない。難しい患者だったら、きちんと対応できるだろうか、と景子は危惧《きぐ》した。

処置室に向かいながら、千鶴から患者の容態を聞き、

「それなら尿管結石ね」

と、景子は言う。そうだとしたら対処法は簡単だ。痛み止めを出せばいい。それなのに、なぜ、患者が暴れているのかと問うと、

「西園先生が痛み止めを出してくれないんです」

「え？」

「詐病《さびょう》を疑っているらしくて……」

「そうなの？」

景子が眉を顰《ひそ》める。

詐病というのは、患者が病気を装うことだ。そんなことをする理由は様々だが、最も多いのが、詐

病によって薬物の入手を図ることである。

「座薬は効かないから注射してくれと言ってます」

「確かに怪しいわね」

尿管結石は中高年の男性に多い症状で、猛烈な痛みを伴うことに特徴がある。歩くどころか、立っていることも坐っていることもできないほどの激痛に襲われ、その痛みに耐えられずに苦悶の声を発し、身悶《みもだ》えすることになる。大抵は座薬を入れることで痛みを緩和することができるので、鎮痛剤を注射することはあまりない。

「てめえ、それでも医者か！」

処置室の外で景子と千鶴は思わず足を止めた。廊下にまで響くほどの怒声である。

（まずい……）

何らかの理由で患者が腹を立てているようだ。これも珍しいことではないが、対応を誤ると危険である。景子は、

「警備員さんを呼んできて」

と、千鶴に頼むと、大きく深呼吸して処置室のスライドドアを引いた。

五〇がらみの短髪の中年男がベッドに腰掛け、処置室の中央には真琴が立っている。二人は、険しい表情で睨み合っており、特に中年男の形相が凄まじく、今にも真琴に飛びかかりそうだ。

「患者が痛いと言ってるんだろうが。さっさと注射しろよ」

「もう座薬を入れました」

「だから、全然効かねえんだよ」

「そうは見えません」

「何だと？」

「ちゃんとそこに坐って、わたしに向かって話してるじゃないですか。本当に強い痛みがあれば、とてもそんなことはできませんよ」

「おい、おれが嘘をついてるとでも言うのか！」

中年男が立ち上がろうとする。

（危ない！）

咄嗟に景子は、

「西園先生、尿検査とエコーは済んだんですか？」

と、中年男と真琴の間に割って入った。

本当に尿管結石かどうかを診断するには尿検査と腹部エコー検査が必須なのである。

「エコーはまだですけど、尿検査の方は潜血プラスでした」

血尿が出たということである。そうだとすれば、ますます尿管結石である可能性が高い。

しかし、景子は真琴の顔を見て、

（疑ってるんだな）

と察した。

血尿を偽装するには、トイレで採尿コップに尿を取った後、自分の血を何滴か混ぜればいいだけだ。そばで看護師が見張っているわけではないから、そう難しいことではない。

もちろん、腹部エコー検査をすれば、尿管に石があるかどうか確実にわかり、それは偽装しようもない。この患者が怪しいのは、腹部エコー検査をせずに座薬を処方されたことである。それは医者が手抜きしているわけではなく、患者の苦しみがあまりにも激しいときには、とりあえずの応急処置として、先に座薬を入れることがあるのだ。

しかし、座薬を入れるのと、痛み止めの注射をするのとでは意味合いが違う。注射の方が即効性はあるが、それだけ強い薬なので、よほどのことがない限り、尿管結石で痛み止めの注射を打つことはない。注射を何度も打つと患者が中毒になってしまう恐れがあるからだ。それほど強い薬なのである。

「まだ痛みますか？」

景子が中年男に訊く。

その途端、中年男はベッドから転がり落ち、

「痛《いて》え、痛え！」

と両手で腹を押さえ、顔を歪めて、泣き喚き始めた。

「大丈夫ですか？」

景子が手を差し伸べようとすると、真琴が、

「町田さん、お芝居に付き合う必要はありません。この患者さんは尿管結石じゃありませんよ。振りをしているだけです。たぶん、薬物中毒です」

「先生……」

景子が危惧するのは不用意にこの患者を刺激することだ。患者を心配したのではなく、真琴を心配したのである。理不尽な難癖をつける患者は多い。多くの場合、その怒りは医者か看護師に向けられることになる。今は真琴が危ない。警備員が来るまで時間稼ぎをする必要がある。

「しっかりして下さい。どこが痛いんですか。手を貸しますからベッドに横になって下さい」

「……………」

中年男の動きが止まり、目を細めて、じっと真琴を睨んでいる。

「さあ、わたしの手を……」

「うるせえ！」

中年男は景子の手を邪険に払いのけると、むっくりと起き上がり、

「おい、さっさと注射しろって言ってんだろうが。痛いんだよ。注射してもらわないと、どうにもならないんだよ」

「駄目です。注射はしません」

「痛くて頭がおかしくなりそうなんだよ。てめえのことをぶっ殺すかもしれねえぞ。殺されてえのか、クソ医者！」

「警察を呼びますよ」

真琴は動じる様子がない。

「面白いことを言うじゃねえか、ねえちゃん。呼べるものなら呼んでみろ！」

「坂田《さかた》さん、警察を呼んで下さい」

真琴が戸口に顔を向ける。スライドドアが開いて、そこに警備員の坂田と千鶴が立っている。それを見た中年男は、坂田と千鶴を突き飛ばして処置室から脱兎《だっと》の如く走り出す。

「追いますか？」

坂田が真琴に訊く。

「ちゃんと病院から出て行ったかどうか確かめて下さい。出て行ってくれれば、それで結構。警察の相手をしているほど暇じゃないですから」

真琴は景子に顔を向けると、

「町田さん、ありがとうございます。おかげで助かりました」

にこっと笑いながら処置室から出て行く。

「先輩、何があったんですか?」

千鶴が訊く。

「…………」

景子の心臓は早鐘を打っている。わがままばかり言うクレーマーもどきの患者は少なくないし、時には、暴れたりする患者もいる。

しかし、さっきの患者は、そういう患者とは違う感じがした。真琴に対する憎悪がみなぎっていた。警備員の到着が遅れていたら、どうなっていたことか……そんな想像をすると足がすくみそうになる。

(西園先生も無茶なことをする。人は見かけによらない……)

そのことにも驚かされた。

一八

五月二二日(火曜日)

景子の夜勤は、朝八時半までだから、律子は一人で目を覚ました。いつもなら律子が起きるのを見計らって朝食が用意され、台所にもリビングにもコーヒーの香りが漂っているが、今日は何もない。玄関から朝刊を取ってきて、テレビでニュースを流す。コーヒーを淹れる支度をしてから、キッチンテーブルの椅子に坐ろうとする。

「ん?」

何となく体が酒臭い気がして、くんくんと匂いを嗅ぐ。毛穴からアルコール分が滲み出ているのか、やはり、ちょっと酒臭い。それに腋臭《わきが》と汗も臭う。飲みすぎたときは、いつもこうなる。

「そんなに飲んだかなあ……」

隠しておいたウィスキーを次々に空にしたことは覚えているが、何本飲んだか正確にはわからない。大急ぎでシャワーを浴びることにした。髪を濡らさないように全身をざっと洗い、歯を磨く。

「ダメだ……」

歯を磨いても、息を吐くと酒臭い。

バスタオルを体に巻いたまま台所に戻り、冷蔵庫の野菜室からリンゴを取り出す。そのまま、がぶりと囓る。口臭を消すには、リンゴが一番効果的だとわかっている。景子から教わった知恵だ。ニンニクや焼き肉を食べた次の日、必ずリンゴを食べてから景子は出勤する。だから、この家では常に冷蔵庫にリンゴが入っている。

リンゴを食べ終わると、ぼちぼち身支度を始める。コーヒーを半カップほど飲んだところで出勤時間になる。ゆうべ飲んだウィスキーの空き瓶をビニール袋に入れて部屋を出る。瓶の数は敢えて数えなかった。駅に行く途中、コンビニの前にある瓶専用のゴミ箱に空き瓶を捨てる。

吊革にぶら下がり、満員電車に揺られている間、ずっと律子は眉間に小皺を寄せて渋い顔をしていた。素面に戻り、昨夜の自分の行動に腹を立てているのだ。景子が留守なのをいいことに、大酒を食らって泥酔して眠り込んだ。自分でコントロールできると景子に大見得を切ったにもかかわらず、結局は、酒に飲まれてしまった。それを考えると激しい自己嫌悪に苛まれてしまうのだ。

四係の刑事たちは、見るからに暇そうな様子で、無駄口を叩きながら報告書を作成している。

一課にある八つの係のうち、ひとつの係は新たな事件の発生に備えて「待機」しなければならない決まりになっており、ちょうど四係が待機状態なのである。

「ほう、よっぽど、やることがないらしいな」

理事官の篠原宏幸が近付いてくる。

「そんなことはありません。急いで作成しなければならない報告書が山積しております」

渋川が取って付けたように事務処理を始める。

「まったくです」

福留もペンを手にするが、よほど慌てているのか、報告書が逆さまになっていることにも気が付かない。

「下手な芝居をしやがって」

篠原が目を細めて四係の刑事たちの顔を順繰りに眺める。

「今日中に射撃訓練をやっておけ。暇なときにしかできないんだからな。藤平が加わったばかりだし、ちょうどいい。渋川」

「はい」

渋川が立ち上がって、直立不動になる。

「おまえ、射撃は得意か？」

「不得手であります」

「それじゃ、練習しないとな」

「おっしゃる通りであります」

「佐々木」

篠原は班長の佐々木に声をかける。

「はい」

「藤平の歓迎会は、いつだ？　今夜か」

「いいえ、まだ具体的には決めてませんが……」

「今夜、やってやれよ。おまえら、どうせ待機なんだろうが。暇、ぶっこいてんだろう。こんなときに歓迎会をやらないで、いつやるんだよ。違うか、倉田？」

「あ……。はい、自分もそう思います」

「よし。おまえが幹事をやれ」

「え？」

「四係全員出席だぞ。他の係にも声をかけろ。みんながみんな、忙しいわけじゃない。おれも出る。課長は無理かもしれないが、管理官は何人か出られるだろう。夕方までに人数を取りまとめて場所を確保しろ。わかったな、倉田？」

「承知しました」

「藤平、そういうことに決まった。今夜、おまえの歓迎会をやるからな」

「ありがとうございます」

藤平も椅子から立ち上がって腰を深く曲げて一礼する。

「おまえも出るんだぞ、淵神。相棒の歓迎会なんだから逃げるなよ。酒が飲めなくても、ジュースでも飲んでればいいんだからな」

篠原が律子を睨む。歓送迎会、新年会、忘年会など、忙しい一課でも年に何度かは大がかりな飲み会が設定されるが、そんなとき、律子は何だかんだと理由を拵《こしら》えて滅多に出席しない。同僚同士が帰りがけに軽く飲みに行くときも、律子は誘いに応じたためしがない。飲めないし、お酒の匂いも苦手だから、というのを表向きの理由にしている。

「……」

律子は事務処理の手を止めず、うつむいたまま、わかりました、と返事をする。


警視庁地下にある実弾射撃練習場に銃声が響き渡る。

「よし」

渋川は拳銃を台の上に置くと、耳当てを外し、標的を呼び寄せるボタンを押す。ケーブルが動き出し、二五メートル先にぶら下がっていた人の形をした標的がゆっくり近付いてくる。

「わーっ、ひどいなあ」

思わず倉田が声を上げる。

渋川は十発撃ったはずなのに、弾痕は八つしかない。つまり、二発は標的にかすりもしなかったということだ。しかも、あとの八発も急所から大きく外れている。標的には地図の等高線のように細かい線が引かれており、どれくらい急所から外れているか一目でわかるのだ。

「うるせえな、おまえだって、大したことないだろうが」

渋川の前に射撃を行った倉田もさほどの腕でないことは標的を見れば明らかだ。一応、十発とも標的に当たっているものの、急所近くに命中したのは二発に過ぎない。

「渋川さんよりは、ましですよ」

くくくっ、と倉田が笑う。

「ふんっ、目くそ鼻くそを笑うってんだよ。次は……藤平、おまえがやれ」

「え。ぼくですか？　苦手なんですが……」

「だから、練習するんだろうが」

「はい……」

暗い表情で、藤平が拳銃を手にする。

「おい」

福留が藤平に耳当てを差し出す。

「すいません」

小さな溜息をつくと、藤平が拳銃を構える。

一発目が発射される。渋川、福留、倉田の目が点になる。弾丸は標的から遠く外れ、壁に当たった。

常識では考えられないほどの大外れだ。

四人の背後でつまらなそうな顔をしている律子がちらりと目を上げる。

二発目、三発目……どれも標的に当たらない。

藤平が新たに弾丸を装塡する。

「マジか……」

「あり得ませんね」

「目を瞑って撃ったんじゃないのか」

三人が唖然とする。それほど藤平の射撃はひどい。十発撃ち終えて、標的を手許に呼ぶと、標的に当たっているのは、わずか三発である。言うまでもなく、その三発も急所を大きく外れている。

「いやあ、びっくりしたなあ。こんな下手くそ、初めて見た」

渋川が呆れたように首を振る。

「現場で拳銃を撃ったら、犯人じゃなく、味方に当たるな」

「藤平のそばにはいたくねえ」

「……」

藤平は何も言わずに小さな溜息をつく。学科は抜群に優秀だが、射撃術だけでなく、格闘術や武術も苦手だ。実技がまるでダメ男なのは自覚しているが、あからさまに揶揄《やゆ》されると、さすがに気落ちしてしまうらしい。

「淵神、手本を見せてやれよ」

福留が言う。

「真打ち登場だ。藤平、よく見ておけ。本物の射撃がどんなものなのか、淵神が教えてくれる」

渋川が、おい、もったいぶらないでやれよ、と律子を促す。

「……」

律子が前に踏み出し、耳当てをつける。一発ずつ、きちんと確認しながら弾丸を込める。その間に倉田が新しい標的を用意し、ケーブルを動かす。

用意が調うと、おもむろに律子が正面を向き、両手で拳銃を構える。軽く腰を落とし、脇を締め、両目を大きく見開く。大きく息を吸い、ゆっくり息を吐き出す。呼吸が止まった瞬間、五発続けて発射する。

新たに弾丸を装填すると、さっきと同じように、またもや五発連射する。ふーっと息を吐き出すと、台の上に拳銃を載せ、耳当てを外す。倉田がケーブルを動かして、標的を呼び戻す。

「あれ？」

藤平が怪訝そうに声を発する。近付いてくる標的に穴がふたつしか見当たらないからだ。それを見て、渋川たちが、くくくっと小さく笑う。

「おまえ、淵神が的を外したと思ってるんだろう?」

福留が訊く。

「いいえ、別にそんなことは……」

「いいんだよ。最初は、みんな驚くからな。ま、よく見ろって」

福留に背中をぽんと叩かれて、藤平が標的に近付いて目を細める。

(え)

二ヶ所しか穴が空いていないのは確かだ。頭部と心臓という急所である。が……。

その穴が普通の弾痕よりも大きい。しかも、穴の縁がぎざぎざになっている。

(まさか……)

律子が十発撃ったのは間違いない。とすれば、五発ずつ同じ場所を狙ったということなのか……その射撃術の正確さとスピードに藤平は言葉を失った。

「びっくりしただろう。淵神は、その気になれば、SPにもなれるんだよ」

福留が自分のことのように自慢げに言う。

「そうですね」

藤平がうなずく。SPになる資格要件のひとつに、

「二五メートル先にある直径一〇センチの的に二〇秒以内に四発命中させる」程度の射撃技術という項目があるが、律子の射撃術は、それをはるかに凌駕《りょうが》している。

「すごい……すごいです、淵神さん。どうすれば、こんなにすごい射撃術を……」

藤平が律子に話しかけようとするが、すでに律子は残った弾丸や拳銃を持って受付に向かって歩き始めていた。

一九

その夜、有楽町にある居酒屋で藤平の歓迎会が開かれた。四係は「待機」だから暇だが、他の係は事件を抱えているから忙しい。それ故、四係以外の捜査員は、ただ一人を除いて出席していない。その一人は三係の巡査部長・芹沢義次だ。管理官は三人出席したが、ほとんど酒も飲まず、一時間ほどで揃って席を立った。理事官の篠原に気を遣って、無理して出席したのは明らかだった。

結局、歓迎会といっても、普段の四係の飲み会と変わらない面子《メンツ》になった。篠原と芹沢の存在がいつもと違っているだけだ。

面子は代わり映えしないが、雰囲気はまるで違っている。四係の刑事たちは誰もが居心地の悪そうな顔をしている。藤平の歓迎会なのに、宴席の中央には篠原が陣取っている。左右に係長の井上輝政、班長の佐々木直行を侍《はべ》らせ、更にその横には渋川や福留が緊張した面持ちで坐っている。上機嫌の篠原は、一課の刑事たちから陰で「篠原節」と呼ばれる処世術を延々と語っている。

「水ってのは高いところから低いところに流れるものなんだよ」

「四の五の言わずに長いものには巻かれればいいんだ。それの何が悪い？」

すでに捜査員たちは耳にタコができるほど聞かされているが、もちろん、そんなことを口に出せるはずもない。さも感心するような顔で熱心にうなずいている。そうなると、篠原は止まらない。酔って真っ赤になった顔を盛んに掌で撫でながら、同じ内容を繰り返す。

では、主役の藤平はどこにいるのかというと、芹沢に絡まれて身動き取れずにいる。警部とはいえ、若輩で経験もないから、ビール瓶を手にして一課の先輩たちに酌をして回っているのだ。芹沢に酌をして立ち上がろうとすると、

「まあ、坐れや。少しは話そうじゃないか」

と引き留められ、藤平が腰を下ろすと、芹沢は、

「現場のことを何も知らねえ、頭でっかちのくそエリートどもの巣窟《そうくつ》だ。おまえ、よく逃げてきたじゃねえか」

と、いきなり、警察庁の悪口を言い始めた。

さすがに藤平も居心地が悪くなって席を立とうとするが、

「そう慌てるなって」

芹沢は藤平の腕をぐいっとつかんで放さない。

尚も一五分ほど、芹沢は、ねちねちと藤平に絡んだ。芹沢がトイレに立った隙に、ようやく、藤平は逃れることができた。律子の席に辿り着いたときには、捜査員たちはすっかり出来上がって、皆、真っ赤な顔をしていた。そうでないのは藤平と律子だけだ。

「淵神さん、これから、よろしくお願いします」

藤平が酌をしようとするが、

「わたし、飲めないから」

と、律子がグラスを持ち上げる。ウーロン茶だ。それじゃ、ウーロン茶を注がせて下さい、と藤平が言うと、

「もう結構よ」

律子は素っ気ない。

取り付く島もなく藤平がぼんやりしていると、芹沢がトイレから戻ってきて、

「おい、キャリア。まだ話は終わってないぞ。こっちに来い」

と、藤平の腕をつかんで自分の席に引きずっていく。

一次会が終わり、皆が店から路上に出る。篠原の説教がうるさいにしろ、こうして、みんなが顔を合わせてのんびり酒を飲むことなど滅多にないので、誰もが上機嫌で、さあ、二次会はどこに行こうか、もっと飲みたい、いや、カラオケだろうなどと勝手なことを話している。すでに藤平の歓迎会という趣ではなく、ただの飲み会に様変わりしている。

「藤平」

律子が声をかけると、藤平は背筋をぴんと伸ばし、興奮気味に近寄ってくる。律子の方から声をかけられるのは初めてなのだ。

「何でしょうか、淵神さん?」

「わたし、帰るから」

「え、そうなんですか」

「理事官がぐちゃぐちゃ言ったら、あんたが適当にごまかしておいて」

「そんな、どうやって……」

「無理?　できない?」

律子が冷たい目で藤平を見つめる。

「い、いや、大丈夫です。何とかします」

「それなら頼むわ。じゃあね」

皆に背を向けて、律子が歩き出す。

その背中を見つめながら、藤平が溜息をつく。


（ちくしょう、飲みたいな）

律子が顔を顰める。

周りでみんなが酒を飲み、酒の匂いが満ちている場所で、一人だけ飲めない振りをしてウーロン茶を飲んでいるのは辛い。その反動で、無性に酒が飲みたいのである。

どこに人目があるかわからないから飲み屋に入る気はない。どこかで酒を買って、こっそりマンションで飲もうかと考えるが、ふと、景子が準夜勤であることを思い出す。準夜勤の勤務は深夜零時までだ。早ければ、午前一時に景子は帰宅する。それでは、のんびり飲めそうにない。

（景子さん、わたしが酒を飲みすぎるって心配してたしなあ……）

今夜、藤平の歓迎会があることはメールで知らせておいたから、きっと律子が酒を飲んでいると思っているに違いなかった。

「大丈夫なんだから。ちゃんと自分でコントロールできてるしね」

景子のために、今夜は酒を控えようと律子は決める。携帯で時間を確認すると、もう一〇時を過ぎている。景子を迎えに行こうかと思いつく。一一時前には病院に着いてしまうだろうから、勤務が終わるまで一時間くらい待たなければならないが、律子の顔を見れば、きっと景子は喜ぶだろう。たまにはびっくりさせてやろう……そう考えると、律子の気持ちも浮き立った。

二〇

待合室は混み合っている。

立錐《りっすい》の余地もないというほどではないし、空いている椅子もあるが、律子は椅子に坐ろうとは思わなかった。激しく咳き込んでいる老人や、顔を真っ赤にして鼻水を垂らしている子供の隣に坐ると、病気がうつるような気がするからだ。廊下を景子が通らないかときょろきょろしていると、

「どうかなさいましたか？」

患者から聞き取りをしていた看護師が声をかける。若村千鶴だ。

「看護師の町田景子さんに会いたいんですけど」

「お知り合いですか？」

「そんなところです」

「失礼ですけど……」

「淵神と申します」

「少しお待ちいただけ……」

そのとき、廊下の方から悲鳴が聞こえた。何事かと千鶴が振り返ったとき、すでに律子は待合室から走り出ようとしていた。

処置室のそばで中年男が奇声を発しながら出刃包丁を振り回している。ゆうべ、尿管結石の痛みを訴え、鎮痛剤を注射しろと西園真琴医師に迫った男だ。

男性看護師が右の二の腕を左手で押さえながら、苦悶の表情を浮かべて廊下に坐り込んでいる。白衣に血が滲んでいる。中年男に切られたらしい。

中年男は瞬きもせずに、一点を凝視している。視線の先にいるのは真琴だ。じりじりと距離を詰めていく。真琴は血の気の引いた顔で後退るが、次第に追い詰められていく。

そこに律子が駆けてくる。

しかし、間に合いそうにない。咄嗟に律子は、医薬品を運ぶワゴンを引き寄せ、中年男に向かって押し出す。ワゴンが廊下を滑るように進んでいく。ワゴンに載っていたトレイが落ち、医薬品が散乱する。その音が聞こえたのか、中年男がワゴンに顔を向ける。ワゴンがぶつかって、中年男がよろめく。形相が変わる。真琴に向けられていた怒りが、この瞬間、律子に向けられた。

「この野郎！」

中年男が出刃包丁を振りかざして律子に迫る。目が据わっている。しかも、毛細血管が切れて血走っている。

（クスリか……）

何らかの薬物を服用して自分を律することができなくなっているのだな、と律子は判断する。こういう相手に手加減すると思わぬ怪我をさせられることがある。怖いものなしになっているから損得勘定などせずに突き進むからだ。

しかも、薬物のせいで錯乱しているから、たとえ逮捕しても不起訴になる可能性が高い。そんな相手と命のやり取りをすることほどバカバカしいことはない、と律子は考える。となれば、できるだけ手っ取り早く、短時間に相手の動きを封じるしかない。

中年男が襲いかかってくる。律子は息を止めて神経を集中する。最初の攻撃さえ何とかかわすことができれば、こっちのものだと考える。

　刃物を手にした相手と格闘するとき、最も恐ろしいのは、相手が突いてくることだ。両手で柄を握り、腰のあたりに構えて突進されると逃げようがない。玄人は、必ず、そういう使い方をする。

　が……。

　幸いにも、この中年男は素人だ。玄人なのかもしれないが、薬物で錯乱しているために滅茶苦茶に刃物を振り回している。それだと相手の動きを見切るのは、さほど難しいことではない。

　振り下ろされる刃物の動きを見切ってかわすと、律子は中年男の方に一歩踏み込んで、両手で中年男の右手首をつかむ。片手でつかむのでは何かの拍子に振り切られる怖れがあるので、両手でがっちりつかむ。次の瞬間、律子はそのままの体勢ですとんと床に腰を落とす。中年男の体が前のめりになる。ゴキッ、という嫌な音がする。中年男の腕が不自然な角度に変形している。手首をつかまれたまま倒れ込み、しかも、律子が手首を放さなかったので手首が折れたのだ。中年男の手から刃物が落ちる。律子は手を放すと、中年男の顎に強烈な肘打ちをお見舞いした。続けざまに今度は鼻に肘打ちを入れる。鼻骨が潰れる鈍い音がする。中年男は鼻血で顔を真っ赤にして、床に仰向けにひっくり返る。律子は中年男をうつぶせにして、腕を捻って動けないようにする。そこまでしなくても、すでに中年男は抵抗できそうになかったが念には念を入れたのだ。

　そこに制服警官たちが駆けつける。

　律子は警察手帳を提示して、名前と身分を名乗る。

　中年男を引き渡すと、律子は、ふーっと大きく息を吐きながら壁にもたれる。

「律ちゃん」

　真っ青な顔をした景子が駆け寄ってくる。

「景子さんか」

「怪我してる」

「え？」

視線を落とすと、右手から血が滴り落ちて、床に血溜まりができている。自分では気が付かなかったが、中年男と揉み合ったとき、刃物で切られたらしい。

「手当てしないと……」

「かすり傷だよ」

そこに真琴が近寄ってきて、

「わたしに手当てさせてもらえませんか」

と頼む。


処置室で真琴が律子の手当てをする。五針縫ったが、さほど深い傷ではなく、軽傷といっていい。真琴は助けてもらった感謝の気持ちを込めているつもりなのか、ゆっくり時間をかけて丁寧に治療した。その傍らで、心配そうな表情の景子が付き添っている。手当ては二〇分ほどで終わったが、その間、三人とも口を利かなかった。治療が終わって三人が廊下に出ると、牛込《うしごめ》署の刑事が二人待っていた。事情を聞かせてもらいたいというのだ。着替えてくるように景子に言うと、律子は刑事に向き直り、明日の朝一番で牛込署に出向いて聴取に応じるから、今夜は帰らせてほしいと頼んだ。刑事たちは顔を見合わせたが、年嵩《としかさ》の刑事が、

「わかりました。では、明日、お待ちしておりますので」

と、うなずいた。お互いに警察官だという同胞意識もあるし、本庁捜査一課の刑事に対する遠慮も

あるのだ。

「ありがとうございます」

律子は丁寧に頭を下げる。さすがに今夜は疲れてしまい、これから聴取に応じる元気はなかった。

刑事たちは真琴に顔を向け、

「先生、お話を伺えますか？」

と訊く。

ええ、もちろん、と真琴はうなずいてから、でもちょっとだけ待っていただけますか、ほんの何分かですから、と頼んだ。刑事たちは了解する。

律子と真琴は連れ立って病院の通用口に向かう。そこに着替えを済ませた景子がやって来る。

「ありがとうございました。おかげで助かりました」

真琴が律子に向かって深々と頭を下げる。

「お礼を言う必要なんかありませんよ。これが仕事ですから。無事でよかったですね」

「あの……」

真琴が困惑した表情になる。

「わたしったら、お名前も伺ってませんでした。まだ動揺してるみたい」

「それが普通です。刃物を持った男に襲われて冷静でいられる方がおかしいんですよ。申し遅れましたが、警視庁捜査一課の淵神と申します」

律子は名刺を差し出した。

「すいません。名刺を持ち合わせていなくて……」

「大丈夫です。景子さんに訊きますから」

律子は、にこっと笑いながら手を差し出す。

おずおずと真琴が差し出した手を律子がぎゅっと握る。

駅に向かいながら、

「あの先生……西園先生だっけ、見かけは華奢《きゃしゃ》だけど、かなり鍛えてるんじゃないかな……」

握手したとき、かなり握力が強そうだと律子は感じたのだという。律子自身、女性にしてはかなり握力が強い方だ。その律子がそう感じるのだから、真琴の握力もかなり強いに違いない。

「……」

景子は返事をせずに暗い顔でうつむいている。

「どうしたの？」

律子が景子の顔を覗き込む。景子の目には涙が溜まっており、その涙がぽとりぽとりと滴り落ちる。

「景子さん……」

その涙に律子も胸を打たれる。

「無茶しないで。心臓が止まりそうだった。律ちゃんに何かあったら、どうしようって……」

「ごめん」

突然、狂おしいほどに景子が愛おしくなり、律子は、ぎゅっと景子を抱きしめる。その耳許で、

「もう景子さんを心配させるようなことはしない」

「うん」

景子が律子の胸に顔を埋める。

深夜……。

律子の傍らで景子が健やかな寝息を立てている。

暗闇の中で律子は目を開けて、天井を見上げている。目が冴えて、眠ることができない。まだ神経が昂《たか》ぶっているのだ。

律子が、そっとベッドを抜け出す。洗面所に入ってスライド式の板戸を閉める。戸棚を開け、奥に隠してあるウィスキーの小瓶を取り出す。キャップを捻って、口を開けると、つーんとするアルコール臭が鼻腔を刺激する。めまいを起こしそうなほどの恍惚感《こうこつかん》に浸る。ごくごく喉を鳴らしながらラッパ飲みする。三分の一くらい一気に飲んでから、ふーっと大きく息を吐く。アルコールが体中に広がっていくのがわかる。気分がよくなり、緊張感がほぐれていく。床にぺたりと坐り込み、壁にもたれて、今度はゆっくりと少しずつウィスキーを飲み始める。

二

五月二三日（水曜日）

律子は警視庁に出勤するのではなく、牛込署に直行した。昨夜の事件に関する事情を説明するためだ。係長の井上輝政に電話で許可を得た。

聴取を行ったのは、ゆうべ、病院で顔を合わせた二人の刑事たちだ。すでに病院関係者からの聴取を終え、事件の概要はつかめているらしく、律子からの聴取は形式的なものに過ぎなかった。

「わざわざ、お越しいただいて恐縮です」

と低姿勢で、コーヒーや菓子まで勧めてくれる丁重さだった。とはいえ、五分や一〇分で解放されるわけではない。形式的であるとはいえ、そこはお役所仕事なので、書式に従ってひとつひとつ細かく確認していくので時間がかかる。結局、聴取を終えるのに、二時間弱かかった。

「申し訳ありませんでした」

「いいんです」

律子も警察官である。事務処理の煩わしさは理解している。それに本庁に戻ったら、律子自身、同じような内容の報告書を作成して上司に提出しなければならない。その予習をしたと思えば、別に腹も立たなかった。

エレベーターに乗ってロビーに下りると、受付近くのソファに藤平が坐っていた。律子に気が付くと、慌てて立ち上がる。背筋をピンと伸ばして、律子がやって来るのを待つ。

「ここで何をしてるの？」

藤平の前で足を止めて、律子が訊く。

「あの……」

ごくりと生唾を飲み込む。

「理事官に命じられました。今日からペアを組んで行動するように、と。車で来ましたので……」

「運転、得意なの？」

「いいえ、全然です。自分の車も持ってませんし、仕事以外で乗ることはないので、とても淵神さんには及びません」

「行くわよ」

「え？」

「とりあえず、本庁に戻る。報告書を書かないといけないしね」

律子が玄関に向かって歩き出す。藤平が慌てて後を追う。


外苑東通りを南に走っているとき、警察無線が流れた。市谷加賀町、市谷左内町でひったくり事件が連続して発生、犯人はバイクに乗った二人組、ハンドバッグを奪われそうになった年配の女性がバイクに引きずられて腰の骨を折る重傷、犯人は逃走中……警察無線から次々に情報が流れ出てくる。

「左内町か、近いな……」

ダッシュボードから取り出した地図を眺めながら、律子がつぶやく。

「藤平、停めて」

「は？」

「さっさと車を停めろ、バカ！」

「は、はい」

藤平が急ブレーキをかける。運転技術が未熟なため、路肩に寄せることもせず、道の真ん中で停車してしまう。後続の車が激しくクラクションを鳴らす。

「運転、代わるから」

律子が車を降りる。真っ白なスポーツカーが執拗にクラクションを鳴らし続けている。運転しているのは黒いサングラスをかけ、口髭を生やした三〇代の男だ。

「……」

律子がその男を睨む。反対側のドアに移動しながらも、目を逸らすことなく睨み続けると、クラクションが止んだ。

運転席に乗り込むと、

「警察無線で情報を拾って」

「はい……」

いきなり律子が車を発進させる。まだ藤平はシートベルトを締めていなかったので、ウィンドーに頭をぶつけてしまう。

「もたもたするな！」

律子が怒鳴る。

「すいません」

シートベルトを締めながら、藤平は警察無線に耳を傾ける。

「八幡町でも被害が出たそうです」

「わかった」

片町の交差点に達すると、律子は左にハンドルを切って、靖国通りに入る。頻繁に車線変更を繰り返しながら、前を走る車やトラックを追い越していく。

「特徴」

「え？」

「二人組の特徴だよ」

「待って下さい……。ええっと、黒とブルーのフルフェイス。バイクはＨＯＮＤＡの二五〇cc、ライダーは黒のジャンプスーツ、タンデムしているもう一人はＴシャツにジーンズ……」

「外をよく見て！」

「は？」

「ここは、もう八幡町だよ。左内町からこっちに向かったのなら、どこで出会《でくわ》してもおかしくない。探して！」

「そう言われても……」

「言い訳するな！　黙って、バイクを探して！」

「……」

市谷見附の交差点に達したとき、藤平が、あっ、と声を発した。

「あれじゃないでしょうか」

「どこ？」

「ええっと、五〇メートル前方、左車線にいる宅配便トラックの前を走っています」

「ふうん、あれか……。藤平、しっかりつかまってるんだよ」

律子がスピードを上げる。周囲の車を置き去りにして、ぐんぐん宅配便トラックに迫る。九段ビルの先で宅配便トラックを追い抜き、二人乗りのオートバイの直後にくっついた。

「この車、サイレンを積んでる？」

「いいえ、覆面パトカーじゃありませんから」

「警告しないとまずいじゃないの。窓を開けて」

「え？」

「すぐ横につけるから、大声で叫んで。停まれって叫ぶのよ！　警察手帳も見せて」

「はい」

ウィンドーを下ろし、ポケットから警察手帳を取り出す。律子が車をオートバイに並走させる。

「君たち、停まりなさい！　警察だ！　停まれ！」

藤平が絶叫する。

しかし、相手は二人ともフルフェイスのヘルメットを被っているし、向かい風も強いので声がかき消されてしまう。

「ダメです。聞こえないみたいです」

「諦めるな、馬鹿野郎！　聞こえるまで叫ぶんだよ。こっちが警察だってわからせないと、何もできないだろうが」

「は？」

藤平が一瞬、怪訝な顔になる。律子の言葉の意味がよくわからなかったのだ。律子が激しくクラクションを鳴らす。タンデムしているフルフェイスが顔を横に向ける。クラクションの音は聞こえたらしい。

「叫べ、藤平！」

「はい！」

藤平が、警察手帳を示しながら、停まれ、警察だ、と怒鳴るように叫ぶ。タンデマーがライダーの肩を叩く。ライダーもちらりと横を見る。次の瞬間、一気にオートバイのスピードが上がった。律子たちが警察だと認知した証拠である。律子も即座に反応してスピードを上げる。藤平が両目を大きく見開いたまま、スピードメーターを凝視する。とうに一〇〇キロを超え、更に加速している。それでもオートバイとの距離は少しずつしか縮まらないから、相手もかなりの猛スピードなのだ。九段坂上の交差点で信号が青から黄色に変わる。対向車が信号の手前で停まり始める。オートバイは車の間を縫うように強引に車線変更する。急激にスピードダウンして車体を右側に大きく傾けて右折し、内堀通りに入る。

それを見て、

（ああ、逃げられた……）

藤平は諦めた。それも当然で、前方の車が信号の手前で停止しているため、オートバイを追うことができないからだ。律子も停車するしかない。

ところが、律子はハンドルを右に切ると、いきなり対向車線に飛び出した。

「え！」

思わず藤平が叫ぶ。車のいない対向車線を直進すると、そのまま赤信号の交差点に突っ込み、信号が青に変わって動き出した車列の鼻先を際どくかすめて内堀通りに走り込む。

藤平は血の気の引いた顔を引き攣らせて、あり得ない、あり得ない、と譫言のように繰り返す。

靖国通りに比べると内堀通りの方が交通量が少ない。オートバイはかなり先を走っているが、律子を振り切ったと安心したのか、減速して普通に走っている。律子は加速し、オートバイとの距離をぐんぐん詰める。戦没者墓苑を過ぎたあたりで、オートバイのすぐ横に並んだ。

「藤平！」

律子は怒鳴りながら、クラクションを鳴らす。

「はい！」

藤平がウィンドーを下げて、警察だ、停まれ、停まれ、と叫ぶ。ライダーが顔を向ける。次の瞬間、スロットルを絞り、一気に加速する。律子を振り切ろうというのだ。

しかし、それを予想していた律子も加速し、オートバイとの並走を続ける。こうして並走していれば、左手は皇居の濠《ほり》だから、オートバイには逃げ道がなく、直進するしかない。半蔵門の交差点が近付いてくる。前方には車やトラックが走っている。律子が少しでもスピードを落とせば、オートバイは走り去ってしまうだろう。律子はオートバイとの間合いを詰めながら、ほんの少しだけオートバイより先に出る。オートバイの進路を狭くして強引に減速させようというのだ。

「危ないですよ、淵神さん！」

藤平が悲鳴のような声を発する。

次の瞬間、ごつんという音がした。オートバイと車が接触したのだ。オートバイがバランスを崩してふらつく。それでも律子は間合いを詰めたままだ。また、ぶつかる。オートバイが転倒して、ライダーとタンデマーが路上に投げ出される。律子が路肩に車を停める。タンデマーはTシャツにジーンズという軽装だから、転倒の衝撃をまともに食らい、倒れたまま動かない。ジャンプスーツ姿のライダーは、すぐさま起き上がると車道から歩道に走り、茂みを越えて半蔵濠の方に駆けていく。

「藤平、そいつを歩道に引っ張り上げて！」

そう言い残すと、律子がライダーを追う。藤平はタンデマーの方に近付いていく。路上に放置すると、後続車に轢かれる怖れがあるから、このままにしておくことはできない。サイレンの音が聞こえる。近くの麹町《こうじまち》署からパトカーがやって来たに違いない。靖国通りから内堀通りにかけてのカーチェイスが通報されたのであろう。


律子は足が速い方だ。

勤務時間中は、いつ事件に遭遇するかわからないので、走りやすい靴を履くように心懸けている。見栄えよりも実用重視なのである。

（いた）

五〇メートルほど前方にジャンプスーツ姿のライダーがいる。わずかの時間にこれだけの差がついたのだから、このライダーも足が速いに違いない。

ライダーは半蔵門に向かうのではなく、戦没者墓苑の方に逆戻りしている。ヘルメットを脱いで、左手にぶら下げている。

追われる気配を感じたのか、ライダーがちらりと振り返る。そのまま三〇メートル走ったところで、もう一度、肩越しに振り返ると、ライダーは足を止めた。悠然と律子に向き合おうとする。

(この野郎……)

律子にはライダーの考えがわかる。

警察に追われて大慌てで逃げ出したものの、よくよく見れば、追ってくるのは女一人に過ぎない。それならば、この場で叩きのめしてしまう方が話が早い。しつこく追跡されれば、自分の居場所を他の警察官に通報されて挟み撃ちされる怖れもあるし、パトカーが集まってきて包囲される可能性もある。ざっと見回しても周囲には他の警察官の姿は見当たらないから、この女性警察官さえ倒してしまえば逃げるのは簡単だ……そう考えて、ライダーは足を止めたのに違いない。律子にとっては思う壺だったし、ある意味、思惑通りと言っていいが、だからといって愉快なわけではない。女だからという理由で、ひったくり犯に嘗《な》められたことに腹が立つ。

双方の距離が一〇メートルほどになると、ライダーがヘルメットを振り回しながら突進してきた。近くで見ると、かなり体格のいい男だ。金髪のショートカットで、目が細く、目尻が吊り上がっている。鷲鼻で、口が大きく、顎が尖っている。底意地が悪く、傲慢《ごうまん》そうな奴だな、と律子は思う。年齢は二〇歳そこそこだろう。ヒールの高いライダーブーツを履いているせいもあるだろうが、身長は優に一九〇センチ近くありそうだし、肩幅も広い。律子の身長は一六〇センチだから、見上げるほどの大男である。体重も、ライダーは一〇〇キロ近くはありそうだから、律子の倍以上だ。

せめて武器を手にしていればいいが、律子は素手である。自宅から牛込署に直行したから拳銃も特殊警棒も携行していない。律子にとって何か有利な点があるとすれば、ライダーも武器らしい武器を持っていないということだ。だから、ヘルメットを振り回しているのであろう。もし、ライダーが刃物を手にしていたら、かなり厄介なことになっていたはずだし、律子も慎重に対処したであろう。

腰を沈めてヘルメットをかわすと、一気に間合いを詰めて、右の拳をライダーの腹に叩き込む。

しかし、さほどの効果はない。腹筋が引き締まっているせいだ。

すかさず左のアッパーをライダーの顎に打ち込もうとするが、ライダーが顔を仰《の》け反《ぞ》らせてパンチをかわす。それを見て、

（喧嘩慣れしている。それとも、ボクシングでも習ったことがあるのか）

と、律子は推測した。適当にパンチを避《よ》けたのではなく、明らかに律子のパンチを見切った上でかわしたように見えたからだ。

ライダーは自分より小柄な律子を羽交い締めにして動きを封じようとする。そんなことをされたら手も足も出なくなってしまうから、咄嗟に律子はライダーの股間に膝蹴りを入れ、踵でライダーブーツを踏んだ。

普通の相手なら、体を丸めて地面に転がるはずだが、ライダーは平然と立っている。膝の感触から、股間にパッドを入れているとわかったし、ライダーブーツが硬いせいで、踵落としにも、さほどの効果はなかった。

更に踏み込んで肘打ちを入れるか、それとも、敢えて距離を取って回し蹴りをするか、ほんの一瞬、律子は迷った。どんな攻撃をしても、まったく相手が怯まないので、迷いが生じたのである。

そのせいで防御の反応が遅れた。

側頭部にヘルメットが当たる。

（あ）

と思ったときには足許がふらつき、目の前が真っ暗になる。すぐに立ち直ってライダーに向き直ろうとするが、そのときには、ライダーがヘルメットを大きく振り上げている。そのヘルメットの直撃をまともに食らえば、律子はノックアウトされてしまうだろう。

「警察だ、動くな！」

ライダーの背後から藤平が叫ぶ。麴町署のパトカーに乗って、律子を追ってきたらしい。

藤平の声にライダーが反応し、反射的に振り返る。その隙を律子は逃さない。ライダーの膝頭を蹴り、素早くライダーの横に回って、今度は膝の後ろに回し蹴りを食らわせる。ライダーが腰砕けになり、尻餅をつきそうになる。当然、ライダーの顔が下がる。その顔面に律子は強烈な肘打ちを入れる。一度だけでなく、二度三度と続けざまに食らわせる。鼻血を流し、口から血の泡を吹きながら、ライダーが仰向けに倒れる。すでに白目を剝いており、折れた歯が何本も足許に散らばっている。ライダーが倒れても、律子は攻撃の手を緩めない。容赦なくライダーの脇腹に蹴りを入れ続ける。すっかり頭に血が上ってしまい、自制心が働かなくなっている。

「淵神さん、やめて下さい！　もう気を失ってますよ。落ち着いて下さい」

藤平が律子を背後から羽交い締めにする。

「放していいよ。もう大丈夫だから」

「淵神さん……」

「本当だって」

「はい」

藤平が手を放す。律子は荒い息遣いを整えながら、大の字にひっくり返っているライダーを見下ろす。

律子は現場から病院に向かった。

ライダーと格闘しているときは気が付かなかったが、あちこちに怪我をしていたのだ。側頭部をヘルメットで殴られただけだと思っていたが、頬には青痣《あおあざ》があり、唇も切れていた。他にも出血しているところがいくつもあった。藤平に指摘されて初めて気が付いた。

「大した傷じゃないから」

律子は、そのまま警視庁に帰ろうとしたが、藤平が許さなかった。

「ダメです。病院で治療を受けて下さい」

と頑固に言い張った。

それまでは、気の弱い、お坊ちゃまキャリア君として藤平を冷ややかな目で見ていた律子だが、そのときは、素直に藤平の言葉に従った。律子の身を案ずる真摯な思いやりが藤平の目に滲んでいたからだ。幸い、骨折などの重い怪我はなかったが、ひどい打撲はあった。ヘルメットで殴られた部分も、すぐに影響が出るとは限らないので、もし、めまいが起こったり、何らかの違和感が出たら、すぐに連絡するように、と医者に指示された。左腕に切り傷があったが、どこでそんな傷ができたのか、律子にはまったく記憶がなかった。意外に深い傷で、七針も縫うことになった。

しかも、ゆうべ、景子の病院で縫ってもらった右手の傷も糸が切れて傷口が開いていた。改めて縫い直してもらわなければならない。結果として、藤平の忠告に従って病院で治療を受けて正解だった。

病院から警視庁に戻る車の中で、

「ありがとう、藤平。助かったよ」

外の景色に視線を向けながら、律子がぼそりとつぶやく。藤平は、えっ、という顔で律子を見たが、すぐに視線を前方に戻した。藤平の頬が次第に上気してくる。異動してきてから、初めて温かみのある言葉をかけてもらったせいだ。

二二

「ふざけるんじゃねえぞ、こら！」

理事官の篠原宏幸がゴミ箱を蹴飛ばす。ゴミ箱はいくつもの机を越え、壁際まで吹っ飛んだ。ゴミがあたりに散乱する。一瞬にして大部屋が静まり返る。

「性懲りもなく、また、やりやがったな。今度という今度は覚悟しろよ、淵神」

篠原が険しい目で律子を睨む。

「理事官、淵神さんは怪我をしていて……」

「引っ込んでろ、青二才！」

「……」

藤平が黙り込む。

「相手は、たかがひったくりじゃねえか。ひったくりを捕まえるために靖国通りでカーチェイスか」

「お言葉ですが、被害に遭ったお年寄りが腰の骨を折る重傷を負ったと聞きました。ただの窃盗犯ではなく、傷害犯です」

真っ直ぐに篠原の目を見ながら、律子が落ち着いた声で言う。

「この野郎……」

篠原が目を細めて律子を睨む。

「てめえが幅寄せして、バイクを転倒させたんだろうが。逮捕されたガキが病院でそう言ってるぞ。後ろに乗ってたガキは道路に投げ出されて腕と足を骨折、運転してたガキは、鼻と顎を骨折、歯も何本か折れたらしいな。まだ治療中だから、他にも骨折が見付かるかもしれねえ。ひったくり被害に遭ったばあさんより重傷じゃねえか」

「……」

「目障りなんだよ、てめえは！　大した事件じゃなくても、てめえが首を突っ込んだ途端に、でかい事件になっちまう。警視庁の看板に泥を塗ってんだよ。暴力を振るえばいいってもんじゃねえんだ！　ま、馬の耳に念仏だろうがな」

「お言葉ですが、相手はゴリラのような大男で、ヘルメットを振り回して淵神さんに襲いかかってきたんです。淵神さんは素手だったし、手加減してたら、今頃、どうなっていたかわかりません」

「藤平、おまえに何がわかるってんだ？　それが淵神の手なんだよ。わざと自分を不利な状況に置いて、相手を誘うんだ。相手が調子に乗って襲いかかってきたら、滅茶苦茶にいたぶるんだよ。異動してきたばかりのおまえには、淵神の本性なんかわかるはずがねえ」

「え……まさか、そんな……」

藤平が驚いたように律子の顔を見る。律子は、まるで無表情だ。

「今度こそ、ただじゃおかねえぞ。てめえなんか、この一課から放り出して……」

「篠原理事官」

「うるせえ、取り込み中だ！」

背後から声をかけられたのを無視して、篠原が律子を睨み続ける。

「課長……」

藤平が言うと、篠原が、えっ、という顔で振り返る。一課の課長・永倉和夫《ながくらかずお》が立っている。

「ど、どうしたんですか、課長？」

篠原の声が上擦る。

「淵神と話したいんだが、いいかね」

「え？　それは、もちろん構いませんが、こいつには、わたしから厳しく説教してやろうかと……」

「ありがとう。あとは、わたしに任せてくれ」

永倉課長が篠原の肩をぽんぽんと軽く叩く。

「はい」

下には強いが上には弱いというのが篠原という男である。永倉課長に逆らうような根性はないので素直に引き下がる。

応接室に入り、二人で向かい合うと、

「吸うか？」

永倉課長がタバコを差し出す。

「結構です」

「吸うだろ？」

「職場では吸わないようにしています」

「今は特別だ。吸えよ」

「……」

一瞬、律子は迷うが、意を決したように、いただきます、とタバコに手を伸ばす。黙ったまま、二人でタバコを吸う。半分ほど吸ったとき、

「落ち着いたか？」

「はい」

「さっき部長と話してきた」

部長というのは、刑事部長・東郷晋作《とうごうしんさく》のことだ。

「篠原も言っただろうが、さすがに今回はやりすぎたな。靖国通りから内堀通りにかけて、カーチェイスはないだろう。強盗殺人犯でも追いかけてたというのならわからないでもないが、相手は、ただのひったくりだ」

「ですが……」

律子が抗弁しようとするのを、永倉課長は手で制し、

「不謹慎な言い方になるが、相手の方から襲ってきてくれて助かったな。バイクが転倒したときに、二人とも怪我をして動けなくなっていたら、言い訳のしようもない。カーチェイスの揚げ句にバイクを転倒させて怪我をさせたとなれば懲戒ものだ。怪我の程度が重ければ、よくて停職だろうな」

「停職になるんですか？」

「それを部長と相談してきた。ひったくりの被害者も重傷を負っているし、相手が襲いかかってきたのも事実だ。マスコミがおかしな具合に騒がなければ、何事もなく幕引きできるかもしれんな。そう願っておくことだ」

「はい」

「なあ、淵神」

永倉課長は二本目のタバコに火をつけながら、ぐっと身を乗り出す。

「おまえのがむしゃらなやる気、おれは嫌いじゃない。凶悪犯と命懸けで向き合うには、それくらいの根性がないとダメだ。しかし、最近のおまえは、どうも暴走しすぎている気がするな。篠原が言うように、犯罪者を痛めつけて鬱憤晴らししているように見えることがある」

「課長……」

「時には自分を抑えることも学ばないと、しっぺ返しを食うことになるぞ。暴力というのは、最後には自分に撥ね返ってくるものなんだ。おまえは、いい刑事になりそうな気がする。しかし、自分を抑えられずに自滅しちまったら、もう刑事なんか務まらない。警察にもいられなくなるぞ。これは警察社会で長く生きてきた先輩からの忠告だと思って聞いてくれ」

「ご忠告に感謝します」

「今日は、もう帰れ。これは命令だ。怪我をしてるんだから、今日一日くらい、ゆっくり休め」


律子がマンションに戻ったのは夕方四時過ぎだ。

両手にビニール袋をぶら下げていた。ビールやウィスキーを大量に買い込んだのだ。

何か事件に遭遇すると、アドレナリンが大量に分泌されるのか、体が熱くなって、酒を飲みたくてたまらなくなる。今日もそうだ。

大部屋に戻って篠原に怒鳴りつけられるのは想定内だったが、永倉課長に呼ばれたのは想定外だった。刑事部長のレベルで律子の処遇が話し合われたことを聞かされて、さすがに律子も動揺した。交通規範を無視して靖国通りと内堀通りを暴走したのは自分でもやりすぎたかもしれないと反省していただけに尚更だ。じっとしているだけで気持ちが落ち込んでしまい、何があろうと飲まずにはいられない気分だった。

景子は遅番なので、勤務は午後一〇時まで、恐らく、帰宅は早くても午後一一時を回るはずだった。今から飲み始めれば、景子が帰ってくるまで、たっぷり飲めるし、先にベッドに入ってしまえば、飲んだこともばれないはずだと楽観した。

部屋に入ると、まず、買ってきたウィスキーを何本かあちらこちらに隠した。それ以外のビールとウィスキーはビニール袋に入れたまま、リビングのテーブルの上に置いた。空になった缶や瓶をそのまま袋に入れるためだ。明日の朝、こっそり捨てるつもりなのである。

五〇〇㎖の缶ビールを手に取り、プルトップを引く。プシュッという小さな音と白い泡を目にしただけで、生唾が出る。ふーっと大きく息を吐いてから、ごくごくと喉を鳴らして、ビールを飲み始める。何とも言い表しようのない恍惚感に包まれる。

たちまち缶が空になる。続けざまに二本目、三本目の缶ビールを飲み始める。缶ビールを三本飲んで気持ちよくなってきたところで、ビールからウィスキーに切り替える。ウィスキーはストレートで飲む。氷も入れない。つまみも食べない。ひたすら、飲むだけだ。ウィスキーが喉を流れ落ちていくときの、ひりひりと灼けるような感じがたまらなく好きなのである。

ボトルを一本空にしたあたりから、頭が朦朧としてきて何を飲んでいるのかわからなくなる。もはや、飲み始めたときの恍惚感や幸福感は消えている。惰性で飲んでいるに過ぎないが、それでも飲むのを止めることができない。ひたすら、律子は飲み続ける。

景子が帰宅したのは午後一一時過ぎだ。玄関ドアを開けて、リビングの明かりを見たときには、律子が帰りを待っていてくれた、と嬉しかった。

しかし、その喜びはリビングに足を踏み入れた瞬間に消えた。

ムッとするようなアルコールの匂いがリビングに満ちている。律子はソファに仰向けにひっくり返り、両手両足を大きく広げた格好で眠りこけ、小さないびきをかいている。口が半開きになって、口の端から涎が垂れている。テーブルの上のビニール袋にはビールの空き缶が三つ、ウィスキーの空瓶が二本入っている。床には、ウィスキー瓶が転がり、中身がこぼれている。何が起こったのか、景子には容易に想像できる。景子の帰りが遅いのをいいことに、ビールを飲み、ウィスキーを飲み、三本目のウィスキーを飲んでいる途中で意識を失って眠り込んでしまったのだ。これまでに何度もあったことだ。

景子はテーブルの反対側にある一人掛けのソファに坐り込む。

「律ちゃん、どうして、そんなに自分をいじめるのよ……」

肘掛けに頬杖をついて、溜息をつきながら、律子の寝顔をじっと見つめる。身じろぎもせず、いつまでも見つめ続ける。

二三

五月二七日（日曜日）

早朝、律子と藤平は三鷹に向かっていた。藤平の運転で、中央自動車道を走っている。野川公園の茂みで白骨死体が見付かった。事件と断定されたわけではないが、先月、近くの武蔵野公園でも人骨が見付かっているので、その関連を探りに行くのだ。

当然ながら、二人とも休日出勤である。

高井戸の手前で警察無線が入った。

高校生らしき集団が乱闘騒ぎを起こし、一人が重傷を負って置き去りにされたというのだ。

「和田堀公園か……。近いわね。藤平、次で下りて。下りたら、運転を代わるからね」

「え。いいんですか、野川公園。所轄の人たちが待ってますけど」

「向こうは、どうせ死体じゃないの。こっちが遅れたって気にしないよ。生きている人間を助ける方が大事でしょうが。もたもたしてると怪我人が増えるかもしれないじゃない」

「それは、そうですが……」

また問題が起こるのではないか、という嫌な予感を抱きつつ、中央自動車道から下りるために、藤平は車線を変更した。


現場は和田堀公園内、松ノ木運動場と競技場の間にある木立の中、テニスコートくらいの広さの空き地だ。すでに杉並署のパトカーが二台停まり、制服巡査が現場の確保を始めている。

律子が氏名と所属を名乗り、警察手帳を示すと、明らかに律子より年上の巡査が背筋を伸ばして律儀に敬礼した。

「ご苦労様です」

「到着したばかりですか?」

「はい。五分ほど前です。間もなく応援が到着する予定です」

「何があったんですか?」

五分もあれば、目撃者から事情を聞いているだろうと思った。よほど無能でなければ、それくらいのことはしているはずだ。この巡査は無能ではなかった。警察無線では若者たちの乱闘事件という話だったが、実際には、高校生らしき七、八人の集団が男女のカップルに一方的に暴行を振るい、重傷を負った男性は放置され、女性が連れ去られたのだという。

「ただの喧嘩じゃなかったね。集団暴行、傷害、拉致……大事件じゃないの。係長に連絡して」

「はい」

藤平が慌てて携帯を取り出す。

「その集団の行方は？」

「それは何とも……」

巡査が困惑した表情になる。

「わからない、か」

律子がうなずく。二台のパトカーは通報を受けて杉並署から駆けつけたのではなく、たまたま現場近くにいただけなのであろう。彼らの使命は現場の確保と怪我人の救助が第一で、犯人の捜索ではない。杉並署から和田堀公園まで二キロくらい離れているから、刑事課の警察官たちが駆けつけるには、もう少し時間がかかるはずだ。

「事件が起こったのは、どれくらい前ですか？」

「二〇分くらい前だと思います」

「怪我した人の容態は？」

「現場に到着したときは血まみれで倒れていました」

「意識はありましたか？」

「何か譫言のようなことをつぶやいていましたが、話のできる状態ではありませんでした」

「搬送したんですか?」

「ええ、たった今、あそこに……」

巡査が指差した方を見ると、競技場の裏側に曲がっていく救急車のテールランプが見えた。

「藤平、行くよ!」

律子が藤平の背中をどんと叩いて車に向かって走り出す。

「え、でも、今、係長と話してて……」

何日か行動を共にして、藤平も律子の性格が少しずつわかってきた。ここで、もたもたしていると置き去りにされるだけだと察し、

「あ、何だか電波の調子が悪いな、もしもし、あれ、変だな……」

井上係長が何か話している声が聞こえたが、それを無視して携帯を閉じる。ポケットにしまうと、大急ぎで律子を追いかける。


和田堀公園を出る前に救急車に追いついた。救急車を停止させると、

「警視庁捜査一課の淵神です。被害者の方にお話を伺いたいんです」

警察手帳を示しながら、運転席に近付く。

「ひどい怪我をしてますよ」

「命に別状はないんですよね?」

「たぶん、大丈夫だとは思いますが……」

運転手の言葉が終わらないうちに、律子は後部に回り、バックドアを開ける。被害者はストレッチャーに横たわっており、傍らに救急隊員が付き添っている。被害者は、まだ童顔で、せいぜい、一六、

七であろう。服装や髪型はかなり派手で、耳にピアスもしているから普通の高校生には見えない。

「意識は？」

「朦朧としているようです」

「話を聞きたいので、少しの間でいいから意識をはっきりさせてもらえませんか？」

「そんな無茶な……。急いで病院に運ばないと」

「連れの女の子がさらわれた。一刻を争うの」

「しかし……」

「この子は助かるんですよね？　連れの女の子は、どうなるかわからないんです。ちょっとの間でいいから何とかして！」

「……」

救急隊員はためらったが、わかりました、とうなずくと、薬品箱からアンモニアの小瓶を取り出して被害者の鼻に近付ける。うっ、と呻いて、被害者の若者が目を開ける。

「聞こえる？　君を痛めつけた奴らは、どこに行ったの？　女の子が連れて行かれたんだよ」

「亜美《あみ》……西岡《にしおか》たちが……」

「どこに行ったかわからない？」

「ガラス……」

「え？」

「もうやめた方がいいです」

救急隊員が止める。被害者の呼吸が不規則になり、表情が歪み始めている。わかってるわよ、と律子は救急隊員を押しのけ、

「他には？」

被害者の口許に耳を寄せる。

その直後、被害者が意識を失う。救急隊員は律子を押しのけて被害者の顔を覗き込み、

「大変だ。すぐに搬送しないと……。さあ、もういいでしょう。早く降りて」

律子が降りると、救急車はサイレンを鳴らして走り去った。

「何かわかりましたか？」

「ガラス！　工場！　倉庫！　手掛かりは、この三つ。この近辺で、三つのキーワードに当てはまる場所を探して！」

「え？　ぼくがですか」

「他に誰がいるのよ。頭がいいんだから何とかしなさい！　自分の持ち味を生かすのよ、わたしの相棒なんでしょうが」

「……」

藤平がぽかんとした顔で両目を大きく開ける。

（相棒……）

そんな言葉を律子からかけられるのは初めてだった。藤平の頬が赤くなってくる。

「わかりました」

藤平は車に駆け戻り、ショルダーバッグからｉＰａｄを取り出すと、慣れた手付きで操作を始める。

五分ほどして、

「郷土資料館の近くに、廃業したガラス工場があります。工場だから倉庫もあるはずです」

「ここからは？」

「車だと三分ですね」

「よし、行こう」

律子が車を発進させる。藤平はまだシートベルトを締めていなかったので、ウィンドーに側頭部をごつんとぶつけた。

工場の前に路上駐車して、律子と藤平が正面ゲートに近付く。

「やっぱり、ここだね」

ゲートが開かないように巻かれていたチェーンが切断されて地面に落ちている。

「係長に連絡します」

藤平が携帯を取り出す。

「うん」

律子がしゃがみ込んでチェーンの切断面を確認する。きれいに切断されているから、ボルトカッターでも使ったのだろうと推測する。

だが、切断面が微かに錆び付いているから、切断されたのは昨日や今日ではない。

（そういうことか……）

被害者を暴行した不良たちは何日か前から、この工場跡をたまり場として使用しているのに違いない。恐らく、被害者の少年も仲間なのではないか、と律子は思う。だからこそ、この場所を知っていたのであろう。何らかの事情で仲間割れを起こして、被害者は袋叩きにされ、一緒にいた少女が連れ去られた……おぼろげに事件の構図が見えてきた気がする。

「すぐに応援を送ってくれるそうです。ここで待機するようにと……」

藤平の言葉が終わらないうちに、律子はゲートを通って工場の敷地に入り込む。

「待って下さい、淵神さん！」

藤平が押し殺した声で律子に呼びかける。

「応援を待つようにという指示です」

「聞こえてるよ。あんたは、そこで待っていればいいじゃないの」

「そ、そんな……」

律子は、どんどん建物に近付いていく。藤平も小走りについていく。

「淵神さん、武器を携行してるんですか？　拳銃は持っていないでしょうけど、特殊警棒とか……」

「ないよ」

「ぼくも何も持ってません。無茶じゃないですか。相手は、確か、七人とか八人とか……」

「男のあんたにはわからないだろうけど、女はね、命が助かればいいってもんじゃないんだ。もたもたしているうちに、大切なモノを奪われちゃうんだよ。そうなったら、一生、傷を背負っていくことになるんだ」

「それはわかりますけど、係長が……」

「しっ！」

律子が人差し指を口の前で立てる。

「何か聞こえる。あっちだ。ついて来るのなら、もう余計なおしゃべりをするんじゃないよ」

「……」

藤平は黙ってうなずくと、律子に続いて倉庫に近付いていく。

「本当だ。声が……」

思わず、藤平が声を出してしまう。

「……」

律子が睨む。藤平が首をすくめる。

倉庫の壁面にある窓から中を覗く。窓はかなり汚れているので、汚れを落として、ガラスに顔をくっつけないと内部の様子がわからない。

「七人だ……」

中央部分に七人の若者たちがいる。被害者の少年と同じように、皆、一〇代に見える。タバコを吸ったり、缶ビールを飲んだりしながら、ゲラゲラ笑っている。その輪の中に、少女が自分の体を抱きながら、しゃがみ込んでいる。横顔しか見えないが、年齢は一五、六というところだろう。

（あ）

藤平は声を上げそうになって、慌てて自分の口を押さえる。少女が下着姿だったからだ。

タバコを吸っていた金髪の少年が、タバコを投げ捨てると、少女の腕をつかんで地面に押し倒そうとする。それを見て、律子は行動を起こす。

倉庫の正面に回り、鉄製の重い引き戸を開けて、

「警察だ、動くな！」

と叫んだ。

少年たちがぎょっとした顔で一斉に律子を見る。

だが、律子と藤平に続く者がいないとわかると、

「たった二人？」

「サイレンも聞こえないよな」

「本物のお巡りかどうかもわかんないぜ」

「警察手帳、見せてよ」

「君たち、無駄な抵抗はやめなさい」

藤平が警察手帳を少年たちに示す。

「抵抗なんかしてないよ」

「その手帳、本物かどうかわかんないしな」

「その少女から離れなさい」

律子が静かな口調で言う。

「おれたちに命令するのかよ」

「生意気な女だな」

「嫌だと言ったら、どうするんだよ?」

「力尽くで離れさせるわよ」

律子が少女に近付こうとする。

「ムカつく女だな!」

鼻にピアスをした少年が律子に殴りかかる。その腕を取り、あっという間にねじ伏せる。他の少年たちが律子に殴りかかる。いくら数が多くても、格闘術をきちんと身につけている律子とは実力が違いすぎる。わずか二〇秒で三人が殴り倒された。

「……」

律子の背後で藤平が呆然と突っ立っている。

少女を押さえつけていた金髪の少年が立ち上がる。手にバタフライナイフを持っている。

「おねえさん、強いじゃん。だけど、素手じゃ、ナイフには勝てないぜ」

「試してみたら？　あんたみたいな腰抜けが相手ならナイフを持っていても全然怖くないよ」

「……」

金髪の少年の形相が変わる。目を細めて、律子との間合いを詰める。隙があれば襲いかかるつもりなのだ。律子がわざと隙を見せる。それに誘われるように少年がナイフを突き出す。律子はナイフをかわしながら、少年の顔にパンチをお見舞いする。カッとなった少年が闇雲に突進する。それを待っていたかのように、少年の鼻にカウンターパンチをお見舞いする。少年が仰け反り、がくっと膝をつく。ナイフが手から落ちたので、藤平がそれを拾い上げようとする。しかし、律子に止められる。

「カッコイイじゃないの。鼻血まみれもステキだよ。腰抜けぼうや」

「くそっ！」

仲間たちの前で嘲笑されたことに腹を立て、少年がナイフを拾い上げて、律子に飛びかかろうとする。今度こそ律子は容赦しない。ナイフをかわすと、少年の手首を思い切り捻りあげる。骨の折れる鈍い音がする。よろめいた少年の脇腹に回し蹴りを食らわせる。それでも少年は倒れない。かろうじて立っている。顔面に強烈な肘打ちを入れる。少年が仰向けにひっくり返る。

二四

六月四日（月曜日）

大部屋の片隅で、渋川富雄、福留勇司、倉田正男の三人がひそひそ話をしている。

「今度は、ただじゃ済まないよな」

「相手が悪かった。代議士のバカ息子を痛めつけちまったんだからなあ」

「まさか、懲戒免職ってことはありませんよね？」

倉田が心配そうな顔になる。

「そこまでやるとは思えないが……。所轄に飛ばすには時期が悪いし、よくて停職一ヶ月。重ければ三ヶ月。減給くらいで済めば御の字だけどな」

渋川が言う。

律子が倉庫で叩きのめした金髪の少年が代議士の息子だった。鼻骨とあばら骨を折る重傷を負ったが、バタフライナイフで警官に襲いかかったのだから、当初、同情の声はまったくなかった。

ところが、その数日前にも、律子がひったくりの少年たちに怪我をさせたことが明らかになると風向きが変わった。代議士からの圧力も強くなり、警察としても律子に何らかの処分を下す必要に迫られた。朝礼の後、永倉課長、篠原理事官、井上係長、佐々木班長、そして、律子の五人が応接室に入った。何らかの処分が言い渡されるのは確実だ。

やがて、応接室のドアが開き、永倉課長が出てきた。最後に青ざめた表情を強張らせた律子が出てくる。律子は自分の机に向かい、椅子に腰掛けると、肩を落としてうなだれる。

「班長」

渋川が低い声で佐々木を呼ぶ。佐々木が顎をしゃくって廊下に出る。渋川たちも、そそくさと廊下に出る。

「どうなったんですか、やっぱり、停職ですか？」

「異動だ」

「こんな時期外れにですか？」

「だから、所轄には出せない。内部の異動だ。特別捜査第三係だ」

「は？」

渋川たち三人が顔を見合わせる。

「淵神を窓際に追いやるっていうことですか？　あんな腕利きの刑事を」

「課長は抵抗してくれたらしい。だが、総監の指示だそうだ」

「総監の……」

警視庁のトップ、警視総監の指示となれば誰も逆らうことなどできない。


退庁時間になり、律子が帰り支度をしていると、

「おう、バカ女。第三係に飛ばされるそうだな」

芹沢巡査部長が近付いてきた。

「……」

律子は無視する。

「腹が立つだろう。辞めちまえ。さっさと辞表を出せよ。二度と捜査畑には戻れねえぞ。ずっと飼い殺しだ。そんなのはイヤだろう。てめえが辞めてくれれば、こっちもせいせいする。そのムカつく顔を見なくて済むからな」

「……」

律子は何も返事をせずに芹沢のそばを離れる。背後で芹沢の嬉しそうな高笑いが聞こえた。

この日、景子は遅番だった。帰宅したのは午後一一時過ぎだ。先月までの勤務パターンであれば、この日は日勤のはずだったが、勤務調整が行われて遅番になった。

病欠や忌引などで、看護師が急に休みが必要になることがある。誰かが休むと、そのしわ寄せが他の看護師の負担になるので、月に二度、勤務スケジュールの見直しが行われる。スケジュールが何も変わらない看護師もいれば、大きく変更される看護師もいる。景子の場合、五月三〇日が日勤だったから、本来であれば翌日は早番のはずだったが、勤務調整がされて休日になった。その勤務パターンに従っているので、この日は遅番なのである。

リビングに入るなり、絶句して立ち尽くし、表情が凍りつく。床にビールの空き缶やウィスキーの空き瓶がいくつも転がっている。テーブルの上にも何本か置いてある。これだけあからさまに律子が飲んだくれるのは、この部屋に越してきてから初めてだ。

「律ちゃん……」

気を取り直して、景子が律子に呼びかける。何か事情があるのだろうと思ったのだ。

律子は壁にもたれ、投げ出した足の間にウィスキー瓶を置いて、うたた寝している。溜息をつきながら、ウィスキーを取り上げようとすると、

「何すんだよ」

突然、律子が顔を上げて景子を睨む。

「明日、ゆっくり話そうよ。今夜は、もう寝て」

律子の腕をつかんで立ち上がらせようとする。律子はよろよろと立つと、ウィスキー瓶を握ったまま、寝室ではなく、テーブルに向かおうとする。まだ飲むつもりなのだと察し、

「もうダメよ。いったい、何があったの……?」

景子が止めようとする。

「放せよ」

律子は景子の手を振りほどこうとする。

「ダメだってば。もう飲ませないわよ」

律子の手からウィスキー瓶を取り上げようとするが、手が滑って床に落としてしまう。ウィスキーが床にこぼれる。

「何すんだよ！」

律子の平手が景子の頬に当たる。景子がよろめく。

が、すぐに律子を睨んで、

「殴ればいいよ。そういうの慣れてるし、平気だから。わたしは律ちゃんが心配なだけで……」

「うるせえ！　それが鬱陶しいんだよ。うざいんだよ！」

律子のパンチが景子の顔面に炸裂し、景子が床にひっくり返る。


翌朝、律子がベッドで目を覚ますと、横に景子の姿がなかった。

「頭、痛いよ……」

律子が寝室からリビングに出る。台所から、味噌汁のいい香りが漂っている。包丁で野菜をリズミカルに刻む音も聞こえる。

「景子さん、早いなあ。あ、休みか」

昨日、景子は遅番だったから、今日は休みなのだと思い至る。

口の中がべたべたして気持ちが悪いので、とりあえず、洗面所でうがいしようと考える。うがいをして鏡を見る。目許が腫れぼったいなあ、目脂《めやに》もついてるし……水で目脂を洗い流す。タオルを手に取ろうとして、タオル掛けにタオルがないことに気が付く。ふと洗濯籠を見る、タオルが放り込んである。律子が怪訝な顔で手を伸ばしたのは、タオルが真っ赤だったからだ。

「何、これ……？」

タオルが血まみれなのである。そのタオルを手にしたまま、律子が洗面所を出て台所に向かう。

「ねえ、景子さん」

「どうしたの、まだ寝てればいいのに。早いじゃない」

景子は律子に背を向けたまま、料理の手を休めようとしない。

「こっち向いて」

「……」

「景子さん！」

「……」

景子が包丁を置いて、律子の方に向き直る。顔全体が腫れ上がっている。右目がほとんど塞がり、唇も切れている。青痣がいくつもできている。

「あ……」

と言うなり、律子は崩れるように床に坐り込み、両手で頭を抱え、

「もうダメだ。わたしなんか死んだ方がいい。ごめん、景子さん」

「律ちゃんが悪いわけじゃない。お酒のせいだよ。仕方ないよ。自分を責めないで。わたしは平気だから。何も気にしてないから」

景子が律子を抱きしめる。律子は景子の腕の中で幼子のように声を放って泣きじゃくる。

第二部　特別捜査第三係

一

六月五日（火曜日）

コーヒーショップの二階から、律子が渋谷の雑踏を見下ろしている。

本当は休むつもりだった。

ゆうべ、記憶をなくすほど泥酔した揚げ句、景子に暴力を振るった。景子の顔は右目が塞がるほどに腫れ上がり、青痣がいくつもできていて、唇も切れていた。鼻血も出たらしく、血まみれのタオルが洗濯籠の中にあった。膝から力が抜けて床にへたり込み、泣きながら、

（わたしなんか死ねばいい。早く死んでしまいたい……）

激しい自己嫌悪に見舞われた。

そのとき、景子が律子を責めて、死んでしまえと言えば、きっと死んでいただろうと思う。

だが、景子は優しかった。少しも律子を責めず、泣きじゃくる律子を抱きしめてくれた。

腫れ上がった顔ではとても出勤などできなかっただろうが、たまたま景子は休日だ。

「一日あれば大丈夫。見た目ほどひどくないから。腫れさえ引けば問題ないから病院に行く必要もないよ。わたし、これでも看護師だから」

と、景子は笑った。

せめて、そばにいさせてほしい、付き添って看病したいと律子は申し出たが、景子はきっぱり拒絶した。たとえ不本意であろうと、異動先に出勤する初日なのだから休むべきではない、というのだ。景子に対する罪悪感が胸に満ちていたので、律子は景子の言葉に逆らうことなどできなかった。景子に背中を押されるように、いつもと同じ時間にマンションを出た。

三軒茶屋から警視庁に行くには、半蔵門線で表参道まで行き、そこで千代田線に乗り換えればいい。三〇分もかからない。

だが、律子は渋谷で電車を降りた。真っ直ぐ警視庁に行く気になれなかった。自分なりに考えたこともある。コンビニで便箋と無地の白封筒を買って、コーヒーショップに入る。一階は混み合っていたが、二階に上がるとそれほどでもなく、窓際のカウンター席に坐ることができた。

熱いコーヒーを飲んでから、律子は便箋を開いた。バッグからボールペンを取り出すと、指でくるくる回しながら、どう書き出せばいいか思案した。

景子に暴力を振るったのは泥酔していたからだ。なぜ、自制心を失うほど酒を飲んだかといえば、自分では納得できない処分を下され、突然の配置換えを命じられたからだ。警視庁捜査一課強行犯捜査四係から特別捜査第三係に籍が移るのは、律子にとっては明確な異動であり、左遷だが、厳密に言えば、捜査一課内部の配置換えに過ぎない。その処分に納得できないから、律子は腹を立て、記憶を失ってしまうほど酒を飲んだ。

酒を飲みすぎているということは自覚している。飲みすぎどころか、すでに一線を越えて「アルコール依存症」という病気なのではないか、という疑いも抱いている。実際、景子からは、何度も指摘されている。律子自身が認めようとしないだけだ。このままでは駄目だ、酒をやめよう……そう考え

たことも一度や二度ではない。景子と一緒に暮らすことを決めたときは、

（今度こそ、お酒と縁を切る）

と心に誓ったほどだ。

だが、気が付くとウィスキーやビールを口にしてしまう。どうしても酒と縁を切ることができない。

その理由もわかっている。

刑事という職業のせいだ。

事件にぶつかると、過度のストレスにさらされることが多いため、事件解決後に、どうしても酒に手を伸ばしてしまうのである。

そこまで思案が及べば、酒をやめるには、まず警察を辞めなければならないことは律子にもわかる。自分にとって警察官であることは天職であり、ただの民間人になったら、自分には何も残らないことは百も承知しているが、今朝の景子の腫れ上がった顔を思い起こせば、急いで何か手を打たなければならないという気持ちになる。警察を辞め、アルコール依存症治療のために入院する。景子との生活を立て直して、新しい仕事を探す……律子は、ふーっと大きく息を吐くと、その方がいいに決まってるよ、とつぶやき、

一身上の都合により退職させていただきます。


と便箋に書いた。

その一文を眺めながら、

「退職させていただきます、っていうのは変かなあ。何となく高飛車な感じがしないでもないよね。

退職させていただきたく存じます……回りくどいか。それなら、退職をお願いします、の方がいいのかなあ……」

しばらく首を捻っていたが、まあ、いいか、と溜息をつき、日付と名前を書き加えてから便箋を畳んで封筒に入れる。封筒には「退職願」と書いた。

封筒をバッグにしまうと、律子はカウンターに両肘をついて、コーヒーを飲む。窓の向こうに、会社員らしき無数の男女が忙しない足取りで通り過ぎる姿が見える。昨日まで自分もその流れの中にいたが、辞表を提出してしまえば、その忙しなさとは無縁の人間になるのだと考えると何だか不思議な気持ちになる。

壁にかかっている時計を横目で見ると、もう九時を過ぎている。とうに始業時間を過ぎている。別に気にならなかった。退職を決意した人間には始業時間など何の意味もない。

コーヒーを飲み干すと、律子はスツールから下りる。億劫だが警視庁に行かなければならない。退職するには「退職願」を提出して、それを受理してもらわなければならないからだ。だから、どうしても警視庁に足を運ぶ必要がある。

しかし、気が重い。どうせ行くにしても、そんなに急いで行く必要もないではないか……そう考えて、先に鳥谷さんのお見舞いに行こう、と決めた。

二

鳥谷は中野の警察病院に入院している。通り魔を取り押さえようとしたとき、自転車で体当たりされて転倒し、左腕と腰を骨折、更にハンマーで顔面を殴打されて複雑骨折した。かなりの重傷である。

律子が見舞ったとき、病室には鳥谷一人だった。左腕には包帯が巻かれ、腰はギプスで固定されている。顔は右半分が包帯で覆われていた。律子が病室に入ると、鳥谷が顔を動かさずに左目だけをぎょろりと動かす。

「奥さんは付き添いじゃないんですか？」

律子が訊く。

「……」

ベッドの横には、いくつも引き出しがついた小型のロッカーが置いてある。その天板部分がテーブルになっていて、小物を置けるようになっている。鳥谷は、そこに手を伸ばしてメモ帳とペンを取った。メモ帳に何か書くと、それを律子に見せる。

『昼から』

と書いてある。それを見て、

「ああ、奥さん、お昼からいらっしゃるわけですか。うちのことを片付けてからってことですよね」

鳥谷が顎をしゃくったので、律子はベッドの傍らの椅子に坐る。

「怪我、大変そうですね。しゃべれないんですか？」

「……」

鳥谷は目でうなずくと、またメモ帳に何か書く。

『仕事は？』

一瞬、律子は、ハッとするが、

「遅刻ですよね。でも、大丈夫ですから。心配しないで下さい」

「……」

しばらく律子をじっと見つめてから、鳥谷がまたメモ帳に何か書く。

『異動だろ』

「え？」

律子の顔色が変わる。

『係長』

と書かれた文字を見て、

（井上係長が来たのか）

と、律子にもわかった。

昨日、井上係長が見舞いに来て、律子の異動について鳥谷に話したのに違いなかった。

「……」

律子が黙り込んでいると、鳥谷が、

『がまん』

とメモ帳に書いた。

律子は、ふっと小さく息を吐いて口許を歪めると、

「どこに異動させられるかも知ってるわけですよね？　特別捜査第三係ですよ。完璧な窓際です。肩叩きですよ。辞めろってことです」

「……」

律子の目をじっと見つめながら、鳥谷が首を振る。

「誰かを恨んでるわけじゃないんです。この前の事件がきっかけで騒ぎになって、わたしが責任を取らなければならないという事情は理解しています。自分の蒔いた種ですから、覚悟はしていたつもり

です。一課から出されて、所轄に戻されるんだろうと思ってました。ところが、異動の時期じゃないし、所轄の方でも変な噂のある女刑事なんか引き取ってくれるところがなくて、苦し紛れに一課内部で配置換えをしたんですよ。現場に出さずに内勤させて、飼い殺しにするつもりなんですよ。篠原理事官は、わたしに内勤なんか務まるはずがない、そのうち腹を立てて辞表を出すだろうと思ってるはずです。悔しいけど、それは正しいです。わたしには耐えられませんから」

「ふ、ふち、が、み……」

鳥谷が言葉を発する。たったそれだけの言葉を口にするだけでも痛みが走るのか、鳥谷の顔が歪む。

「しゃべらない方がいいですよ」

「お、おまえは……いい、デカだ……」

鳥谷が絞り出すように言う。よほど痛みが強いのか、目を瞑り、歯を食い縛っている。

「け、い、さつ、には……おまえが……ひ、つようなんだ……やめる、な」

それだけ言うと、鳥谷が呻き声を洩らし始める。

律子はナースコールのボタンを押した。

警察病院を出て、中野駅に向かって歩く。

鳥谷に会って、自分の気持ちに区切りをつけ、それから警視庁に出向いて辞表を出すつもりだったのに、かえって、気持ちに乱れが生じた。鳥谷から何かアドバイスを得ようとしたわけではない。それとなく別れを告げたかっただけなのに、まさか慰留されることになるとは思ってもいなかった。

気が付くと、溜息が洩れている。

たぶん、陰気に沈んだ顔をしているのだろうと自分でもわかる。何とも気が重く、それが足取りにも表れている。

　警察を辞めることを決めたのは、今朝、景子の腫れ上がった顔を見た後である。よくよく思案を重ねた上で決めたというわけではない。どちらかといえば発作的に決めた。だからこそ、鳥谷の慰留によって心に迷いが生じ、それが律子の悩みを深めた。

　まだ午前中だが、猛烈に酒を飲みたくなる。酔っ払ってしまえば、あれこれ思い悩むこともなくなるとわかっているからだ。それが一時逃れに過ぎず、何の解決にならなくても、とりあえず、今の苦しみから解放されたいと律子は願った。

　立ち止まり、胸の内ポケットから辞表を取り出して眺める。

（うん、大丈夫）

　鳥谷に会って、退職の決意がぐらつきはしたものの、退職を思い留まろうとまでは思わなかった。自らの意思に揺らぎがないことを確認すると、また辞表を内ポケットにしまって、律子は歩き始める。

三

　律子が警視庁のロビーを横切っていく。エレベーターホールに向かう。更に気が重くなる。永倉課長に辞表を提出するのが筋だろうと思うが、そうすると大部屋に行かなければならない。大部屋には篠原理事官がいる。たぶん、芹沢もいるだろう。律子が辞めることを知れば、二人は大喜びで、またしても嫌みったらしい暴言を律子に浴びせるに違いない。想像するだけで不愉快だ。佐々木班長を始め、渋川、福留、倉田などの四係の仲間たちは、鳥谷のように親身になって慰留しようとするだろう。それもまた鬱陶しい気がする。できれば、井上係長だけに会い、さっさと辞表を提出して、誰とも顔を合わせないで帰りたい。そんなことを考えているうちに、何度かエレベーターを見送った。

（いつまでも大部屋に行けないじゃないの。しっかりしろ、淵神律子！）

自分自身を叱咤《しった》して、次のエレベーターには乗ろうと決める。

そのとき、背後から下品な笑い声が聞こえ、何気なく肩越しに振り返る。芹沢が三係の若い刑事に親父ギャグを連発して、げらげら笑っている。

咄嗟に、律子は芹沢と反対方向に歩いてエレベーターホールを離れる。そのまま真っ直ぐ進んで非常口に入り、地下への階段を下りた。芹沢の顔を見た途端、大部屋に行く気が失せた。よく考えれば、配置換えを命じられた特別捜査第三係も捜査一課内部の組織である。そこの上司に辞表を提出すれば、井上係長に提出するのと同じではないかと思い至ったのだ。問題があるとすれば、その上司の名前すら律子が知らないことであり、更に大きな問題は、その特別捜査第三係という部署がどこにあるのかわからないということなのであった。

特別捜査第一係と第二係は大部屋と同じフロアにある。未解決事件の継続捜査をするのが仕事で、捜査員の数は多くないが、いつも忙しそうに活動している姿を律子もよく目にした。第三係は、第一係と第二係を補助する部署と位置づけられており、別名「情報分析室」とも呼ばれている。名称は立派だが、その実態は、古い資料を整理して管理しているだけの暇な部署に過ぎず、「情報分析室」というより「資料整理係」という方がふさわしい。膨大な資料を管理・保管しなければならないので、捜査一課の一部署であるにもかかわらず、第三係だけは、ぽつんと離れた地下に置かれている。大部屋で古い事件の資料を使うときには、第三係に電話して必要な資料を指示すれば、それを運んできてくれるので、わざわざ捜査員が地下に出向くことはない。だから、律子も第三係の正確な場所を知らないのである。

「いったい、どこにあるわけ……？」

迷路のように入り組んだ廊下を、律子は闇雲に歩いて行く。そのうち見付かるだろうと高を括っていたが、いつまで経っても見付からない。ドアに「第三係」というプレートが出ているのを見て、ドアノブを回すと鍵がかかっている。プレートをよくよく見ると、「第三係」という文字の下に、「第六保管庫」と記されている。そんなことを何度も繰り返す。「第二三保管庫」という表示を見たときには、

「どれだけ保管庫があるのよ」

と呆れて独り言をつぶやいた。

誰か人がいれば場所を教えてもらうのだが、地下に下りてから、まだ誰とも出会っていない。

歩き回っているうちに、次第に周囲の空気が黴《かび》臭くなり、じめじめして湿気の多い一画に出た。切れている蛍光灯もあるし、今にも切れかかって、ついたり消えたりを繰り返しているものもあったりして薄暗い。足許に視線を落とすと、一〇センチ以上はありそうな大きなムカデが悠然と歩いている。

「何だか、不気味な場所だなあ。ここは警視庁の地下なんだよね？」

そのとき、背後でドアがバタンと閉まる大きな音がして、律子は跳び上がるほど驚いた。体勢を崩して危うく転びそうになったほどだ。慌てて振り返ると、ステッキを手にした中年男が保管庫から出てきたところだ。右手にステッキを持ち、左手で書類を小脇に抱えている。左足を引きずっており、歩くたびに体が大きく揺れる。

（何なの、この人……？）

律子が両目を大きく見開いたのは、その中年男が右目に眼帯をしていたからだ。医療用の白い眼帯ではなく、まるで海賊がつけるような真っ黒な眼帯である。

靴音を響かせながら、ゆっくり律子の方に歩いてくる。背中を丸め、視線を足許に落として、律子のすぐ横を通り過ぎる。まるで律子の存在に気が付いていないかのように、視線も上げず、顔も向けない。そのまま直進して、廊下を右に曲がっていく。

そのときになって、律子は、

（あ）

と声を上げそうになる。今の中年男は保管庫から出てきたのだから、恐らく、第三係の職員に違いない。なぜ、場所を教えてもらわなかったのかと悔やみ、小走りに後を追う。角を曲がって、えっ、という声が律子の口から洩れる。切れかかった蛍光灯が点滅する廊下は真っ直ぐに伸びている。しかし、中年男の姿はどこにも見えない。

「どこに消えたのよ？」

冗談じゃないわよ、幽霊だったとでも言うわけ……微かな不安を感じながら、律子は足を速めて廊下を進む。

「淵神さん！」

背後から声が聞こえて、また律子は跳び上がりそうになる。恐る恐る振り返ると、藤平保が廊下に顔だけ出して、律子を見ている。

「藤平じゃないの。あんた、ここで何をしてるの？」

「淵神さんを待ってたんですよ。円《まどか》さんが、廊下に変な女がいるって言うから……。あ、すいません。ぼくが言ったわけじゃありませんから」

「ひょっとして、そこが第三係なの？」

「ええ、そうですよ。ここに淵神さんの席もあります。さあ、どうぞ」

藤平がにこにこしながら手招きする。

四

律子は部屋に入る前に、ドアのプレートに目を凝らす。「第三係」とだけ記されており、他のドアに付いているプレートのように、その下に「〜保管庫」とは記されていない。

しかし、違いはそれだけで、遠目にドアを眺めただけでは、それが保管庫なのか職員のいる部屋なのか区別できない。せめてドアに磨りガラスでも嵌《は》め込まれていて、そこから明かりが洩れていれば、ただの保管庫ではないとわかるのだろうが、ドアには窓がない。ただの頑丈な鉄製のドアだ。

その重いドアを開けて部屋に入る。

部屋の広さは一六畳くらいだ。大部屋生活に慣れた律子の目には狭苦しく感じられる。壁に窓がなく、外光がまったく差し込まないせいもあるかもしれない。

その部屋には机が六つ置かれている。四つの机は中央に「田」の字形に置かれ、部屋の隅にひとつ、反対側の隅にもひとつ置かれている。四つが平職員の机で、離れているふたつは上司である係長と事務職員の机である。

「……」

律子はドアのそばに立って、部屋の中を見回す。藤平以外に四人の職員がいるが、誰も律子を見ていない。三人は男性で、一人は女性だが、一瞥して気が付くのは、四人とも老けているということだ。

藤平の若さが浮き上がって感じられる。

「淵神さん、席はここです」

藤平が自分の横の席を指し示す。

「自分の荷物と一緒に淵神さんの荷物も運んでおきました。机の下に段ボールを置いてあります」

「ちょっと待って。どうして、あんたがここにいるの？」

「ぼくも今日から異動なんですよ。よろしくお願いします」

藤平がにこっと笑う。

「異動……？」

「なあ、あんたら、いつまで内輪話しとるつもりやねん。まずは異動の挨拶をするのが常識いうもんやで。うちの係長は心が広いから、そんなこと気にせんけど、だからこそ、こっちが気を遣わななられんのやないか？　藤平くんは誰よりも早く出勤して、しかも、手土産まで持参するほど気が利いとったけど、そっちのお姉さんは重役出勤の上、手ぶらみたいやないか。気が利かんなあ……」

藤平の向かい側に坐っている男が律子をじろじろ見る。

「すいません」

藤平は自分が叱られたかのように謝ると、

「淵神さん、こちらにどうぞ」

と係長の机の前に立つ。

「ああ……」

律子が藤平の横に立つ。

「森繁《もりしげ》係長」

藤平が声をかける。

「……」

第三係の責任者・森繁海老蔵《えびぞう》係長は、難しい顔で腕組みしたまま唸り声を発している。突然、あっ、と声を発すると、目を開けて、机の上に広げてある本を手に取る。

「なるほど、ここに銀を捨てればいいのか。銀を捨てて、桂馬も捨てて……ははっ、やったぞ、詰むじゃないか」

どうやら詰め将棋を解いていたらしい。

「すいません、係長」

「ん？」

森繁係長が怪訝そうな顔で、藤平を見上げる。

「君は……」

「藤平です。今日から異動になりました。さっき、ご挨拶したんですけど」

「そうだったかな。よろしくな、藤久くん」

森繁係長は手許の本にまた視線を落とそうとする。

「もう一人、異動なんですよ。ぼくの先輩です」

「淵神律子と申します。実は、異動してきたばかりではありますが……」

律子がスーツの胸ポケットから辞表を取り出そうとする。

（え）

辞表がない。慌てて他のポケットも探すが、どこにもない。

「うん、頑張ってな。わからないことは、この……」

「藤平です」

「そうそう、藤倉くんに聞きなさい」

「ぼくも異動してきたばかりですが」

「じゃあ、何かわからないことは他の誰かに聞きなさい」

森繁係長は、もう二人に興味を失ったかのように本を眺め、

「これは十九手詰めか。なかなか、厄介だな……」

「ぼくが紹介しますから」

藤平が小声で囁く。くるりと向きを変えると、

「板東《ばんどう》さん」

「ん？」

「こちら、強行犯捜査四係から異動してきた淵神律子巡査部長です」

「……」

律子はまだ辞表を探している。さすがに動揺している。

「板東さんは若く見えますけど、実は来年で定年なんですよ。東京生まれの東京育ちなのに、なぜか、大阪弁でしゃべる変な人です」

「おいおい、藤平くん。異動初日の君が、何で、そんなに、おれのことに詳しいんや？」

「だって、板東さんがご自分で教えてくれたんじゃないですか。今朝、ぼくが挨拶したときに」

「あれ、そやったかなあ？　年を取ると昔のことなんか忘れてしまうわ」

「ほんの三時間前のことですが」

「ほう三百年も前かいな。それは大昔やで。江戸時代やないか」

板東雄治《ゆうじ》が、がははっ、と口を大きく開けて笑う。五九歳の巡査長である。

「大丈夫か、板東さん。認知症じゃないのか」

板東の隣の席にいる眼帯をした男が言う。

「認知症なあ。ちょっと、ニンジンを食べすぎたかもしれんな。ニンチンでニンチ症や」

また板東が笑う。

藤平は眼帯男の前に移動する。口を開こうとすると、

「君が気を遣わなくても、自分で挨拶させたらどうだい。不機嫌そうな顔をしているけど、挨拶くらい自分でできるだろう。それとも挨拶もできないほど忙しいのかな。何か探しているようだが」

「失礼しました。強行犯四係から異動してきた淵神律子と申します」

とりあえず、気を取り直して、挨拶だけはきちんとしようと決めた。

「円です」

「この人、広辞苑いうんやで」

板東がメモ帳に、「円浩爾」と書いて律子に示す。「普通に読めば、『まどかこうじ』やけど、外人さんみたいに名字と名前を逆にすると、『浩爾円』となるやろ。ほら、『こうじえん』、そやから、この人は『広辞苑』と呼ばれとる。実際、何でもよう知っとる。この第三係の生き字引やな。腹の足しにもならんし、一文の得にもならんようなことばかりやけど、とにかく、古い事件については何でも知っとるわ。これで少しでも捜査能力があれば、今頃は一課の課長やで。課長が無理でも、理事官くらいにはなっとるやろな。けど、天は二物を与えずや。現場ではまったく役に立たん人やからな」

「板東さん、余計なことを言いすぎですよ」

円が嫌な顔をする。

「ほんまのことやないか。恥ずかしがらんでもええやろ」

「淵神さん」

藤平が律子を促す。最後に事務職員の机の前に立つ。

「淵神律子と申します。よろしくお願いします」

「こんな狭い部屋で何度も挨拶すれば、イヤでも頭に残るよ。淵神巡査部長ね。まったく係長がきちんとみんなに紹介すれば、一度で済むのに、将棋のことしか頭にないんだから。わたし、事務職員の片桐《かたぎり》みちる。一応、肩書きは主任。ところで、淵神さん、いくつ？」

おかっぱ頭の片桐みちるは、第三係の庶務全般を受け持つ主任で、年齢は五二。

「は？」

「おいくつ？　年齢《とし》」

「二九ですが」

「ふうん、二九か……」

みちるが電卓を叩き始める。

「藤平くんが入って、五人の平均年齢が四九・八歳に下がったけど、淵神さんが入って、また下がったわ。四六・三歳だって」

「それは、すごいなあ。第三係の平均年齢が五〇を切る日が来るとは思わんかったわ。なあ、広辞苑さん？」

「下らんことを」

円が顔を顰める。

「洒落のわからん頭でっかちやなあ」

板東が呆れたように首を振る。

「だってね、聞いてよ藤平くん、新年度が始まってすぐに癌で入院しちゃった長宗我部《ちょうそかべ》さんていう人がいるんだけど、その人は五八歳なのよ。係長が五七で、板東さんが五九、広辞苑さんが五五、わたしが五二だから……何と平均年齢は五六・二歳だよ。あり得ないくらいの超シニア部署だよね」

「ここは姥捨て山か。まるで楢山節考《ならやまぶしこう》やで。使い物にならん年寄り警察官の墓場やないか。いらなくなったら、ここに捨てに来るんやろなあ」

板東が自嘲気味に口許を歪めて笑う。

「元々、ここは定員が六人なんだよね。係長と事務職員を除いて、一般職員の定員が四。長宗我部さんの復帰は無理だろうから、欠員が二なんだけど、係長が将棋の時間を半分にして少しは仕事をするようになれば、大して不都合もないんだよね。そこに、いきなり、二〇代の職員を二人も補充だもんね。あり得ない話なわけよ。異動の時期でもないし、こっちにしてみたら青天の霹靂《へきれき》。ねえ、あんたたち、どんな悪いことをしたわけ？　その若さで、ここに異動させられるってことは、もう警察社会で未来はないよね？　完璧な左遷だし、島流しだもんね。見切りを付けて転職した方がいいんじゃないの？」

「みちるちゃん、口が過ぎるぞ」

円が注意する。

「あら、本当のことだし、誰かが言ってあげないとわからないじゃないですか。一般業務をこなすのが難しいような定年間近のベテランが温情で配属される部署なんだから。平均年齢が高いのも、そのせいですからね。警察官人生が終わりに近付いてる人は、それでも構わないと思いますよ。暇な時間はたっぷりあるから、係長みたいに趣味に没頭することもできるし、板東さんみたいに定年後に備えて、株やＦＸを熱心に研究してる人もいる。円さんみたいに古い事件のことを調べるのだって、こう言っては失礼ですけど、趣味みたいなものでしょう？　別に誰かに頼まれてるわけじゃないし、それで捜査が行われるわけでもないんですから。つまり、みんなが好きなようにやってるわけじゃないですか。定時に出勤して、きちんと休憩を取って、定時に帰宅する。残業もないし、休日出勤もない。楽な職場だし、第二の人生設計を考えたい人にはぴったりだけど、二〇代の若者がいるような職場じゃないと思います。こんなぬるま湯に浸かってはダメなんですよ」

「すごいやないか、みちるちゃん」

板東がぱちぱちと手を叩く。

「けどな、この二人にしても、好きこのんで、ここに来たわけやないやろ。何かしでかして飛ばされたに違いない。そういうことなら、いくら頑張っても、元には戻れんのやないかな。少なくとも、今すぐにどうこうは無理やろ。そうは言っても、公務員で給料もまずまず、いきなり転職なんかでけんで。世の中は不景気で、そう簡単に今より待遇のいい仕事なんか見付からんからな」

「板東さんもみちるちゃんもいい加減にしなさいよ。ほら、二人がびっくりしてるみたいだぞ。当たり前だよ。古参の職員二人が、この第三係がいかにダメな部署かと自慢し合ってるんだからな。最初から、若い人たちのやる気を挫《くじ》くようなことを言わなくてもいいんじゃないのかね」

円が苦い顔をする。

「あんな上司の姿を見て、やる気を出せって言うのが無理なんじゃないのかしら」

みちるが森繁係長をちらりと見る。難しい顔で腕組みして、唸り声を発しながら詰め将棋に取り組んでいる。

「まったくやで」

板東が、うんうんとうなずく。

五

第三係の職員たちは正午のチャイムが聞こえると、一斉に仕事をやめた。正確に言えば、仕事らしい仕事など誰もしていなかった。

森繁係長は愛妻弁当を取り出し、それを食べながら、相変わらず詰め将棋を解いている。

片桐みちるもアヒルのイラスト入りのかわいらしいピンク色の弁当箱を取り出し、テレビをつけて、「笑っていいとも！」を観ながら食事を始める。

板東雄治はコンビニのレジ袋から、ツナマヨのおにぎりを取り出して食べ始める。

円浩爾は、ノートを閉じると、ステッキを手にして部屋を出て行った。

「淵神さん、まさか弁当持参ってことはないですよね？　よかったら食事に出ませんか」

藤平が律子を誘うが、

「悪いけど、やることがあるの」

律子はそそくさと部屋を出た。

「おかしいなあ……」

律子は辞表を探している。どこかに落としたのに違いない。中野で電車に乗る前に内ポケットに入れたことは確かだから、落としたとすれば、それ以後のことだ。道端に落として、そのままゴミになっているのならいいが、万が一、警視庁内で落としてしまい、それを誰かに拾われれば、辞表を提出する前に辞表を落としたバカという烙印を押されることになる。たとえ辞めるにしろ、最後にそんな屈辱を受けるのは耐え難い。

　警視庁に着いてから第三係の部屋を見付けるまでに辿ったルートを逆に探していく。ロビーやエレベーターホールに落としたとすれば、すでに誰かに拾われているだろうから今更じたばたしても遅い。律子としては、あまり人が通らないような廊下の片隅にでも落ちていることを祈りたかった。

　廊下を熱心に探すが、どこにも辞表は落ちていない。そもそも、地下に下りたとき、第三係がどこにあるのかわからなくて、廊下を闇雲に歩き回ったから、自分がどういう経路を辿って第三係に着いたのか記憶が曖昧なのである。

「あと二〇分か……」

　お昼休憩に入ってから、すでに四〇分が過ぎている。

　辞表をなくしたので、すぐに辞めるとも言い出すことができず、午前中は無駄なことをしていると思いつつ、藤平が大部屋から運んできてくれた段ボールを開き、備品を机の上に並べたり、引き出しにしまったりした。無駄だと思うのは、辞表を出してしまえば、それらの備品をまた段ボールに詰めなければならないからだ。私物以外は梱包して返却する決まりなのだ。

　律子は額の汗を拭うと、階段に向かう。念のためにエレベーターホールとロビーも探そうと思った。それで見付からなければ警視庁の外で落としたものと諦め、もう一通、辞表を書こうと決めた。

　多くの人間が行き交うエレベーターホールに落ちているはずがないと思いつつ、それでも律子は丹念に隅々にまで視線を走らせる。

「これは珍しい人に会ったもんだ」

「……」

　律子がびくっと体を震わせる。声を聞いただけで、それが誰なのかわかる。覚悟を決めて、律子が振り返る。芹沢がいた。嘲りの色を滲ませた目で律子を見つめている。

「てっきり落ち込んで、どこかに隠れてるのかと思えば、さすが、スカーフェイスだ。そのあたりの柔な男どもが束になってもかなわない。心臓に毛が生えてるんだな。大部屋から地下の第三係に鞍替えとなれば、地獄への片道切符、もう警察官としては終わりだ。二度と捜査畑には戻れねえ。定年まで資料整理することになる。それに耐えようってわけか。面白いな。今度から、おまえを指名して資料を届けてもらうぞ。台車に資料を載せて、大部屋まで持ってくるんだ。いいな！」

エレベーターホールで大声を出したものだから、近くにいる者たちが何事かと足を止めて芹沢と律子を見る。

（芹沢なんかに負けるもんか）

何か言い返してやろうと思うが、喉から声が出てこない。それどころか、自分でも意外だったが、何やら熱い塊が喉の奥から込み上げてきそうになる。

（バカ！　こんなところで泣いたら、あんた、本当に警察官として終わりだよ。この先、二度と芹沢の顔をまともに見られなくなるよ）

そう自分に言い聞かせ、何とか言葉を発しようとするが何も言えないし、それならば、さっさと立ち去ればよさそうなものだが、金縛りにでもあったかのように体を動かすことができない。

「どうしたんだよ、何も言えねえのかよ！」

芹沢がここぞとばかりに律子に食ってかかろうとする。そこに、

「第三係は、地獄への片道切符なのかね、芹沢君」

という声が聞こえて、

「ん？」

と、芹沢が振り返る。ステッキをついた円浩爾の姿を見て、芹沢の顔色が変わる。円の背後には藤平がいる。

「ま、まどかさん……」

「定年まで資料整理するだけかもしれない。しかし、わたしは、この仕事に誇りを持っている。決して、いい加減にやっているつもりはない。それでも、警察官としては終わりだ、と君は言うのか」

「い、いや……」

芹沢はごくりと生唾を飲み込むと、すいませんでした、自分が間違っていました、許して下さい、と蚊の鳴くような声で詫びる。

「淵神君に用があるんだが、いいかね？」

「あ……。もちろんです、どうぞ」

芹沢が背筋をピンと真っ直ぐに伸ばしてうなずく。

円は律子に近付くと、

「一緒に来たまえ」

と軽く背中を押す。律子は円に促されるまま、機械人形のようにぎこちなく足を動かす。三人がエレベーターに乗る。

乗り込んでから、

（あ）

と、律子は我に返った。まだエレベーターホールを探している途中だったし、ロビーも探していない、と気が付いた。

「すいません、円さん。わたし、降りないと」

「何をそんなに慌てているのかね?」

「それは……」

「ひょっとして、これか?」

円がポケットからちらりと白い封筒を見せる。

「それをどこで……?」

「廊下に落ちていたよ。あとで、こっそり返そうかと思っていたが、たまたま、あんな場面に遭遇してしまった。せっかくだから、ラウンジでコーヒーでも付き合ってくれないか」

「もう戻らないと……」

律子がちらりと腕時計を見る。一時を過ぎている。

円は表情を緩め、

「それは何かの冗談なのか? 第三係にそんな細かいことを気にする人間がいると思ってるのかね」

「はあ……」

詰め将棋に悪戦苦闘している森繁係長の顔を思い出して、

(それもそうか)

と、律子も納得した。

「淵神さん、辞めるつもりなんですか?」

藤平が暗い顔で訊く。第三係に飛ばされた律子を追って、捜査一課強行犯というエリートチームから第三係に自ら志願して移ってきた藤平がショックを受けるのは当然であった。律子が辞めてしまえば、何のために第三係に来たのかわからない。

「……」

律子も何も言えなかった。

ラウンジの奥まった席に、律子、円、藤平の三人が坐る。

「芹沢さんと円さんは、どういうお知り合いなんですか？　ただの顔見知りという感じではなかったですよね」

律子が訊く。

「所轄の地域課にいるとき、新卒の芹沢君が配属されてきた。わたしが教育係だった。随分、昔の話だがね」

「なるほど、そういうことですか……」

警察というのは厳格な縦社会である。特に先輩・後輩の関係にうるさい。芹沢が新人のとき、円が教育係だったとすれば、芹沢が円に頭が上がらないのもうなずける。

「さっきのもの、返していただけますか」

「どうしても、辞めるのかね？」

「円さんには関係ないことです」

「芹沢君と同じ考えなのか？　第三係に飛ばされたから、もう警察官としては終わりだと思っているのかね」

「それは、わかりません」

律子が首を振る。

「第三係がどうこうというより、捜査畑から外されてしまったら、わたしなど無用の長物に過ぎません。第三係でも役に立たない人間だと思います」

「わたしは、そうは思わない」

「え?」

「率直に言うが、ずっと前から、わたしは君に会いたいと思っていた。しかし、さすがに大部屋に出向くほどの度胸はなくてね」

「なぜ、わたしに会いたいなどと……?」

「君がスカーフェイスだからだよ」

「は?」

律子が怪訝な顔になる。

「君の顔に、その傷痕を残したのはベガだ。つまり、君はベガに最も接近した人間ということになる。だから、わたしは君に会いたかったんだ。会って話を聞きたかった」

「なぜですか?」

「なぜ?」

円が不思議そうな顔で律子を見つめる。

「ベガを捕まえたいからだよ。他に何の理由がある? ベガが最初の事件を起こしてから、すでに四年も経っている。にもかかわらず、いまだに尻尾すらつかめていない。いや、影すら踏めていないと言った方がいいのかな」

「あれだけの凶悪事件ですから、当然、継続捜査がされていますよ」

「捜査態勢は、今年になって縮小された。最後の事件から三年経ったからだ。そもそも、継続捜査といっても、君を外した捜査には何の意味もない」

「わたしを買い被っておられるんじゃないですか?」

「そうは思わない。なぜなら、君が事件を忘れるつもりなら、その傷痕をとっくにきれいに処置しているはずだ。結婚前の若い女性なんだからね。ベガへの恨みと憎しみを忘れないように、わざと残してあるんじゃないのかな。いつか自分の手でベガを捕まえるという覚悟の表れなんじゃないのかね？　それだけの執念を持った捜査員が他にいるか」

「そうだとしても、円さんには関係ありません」

「まったく関係がないとは言えない」

「なぜですか？」

「わたし以上に、ベガとベガの起こした事件に詳しい者は他にいないからだよ」

「……」

律子は驚いたように円を凝視する。ふざけているのかと思ったが、円の表情は真剣そのものだ。

円の目から視線を逸らすと、

「とにかく、わたしは身を退くつもりです」

「それでいいのかね？　第三係に移ってきたのは、考えようによっては、君にとってもよかったかもしれないぞ」

「どういう意味ですか？」

「強行犯にいたのでは、ベガの事件だけを追うわけにはいかない。次々に新しい事件が起こるからね。しかし、第三係にいれば、ベガに集中できる。芹沢君が言ったように、うちは誰もが認める窓際部署だから、時間だけは、たっぷりある」

「あの……」

それまで黙っていた藤平がおずおずと口を開く。

「ひとつ質問していいですか？　なぜ、円さんはベガにこだわるんですか？」

「ベガだけにこだわっているわけじゃない。未解決のまま迷宮入りしている事件に関しては、できる限り丹念に調べているつもりだ。しかし、時間が経てば経つほど新たな証拠は見付からなくなって、事件解決の手掛かりもなくなってしまう。わたしの直感に過ぎないが、ベガの事件も、このままでは迷宮入りするだろう。そうなる前に何とかしたい」

「失礼な言い方かもしれませんが、なぜ、そこまで熱心に……？」

「なぜ、こんな窓際部署で熱心に事件解決に取り組んでいるのかと訊きたいのかね？」

「すいません」

　藤平が首をすくめる。

「わたしだって警察官なんだよ、藤平君。第三係がバカにされていることは知っているが、わたし自身が窓際だと思っているわけじゃない。周りが勝手に、そう嘲っているだけだ。与えられた場所で精一杯、仕事に取り組んでいるつもりだよ」

「はい」

　藤平が円の言葉に感動して頬を紅潮させる。

「迷宮入りした事件を熱心に調べていらっしゃるということですが、今まで一度でも事件解決に役立ったことがあるんですか？」

　律子が冷たい口調で訊く。

「ない」

　円が首を振る。

「捜査陣から協力を要請されたことはありますか？」

「では、円さんがなさっていることには何の意味もないんじゃないですか？」

「淵神さん、その言い方はちょっと……」

藤平が顔色を変える。律子の言葉はあまりにも無礼だと感じたのだ。

「いいんだよ、藤平君、本当のことだからな」

円がふーっと息を吐く。

「わたしの分析や知識が事件解決に役立ったことは一度もないし、捜査陣が耳を傾けてくれたこともない。言い訳がましいことを言うつもりはないが、捜査資料が第三係に送られてくるのは、事件解決が長引き、捜査本部が解散され、捜査体制が縮小されてからなんだよ。わたしの分析は、そこからスタートするから、何かを発見しても、それがすぐに捜査に生かされるとは限らないんだ」

「捜査陣が見落としたことを円さんが新たに発見したということが実際にあるんですか？」

藤平が訊く。

「もちろんだ」

円がうなずく。

「だけど、相手にされないわけですよね？　何か事件解決に役立ちそうな事実を円さんが見付けたとしても、それをまともに取り上げる捜査員はいない。違いますか？」

律子が訊く。

「その通りだ」

「ひどいな」

藤平が憤慨する。

「それが警察という組織なのよ……」

一度でも駄目な奴、使えない奴というレッテルを貼られてしまうと、そのレッテルがどこまでもついて回る。窓際部署である「第三係」所属というだけで、円は一般の捜査員から相手にされないのだ。

「今までは円さん一人で分析していた作業を、ぼくたちにも手伝ってほしいということですか？　その分析結果を、淵神さんのコネを使って、捜査陣に届けてほしいとか……」

「そうじゃない。淵神君にベガを逮捕してほしい」

「わたしがベガを逮捕？」

律子が怪訝な顔になる。

「捜査資料の整理をするのが、これからのわたしの仕事ですよ」

「第三係の職務規程には『捜査資料の管理・保管』という項目があって、それが主な職務には違いないが、それ以外にも『捜査資料の補足・収集』という項目がある。この項目を拡大解釈すれば、外回りも可能だし、職務中に犯人に遭遇すれば逮捕することもできる。わたしたちは警察官なのだから」

「すごいじゃないですか。今まで、そんなことをしたことがあるんですか？」

藤平が訊く。

「残念ながら、ない」

円が無念そうに唇を嚙みながら首を振る。片桐みちるが口にしたように、第三係には、ここで警察官人生の終わりを迎えようとする、疲れ切ったベテランが配属されるのが慣例で、定年後の人生設計を考えたり、趣味に時間を潰すだけの閑職に過ぎないのが実態だ。円自身、配属された当初は、未解決の事件などに何の興味もなかった。

ところが、第三係に配属されて初めて、円は自分の特質を知った。膨大な捜査資料を読みこなして、事件の本質的な部分を探り出し、それを分析する能力が卓越しているのである。しかも、一度読み込んだ資料の内容を決して忘れない。

だが、天は二物を与えず、円自身には捜査能力が欠如している。だからこそ、現場では使えない奴という烙印を押されて第三係に異動させられたのだ。その第三係で己の優れた特質を知るとは皮肉と言うしかない。ずば抜けた頭脳を持ちながら、その特殊な能力を現場で生かすことができず、円も円の能力も第三係で埋もれる運命だった。そこに律子が現れたのである。

「淵神君、手を貸してくれないか。いや、そうじゃないな。わたしに手伝わせてほしい」

「返していただけますか？」

「ん？」

「さっきのものですが」

「ああ……」

退職願と記された封筒を、円が律子に差し出す。封筒を手に取り、律子が席を立つ。

「せっかく、円さんも、こうおっしゃってくれているわけですし、ぼくたちが力を合わせて……」

藤平が懇願するような眼差しを律子に向ける。

「興味があるのなら、あんたがやればいいでしょう。わたしには関係ない」

「すぐに返事してくれとは言わない。少しでいいから考えてくれないか。せめて今夜一晩だけでも」

「わかりました。これは、明日、森繁係長に提出します」

律子が溜息をつきながらうなずく。

六

ラウンジから地下の第三係に戻ると、律子は荷物の整理を始めた。明日、辞表を提出すれば、また段ボールに荷物を詰めることになる。無駄なことをしているとわかっているが、他にすることが何もないのだ。森繁係長は難しい顔をして詰め将棋を解いているし、板東はパソコンで株価や為替の動きをチェックしている。円は、資料室に行くと言い残して部屋を出たきり戻ってこない。お茶菓子を食べながら雑誌を読んだとしても、きっと誰も気にしないだろうとは思うものの、だからといって、勤務時間中に仕事以外のことをする気にもなれない。

しかし、仕事は何もないから、荷物の整理をしている。藤平も自分の荷物を片付けながら、ちらりちらりと隣から律子に視線を送ってくるが、律子は露骨に無視する。藤平とは何も話したくなかった。

（あんな約束、しなければよかった……）

たった一日くらい、どうでもいいかと思って、辞表の提出を明日まで延ばしたが、終業までの数時間を無為に過ごすのは苦痛だった。

残業せずに帰宅すると、ちょうどラッシュに巻き込まれてしまう。満員電車にぎゅうぎゅう詰めにされながら、ガラスに映る自分の顔をぼんやり眺める。左頬に残る大きな傷痕を目にすると、嫌でもベガのことを考えてしまう。

「淵神君、手を貸してくれないか。いや、そうじゃないな。わたしに手伝わせてほしい」

という円浩爾の言葉が脳裏に甦る。

「ふんっ、馬鹿馬鹿しい。もう関係ないよ」

口の中で小さくつぶやくと、律子は目を瞑る。


三軒茶屋からマンションまで歩くことにした。

急にマンションに帰るのが怖くなり、少しでも帰宅を遅らせたいと考え始めた。どんな顔をして景子に会えばいいのか、わからなくなったせいだ。右目が腫れ上がって、いくつもの青痣のできた景子の顔が心に浮かぶ。そんな景子を見て、

（死んでしまいたい……）

と自己嫌悪に襲われ、せめて、景子に付き添って看病したいと申し出たが、異動先に出勤する初日なのだから休んでは駄目だと景子に背中を押されて部屋を出た。

しかし、律子の落ち込みは激しく、酒を断つために警察を辞めようと決意したほどだ。辞表を書いたのに、結局、今日は提出できなかった。

せめて、辞表を提出していれば、

「警察を辞めて、アルコール依存症の治療を受けることにしたから」

と、胸を張って景子に宣言し、だから、ゆうべ暴力を振るったことを許してほしい、と頼むこともできたはずだ。

上着の内ポケットに入れてある退職願の封筒がずしりと重く感じられる。

「どんな顔をして、マンションに帰れるっていうのよ……」

携帯が鳴って、律子はびくっと体を震わせた。景子からだ。一瞬、ためらったが、電話に出ないわけにもいかないので、大きく深呼吸してから、努めて明るい声で、

「もしもし、景子さん」

と電話に出た。

「律ちゃん？　ごめん、まだ職場？」

「ううん、ちょうど三茶に着いたところ」

「わあ、よかったあ。悪いんだけど、スーパーでトマトを買ってきてくれない？」

「プチトマト？」

「ううん、普通のトマト。四つくらい」

「わかった。買って帰るよ。他には？」

「大丈夫。昼過ぎに買い物に行ったんだけど、トマトだけ買い忘れちゃったの」

「え……」

その顔で外に出たのか、と言いそうになり、律子は、ぐっと言葉を飲み込んだ。

「じゃあ、お願いね」

電話が切れた。

「何だか、普通の感じだった。いや、いつもより、ちょっと明るかったかも……。何で？」

律子は小首を傾げながら携帯をしまうと、スーパーに向かって歩き始める。用事を言い付けられたことでマンションに帰りやすくなったのは確かだ。

「どうしたの？」

「……」

「律ちゃん？」

「え」

律子がハッとして、顔を上げる。テーブルの向こう側から、景子がじっと見つめている。

「ぼんやりしてるね。あまり食べないし。新しい職場での初日だったから疲れちゃった？　気を遣うもんね」

帰宅してから、ずっと律子は浮かない顔をしている。第三係という新しい職場について質問しても、つまらなそうにぽつりぽつりと答えるだけだ。景子が質問をやめると、律子も口を閉ざしてしまう。

「そうじゃないけど……」

「わたしのことなら平気だよ。見れば、わかるよね？　ていうか、見ても、わからないくらいになったでしょう？」

景子が自分の顔を指差す。朝に比べると、右目の腫れは、かなり引いている。恐らく、明日の朝になれば、もっとよくなっているに違いない。さすが看護師だと感心し、いったい、どんなやり方をしたのだろうと律子が不思議に思ったほどである。いつもより厚めにファンデーションを塗っているせいか、青痣があることもほとんどわからない。唇が切れているのは隠しようもないが、腫れや青痣がなければ、唇に傷があることなど、さほど目立たない。

「気にしなくていいんだからね」

律子に元気がないのは、ゆうべ、暴力を振るって、顔に怪我をさせたことを気にしているせいだろうと察して、景子が気遣うように言う。

「その言葉は嬉しいけど、どうしても自分のやったことが許せないの」

「律ちゃん……」

「警察を辞めようと思うんだ」

「え？」

景子が驚いたように両目を大きく見開く。

「強行犯にいると、相手にするのは凶悪な連中ばかりだし、そんな奴らを逮捕しようとすると、こっちもアドレナリン全開で真剣勝負をすることになる。で、犯人を逮捕して、事件が解決すると、一度に緊張が緩んで、無性にお酒が飲みたくなるの。自分でもわかってるんだけど、飲んでしまうと自制が利かなくなるし、ゆうべみたいに景子さんを殴ることもある。何よりも腹が立つのは、景子さんを殴ったことを自分が覚えてなかったこと。情けなくて死にたいくらいだよ。お酒をやめた方がいいのはわかってる。だけど、警察にいると、お酒をやめることは無理。辞めるしかないのよ。そう考えると、窓際部署に飛ばされたのは、かえって、よかったかもしれない。辞める決心がついたから」

「警察を辞めて、何をするつもりなの？」

「前々から景子さんが勧めてくれていたように、まずは、病院で治療を受けようかと思ってる」

「律ちゃんがそういう気持ちになってくれたのは、すごく嬉しい。だけど、その決心がついたのなら、逆に、すぐに辞める必要はないんじゃないかな」

「どういう意味？」

「その第三係っていう職場、資料の保管や整理をするだけの退屈なところだって言ったよね？　つまり、今までのようにアドレナリンが全開になることはないわけでしょう？　閑職なら、激務で苦しんで、お酒を飲みたくなることもなくなるだろうし、暇な時間を有効活用して、次の仕事について、じっくり考えればいいんじゃないかな。依存症の治療は、よほど深刻でない限り、通院治療でも大丈夫だし、何より大事なのは、入院するかどうかじゃなく、本人の意思なのよ。いくら入院しても、刑務所とは違うから、常に監視されてるわけじゃないし、お酒を飲もうと思えば、病院を抜け出してお酒を手に入れることだってできるわけだから。今の律ちゃんなら通院治療でいいんじゃないかな」

「何だか、景子さんが言ってきたことと矛盾してない？　警察を辞めてくれ、すぐに入院してくれって何度も言ったよね？」

「だって、危ない部署にいたら、律ちゃんの身に何があるかわからないし、それもすごく心配だったから……。言い方は悪いけど、窓際部署なら安心できる。矛盾してるのはわかってるけど、自分自身、何度も職場を替わってるから言えることだけど、次の職場を見付けてから今の職場を辞めるのが鉄則だよ。次に何をするか、辞めてから考えようっていうのはよくないと思う。今は世の中の景気もよくないし、律ちゃんのやりたい仕事がすぐに見付かるかどうかわからないし」

「そういうものなのかなあ……」

「ねえ、今、お酒を飲みたいと思ってる？」

「は？」

不意を衝かれて、律子がうろたえる。

「まさか……飲みたくないよ。見るのも嫌だよ」

それは本心だ。さすがに今日は一度も飲みたいと思わなかった。死んでしまいたいと思うほど強く自己嫌悪に苛まれていたからだ。

深夜。

律子はベッドの上に体を起こして、じっとしている。傍らでは景子が静かな寝息を立てている。

じっとり体が汗ばんでいる。シャワーを浴びて、汗を流せばさっぱりするとわかっているが、浴室に行く気にならない。浴室に行くには、まず洗面所に入らなければならないが、洗面所の戸棚にはウィスキーが隠してある。今の状態で洗面所に行けば、ウィスキーに手を伸ばしてしまいそうだ。それを自制する自信がないから、ベッドでじっとしている。

（ちくしょう……）

ベガのせいなのだ。また嫌な夢を見た。三年前、ベガを取り逃がしたときの再現だ。相棒の元岡繁之が刺され、律子も脇腹と左頬を切られた。それだけならば、ベガが手強かった、自分たちより一枚上手だったと諦められないこともない。

しかし、律子は逃げようとするベガに一度は照準を合わせた。警告した直後に銃撃すれば、ベガを捕らえることができたはずだ。そうならなかったのは、拳銃を構えたときに手が震えたからだ。恐ろしかったわけではない。酒のせいだ。まだ景子と知り合う前のことで、自分がアルコール依存症だという自覚などなかった。時々、飲みすぎることはあっても、仕事には何の影響もない……そう思い込んでいた。

そうではなかった。最も大事な場面で、律子は酒に復讐された。酒を甘く見ていた罰が当たったのだと思った。三年前の五月一七日、日曜日だ。重傷を負った元岡は職務に復帰することができず、退職せざるを得なくなった。律子は顔に大きな傷痕を残したまま、何とか現場に残ったものの、次から次へと起こる新しい事件に忙殺されて、ベガを追うことができなかった。専従捜査班への異動を何度も願い出たが、その都度、却下されたのは、ベガに対する個人的な感情、すなわち、恨みや憎悪を危惧されたからだ。

（ベガを逮捕しない限り、いつまでも悪夢に苦しめられてしまう……）

そして、悪夢を見て跳び起きるたびに酒が飲みたくてたまらなくなるのだ。そんなのは、ごめんだ……律子は手の甲で額の汗を拭いながら唇を嚙み、自分にはやり残したことがあるのだと改めて悟る。

「第三係に移ってきたのは、考えようによっては、君にとってもよかったかもしれないぞ」

という円浩爾の言葉が心に甦る。

冷静に考えれば、確かに、そうかもしれないという気がする。第三係は窓際部署だから時間だけはたっぷりある。何をしようが上司は何も言わない。ベガに集中できるのだ。しかも、事件に関する資料はすべて揃っているし、ベガの資料に精通している円もいる。

律子はベッドに体を横たえて大きく息を吐いた。今度は眠れそうな気がする。

七

六月六日（水曜日）

第三係に出勤した律子は、昨日と同じように黙々と私物の整理を行った。時折、隣の藤平が強張った表情を律子に向けるが、話しかけようとはしない。藤平も少しずつ律子の癖を飲み込むようになり、律子が会話を拒否しているときは、顔色から読み取れるようになっている。

始業のチャイムが鳴ると、朝礼が行われた。

森繁係長が連絡事項を棒読みし、片桐みちるが五月分の残業申請用紙を急いで出してほしい、今日中に出さなければ受け付けませんよ、と厳しい言い方をする。

「みちるちゃん、みんな定時に帰っとるやないか。誰が残業なんかしとるんや？」

板東雄治がぷっと吹き出す。

「そりゃあ、板東さんは終業のチャイムが鳴り始めると同時に帰る人だからわからないでしょうけど、円さんは、時々、残業してるんですよ」

「へえ、そやったんか。広辞苑さん、仕事熱心なんやなあ」

大真面目に感心した様子で板東がうなずく。

朝礼が終わると、森繁係長は詰め将棋を始め、板東はパソコンを起動して株や為替の値動きに目を光らせる。

一旦、自分の席についた律子は、机の上を整理すると立ち上がる。藤平が息を呑み、

「淵神さん……」

と表情を強張らせる。辞表を提出するのではないか、と危惧したのだ。

しかし、律子は森繁係長ではなく、円の机に歩み寄った。

「円さん、ベガについて、どんな分析をなさっているのか教えてもらえませんか？」

「……」

円が驚いたような顔で律子を見上げる。

それを聞いた藤平も、ぽかんと口を開けている。

森繁係長がちらりと目を上げて律子を見るが、すぐに視線を落として、また詰め将棋を解き始める。

「ベガって何や？　あんたら星座の勉強会でも始めるつもりなんかい」

板東が茶化すが、誰も反応しない。

「ふんっ、物好きばかりが集まる部署やで。島流しされてからやる気を出すくらいなら、元の部署で頑張ればよかったやないか」

舌打ちすると、またパソコンの画面に目を戻す。

八

景子は日勤なので八時半から四時半までの勤務だ。

もう顔の腫れはほとんど引いているし、唇の傷も目立たなくなっているが、完全に治ったわけではないので、医療の専門家である看護師や医師が見れば、

（怪我をしたらしいな）

くらいの想像はつく。

実際、夜勤明けの看護師から引き継ぎを行った後、若村千鶴が近付いてきて、

「先輩、何かあったんですか？」

と心配そうに訊いた。

「ううん、別に。何でもないよ」

景子は曖昧な言い方でごまかしたが、千鶴はまったく納得した様子ではなかった。すぐに忙しくなったので、それ以上、突っ込んだ問いかけができなかっただけだ。景子にとって幸いだったのは、午前中、千鶴とあまり顔を合わせなかったことだ。心配してくれるのはありがたいが、顔の怪我について根掘り葉掘り訊かれるのは愉快ではなかった。

お昼過ぎに、来院患者が少し減ったので、その隙に景子は職員用の食堂で食事を済ませることにした。あまり食欲はなかったが、少し考えごとをしたかった。一人になるには外に出る方がよかったが、それもまた億劫だった。知り合いと顔を合わせないように食堂の隅、植え込みの陰にある席を選び、壁を向いて坐った。食事を始めて一五分くらい経ったとき、

「ここ、いいですか？」

声をかけられて、景子が顔を上げると、トレイを手にした西園真琴医師が立っている。

「あ……ええ、どうぞ」

他にも空いている席があるのに、なぜ、わたしのテーブルに来たのだろう、と怪訝に思いながら、景子がうなずく。

「定食、おいしいですか？」

真琴が訊く。景子が食べているのは日替わり定食で、今日は、茄子と鶏肉のおろし和え、メンチカツ、小鉢のサラダ、ごはん、味噌汁というメニューだ。

「さあ、どうかしら……」

景子が正直に答える。何を食べるか、選ぶのが面倒だったので定食にしただけだし、おいしいかどうか判断できるほど口にしていないのだ。

「先生は小食なんですね？　それで体がもつんですか？」

真琴のトレイにサラダとコーヒーしか載っていないのを見て、景子が訊く。

「勤務中にこっそり休憩室でおやつを食べたりしてるんで、そんなにお腹は空かないんですよ。栄養バランスは最悪ですけどね。だから、体は大丈夫なんですけど、どこかできちんと休まないと、頭がショートするっていうか、精神的にもたないんで、なるべく、お昼は食堂に来るようにしてます。町田さんこそ珍しいんじゃないですか。あまり食堂で見かけたことがありませんから」

「今日は、たまたま、患者さんの流れが切れたんです」

「ああ、なるほど」

あまり会話も弾まず、しばらく二人は黙って食事を続ける。やがて、

「辛いですね」

真琴がつぶやく。

「え？」

景子が怪訝な顔で真琴を見る。

「わたしも同じような経験をしてるからわかるんです。昨日、お休みでよかったですね」

「……」

「町田さん、日勤ですよね？　わたしも今日は五時には上がれるんです。よかったら、ちょっと付き合ってもらえませんか」

「でも……」

「ちょっとでいいですから」

景子がハッとするほど強い口調で、真琴が懇願する。

「少しだけなら」

景子がうなずく。

九

第一七保管庫に律子、円、藤平の三人がいる。

三〇㎡ほどの広さの殺風景な部屋で、ドアのそばにスチール製のテーブルとパイプ椅子が置いてあるだけで、あとはいくつもの棚にずらりとファイルが並べられ、奥の方にはプラスチックケースが積み上げられている。捜査資料や報告書、捜査の過程で収集された様々な文書や写真などである。これらの資料は、重要だと判断されたものはパソコンに取り込まれてデータベースに保管されるが、重要かどうか判断できないものは、とりあえず、ファイルに綴じられたり、プラスチックケースに放り込まれて保管庫に運ばれることになる。

「藤平君は、ベガの事件について、どの程度、知っている?」

円が訊く。

「新聞やテレビで報道されたことを知っているくらいです。そのときには、まさか自分が、この事件に関わるとは思ってもいませんでしたから」

「ちょっと待ってよ。そもそも、どうして、あんたがここにいるわけ?」

律子が訊く。

「どうしてって、そんな……」

藤平が口を尖らせる。

「君たちは強行犯でもコンビを組んでたんだろう? それなら、ここでも助け合う方がいい。二人一組で行動するのが捜査活動の原則だからね。残念ながら、わたしは外回りのできる体ではないし」

「淵神さん、ぼくにも手伝わせて下さい。お願いします」

藤平が頭を下げる。

「わかった」

「え」

あまりにもあっさり律子が承知したので藤平の方が驚いた。

「本当にいいんですか?」

「だって、冷静に考えれば、わたしと円さんの二人だけでは人手が足りないからね。それに、あんたは現場では大して役に立たないけど、頭はいいらしいから、事務処理では使えそうだもんね」

律子が真顔で言う。

「傷つく言い方だなあ……。だけど、我慢しておきます。どんな理由であれ、仲間に加えてもらえて嬉しいですから」

「健気だな、藤平君は。よほど淵神君のことが好きらしい」

ははは、と円が声を上げて笑う。

「変なことを言わないで下さい」

律子が顔を顰める。

「すまん、すまん。さて、早速だが、細かい分析について話す前に、事件の概要をざっと復習しておこうか。どうかな、淵神君？」

「はい、結構です。わたしも、この事件に一から取り組みたいという気持ちですから」

律子がうなずく。

「事件の発生からの一連の流れをまとめておいた。事実関係だけを時系列に並べただけの簡単な資料だがね。それを見ながら話を聞いてほしい。何か質問があれば、その都度、質問してくれて構わない。ベガによる最初の事件が発生したのは四年前、すなわち、平成二〇年五月一七日……」

円は、次のような内容を淡々と話し始める。

最初の事件。

平成二〇年（二〇〇八）五月一七日（土曜日）の夜、板橋区徳丸に住むパートタイマー・赤石富美子《あかいしふみこ》（五四歳）が仕事帰りに自宅近くの路上で刺殺された。腹部正面を鋭利な細長い刃物で刺され、その先端部が心臓に達したのが致命傷になった。それ以外に傷はなく、被害者が抵抗した痕跡も残っていないので、不意に襲われ、抵抗する間もなく殺害されたものと考えられる。検視官の所見に拠れば、腹部を刃物で刺して、肋骨などにぶつかることなく、真っ直ぐに心臓を刺すというのは、そう簡単にできることではなく、よほど刃物の扱いに慣れ、なおかつ、人体構造にも詳しい者の犯行ではないか、とのことである。

遺体には引きずられた跡があり、その際にできた血の跡が路上に残っていた。路上で刺し、人目につかない物陰に被害者を引きずっていったものと考えられる。

被害者に性的暴行の痕跡はなかったが、発見されたときは上半身が裸で、胸部には刃物によって「V」という文字が刻まれていた。恐らく、殺害に使われた刃物を用いて刻んだものと推測される。なお、この文字は被害者の死後に刻まれたものである。

ふたつ目の事件。

平成二〇年（二〇〇八）九月一七日（水曜日）の夜、江東区猿江で開業医を営む下平幸司《しもひらこうじ》（五九歳）が路上で刺殺された。手口は赤石富美子が刺殺されたときと酷似しており、腹部正面を刺された傷が心臓に達している。それ以外に傷がなく、両手に防御創もないことから、不意を衝かれて抵抗する間もなく致命傷を負わされたものと考えられる。

下平幸司は、普段、自家用車を運転して外出することがほとんどだったが、この日は、医師会の会合に出席予定で、会合の後に飲酒を伴う食事会が予定されていたので自宅にハイヤーを呼んで外出した。帰宅する際にはタクシーを利用したが、自宅から五〇メートルほど離れた大通りでタクシーを降りた。自宅から離れた場所でタクシーを降りたのは、タクシー運転手の証言によれば、「少し夜風に当たりたい」からであった。タクシーを降りてから、自宅玄関までの五〇メートルの間に犯人に襲われた。赤石富美子と同じように刃物で刺された後に、暗がりに引きずられたのである。暗がりで被害者の上半身を裸にし、胸に「E」の文字を刻んだものと考えられる。

なお、「E」の文字から生体反応が確認されたことから、まだ生きているうちに文字が刻まれたものと推測される。

三つ目の事件。

平成二一年（二〇〇九）一月一七日（土曜日）の夜、豊島区南長崎の主婦・北柴良恵《きたしばよしえ》（四二歳）が買い物帰りに自宅近くの路上で刺殺された。

手口は、赤石富美子、下平幸司を殺害したときと同じである。傷痕の照合から、同じ凶器を何度も使っているか、そうでなければ、まったく同じ形状の凶器を用いたと考えられる。

刺された後に、人気のない場所に引きずられていき、そこで上半身を裸にされ、胸に「G」の文字を刻まれた。この文字は被害者の死後に刻まれたものと推測される。性的暴行の痕跡はない。

この頃には、三人の被害者の胸に「V」「E」「G」という三つの文字が刻まれていたことから、捜査陣の間では、「四人目の被害者が出るのではないか」「その胸にはAという文字が刻まれるのではないか」と密かに囁かれるようになっており、犯人は「ベガ」と呼ばれた。

四つ目の事件。

平成二一年（二〇〇九）五月一七日（日曜日）の夜、練馬区桜台に住む高校三年生・作間《さくま》慎太郎《しんたろう》（一七歳）が部活動からの帰宅途中、自宅近くの路上で刺殺された。

手口や凶器は、それまでの一連の犯行と同じだが、ひとつだけ、それまでの被害者と違っているのは、被害者の胸と腹に複数の傷があり、両手にも防御創が残っていたことだ。

これは、被害者が高校生とはいえ、柔道の有段者で体格もよく、運動神経も優れていたため、不意を衝かれて襲われたものの、最初の傷が致命傷にならず、犯人に激しく抵抗したためではないかと推測される。思いがけず抵抗されたため、被害者を刺殺するのに時間がかかり、路上で揉み合っている姿を通行人に目撃された。通行人は直ちに警察に通報した。警察が駆けつけたとき、被害者は絶命し、胸に「A」の文字が刻まれていた。

警察は直ちに大がかりな捜査体制を敷いた。現場に駆けつけた二人の警察官が目撃者の言葉を頼りにベガを追跡し、ビルに追い詰めたが、屋上から逃げられた。その際、二人の警察官は重傷を負った。

その事件を最後にベガの犯行は止んだ。平成二〇年五月一七日に始まり、一年後の五月一七日に突然、終わった。四人を殺害し、警察官二人に重傷を負わせた凶悪事件である。警察官の一人は、このときに負った怪我が原因で車椅子生活を余儀なくされ、退職することになった。捜査本部が設置され、警視庁が全力を挙げてベガの行方を追ったが、三年経った今も、犯人逮捕に繋がる有力な手掛かりは得られていない。

「事実関係だけを並べるとこんな感じになる」

円が資料から顔を上げる。

「これを読むだけでも不思議な事件だという感じがします。わからないことがいくつもあります」

藤平が言う。

「例えば、どんなところかな？　疑問点をどんどん言ってくれないか。わたしも淵神君も、この事件について知りすぎている。事件との距離が近すぎて、逆に見えなくなっていることがあるかもしれない。藤平君は、わたしや淵神君とは違う視点で事件を眺めることができるかもしれない。そう思わないか、淵神君？」

「そうですね」

律子はうなずくと、藤平を見て、

「遠慮しないで何でも言っていいよ」

「殺人事件の動機は、その八割以上が金銭トラブルと怨恨ですよね。犯人も顔見知りである場合が多い。通り魔による殺人は、割合としては、かなり少ないはずですが、ベガの事件は、どちらに分類されるんでしょうか？」

藤平が訊く。

「被害者の金銭を奪うことを目的とした犯行でないことは確かだ。どの被害者も金品を奪われてはいないからね。財布や貴金属類にはまったく興味を示していない」

「では、怨恨ですか？」

「犯行の動機が怨恨だとすると、四人の被害者には同一人物から強く憎まれる理由が存在することになる。この点に関しては、実際に捜査に加わっていた淵神君が詳しいと思うが？」

円が律子に顔を向ける。

「基本的なことだけど、四人の被害者の交友関係は徹底的に調べたのよ。被害に遭ったとき、四人が何らかのトラブルを抱えていたという事実はなかった。人間関係でも、金銭関係でもよ。被害者同士の接点は何も見付からなかった。知り合いというわけではないし、生活圏がまるで違っているから、どこかで偶然、顔を合わせていた可能性も考えにくい」

「パートの主婦、開業医、専業主婦、高校生……主婦や高校生が下平外科病院に通院していたということはないんですか？」

「それも、ない」

律子が首を振る。

「事件発生の段階で、被害者同士に何の接点も見付からなかったから、それぞれの被害者の過去に遡って、どこかに接点がないか調べたけど、やはり、何も見付からなかった」

「では、怨恨の線は薄いわけですか？」

「そうも思えない。単に路上で刺殺されただけなら、通り魔的な犯行である可能性を否定できないけど、被害者の胸に残された文字が気になるの」

「ＶＥＧＡという文字ですね？」

「厳密に言えば、四文字の配列がそれで正しいかどうかわからないんだけどね。どういう意味があるにしろ、被害者への強い憎しみを感じる。これといった根拠があるわけじゃないんだけど……」

「実際、四人目の被害者が襲われたとき、ベガと被害者が格闘になって、その様子が目撃されている。普通なら、大慌てで逃げ出しそうなものなのに、その場に留まって、被害者の胸に『Ａ』の文字を刻んでいる。ベガにとっては、それは重要なことなのだろうね。文字に意味があるのか、胸に文字を刻むという行為に意味があるのかはわからないが」

円が言う。

「ふと思いついたんですが……」

「何かね？」

「模倣犯ということはありませんか？　四件目の事件だけ、被害者と格闘になっていますし、犯行を目撃されてもいます。四人目の被害者は柔道の有段者だったから手強かったのかもしれませんが」

「その疑問は、もっともだけど、この四件は同一犯による犯行と考えて間違いない」

円が断定的な言い方をする。

「なぜ、そう言い切れるんですか？」

「本当の犯人と模倣犯を区別するために、マスコミに公表していない事実があるのよ」

「え、そうなんですか？」

「四人の被害者は、同じ手口で殺害され、胸にアルファベットの文字を刻まれていた。たぶん、凶器も同じ。ここまでは、マスコミに公表したけど、被害者が四人とも左中指の爪を剝がされていたという事実は公表していない」

「左中指の爪を……」

　藤平が自分の指に視線を落とす。

「アルファベットの文字を刻むことと中指の爪を剝がすことは、犯人にとって何らかの意味を持つマーキングなのだろう。その意味はわからないがね」

　円が言う。

「意味といえば、犯行はすべて一七日に行われていますよね？　これだって、偶然とは考えられませんよね」

「偶然のはずがない。何か意味があるんだ。被害者の選別も、胸に残されたアルファベットも、一七日に犯行が行われたことも理由があるに違いない。我々には、その理由が見えていないだけだよ」

「目撃者情報から何かわからなかったんですか？」

「犯行を目撃したのは、犬を散歩させていたお年寄りなんだよ。視力も弱くて、最初は被害者とベガが何をしているのかわからなかったみたいなの。ベガに刺された被害者が悲鳴を上げるのを聞いて、慌てて警察に通報したんだ。よく通報してくれたと思うよ。わたしが現場に駆けつけたときには、すっかり動転して、被害者のそばに坐り込んで、口も利けない状態だったからね」

律子が言うと、

「かなりショックを受けたらしく、事件の後、何日か入院したほどだ。事件について話せるようになったのは、ずっと後になってからでね。もっとも、あまり役に立つ情報は得られなかった。目撃者が語ったベガに関する情報は、現場から逃げ去るベガの姿をとらえた防犯カメラ映像から得られた情報と大きな違いはなかったからね」

円がうなずく。

「防犯カメラにベガが映っていたんですか？　新聞やテレビで見た記憶はないんですが……」

「何ヶ所かの防犯カメラにベガが映っていたけど、すべての映像を合わせても二〇秒ほどに過ぎないし、画像も粗くて、一般公開しても役に立つ情報は得られなかったわね。ジャンプスーツみたいに体にフィットした黒の上下を着ていて、黒っぽいリュックを背負っていたわ。体型はかなりスリムだった。身長は一六五から一七五の間。絞り込めないのはブーツを履いていたことがわかっているから。映像からはヒールの高さがよくわからなかったの」

「顔も映ってなかったんですか？」

「ほんの何秒か、防犯カメラを見上げる顔が映ってるんだけど、お面を被ってたのよ」

「お面ですか？　そんなものを被っていたら、かえって目立ちそうなものですが」

「お祭りで子供相手に売っているような安物のお面じゃないわよ。かといって、ホラーショップで売っているようなモンスターマスクとも違う。有名人の顔を象《かたど》った、アクリル製の透明なマスクなの。アメリカの大統領とか、映画スターとか、ロックスターとか、日本ではあまり売られていないようだけど、アメリカでは、どこのおもちゃ屋さんにでも売っているらしい。ベガはジェームズ・ディーンのマスクを着けていた」

「透明なマスクなら、その下の素顔を割り出すこともできるんじゃないんですか？」

「科警研が全力でやってくれたけど、駄目だった」

「そうですか……」

藤平は小首を傾げつつ、

「検視官の所見にありましたよね、『腹部を刃物で刺して、肋骨などにぶつかることなく、真っ直ぐに心臓を刺すというのは、そう簡単にできることではなく、よほど刃物の扱いに慣れ、なおかつ、人体構造にも詳しい者の犯行ではないか』って。手口にも、凶器にも特徴があるのなら、そこから犯人に繋がる手掛かりは見付からなかったんでしょうか？」

「凶器を特定できれば、それから何か辿ることができたかもしれないけど、結局、凶器に使われたのが何なのか今でもわからないままなのよ」

「腹部から心臓まで刺すことができるということは、普通のナイフでは無理ですよね」

「傷口の大きさからすると、細身で、長い刃物だろうね。三〇センチくらいの長さがないと心臓まで届かないだろう」

円が言う。

「凶器を絞り込むことは無理なんですか？」

「ひとつやふたつに絞り込むのは無理だろう。凶器の候補は何十種類もあるからね。一般的な台所包丁や出刃包丁でないことは確かだが、細身の刺身包丁なら可能性はある。しかし、刺身包丁だけでもたくさんの種類がある。ヤクザがよく使う匕首《あいくち》かもしれないし、武士が使っていた小柄《こづか》かもしれない。日本の武器だけでもたくさんあるし、外国の武器にまで手を広げると、それこそ、いくらでも可能性が考えられる」

「手口を考えると、素人の仕業とは思えませんよね？」

「プロの殺し屋だという可能性はあるが、素人にできないと決めつけることもできないね。人体構造に詳しい云々という話にしても、事前に調べておけばいいことだし、人体構造が人間と似ている豚の死体を使って練習すれば、手際よくやれるようになるだろう」

「そこまで用意周到だったという意味ですか？」

「違うよ。可能性があると言っているだけだ。いろいろな可能性が考えられるわけだが、そんなはずはないと消去していくだけの裏付けもない。だから、いつまでもたくさんの可能性が残ってしまい、何ひとつとして絞り込んでいくことができない。だから、犯人像も曖昧なままなんだよ。そうだよな、淵神君？」

「ベガは用意周到な犯罪者ですよ、円さん。すべて計算し尽くした上で被害者を襲っている。藤平だって知ってるだろうけど、最後の事件で、ベガを追跡した警察官の一人は、わたしよ。ベガがビルに逃げ込んだとき、内心、やった、ベガを追い詰めた、これで逮捕できると思った。ベガが苦し紛れにビルに逃げ込んだと勘違いしたの」

「違ったわけですか？」

「そう、全然違った。ベガは、きちんと逃走経路を確保していたのよ。襲撃が成功した場合、失敗した場合、成功したとしても予定より時間がかかった場合、警察官に追跡された場合……様々な状況を想定して、それぞれについての対策を用意していたに違いない。ベガが逃げ込んだビルにしても、偶然選んだわけじゃなく、万が一のときは、そのビルに逃げ込むつもりだったのよ。そのビルは無人の廃ビルなんかじゃなく、いろいろな会社が入居してるビルだったのよ。ベガは正面から走り込んだけど、そこに管理人かガードマンがいたら、どうなった？　エントランスを走り抜けて非常階段に飛び込んで、もし、ドアに鍵がかかっていたら、どうなった？　一四階まで駆け上がって、非常扉を開けて屋上に出たんだけど、普通、屋上に上がる扉は鍵がかかってることが多いよね？　だけど、あの非常扉は、そうじゃなかった。事件の後、管理人が事情聴取されたけど、夕方、見回りをしたときは施錠されていたと証言しているのよ」

「事前にベガが鍵を開けておいたということですか？」

「他に考えられる？　管理人以外の誰かが鍵を開けて、たまたま、ベガが逃げ込んだら、運良く鍵が開いていた。そのおかげで屋上に逃げることができた……そんなことがある？」

「ないでしょうね」

　藤平がうなずく。

「屋上で元岡さんが襲われて、それから、わたしも襲われた。これが、そのときの傷」

　律子が左の頰を指で触る。そこには「スカーフェイス」とあだ名される理由となっている醜い傷痕が生々しく残っている。

「脇腹も刺されたけど、咄嗟に銃把でベガの後頭部を殴ったから傷が浅くて済んだ。だから、わたしは倒れずに拳銃を構えることができたのよ。屋上は真っ暗だったけど、ベガがビルの外縁に立ったとき、他のビルのネオンサインの明かりでベガの顔が見えた。そのときは、マスク以外のものを顔に着けてた。あれは赤外線スコープだと、わたしは思ってる。そうでなければ、あの暗い屋上で、ベガがわたしや元岡さんの急所を正確に狙えたはずがない」

「淵神君は発砲し、ベガはビルから転落した」

「ええ、そう見えました。しかし、実際には、転落したのではなく、下の階のテラスに飛び降りただけだったんです。事前に下調べしてなければ、テラスがあるなんてわかるはずがない」

「淵神さんの話を聞くと、並大抵の用心深さじゃありませんよね」

藤平が顔を強張らせてうなずく。

「わたしたちが捕まえようとしているのは、とんでもない化け物なのよ。警視庁が必死に捜査しているのに、三年経っても尻尾もつかむことができないのは、ベガが運がいいからじゃない。何もかも計算して、尻尾をつかませないようにしているからよ」

律子が言ったとき、ドアが開いて、片桐みちるが顔を覗かせた。

「取り込み中、申し訳ないんですけどね、資料の運搬をお願いしたいんですよ。資料そのものは板東さんが用意してくれたから、あとは運ぶだけですから。一応、力仕事は配属されてから日の浅い人が担当することになってるのよね」

みちるが律子と藤平の顔を交互に見て、

「ジャンケンで決める？」

「あ、いいです。ぼくが行きますから」

藤平が立ち上がる。

「そうね、藤平君に行ってもらうのがよさそうね。階級は淵神さんより上だけど、年下だし、どう見ても貫禄負けしてるもんね」

みちると藤平が部屋から出て行くと、

「少し休憩しようか」

円が大きく伸びをする。

「コーヒーでも買ってきましょうか？」

律子が腰を浮かしかける。

「どうだね、事件のことを思い出してきたかね？」

「何も忘れていないつもりでしたけど、人間の記憶なんて当てにならないんですね。細かい記憶違いがかなりありました」

「当然だよ。この事件の捜査から外れて一年以上になるんだろう？」

「去年の春に専従捜査班から外れましたから……そうですね、一年以上ですね」

「藤平君の目の付け所を、どう思った？」

「警察官として、ごく一般的な疑問点を挙げていたと思いますが」

「特に目新しいことはなかったかね？」

「すでに調べ尽くしたことばかりでしたね」

律子は肩をすくめ、コーヒーを買ってきます、と立ち上がる。

一〇

藤平が台車を押して資料を運んでいると、

「おい、藤平」

背後から声をかけられた。振り返ると、渋川富雄、福留勇司、倉田正男という捜査一課四係の刑事たちがエレベーターホールの方から歩いてくる。渋川が口に楊枝をくわえているから昼飯でも食べてきたところなのであろう。

「ご苦労様です」

藤平が姿勢を正して一礼する。その三人は巡査部長で、藤平は警部だが、警察社会の上下関係は階級だけでは決まらない。経験不足で未熟者だと自覚しているので、彼らを先輩として立てている。

「忙しそうじゃないか。資料の運搬か？」

渋川が訊く。

「はい。特別捜査第二係から頼まれた資料を届けるところです」

「ふうん、第二係になあ……」

渋川が台車に積まれているいくつもの段ボール箱をじろじろ見る。

「おまえは、大部屋にいたときと変わらないみたいだな」

「それは、そうですよ。警察庁の長官官房というエリートコースを蹴飛ばして、好きこのんで大部屋に異動してきた奴ですからね。大部屋から第三係に移るくらい、藤平にとっては大した違いじゃないんでしょう」

倉田が言う。

「淵神を追いかけて第三係に異動ねえ……。自ら窓際に行くんだから、キャリア君の考えることは凡人には謎だ。淵神が辞めたら、何のために異動したかわからないじゃないか。淵神は、まだ辞表を出してないのか？　とても週末までもたないだろうと、おれたちは予想してるんだが」

福留が訊く。

「いや、そんなことはないと思いますよ。淵神さん、張り切ってますから」

「張り切ってる？」

「どういうことだ？　なぜ、窓際部署に飛ばされて淵神が張り切るんだよ」

「正直に言え」

三人に詰め寄られて、つい藤平は、律子が円と共にベガの事件を洗い直しており、自分の手で逮捕するつもりらしい、と口を滑らせてしまった。

「何だと、ベガ？」

「第三係は資料整理が仕事だろうが。どうしてベガを逮捕できるんだよ？」

「そもそも、捜査なんか許されないだろう」

何だかんだと三人は藤平を質問攻めにする。

「よくわからんが、淵神がやる気を出してるなら、そう悪いことじゃない」

「あいつは腕利きだから、ほとぼりが冷めたら大部屋に呼び戻されるでしょうからね」

「それまで勘を鈍らせないためのお遊びだろうよ」

「お遊びなんかじゃありません」

藤平が口を尖らせる。

「いいんだよ、キャリア君には何もわからなくてもな。これからも、淵神のことを教えてくれ」

「おまえも第三係で頑張れ。資料整理は向いてるぞ。頭がいいんだからな」

三人は笑いながら藤平のそばから離れていく。藤平は不満げな顔で三人を見送ったが、やがて、小さな溜息をついて台車を押し始める。その藤平の後ろ姿を物陰から強行犯三係の巡査部長・芹沢義次が見つめていることに藤平は気が付いていない。

第二係に資料を届け、空の台車を押した藤平がエレベーターホールに戻ってくる。そこに芹沢が歩み寄り、

「ちょっと来い」

藤平の襟首をつかんで、非常階段の踊り場に引っ張っていく。

「何をするんですか、芹沢さん」

「あのクソ女がベガの事件を調べてるってのは本当なのか？」

「芹沢さんには関係ないと思いますが……」

「口答えするんじゃねえ！」

芹沢は藤平を壁に押しつけ、藤平の頬に往復ビンタを食らわせる。

「今は、何をしてる？　円さんと何をしてるんだ」

「ま、まだ、大したことは……」

円さんが整理をした資料を読み直して、淵神さんは当時の記憶を甦らせているところです、と鼻血を流しながら藤平が答える。

「てっきり辞表を出すと期待してたのに、第三係に行っても、こそこそ妙な真似をしやがって……」

「どうして芹沢さんは淵神さんを目の敵にするんですか？　今回の異動にしたって……」

律子が第三係に飛ばされる原因になった事件、不良グループが女子高校生を拉致した事件についても、たまたま主犯格の少年の父親が国会議員だったせいで律子が詰め腹を切らされた格好だが、客観的に見れば、いくらか律子がやり過ぎだったとしても、そうしなければ女子高校生を救うことができなかったのだから律子を責めるのは間違っている、と藤平は律子を擁護する。

「あのときの淵神さんの行動は正しかったと思います。それなのに、みんなで寄ってたかって……」

「うるせえ！」

芹沢が藤平の腹に膝蹴りを入れる。藤平は、うえっ、と呻いて、体を丸める。

「てめえに何がわかるんだよ！　現場経験もない青二才が生意気な口を利くんじゃねえ」

芹沢は藤平の胸倉をつかむと、容赦なく顔面にパンチを入れる。藤平は抵抗することもできず、ぼこぼこにされてしまう。

藤平が資料室に戻ると、円と律子がベガの捜査資料をもとに真剣な表情で話し合っていた。二人は話し合いに夢中で、藤平の顔が赤く腫れていることにもまったく気が付かなかった。

一一

終業のチャイムが鳴ると、

「もうそんな時間か」

円が捜査資料から顔を上げる。

同じように律子と藤平も捜査資料を読み耽っていて時間が経つのを忘れていた。

「一度、部屋に戻ろうか」

円が腰を上げる。

三人が第三係に戻ると、もう板東雄治が帰り支度をしていた。

「おお、仕事熱心な三人がようやくお帰りか。ちょうど、おれも帰るところや。広辞苑さん、久し振りに一杯、どうや？」

板東は顔の前で猪口《ちょこ》を傾ける仕草をして、あ、そうや、淵神君と藤平君の歓迎会も兼ねて、みんなでパッと繰り出そうやないか、有楽町にうまい焼き鳥屋があるねんで、と誘った。

「淵神さんは、お酒が飲めないんですよ」

藤平が言うと、

「えっ！　そうは見えんけどなあ。酒豪の雰囲気を漂わせとるやないか」

「ぼくもあまり飲めませんし」

「板東さん、今日はやめておくよ」

円が首を振る。

「わたしも美容院を予約してあるの。悪いわね」

片桐みちるがにこっと笑う。

「しゃあないなあ。係長と二人で飲みに行くと、将棋の話ばかり聞かされるし……。そんなら、またにしますか。お先に！」

板東が軽い足取りで部屋を出て行く。

「お疲れ」

「お疲れさま」

森繁係長とみちるが連れ立って帰る。

あとには円、律子、藤平の三人だけが残る。

律子の携帯が鳴る。メールの着信音だ。景子からのメールだ。同僚と食事をして帰ることになったから、悪いけれど夕食の支度ができそうにない、という内容だった。

わたしもまだ帰れそうにないので、食事の心配はしなくていい、たまには友達と羽を伸ばしてきて、と律子は返信した。

一二

居酒屋の個室で、景子と真琴が向かい合っている。真琴はジョッキで中生を、景子はグラスでノンアルコールビールを飲んでいる。酒を飲めないわけではないが、律子と暮らすようになってから、意識的に飲まないように心懸けている。

「町田さん、率直にお話ししていいですか?」

「ええ、何ですか?」

「レジデントとナースなんて、微妙に勤務時間が食い違っていて、こんな風に二人だけで一緒に飲む機会なんて、なかなか、ないじゃないですか。お互いに忙しいし、普段は、くたくたで、病院とマンションを往復してるだけの生活だし」

「そうですね」

景子がくすっと笑う。

「あれ、何か変なことを言いました?」

「ごめんなさい。時々、西園先生、髪の毛がぼさぼさのまま病院にいらっしゃるから」

「しかも、ノーメークで」

「それだけ時間に追われて忙しく過ごしてらっしゃるということですよね」

「忙しさは理由になりませんよ。現に町田さんは、いつも小綺麗な格好をしてるじゃないですか。他のナースとは違います」

「ありがとうございます」

「え〜っとですね。つまり、わたしが言いたいのは、滅多にない機会なのに、当たり障りのない、よそよそしい会話で時間を無駄にしたくないということなんです」

「わたしは楽しいですよ。退屈ですか？」

「そういう意味じゃなくて、もちろん、わたしだって楽しいんですけど……。あ〜っ、焦《じ》れったいな。わたし、男がダメなんです」

「え？」

「好きになれないんです。わたしが好きになるのは女性だけ。つまり、世間的には、レズと呼ばれる存在なんです」

「……」

　景子はグラスを手にしたまま固まってしまい、瞬きもせずに、じっと真琴を見つめる。

「ちなみに今は、フリーです」

「西園先生、わたしは……」

「あ、いきなり、断ったりしないで下さいね。というか、交際を申し込んだつもりじゃなくて、わたしが女性しか愛せない女だっていうことを、きちんと最初に話しておくのが礼儀だと思って」

「何の礼儀ですか？」

「町田さんを好きになるかもしれないから」

「……」

「こういう話、嫌ですか？」

「別に嫌じゃないですけど……戸惑っているというか、ちょっと驚いてます。ちょっとじゃないかな。かなり驚いてます」

「当然です」

　真琴はジョッキをぐいっと飲み干すと、ブザーを押して店員を呼び、お代わりを頼んだ。お代わりが来るまで二人は口を利かずに黙りこくっていた。中生が来ると、真琴は、ごくごくと喉を鳴らして飲み、ふーっと大きく息を吐いて、手の甲で口の周りの白い泡を拭った。それを見て、

「男らしいですね」

　景子が笑う。

「何だか、上がっちゃって……。でも、カミングアウトして気持ちが楽になりました。不躾《ぶしつけ》なことを質問してもいいですか？」

「まあ、内容によりますけど」

「不愉快だったら、わたしの顔にビールをかけて怒っていいですよ。今までに何度か、そういう目に遭ってますし」

「そうなんですか？」

「はい。好きな人と一緒にいると、すごくおっさん臭くなっちゃうみたいだし、それに焼き餅を焼くからうざいみたいだし、何でもはっきり口に出すから相手を怒らせることも多くて……」

「自分のことがよくわかってるんですね」

「よく言えば、そうですけどね。悪く言えば、無神経なだけで……。町田さん、お子さんがいらっしゃいますよね？　離婚なさったみたいですけど」

「どうして知ってるんですか？」

「病院にいれば、どんな噂だって耳に入ってきますよ。本人の耳にだけは入りませんが」

「ああ、そうですね。確かに」

「カモフラージュのために結婚なさったんですか？」

「は？」

一瞬、景子が怪訝な顔になる。カモフラージュのために結婚、という意味がわからなかったのだ。

その意味を飲み込むと、

「まさか、そんなことはありませんよ。普通に結婚して、普通に子供を産んだだけです。律ちゃんと出会ったのは夫と別れた後で、離婚した後、気持ちがすごく不安定で、あのまま一人暮らしを続けていたらおかしくなっていたかもしれません。律ちゃんのおかげで立ち直ることができたんです」

「それは、お互い様じゃないんですか？」

「どういう意味ですか？」

「失礼なことを何でも口にしてしまいますけど……淵神さんも何か問題を抱えていらっしゃいますよね？　今朝も、町田さん、顔に痣を作って出勤してきたじゃないですか。ＤＶですか？」

「違います」

景子が強く首を振る。

「律ちゃん、暴力なんて振るいませんよ。今日は、たまたまです。いろいろ辛いことが重なって、それで……」

「だからといって、パートナーに暴力を振るったりはしないんじゃないですか？　少なくとも、わたしだったら、どんな事情があっても愛する人に手を上げたりはできませんね」

「素面じゃなかったから……」

「淵神さん、お酒の問題を抱えてるんですか？」

「今のは聞かなかったことにして下さい」

「でも、聞いてしまいました。依存症ですか？　素面のときは優しいけど、お酒を飲むと暴力的になるという人は多いですよね」

「律ちゃんは、そうじゃないんです。この前は、本当に深刻な問題が起こって、それこそ、律ちゃんの人生を左右するような問題だったから、あの夜、律ちゃんがお酒に溺れた気持ちは理解できるんです。それも知らずに、わたしが無神経なことを口にしたから律ちゃんを怒らせてしまって……。でも、昨日、素面に戻ってから自分のしたことをものすごく後悔して、泣きながら謝って、アルコール問題と真正面から取り組むことを約束してくれたんですよ」

「雨降って地固まる……そんな感じなのかな。町田さん、何だか、嬉しそうだし」

「そうですね。正直に言えば、あの夜、律ちゃんとの関係は終わりかもしれないと思って泣いたんですよ。前途に絶望したというか……」

「今となっては、その言葉も、のろけにしか聞こえませんよ。残念、チャンスなしか」

真琴が大袈裟に溜息をつく。その表情がおかしくて、思わず景子が笑ってしまう。

一三

午後八時を過ぎても、第三係では律子、円、藤平の三人が残業している。円と律子は膨大な捜査資料を読み返している。藤平は、検視報告書を読みながら、ベガの被害者たちの写真を一枚ずつじっくり眺めている。致命傷となった傷だけでなく、胸に刻まれたアルファベットや、爪が剝がされた中指の写真、遺体の顔写真、遺体の全身写真などがたくさんある。それらの写真を見ているうちに、次第に藤平の顔色が悪くなる。

「トイレに行ってきます」

藤平が青い顔をして椅子から腰を上げる。

「大丈夫か？」

円が訊く。

「……」

藤平は両手で口を押さえながら首を振る。今にも吐きそうだ、ということらしい。小走りに廊下に出る。ドアを開けたとき、廊下の突きあたりに人影が見えたような気がした。

しかし、それを確かめる余裕はなかった。藤平は足早にトイレに向かう。今にも嘔吐しそうなのだ。

藤平がトイレに駆け込むと、さっき人影が見えたあたりに芹沢が顔を出す。明かりの洩れている第三係の部屋を睨みながら、

「クソ女、本当にベガ事件に首を突っ込む気でいやがるのか。誰が許すか、そんなこと」

廊下に唾を吐くと、肩を怒らせながら立ち去っていく。


「何か気になるのかね？」

円が律子に訊く。藤平の机の上に並べられた写真を律子が熱心に見つめていたからだ。

「これなんですけど……」

律子が一枚の写真を手に取って、円に見せる。

「わたしです」

「ああ……」

ベガに襲われた後、病院に運ばれた律子は、治療の前後に顔と腹部の傷を鑑識の職員によって写真

に撮られた。

「辛いだろうね」

　円が同情の眼差しを向ける。

「いいえ、辛いわけじゃありません。腹が立つだけです。ベガに対して腹が立つのは当然ですが、あのとき、ベガを取り逃がしてしまった自分に対して、ものすごく腹が立ちます」

　律子は唇を嚙みながら、険しい表情で、その写真を睨む。

一四

　景子と真琴がバーのカウンター席に坐っている。

　カウンター席の他には、テーブル席が四つくらいしかない、こぢんまりした店である。しかし、調度品には金がかかっており、カウンターの中にいる苦み走った初老のバーテンダーも、見るからにプロという感じだ。照明は薄暗く、ＢＧＭにチャーリー・ヘイデンの静かなジャズが流れている。テーブル席にカップルが一組いるだけで、その他に客はいない。

　真琴はギムレットを、景子はクラブソーダを飲んでいる。真琴は二杯目、景子は一杯目だ。

　景子は素面だが、真琴は居酒屋で中生を何杯も飲んだ後だから、かなり酔いが回っているらしく、目許がほんのり赤くなっている。

「もう子供を産もうとは思わないんですか？」

　真琴が訊く。

「思いません」

景子は即座に首を振る。

「淵神さんのことが好きだからですか?」

「律ちゃんは関係ありませんよ。子供がほしくないだけです。わたしなんかが母親になっても、子供は幸せになれませんから」

「どういう意味ですか?」

「……」

景子の表情が暗くなる。子供を話題にしたせいだ。その表情を見た真琴が、

「よかったら、何か飲みませんか? アルコールって適度に飲む分には意外と役に立ちますよ。緊張感をほぐして、リラックスさせてくれるし」

「わたし、緊張してますか?」

「ええ、そう見えます」

「ちょっとだけ……」

何か飲もうかな、と景子がつぶやく。

「何がいいですか?」

「お勧めは?」

「今夜はギムレットを飲んでますけど、普段、この店ではマティーニなんです。すぐに酔っ払いそうだから控えてたんですけど、この店のマティーニ、いけるんですよ。飲んでみます?」

「はい」

景子がうなずくと、真琴はバーテンダーにマティーニをふたつ注文する。二人の前にマティーニが置かれると、

「じゃあ、乾杯しましょう」

真琴がグラスを持ち上げる。

「乾杯」

グラスをカチンと合わせる。酔っている真琴がグラスを強くぶつけすぎたせいで、景子のマティーニがブラウスに少しこぼれてしまう。

「わ。ごめんなさい」

「平気ですよ」

景子がグラスに口を付ける。

「あ……おいしい」

「いけるでしょう？」

「ええ」

おしゃべりしているうちに、すぐにグラスが空になる。アルコールのおかげで緊張がほぐれたのか、景子の表情も明るさを取り戻す。普段、飲酒を控えているせいか、三杯目を空ける頃には景子の顔も真っ赤になる。景子が四杯目のマティーニを飲み始めたとき、

「なぜ、離婚なさったんですか？」

と、真琴が唐突に質問する。

素面だったなら、恐らく、景子は、その質問に答えなかっただろうが、アルコールが口を軽くした。

「離婚したんじゃありません。離婚されたんです」

「え？　どういうことですか」

「ごめんなさい。その件については、あまり話したくありません」

「そうですか。わかりました」

「わたし、そろそろ帰らないと」

「じゃあ、最後にひとつだけ質問していいですか？」

「何ですか？」

「町田さんにとって最も大切なものは、いや、大切な人と言った方がいいのかな。お子さんですか、それとも淵神さんですか？」

「……」

景子はうつむいて考え込むが、やがて、

「ごめんなさい。答えられません。もう帰ります」

バッグから財布を取り出そうとする。その手を、真琴が押さえ、

「ここは、わたしに払わせて下さい」

「でも……」

「また一緒に飲める機会があったら、そのときは町田さんが奢《おご》って下さい」

支払いを済ませて、二人が店を出る。店は地下一階にあり、階段を上って外に出る。エレベーターはない。景子が階段に足をかけたとき、

「町田さん」

真琴が景子の肩に手をかける。何の気なしに振り返った景子の唇に真琴がキスをする。驚いた景子が真琴を押《の》し退けようとするが、その前に真琴は自分から顔を離す。

「ごめんなさい、とは言いません」

真琴がじっと景子を見つめる。

景子がマンションに帰ると、律子がリビングで捜査資料を熱心に読み耽っていた。

「お帰り。遅かったね」

資料から顔を上げずに、律子が声をかける。

「う、うん、ごめんね」

景子はリビングを突っ切って、そそくさと洗面所に入る。顔を背けていたのは、酔いで顔が赤くなっているのを自覚していたからだ。

いつもとは明らかに景子の様子が違っているのに律子はまったく気が付かない。しばらくすると、バスルームからシャワーの音が聞こえてくる。

「あれ、景子さん、シャワーか」

律子がソファから立ち上がって、洗面所に向かう。珍しく衣類や下着を乱雑に床に脱ぎ捨ててある。それらを拾って洗濯籠に入れようとしたとき、

(ん？)

律子が景子のブラウスに顔を近付けて、くんくん匂いを嗅ぐ。

(お酒……)

思わずドキッとする。

シャワーが止まったので、慌ててブラウスも洗濯籠に放り込む。景子がバスルームから出てくる。

「律ちゃん、どうしたの？」

「うん、お惣菜をたくさん買ってきたから、もしお腹が空いてるんだったら食べるかなと思って」

バスタオルを渡しながら、咄嗟の思いつきを口にする。

「ありがとう。でも、大丈夫。お腹いっぱいだし」

にっこり微笑みながら、景子はバスタオルを受け取る。

一五

六月七日（木曜日）

早番の朝、景子は五時過ぎにはマンションを出る。その時間、いつも律子はまだ眠っているから、そっとベッドから抜け出し、律子のために朝食を用意してから身支度を調えて出勤する。

普段、律子が起床するのは七時だ。

しかし、この朝は、景子が出かけるとベッドを出た。本当は、景子が寝室を出たときに、律子も目を覚ましていたのである。少しでも早く出勤して第三係で仕事を始めたいという気持ちが律子を早起きさせたのだ。景子と一緒に起きればよさそうなものだったが、何となく気まずかった。ゆうべ、景子が酒を飲んで帰宅したことが小さなしこりになっている。飲酒したことを正直に話してくれれば、律子も気にしなかったかもしれないが、それを隠そうとしたのが引っ掛かった。深刻なアルコール問題を抱えている律子に気を遣ったのだろうと推測したが、それを確かめるために景子に問い質《ただ》すのは気が引けた。

（今はベガに集中しなければ……）

気にするほどの問題じゃない、景子さんを信じればいいんだ……そう自分に言い聞かせて、律子はいつもより一時間ほど早く出勤した。

第三係の部屋から明かりが洩れている。

片桐さんか円さんが早めに出勤しているのかなと思いつつ、

「おはようございます」

声をかけながら、律子がドアを開ける。

「淵神さん、おはようございます」

律儀に立ち上がって挨拶を返してきたのは藤平である。

「どうしたの、早いじゃない」

「ええ、まあ……」

「写真を見てるの？」

律子が藤平の机に近付いていく。机の上にはベガの被害者たちの写真が並べられている。昨夜、藤平は残虐な犯行写真を眺めているうちに気分が悪くなり、トイレで嘔吐した。

「ゆうべ、見苦しいところを見せてしまって……」

「現場経験が少ないんだから仕方ないよ。ああいうのって慣れだから。わたしだって初めて現場で死体を見たときは気分が悪くなって吐いたよ。検視解剖されてる途中の死体を見たときも吐いたしね。死臭を嗅いだときも吐いたな。そう考えると、刑事って吐きながら一人前になっていくわけか。何だか汚い仕事だよね」

律子が笑い、つられて藤平も笑う。

「焦ることはないよ。ちょっとずつ慣れていけばいいんだから」

「はい」

律子は自分の机で捜査資料を読み始め、藤平は写真を眺める。

朝礼が終わると、捜査一課から段ボールに詰めて送られてきた様々な事件の捜査資料を、円、板東、律子、藤平の四人で手分けして分類し、資料室に納める。これは第三係の日常業務だ。その作業に二時間くらいかかる。それが終わると、あとは特にすることはない。必要な捜査資料を取り出して、大部屋に運ぶことを要請されることもあるが、せいぜい、一日に一度あるかないかだ。

律子、円、藤平の三人は資料室に籠もって、ベガ事件に取り組み始める。しばらくすると、

「淵神君、藤平君、そろそろ次の段階に進もうか」

円が口を開く。

「何ですか、次の段階って？」

藤平が訊く。

「ベガ事件の捜査資料は膨大にあるから、それを読み通すだけでも大変な労力と時間がかかる。重要な作業には違いないが、それだけではベガを捕まえることはできない。だから、必要に応じて捜査資料を読みつつ、それと並行して、ベガ事件の分析を進めてはどうかと思うんだ。この事件は、犯人に結びつく物的証拠が少ない。そのせいで捜査が難航し、ベガの尻尾もつかむことができなかった。そうだよね、淵神君？」

「おっしゃる通りです」

律子がうなずく。

「証拠から犯人に辿り着くことができないのであれば、今わかっている事実を積み上げて、それを想像力で膨らませていくしかないんじゃないのかな」

「ベガをプロファイルするということですか？」

「それもある。しかし、プロファイルそのものは、すでに捜査の過程で行われている」

「それなら何をするんですか？」

「わたしは、ベガ事件において最も不可解だと感じるのは犯行の動機なんだ。これは通り魔的な犯行ではなく、計画的な犯行に違いないとわたしは思っている。そうだとすれば、被害者たちが襲われたのには理由があるはずだ」

「しかし、被害者同士には何の繋がりもないいんですよね？」

藤平が律子を見る。

「ええ、ないはずよ」

「わたしはね、それぞれの被害者についてもプロファイルするべきじゃないかと思うんだ。そうすることによって被害者像を膨らませれば、被害者同士の接点が見付かるかもしれない。通り一遍の身上調査程度のことをするだけでは繋がりが見えないいんじゃないかという気がする」

「面白い視点ですね。もう被害者のプロファイルはしてみたんですか？」

藤平が円に訊く。

「うん、それを聞いてもらおうかと思ってね。まったく的外れかもしれないが、今までの捜査と違った観点から事件を眺める取っかかりになればと思う」

「それは、ちょっと待ってもらえませんか」

「なぜだね？　わたしのプロファイルでは役に立たないかな」

「そうじゃありません。捜査資料を読むのと並行して、他の作業を進めることには賛成です。しかし、捜査資料はあくまでも紙の資料に過ぎません。実際に犯行現場を歩いてみたいんです。ベガ事件の捜査を外れてから、犯行現場には行ってませんから、かなり記憶が曖昧になっています。円さんが被害者をプロファイルするというのなら尚更です。被害者が襲われた状況を犯行現場で確認したいし、できれば遺族の方たちにも会ってお話を伺いたいんです」

「なるほど、それは、もっともだ。ただ……ひとつ問題がある」

「何ですか？」

「第三係の業務には『捜査資料の補足・収集』という規定があるから犯行現場を歩くくらいなら、その規定を拡大解釈して、どうにでも言い繕うことができる。しかし、遺族に会うとなると、さすがに独断で動くのは無理だ。係長の許可を取る必要がある」

「許可してくれますか、森繁係長は？」

藤平が訊く。

「何とも言えない。係長にしても、こんなことは初めてだろうから」


三人は資料室から第三係の部屋に戻る。

「おお、働き者の三人組がお帰りや」

板東が茶化す。

それを無視して三人が森繁係長の前に並ぶ。

「係長、お願いがあるんです」

円が口を開く。

「何かね？」

森繁係長は顔を上げずに訊く。詰め将棋に没頭しているのだ。

「実は……」

第三係の業務の一環である「捜査資料の補足・収集」のために、律子と藤平に外回りを許可していただけないか、と円が言い、その際、必要に応じて、事件の被害者や遺族から話を聞くことになるかもしれない、と付け加えた。

「おいおい、何やねん、外回りって？　わしらのやる仕事と違うで。広辞苑さん、ちょっと張り切りすぎと違うか？　普通の体やないんやから、淵神君や藤平君と一緒になって無理したらあかんで。若い二人とは違うんやからな」

板東が大きな声を上げる。

「あんたは黙っていてくれ。株でも何でも好きなことをしていればいい」

「お。何だか、かちんとくる言い方やなあ。こっちは、あんたの体を心配しとるいうのに」

「余計なお世話だと言っている」

「感じ悪いわ……」

「何の事件を調べるんだね？」

森繁係長が訊く。

「ベガの事件です」

「ん？」

ようやく森繁係長が顔を上げる。まじまじと円の顔を見つめて、本気なのか、と訊く。

「はい。どうかお願いします」

「朝礼に出て、分類業務が終わってからであれば外回りを許可しよう。ただ通常業務とは異なるので、報告書の提出が必須になる」

「承知しました」

「うむ」

森繁係長が視線を落とし、また詰め将棋に没頭し始める。

「甘いわ、係長。こんな暴走を許してええはずがない。そう思わんか、みちるちゃん？」

板東が片桐みちるに水を向ける。

「珍しいことだと思うけど、ここにいる人たちは、みんな警察官なんだから、事件のことを調べるために外回りしたり、被害者や遺族に会うのは納得できますよ。どっちかというと、勤務時間中に株やＦＸに熱中してる方が違和感を覚えますけどねえ」

みちるがじろりと板東を睨む。

「うへっ、藪蛇やったか」

板東が両手で頭を抱える。

一六

ベガが起こした四つの事件のうち三つは、板橋区、豊島区、練馬区という境を接する区で起こっているが、二番目の事件だけが江東区で起こった。

この日は、四つの現場を回るだけにして、遺族には会わないと決めていた。現場に立つことで、律子の記憶を甦らせることが目的だったのだ。

律子と藤平は最初に江東区に向かった。

霞ヶ関で千代田線に乗り、大手町で半蔵門線に乗り換えれば、二〇分ほどで住吉に着く。住吉に着いたのが昼過ぎだったので、

「ここで食べていこう」

律子は駅の近くにある立ち食い蕎麦屋を指差した。

「まだお腹は空いてませんが」

「腹が減ってなくても食べるの。食べられるときに食べるのが外回りするときの心得。本格的な捜査が始まると、食べたくても食べられないってことがよくあるからね。今から慣れておく方がいい」

「なるほど、現場ならではの考えですね」

「別に感心するほどのことじゃないよ」

財布を取り出して、律子が食券を買う。

一〇分足らずで食事を終えると、二人は店を出た。四ツ目通りの向こうに猿江恩賜公園が見えてきた。

「車通りは激しいし、人も多いですよね。夜になると違うんでしょうか」

「あまり変わらないはずよ。道路沿いに飲食店も多いから。そこを右折」

律子と藤平が四ツ目通りから、狭い道路に入る。住宅街である。

「被害者の下平幸司は、このあたりでタクシーを降りたんでしょうか？」

「うん。いつも外出するときは自家用車を使っていたのに、その日はたまたま医師会の会合だった。酒を飲むとわかっていたからハイヤーで外出し、タクシーで帰ってきた。一〇時過ぎだったけど、まだ人通りがあったとタクシーの運転手は証言してる」

「ここから自宅まで、ざっと五〇メートル。タクシーが入れないほど狭い道路というわけでもないから、被害者が意図的に降りたわけですよね、酔い覚ましをしたいからという理由で」

「それもタクシーの運転手が証言してるわね」

「ベガが通り魔だとすると、この被害者は信じられないくらい不運だったことになりますね。普段はしないような行動が積み重なった揚げ句に被害に遭ったわけですから」

「そう、通り魔だとしたらね。でも、不幸な偶然が重なったと考えるより、ベガが最初から、この被害者を狙っていたと考える方がすっきりすると思うんだけどね」

「怨恨説ですね。ここだけが他の三件の犯行現場と離れていることもベガが単なる通り魔ではないという根拠になってるんですよね？」

「ここだけ、ぽつんと離れてるからね」

律子が足を止める。そこから一五メートルほど先に「下平外科病院」の看板が出ている。三階建ての白亜の建物だ。その横に二階建ての一軒家が建っている。病院と自宅が隣接しているのだ。

「まさに自宅や病院と目と鼻の先で被害に遭ったんですね……」

調剤薬局と美容院に挟まれた、幅一メートルほどの狭い小路が犯行現場である。下平幸司は自宅に向かって歩いているとき、突然、ベガに襲われて、この小路に引きずり込まれたのだ。そこには今でも花やジュースが置かれている。それを見て、

「ご家族が供えるんですかね」

「自宅のそばだもん。そう簡単に忘れられないんじゃないのかな」

「目撃者はいなかったんですよね？」

「もう薬局も美容院も店仕舞いした後だったからね。飲食店なら、遅い時間まで営業してるんだろうけど、この通りには飲食店が少ないし。一般の商店が閉店すると、住人以外は通らなくなるから、夜は人通りが少ないのよ」

律子は小路に入り、犯行現場にしゃがみ込んで、目を瞑って合掌した。藤平も、それに倣う。

「この被害者には、もうひとつ、他の被害者と違う特徴がある」

「他の被害者は死後に胸にアルファベットを刻まれているのに、この被害者だけは生きているうちに刻まれた……そういうことですよね？」

「まだ被害者が息をしているうちに、胸に文字を刻んだ。わざと苦しみを長引かせたんだよ」

「それも怨恨説の根拠のひとつになっていますね」

「被害者の父親の代から、この土地で病院を開業していて、被害者は地元の名士、馴染みの患者も多く、誰かから恨みを買っていたという形跡はないし、何かのトラブルに巻き込まれていたわけでもない。病院の経営も順調だったらしい」

「本人や家族が気付かないうちに誰かに恨まれていたという可能性はありませんか？」

「ないとは言えないけど、命を奪われるほどの恨みを買っていることに気が付かないものかしらね」

律子が立ち上がり、小路を出る。病院の前で足を止め、白亜の建物を見上げる。

「この病院は被害者の息子さんが継いだんですよね？」

「いずれ跡を継ぐことは決まっていたらしいけど、その頃は都内の大きな病院で修業中だった。父親が亡くなったので、急遽、跡を継いだのよ」

「事件から四年近く経っているわけですけど、なかなか流行《はや》っているみたいですね」

律子と藤平が路上に佇んで眺めている間も、病院には絶え間なく人が出入りしている。隣にある調剤薬局もかなりの賑わいだ。

「ご遺族から話を聞くために、また改めてここを訪ねることになりますね」

「うん、近いうちにね」

律子がうなずく。

住吉から、二人は板橋区徳丸に向かった。ベガが最初の事件を起こした現場だ。最寄り駅は東武東上線の東武練馬駅である。一時間近くかかった。駅の北口を出て、駅前通りを歩き出すと、右手に大型スーパーが見えてきた。それを律子が指差して、

「被害者は、あそこでパートしてたのよ」

「赤石富美子ですね」

「長く勤めているベテランで、レジ係のチーフを任されてた。大抵は早番で夕方には上がり、ごくたまに欠勤者が多いときに遅番を頼まれることもあったけど、それは欠勤者の数次第だから本人も、いつ遅番を頼まれるか直前までわからなかった」

「にもかかわらず、滅多にない遅番の夜に襲われた。ベガが通り魔だとしたら、よほど被害者は運が悪かったことになる。下平幸司と同じですね」

「ねえ、藤平。もう、それはやめよう」

「何のことですか?」

「ベガは通り魔なんかじゃない。何か、はっきりした目的があって被害者を選んだんだよ。その目的が謎なんだけど」

「最初の被害者が板橋区徳丸のパート従業員、その四ヶ月後に被害に遭ったのが江東区猿江の開業医……被害者同士の接点はないわけですよね?」

「見付からなかったね。だから、いまだに通り魔説が有力視されてるのよ。でも、わたしは、そうは思わない。ベガは通り魔なんかじゃないと確信している。被害者に狙いを付け、日常的に被害者を監視して行動を把握した上で犯行に及んでいる。二人の被害者は、たまたま不運に見舞われたわけじゃ

ない。周りに誰もいない場所を通りかかるのを待っていたベガが計画通りに殺したに違いない」

　律子が足を止め、

「そこで襲われて、路地に引きずり込まれたのよ」

「ここでですか……」

　下平幸司の殺害現場には今でも花が供えられていたが、この現場には何もない。一戸建てやアパートが建ち並ぶ静かな住宅街で、日中でもあまり人通りがない。もっとも、下平外科病院の周辺に建ち並んでいたのは高級住宅ばかりだったが、このあたりの一戸建ては敷地が狭く、古い家が多い。アパートも同じように古ぼけた安普請が目立ち、新築マンションなどは見当たらない。

「街灯も少ないですし、夜になると淋しそうな場所ですね。被害者が襲われたのは一一時頃ですから、誰も歩いてなかったかもしれませんね」

「そういう場所でベガが被害者を襲っているということよ。偶然なんかじゃない。まるで狩りをしているみたいに、最も襲いやすい場所を選んでいる」

「猿江の現場にしろ、ここにしろ、周りにはたくさんの人家があるのに誰も叫び声や争う声を聞いていませんよね。みんなが無関心だということですか？」

「叫び声を上げる間もなく、被害者が襲われたということじゃないのかな。それだけベガの手際がいいっていうこと」

　路地に入り、さっきと同じように律子はしゃがみ込んで合掌する。藤平も同じことをする。

　その現場から何分か歩くと、老朽化したアパートが建ち並ぶ一画に出た。

「被害者は、そのアパートの一階の奥に息子と二人で住んでいた。築二五年のアパートに一八年住んでたんだよ。あ……事件から四年経ってるから、今なら築二九年になるのか」

「今も息子さんが住んでるんでしょうか？」

「息子は刑務所だよ」

「え？」

「まだ、そこまで資料を読んでないのね。ろくでなしのバカ息子は、母親がベガに襲われたときは裁判の真っ最中で拘置所にいた。その後、刑が確定して刑務所に入った。そろそろ出てきてもいい頃じゃないのかな」

「何をしたんですか？」

「盗難車を無免許で運転して、交差点に赤信号で突っ込んで人をはねた。しかも、逃げた」

「死んだんですか？」

「いや、助かったよ」

「許せない犯罪ではありますが、それで三年以上の実刑というのは重い感じがしますね」

「初犯じゃなかったからね」

「前科持ちなら納得です」

「逃げたのは酔っていたからじゃないかと言われてた。酔いを醒ましてから出頭したんだよ」

「酔っ払い運転で捕まるより、轢き逃げで捕まる方がいいと判断したわけですか。しかも、自首すれば、いくらか罪が軽くなる」

「前科持ちなら、そういう知識があっても不思議はないし、計算した上でやったんだろうね」

「事件の後、息子には会ったんですか？」

「わたしは会ってないよ。入院してたから。だけど、捜査員が刑務所に出向いて事情聴取した。それも資料に載ってるよ」

「警視庁に戻ったら読んでみます」

「大して役に立つことは書いてなかった気がする。ろくでなしだけど、母親にはべったりだったみたいで、母親が殺されたことを知って捜査員の前で号泣したらしいよ。事件当時は二〇代だったけど、今は三〇を過ぎてるはず。高校を出てからも定職に就かず、事故を起こしたときも無職だった。いい年をして、母親に食べさせてもらってたわけ。頼みの母親が死んだとなれば、それは泣くよね」

「被害者が誰かから恨みを買っていたということはないんですか？」

「調べた限りではなかったはず。住吉の病院長と同じで、本人が気付かないうちに恨みを買っていた可能性がないとは言えないけど……」

「殺されるほどの恨みを買っていたとは考えられないということですか？」

「殺されたのが前科持ちの息子だったら、いくらでも恨みを買っていたかもしれないけど、この母親は、どこにでもいるような平凡なパート従業員に過ぎない。息子が中学生のときに離婚して、それから女手ひとつで息子を育てたんだよ」

「その境遇に同情する人はいても、殺したいほど恨んだり憎んだりする人はいそうにないですよね」

「だけど、実際には、いたわけだよ。ベガに殺されたんだから。その理由がわからない」

　三つ目の現場は豊島区南長崎だ。

　東武東上線で池袋に出て西武池袋線に乗り換え、最初の駅である椎名町で降りる。

「三人目の被害者、北柴良恵の被害状況にも特徴があるわよ」

「襲われた時間ですよね？　四人の中で最も早い時間、午後六時頃に襲われている」

「一月の中旬だから、もう暗かったけど、それにしても早い時間だよね」

「どういう理由があるんでしょうか？」

「買い物帰りに襲われたんだけど、普段は、もっと早い時間に買い物してたらしいの。その日だけ、たまたま買い忘れたものがあって、大急ぎでスーパーに出かけたのよ。襲われたのは、その帰り」

「運が悪かったわけじゃないんですよね？」

「もちろん、そうじゃない。ベガはチャンスが訪れるのを辛抱強く待ってたんだよ。相手は専業主婦だし、遅い時間に外出することは滅多にない。午後六時なら、そんなに遅い時間とも言えないけど、相手は暗くなってから外出することなんかほとんどないわけだからね。これが夏だったら、まだ外が明るいからベガもためらったかもしれないけど、あたりは暗かったわけだし」

「三人家族でしたよね。ご主人がサラリーマン、一人娘が中学生」

「今では高校生だね」

犯行現場を検分し、被害者の住む一戸建てを外から眺めて、二人は駅に戻った。最後の犯行現場である練馬区桜台に向かうのだ。椎名町駅から桜台駅までは西武池袋線で三駅、電車に乗れば五分もかからない。

駅を出て犯行現場に向かいながら、

「作間慎太郎が四人目の被害者であることも通り魔説の有力な根拠とされていますよね？　その点を渕神さんは、どう考えてらっしゃるんですか」

最初の被害者・赤石富美子は五四歳のパート従業員、二番目の被害者・下平幸司は五九歳の開業医、三番目の被害者・北柴良恵は四二歳の専業主婦……職業や境遇、住所などはまちまちだが、いずれも中年の男女であるだけに過去に何らかの接点があったという可能性は否定できない。

ところが、四番目の被害者・作間慎太郎は一七歳の高校生だった。他の三人の被害者と年齢があまりにも違いすぎる。他の被害者たちとの接点も見付からなかった。

「ごく普通の男子高校生に、ベガがどんな恨みを抱くのか、それがわからないから、何の意味もなく無差別に被害者を襲った……それが通り魔説の有力な根拠になったのよ」

「他の被害者との接点は何もなかったんですか？」

「捜査では被害者同士の繋がりは何もわからなかったわね。もちろん、可能性だけなら、いくらだって考えられるわよ。例えば、同じ日の同じ時間帯にディズニーランドに居合わせたかもしれない。あるいは、同じ映画館で同じ映画を観たことがあるかもしれない。だけど、そんなことまでは調べようがない」

「そうですよね」

藤平がうなずく。

「ふと思ったんですが、作間慎太郎の父親は警察官ですよね？」

「そう、池袋署の地域課に所属する巡査長よ。交番勤務をしていた」

「父親を逆恨みして息子に危害を加えたということはないでしょうか？　現役の警察官を襲うのは難しいと判断して、ターゲットを息子に変えたとか」

「息子を父親の身代わりにしたっていうの？」

「はい」

「この事件だけに限って考えれば、その可能性はある。作間巡査長は仕事熱心という評判で勤務評価もよかったから、息子を殺されるほど誰かに恨まれていたとは思えないけど、本人に悪気がなくても逆恨みされることだってあるものね。しかし、一連の犯行が同一犯によってなされたという立場で見ると、作間慎太郎であれ、父親の作間慎介《しんすけ》巡査長であれ、やはり、他の三人との接点は見付からなかった」

「調べたわけですね？」

「もちろん」

律子はうなずくと、そこが犯行現場よ、と道路脇を指差した。

「ここですか？　こんな人目に付くところで……」

「襲われたのは七時半頃だけど、そんなに人通りの多いところじゃないしね。他の被害者と同じように、ここで一度刺して、相手が弱ったところを路地に引きずり込む……ベガもそのつもりだったようだけど、作間慎太郎は、他の被害者と違って手強かった」

「柔道の有段者でしたよね」

「身長が一八〇センチくらい、体重も八〇キロ以上あったはずよ。高校を卒業したら、父親と同じように警察官になるという夢を持っていたらしい」

「思いがけず激しく抵抗されたために作間慎太郎を路地に引きずり込むことができず、ここで揉み合いになった。それを通行人に目撃されて警察に通報されてしまい、そして……」

藤平が言葉を濁す。

「他の事件を捜査して本庁に戻る途中だったわたしと元岡さんが警察無線を聞いて現場に急行した。すでに作間慎太郎は殺害されていたけど、ベガが立ち去った直後だったので、目撃者の言葉に従って、わたしたちはベガを追跡した。運良くベガを発見し、練馬駅近くのビルに追い詰めた。少なくとも、わたしたちは、そう思った。実際には、ベガがあらかじめ想定していた逃走経路を辿っていたに過ぎなかったんだけどね……」

「どうしますか、そこに行きますか？」

藤平が遠慮がちに訊く。

「いや、今日はやめておくよ。もう暗くなってしまうしね。明るいところで現場を見たいから」

「そうですね。第三係に帰って報告書も書かなければならないし、円さんも待っているでしょう」

一七

六月八日（金曜日）

その一四階建てのビルは練馬駅のすぐ近くにあるが、大通りから一本奥まった通りに面しているので車も通行人も少ない。駅前とは思えないほど静かだ。

律子はビルの前に立ち、腰に手を当てて、じっと屋上を見上げる。その傍らに藤平が口をつぐんで立っている。余計なことを口にすると殴られそうなほど律子が険しい表情をしているので、藤平としては律子が口を開くまで待つしかなかった。

やがて、律子は、ふーっと息を吐くと、

「行こうか」

と、エントランスに向かって歩き出す。三年前、元岡繁之巡査長と律子はベガをこのビルの屋上に追い詰めたものの、ベガに逆襲されて二人は大怪我を負った。その現場に行こうというのだ。

管理人に身分を明かし、屋上を見せてほしいと頼んだ。

「何かあったんですか？」

水色の制服を着た初老の管理人が不安そうな顔になる。

「以前、ここで起こった事件について確認作業をしたいだけです。二〇分もあれば済みます」

「二〇分ですか……。わかりました。どうぞ」

管理人がエレベーターホールに向かおうとすると、

「非常階段を上らせてもらえませんか」

と、律子が頼む。

「一四階建てのビルですよ」

「お願いします」

「まあ、構いませんが……」

口ではそう言いながらも、管理人は明らかに迷惑そうな顔だった。屋上まで階段を上るのが億劫なのであろう。

管理人に先導されて律子と藤平が非常階段を上っていく。時折、律子が踊り場で足を止めて何か考え込むのは、事件当夜の記憶を思い出そうとしているせいだ。

「元岡さんが先に上っていったんですよね？」

「わたしが置き去りにされたのよ」

律子がむっつりした顔で答える。

「今はトレーニングしてるから平気だけど、以前は走るのがあまり好きじゃなくて、長い距離を全力で走り続けることができなかったの。このビルに着いたときには、もう息が荒かったわ。元岡さんはマラソンや水泳が趣味という人で、たまにトライアスロンの大会にも出てたくらいだから、とてもかなわなかった」

「淵神さんが置き去りにされるほど元岡さんは足が速くてスタミナもあったわけですよね？」

「うん」

「それって、つまり、ベガもそうだということになりませんか。作間慎太郎を襲った現場からこのビルまで走り続け、屋上まで階段を駆け上がったわけですから。しかも、足の速い元岡さんですら追いつくことができなかった」

「確かに、そうね。その通りだわ。どうして今まで気が付かなかったんだろう。階段で息切れしたわたしが普通だとすれば、元岡さんとベガは普通じゃないということになる」

「ベガも元岡さんのようにスポーツに関わりがあるのかもしれませんね。ベガの体型はスリムなんですよね？　すると陸上系のスポーツかなあ。トラック競技の選手はスリムですから」

律子と藤平は話をしながら階段を上っていく。

やがて、屋上に出る非常扉の前に達する。管理人が鍵束を取り出してドアを開けようとすると、

「ちょっと待ってもらえますか」

律子が止め、ドアノブを回そうとする。鍵がかかっているから非常扉は開かない。

「いつも施錠してあるんですか？」

藤平が管理人に訊く。

「ええ、そうです。子供が屋上に出ると危ないですからね」

「三年前、ここで事件が起こったときには、ドアには鍵がかかっていませんでした。覚えてますか？」

「もちろんです。何度も警察に訊かれましたから。朝と夕方に見回りをする決まりになっていますが、あの日も夕方に見回ったときは間違いなく鍵がかかってましたよ」

「勘違いということはないですか？」

「ドアノブに手をかけて、ドアが開かないことを確認するだけです。今まで勘違いしたことはないですね」

管理人が首を振る。

「ドアの鍵は厳重に保管されてるんですか?」

「いやあ、管理人室の壁にフックで引っ掛けてあるだけですから厳重とは言えないでしょうね」

「その気になれば誰でも持ち出せるわけですか?」

「日中は管理人が二人いますし、夜は警備員がいますよ。管理人室が無人になることは滅多にありませんし、鍵束がなくなればすぐに気付くはずです」

「これは普通のドアだから、ピッキング技術のある人間が専門の道具を使えば簡単に開けられるらしいよ」

律子が藤平に言う。

「あらかじめ誰かがドアを開けておいたのではなく、その場でベガが開けた可能性もあるということですか?」

「さすがにそれは無理だと思う。最初にドアが開く音がしてから、次にドアが開く音が聞こえるまで、どんなに長くても一〇秒以上ということはなかったからね。たぶん、もっと短かったと思う」

「ベガがドアを開けて屋上に出てから、次に元岡さんがドアを開けるまでの時間ですね?」

「事件の後、専門家に頼んでピッキングしてもらったけど、どんなに頑張っても三〇秒はかかったよ。今も薄暗いけど、夜になるともっと暗いから時間もかかるんじゃないかな」

「すると、やはり、最初から鍵は解錠されていたと考えるべきですね。作間慎太郎を襲う前にベガ自身がここに寄って解錠したのか、それとも……」

「共犯者がいたのかもしれないね」

律子がうなずく。

「かなりごちゃごちゃした屋上ですね。昼間でも、ぼんやりしているとダクトに躓《つまず》きそうだし、夜だと歩くのが大変そうですね。絶対に転びますよ」

屋上にはエアコンの室外機が大量に並んでおり、その周囲にダクトが設置されている。ダクトは、あたかも大量の蛇が群れているかのようにコンクリート上を縦横に走っていて、藤平の言うように足の踏み場もないくらいだ。

「元岡さんは、どこに倒れていたんですか？」

「そのあたりだったかな……」

非常扉から、三メートルほど離れた場所を律子が指差す。

「元岡さんはお腹を押さえて、仰向けに倒れていた。月明かりと、周囲のネオンサインの明かりくらいしかなかったから、かなり暗かったけど、それでも大量の血が出ているのがわかったよ」

「怪我をしたのは、お腹だけじゃないですよね？」

「最初に背中を刺されて、体勢が崩れたときにお腹を刺されたのよ」

「怪我したのは、その二ヶ所だけですか？」

「そのはずだけど……どうして？」

「ベガは被害者の体にアルファベットの刻印を残すからです」

「わたしたちは警官じゃないの。偶然、居合わせただけだし」

「警官は例外なんでしょうか。すると、やはり、怨恨説が有力ということになりそうですね。被害者たちに対して恨みを抱いているから、何らかのメッセージとしてアルファベットの刻印を残す」

「左中指の爪も剝がされなかったよ。私だけじゃなく元岡さんもね。ほら」

律子が左中指を藤平に見せる。

「ああ、なるほど……。でも、時間が足りなかっただけということはないですか？　追ってきたのが元岡さん一人でないことはベガも承知していたでしょうから、のんびり元岡さんに関わっている余裕がなかった。どれくらいの時間差で淵神さんは屋上に上がったんですか？」

「二〇秒くらいかな。三〇秒はかかってないはず」

「淵神さんがドアを開けたとき、すぐに元岡さんに気が付いたんですか？」

「目の前だもん」

「ベガの姿はなかったわけですね？」

「うん」

「するとベガが元岡さんを襲っていた時間は、せいぜい一〇秒くらいのものですよね。それだけの時間では刻印を残したり、爪を剝がす余裕はなかったでしょうね」

「もし、わたしも元岡さんのようにやられていたら、ベガはわたしたちの体にも刻印を残し、爪を剝がしたと思うわけ？」

「可能性としては考えられるんじゃないでしょうか」

「可能性ねえ……」

律子がダクトをまたぎながら変電室の方に歩いて行く。

「そこの陰から、いきなり飛び出してきて脇腹を刺された」

右の脇腹をさすりながら、律子が言う。

「反撃したんですよね？」

「拳銃を持ってたから、握りの部分でベガの後頭部を殴った。おかげで致命傷を負わずに済んだわ。ベガにつかみかかろうとしたら顔を切られて……」

　膝から崩れて、コンクリートに片膝をついてしまい、その隙にベガは屋上の外縁部に向かった、と律子が説明する。

「ベガは顔に赤外線スコープを着けてたんですよね？」

「現場からここまで追いかけてるときには、そんなものは着けてなかった。屋上に上がってから着けたんだと思う。そうでなければ、暗い屋上であんなに機敏に動いたり走ったりできるはずがない」

「マスクの上から赤外線スコープは着けられないでしょうから、マスクを外したんでしょうね。つまり、ベガは素顔を晒《さら》していた。見えませんでしたか？」

「見えなかった」

　律子が首を振る。

　二人は屋上の外縁部に近付いて、下を覗いた。一四階のテラスが見える。ベガはそのテラスに飛び降りて、まんまと逃げおおせたのだ。

「それ以外に何か覚えていることはありませんか？」

「さんざん聴取されたし、自分でも思い出そうとした。あんたも報告書を読んだでしょう？」

「読むことは読みましたが……」

「何か気になることがあるの？　何かあるのなら遠慮しないで言いなさい」

「人間には五感があるじゃないですか」

「ごかん？」

「人間に備わっている感覚のことです。視覚、聴覚、嗅覚、味覚、触覚の五つがあります。あの報告書には視覚的なことしか書かれていなかったので……」

「つまり？」

「ほんの一瞬のことだったかもしれませんが、淵神さんはベガと接触しています。そのときに、何か匂いはしなかったのか、何か聞こえなかったのか、何か触らなかったのか……そんなことが気になりました。さすがに味覚はないと思いましたけど」

「ふうん、五感か……。面白い発想だね」

「何かありますか？」

「ううん、残念ながら何も思い出せない」

律子が首を振る。

一八

「ねえ、律ちゃん」

「……」

律子はソファに寝転がったまま返事をしない。眠っているわけではない。目を開けて天井を睨んでいる。考えごとに没頭しているのだ。

「律ちゃん」

声を大きくして呼ぶと、ようやく律子が、

「え」

と顔を景子に向け、体を起こす。

「呼んだ？」

「アルコール依存症の治療に実績のある病院を見付けたの。予約を入れるから、律ちゃんの都合を教えてもらおうと思って」

「ああ……病院かあ。そうだね、約束したもんね。もちろん、行くつもりだよ。だけど、今は仕事がなあ……」

「それは大丈夫だよ。土日でも普通に診察してくれる病院だから。明日は遅番、明後日は休みだから、わたしも一緒に行けるし」

「ありがとう、景子さん。わたしのことを心配してくれて。だけど、今週は明日も明後日も休日出勤するつもりなんだ」

「ベガ事件を調べるために？」

「うん。わたしだけじゃないんだよ。円さんと藤平も出勤する。三人で相談したの」

「熱心に仕事に取り組むのは悪いことじゃないと思うけど……」

「病院には必ず行くから信用してよ。第三係に異動してからお酒なんか一滴も飲んでないし、そもそも、お酒を飲みたいとも思わないんだから」

「それなら仕方ないけど……。今月中には一緒に病院に行くって約束してくれる？」

「わかった。約束する」

律子がにこっと笑う。

「それから明日の朝、必ず、お母さまに電話してね。法事の打ち合わせをしたいから連絡がほしいって言付かったから」

「うん、電話する。心配しなくても大丈夫だよ」

律子はまたソファにごろりと横になった。

「ほんの一瞬のことだったかもしれませんが、淵神さんはベガと接触しています。そのときに、何か匂いはしなかったのか、何か聞こえなかったのか、何か触らなかったのか……そんなことが気になりました。さすがに味覚はないと思いましたけど」

という藤平の言葉がずっと気になっている。

そのときは、素っ気なく返事をしたが、その後も、なぜか、すっきりしない。何とも言えない違和感が心の奥底に澱《よど》んでいる気がする。その違和感が何に由来するのかがわからない。だから、必死に、あの夜の記憶を探っている。何かありそうだし、もう少しで、その正体がわかりそうなのだが、その「もう少し」に手が届かない。もやもやした思いを抱えながら、律子は執拗に記憶を探り続ける。

一九

六月九日（土曜日）

律子はいつもと同じ時間にマンションを出た。土曜なので電車は空いていた。平日は坐れることなど絶対にない。ちらほら空席が目につくが、律子はドアのそばに立ったまま、ぼんやり外を眺める。ゆうべから、ずっと考え続けているが、まだ違和感の正体がつかめない。魚の骨が喉の奥に刺さって取れないような居心地の悪さをずっと感じている。

第三係の部屋に入ると、もう円と藤平が出勤していた。休日なので他のメンバーは休みだ。律子が

朝の挨拶をすると、

「おはようございます」

藤平が椅子から立ち上がって、きちんと挨拶を返す。

「早く来たので、昨日の現場巡りについて円さんに話していたところです。淵神さんを待つべきだったかもしれませんが……」

「わたしが話してくれと頼んだんだよ」

円が言う。

「そんなこと気にしなくていいよ。あんたの方が几帳面で記憶力もいいんだから、わたしなんかより正確に円さんに説明できるだろうしね」

と、藤平に言ってから、律子は円に顔を向け、

「二人とも、そんなに早かったんですか？」

「早いといっても、三〇分くらい前に来ただけだよ。わたしくらいの年齢になると、朝早いのが苦ではなくなるんだ」

「ぼくも昔から目覚めはいいんです。小学生のときは、毎朝欠かさず町内のラジオ体操に参加してましたから」

「ふうん、二人とも早起きなのか」

「昨日は収穫があったようじゃないか。やはり、現場に立つと、いろいろ思い出すものなのかね？」

「思い出すというか……。むしろ、新たな謎が増えたような気がします」

「え？　そうなんですか。ぼくも淵神さんと一緒に現場を回って、怨恨説が正しいような気がしてきたし、ベガが陸上のトラック競技の選手かもしれないということまでわかったじゃないですか」

「ただの推測でしょう？　足が速いだけで陸上の選手と決めつけるのは強引すぎるよ。怨恨説に関しては、わたしは最初から、そう思っていたし」

「では、どんな謎が増えたのか聞かせてもらえるかね？」

「もったいぶるわけじゃないんですが、月曜まで待ってもらえませんか」

「それは構わないが、なぜ、月曜なんだね？」

「今日明日の二日間で被害者の遺族に会いたいからです。あれ、やってくれた？」

律子が藤平に訊く。

「はい。何とか承知してもらいました。急な依頼だったので向こうも渋ってましたけど」

藤平がうなずく。

「最初の被害者、赤石富美子の家族は息子の徹《とおる》だけです。母一人子一人の母子家庭でしたから」

「確か刑務所に入ってるんだったね？」

「府中刑務所に服役しています。その面会許可をもらう手続きを藤平に頼んだんです」

「警察庁にいるとき書類仕事ばかりやらされていたので、行政事務を処理するのは得意なんです」

「わたしは、ただの巡査部長ですが、藤平は警部です。どんな申請であれ、階級が高い方が通りやすいのは警察社会の常識ですから」

「じゃあ、今日は、これから府中に行くのかね？」

「できれば午前中に府中での面会を終え、午後に別の遺族に会えればと思っています」

「円さんも来て下さい」

突然、藤平が言い出す。

「わたしも？」

「昨日、淵神さんと現場を回って感じたんですが、同じ現場を見ても、やはり、人によって見方は違うんですよ。捜査資料を読むだけではわからないことも多いですし。ベガが事件を起こした動機が怨恨だとすると、ベガが被害者にどんな恨みを抱いていたのか、その手掛かりを与えてくれるのは被害者の遺族だけです。だから、ぼくと淵神さん二人だけで遺族の話を聞くより、円さんにも聞いてもらった方がいいと思うんです」

「それは、どうかな。書類をいじるのは得意だが、現場では大して役に立たない人間だよ。だからこそ、第三係に異動させられたわけだからね」

円が苦笑いをする。

「よかったら一緒に来ていただけませんか？　わたしからもお願いします」

律子がそう言ったのは、昨日、現場巡りをしているとき、藤平が律子とは違う観点から意見を述べ、その意見に刺激されたことが影響している。観察力の優れている円ならば、遺族との会話の中で、律子や藤平が気付かない手掛かりを見付けてくれるかもしれないと期待した。

「それなら、お供しようかな」

円がにこやかにうなずく。

第三係には捜査車両の割り当てがないので、覆面パトカーを使いたいときは、いちいち申請しなければならない。赤石徹への面会申請と一緒に藤平が処理しておいたので、クラウンを確保してある。

藤平が運転し、律子が助手席、円は後部座席に坐った。律子は円に助手席を譲ろうとしたが、

「一人で後ろに乗る方がいいんだ。行儀が悪くても誰にも叱られないしな」

と、円は笑いながら断った。左足が不自由なので、後部シートに横坐りをして足を投げ出す方が助

手席に坐るよりも楽なのだ。

府中市晴見町にある府中刑務所は日本最大の刑務所で、三〇〇〇人を超える受刑者が服役している。警視庁を出てから府中刑務所に着くまで、もっぱら、ベガの最初の被害者・赤石富美子と、その一人息子・赤石徹に関する情報確認を行った。捜査資料を持参したわけではないが、捜査資料の内容は、すべて円の頭の中にインプットされている。だから、「広辞苑」とあだ名されているのだ。

「事件が起こったとき、赤石徹は拘置所に入っていたわけですよね？」

藤平が訊く。

「その前年の暮れに無免許で轢き逃げ事故を起こしているからね。裁判の最中に事件が起こって母親が死んだ。控訴せずに一審判決が確定したのは、それも影響しているんじゃないのかな」

円が答える。

「そろそろ出所予定だと淵神さんから聞きました」

「今月の下旬には出所するはずだよ」

「え。今月なんですか？」

「正確な出所予定日は捜査資料に載ってないからわからないが、今月中であることは確かだよ」

「それは、ちょっとびっくりですね」

「何が？」

律子が訊く。

「だって、淵神さんが第三係に異動して本格的にベガ事件の捜査に取り組むようになった時期と、赤石徹が出所する時期が同じだなんて偶然にしてはできすぎてませんか？」

「そうかな。ただの偶然のような気がするけど」

「円さんは、どう思います？」

「偶然だと思うね」

「そうか。やっぱり、偶然なのかなあ……」

藤平は釈然としない表情で首を捻る。

二〇

赤石徹は三一歳だが、実際の年齢よりもだいぶ老けて見える。地肌が透けて見えるほどの短髪で、髭剃りの痕が青く残っている。かなり痩せていて、目が落ち窪んで濃い隈があり、頬骨も浮いている。生気のない表情で、うつむいている。

面会は、一般の面会人とは違う部屋で行われた。一般の面会人はプラスチック製の透明な仕切りを通して受刑者と面会するが、律子たちは仕切りのない個室で赤石徹に会った。四方がコンクリートで、中央にスチール製のテーブルが置いてあるだけの殺風景な部屋である。ドアの近くには看守が二人立っている。赤石徹の正面に律子が坐り、その左右に藤平と円が坐った。律子が質問をして、何か気になることがあれば、その都度、他の二人が質問する……そういう役割分担を車の中で決めてあった。

「警視庁の淵神といいます。亡くなったお母さんのことで訊きたいことがあるんです」

律子の言葉に反応して、赤石徹がびくっと体を震わせる。ちらりと上目遣いに律子を見て、

「今更、何の用ですか？」

「事件が起こったときに、うんざりするくらい事情聴取を受けたと思うけど、時間が経ったことで思い出すことだってあるでしょう？　もう一度、真っ白な気持ちで事件を振り返ってほしいんです。犯

人は何らかの恨みを晴らすためにお母さんを狙ったと推測しています。お母さんに恨みを持つ人間に心当たりはありませんか？」

「ありませんよ」

赤石徹が首を振る。

「徳丸のアパートに一八年住んでましたよね？　スーパーのレジ係の仕事も長かった。近隣住民とのトラブル、あるいは、職場でのトラブル、何か思い当たることはありませんか？」

「ないよ。おふくろは人から恨まれるような人間じゃなかった。運が悪かっただけですよ。馬鹿な男に騙されて結婚しただけでも運が悪いのに、最後は頭のおかしな奴に殺されたんだから……。ひどい人生ですよね」

「馬鹿な男というのはお父さんのことですか？」

「ええ、クズ野郎のことです」

「赤石さんが小学生のときに失踪したんですよね？」

「借金を残して逃げたというのが正しいと思いますけどね。おふくろに借金を押しつけて、どこかの女と逃げた。それから二〇年以上、一度も会ってません。どこかで野垂れ死んでいることを願います。おふくろがあんな死に方をしたのに、クズ野郎がのうのうと生きているのは許せませんからね」

「運が悪いと言いましたね？」

藤平が口を挟む。

「お母さんは運が悪くて殺されたと思ってるんですか？」

「運がよければ、頭のおかしな通り魔に殺されたりしないでしょうからね」

「この犯人は、お母さんの生活を監視して、遅番で帰宅が遅くなる夜に狙いを定めて襲っています。

運が悪かったわけじゃないんです。運は関係ありません。最初からお母さんが狙われていたんです。頭がおかしいということもありません。かなり頭のいい犯人です。忍耐力もあり、緻密な計画を立てる頭脳もある」

「誰がそんなことをするって言うんですか？」

赤石徹の頬が紅潮する。怒りのせいであろう。

「お母さんに恨みを持っている人間、つまり、こちらがそう思っていなくても相手が一方的に恨んでいる場合もあります。心当たりはありませんか？」

「親父はろくでなしだったし、おれも似たようなもんです。だから、刑務所なんかに入ってるわけだしね。親父やおれが殺されるのなら話はわかる。おれを憎んでる奴や恨んでる奴は何人もいるだろう。でも、おふくろは、そうじゃないんだ。本当に思い当たることがない。おれだって犯人が憎い。捕まってほしい。思い当たることがあれば、正直に話すに決まってる」

「これに見覚えは？」

律子はメモ帳に「V」と書いて、赤石徹の前に置いた。赤石徹は、それをじっと見つめて、

「おふくろの体に残っていたという文字ですか？」

「ええ」

「犯人はベガと呼ばれてるんですよね？　おふくろ以外にも三人殺して、体に文字を残していった。四人目が殺されたとき、警官が追跡したけど、犯人を逃がしたと聞きましたよ。警察っていうのは能なしなんですかね？」

赤石徹が口許を歪めて小さく笑う。

「そんなことはないと言い返したいけど、犯人を逃がしたのは事実だから何も言えないわね。能なし

の一人はわたしよ」

「え？」

　赤石徹が驚き顔で律子をまじまじと見つめる。

「その顔の傷……」

「ベガに切られたのよ。脇腹にも刺された傷が残ってる。もう一人の警官も刺されて、その怪我が原因で警察を辞めたわ。車椅子生活になったから」

「……」

「この犯人は身のこなしが敏捷で足が速いんですよ。体つきもスマートです。そういう人間が身近にいませんでしたか？」

「わかりません」

「わたしからもいいかな」

　それまで黙っていた円が初めて口を開く。

「君は、五年前、盗んだ自動車を無免許で運転し、青信号で横断歩道を渡っていた歩行者をはねた。歩行者を救助せずに逃げた。傷害と窃盗の前科があったから実刑判決を受けた」

「その罪をここで償ってるんですよ」

「調書を読むと、君は歩行者をはねた後、一度、車を停めている。ドアを開けて降りる素振りも見せたらしいね。だが、結局、そのまま走り去った。なぜかね？」

「人を轢いてしまって……怖くなったからですよ」

「調書にもそう書いてあるし、裁判でもそう証言したようだね。それまで罪を犯したことのない者の言葉であれば信じよう。だが、君は違う。前科がある。どんな罪を犯せば、どんな罰を受けるか知ってたんじゃないのかね？　車の窃盗や無免許運転はごまかしようがない。人をはねたことも取り返しがつかない。たとえ逃げても、車のナンバーを見られているから逃げおおせるはずもない。にもかかわらず、君は逃げた。轢き逃げすることで、更に罪が重くなると承知していながら、だ」

「……」

「当時から、君は酔って運転していたのではないかと疑われていたね。たとえ轢き逃げで罪が重くなるとしても酔っ払い運転よりはましだし、酔いが醒めてから自首すれば、いくらか罪が軽くなる。そこまで考えた上で逃げたんじゃないのかな？」

「でたらめだよ」

赤石徹が吐き捨てるように言う。

「事故の翌朝、君はお母さんに付き添われて警察に出頭した。ということは、当然、お母さんは君が酔っ払い運転だと知っていたことになる。それを知りながら息子を庇って嘘をついた」

「……」

「お母さんは人に恨まれるような人ではないと言ったが、果たして、そうだろうか？　君を庇ったとしたら、お母さんも共犯だ。罪を犯したことになる。恐らく、お母さんが君を庇うのは、それが初めてではなかったんじゃないのかな？　さっき、君は自分であれば憎まれたり恨まれたりしても不思議はないと言ったが、お母さんが君を庇ったことを知っている者がいれば、その誰かは君を憎むだけでなくお母さんのことも憎んだのではないかね？」

「何も言いたくない。あんたらには、もう何も話さない」

それきり赤石徹は口をつぐんでしまった。

二一

「父のことで話があるそうですが、いったい、どういうことなんでしょう?」

下平幸一《こういち》は苛立ちを隠そうともせずに訊いた。

土曜日は、午前中で外来の受付は終わるが、午後は入院患者の治療や診察をしている。いつもと同じように下平外科病院は忙しいのだ。

府中刑務所で赤石徹に面会した後、律子、円、藤平の三人は江東区に移動した。刑務所から病院に電話を入れて面会の約束を取り付けた。高速が渋滞していたので時間を食ってしまい、到着したのは約束の時間よりもかなり遅かった。下平幸一が不機嫌なのは、そのせいもある。

「申し訳ありません」

律子が詫びる。三人の役回りは赤石徹に面会したときと同じだ。主に律子が質問する役目である。

「悲しい出来事を今になって思い出したくないというお気持ちはわかりますが、犯人はまだ捕まっていません。協力していただけませんか?」

「警察には何度も同じことを話しているし、もう話すことなんかありませんよ」

「犯人は身のこなしが敏捷で足が速く、体つきもスマートです。そういう人間がお父上の身近にいませんでしたか?」

藤平が訊く。赤石徹にしたのと同じ質問だ。

「そう言われても……。わたしは父が亡くなるまで、都内の他の病院で修業中の身でしたから、父の日常生活にはあまり詳しくないんです。妹も嫁いで実家にいませんでしたし、その質問に答えられるとすれば母だけでしょう。でも、事件後、母は体調を崩してしまい、今も調子が悪いですから、質問には答えられないと思います」

「何とか会わせていただけませんか？」

「率直に言いますが、アルツハイマーなんですよ。記憶も曖昧になっているからお役に立てないと思いますね」

下平幸一は素っ気ない。

「四年前の事情聴取では、お父上は他人から恨みを買うような人ではない、と答えてらっしゃいますね？」

今度は円が訊く。

「そう答えたと思います」

下平幸一がうなずく。

「お父上が何らかのトラブルに巻き込まれていたということもない、と？」

「なかったはずです。その点に関しては、母と妹も同じ答えをしたはずです」

「この犯人の被害者がお父上の他に三人いることはご存じですよね？」

律子が訊く。

「はい」

「改めて伺いますが、その三人とお父上の関係について何か思い当たることはありませんか？」

律子は、赤石富美子、北柴良恵、作間慎太郎の名前を挙げた。

「四年前にも訊かれたし、その後も自分なりに調べてみましたが、何も思い当たることはありません。母や妹だけでなく、病院関係者にも確認しましたが、その三人のことを誰も知りませんでした」

「しかし、お父上が何者かから非常に深い恨みを買っていたのは間違いないと思われるんです」

「なぜ、そんなことがわかるんですか?」

「四人の被害者は胸にアルファベットの文字を刻まれていました」

「知ってますよ。だから、犯人は『VEGA』と呼ばれてるんですよね?」

「他の三人の被害者は、殺害された後にアルファベットを刻まれているんです。しかし、お父上は……」

「え?」

下平幸一の顔色が変わる。

「父は、そうじゃなかったんですか?」

「違います。傷痕から生体反応が出ましたから」

「そ、そんな……。生きているうちに、そんなひどいことをされたなんて……信じられない」

右手で額を押さえ、うつむきながら深い溜息をつく。やがて、手を離して顔を上げると、

「父を苦しませるためですか?」

「そうだと思います」

「なぜ、そんなひどいことを……。何度も言いますが、父はそんな目に遭わなければならない人間じゃなかった。聖人君子ではなかったかもしれませんが、恨みを買ったり憎まれたりする人間じゃなかったんです。あの事件のせいで家族みんなが苦しみました。母の病状が悪化したのもそのせいだし、そのことで、わたしも妹も苦しんだんです」

「お察しします」

「正直に言えば、犯人が捕まろうが捕まるまいが、わたしにとってはどうでもいいんです。父は戻っ

てこないし、母が回復することもないんですから。早く忘れてしまいたいんです。そんなことは無理だとわかってますし、母の姿を見るたびに犯人への怒りが湧くことも事実です。もちろん、捕まって処罰されればいいとは思いますが、わたしとしては、なぜ、こんなひどいことをしたのか、その理由を教えてほしいんですよ」

下平幸一の言葉には被害者遺族の切実な苦しみが滲んでいた。

「……」

律子がちらりと横目で円と藤平の顔を見る。もう質問はないか、なければ引き揚げよう……という意味が込められている。

「失礼ですが、その若さでこれだけの病院を切り盛りするのは大変じゃないですか？」

円が訊く。

「今年三一ですが、確かに若いでしょうね。四年前、いきなり院長になったときは、正直、戸惑いました。幸い、父を長年にわたって支えてくれたベテラン医師や優秀なスタッフがいてくれたおかげで何とかやってきました。一人では何もできませんでした」

「事件当時、都内の病院で修業していたとおっしゃいましたが、どちらの病院ですか？」

藤平が訊く。

「池袋の聖火会病院です。救急外来を担当していました」

下平幸一が答えた。

二二

六月一〇日（日曜日）

律子は昨日に続いて休日出勤するつもりで七時過ぎには起きた。律子がコーヒーを淹れているところに景子が起きてきた。

「頑張るね、律ちゃん」

「あ、景子さん。ごめんね、起こしちゃった？」

「ううん、いいの。二日続けて休出だなんて今までになかったよね。疲れない？」

「大丈夫。全然平気」

「ゆうべは、ちゃんとご飯を食べたの？」

「藤平や円さんと一緒に食べたよ。餃子とラーメンだけど」

「すぐに出かけるの？　時間があるのなら何か作るけど」

「いいよ、いいよ。あんまりお腹空いてないし」

コーヒーを一口飲むと、律子が顔を顰めて席を立つ。

「わたしが淹れると、どうしてまずいのかな。景子さんみたいにおいしく淹れられないのが不思議だよ。同じ豆を使ってるのに」

「そんなに違わないと思うけど」

「飲んでみて」

「うん……」

景子が律子のカップを手に取ってコーヒーを飲む。その途端、顔を歪める。

「ほら、やっぱり」

律子が肩をすくめながら玄関に行く。

その後を追いながら、

「お母さまに電話した？」

「え……。ああ、したよ。法事の話。じゃあ、行ってきます」

「行ってらっしゃい。気を付けてね」

部屋を出た律子は、エレベーターを待つ間に携帯で実家に電話した。

「もしもし、お母さん？　律子だけど」

「何よ、今頃になって電話してきて。どうして、もっと早く電話してくれなかったの？　ちゃんと町田さんに伝言を頼んだのに」

「伝言は聞いたよ。わたしが忘れてただけ」

「看護師さんだから忙しいのはわかるけど、伝言くらいきちんと伝えてほしいわよ。応対はきちんとしてたけど、案外、ルーズな人なの？」

「景子さんは、きちんとしてるよ。だらしないのは、わたしだってば。何の用なの？　こっちは急いでるんだけど」

律子はエレベーターに乗り込んで一階のボタンを押す。

「隆一の法事の相談をしたかったのよ。だけど、いつまで経っても連絡がないから、お母さん、勝手に決めちゃったわよ。来週の月曜日、一八日。忘れないでよ」

「クソ親父をお寺に連れて行く手伝いをすればいいわけ？」

「あら、それはいいのよ。ヘルパーさんを頼んだから。遅刻しないでお寺に来てくれればいいの」

「じゃあ、別に急ぎの用でも何でもないじゃない。それだけ知らせてくれればいいんだから留守電にでも入れて……」

「前もって念押ししておかないと、捜査だとか何とか言って欠席したり遅刻したりするじゃないの」

「わざとやってるわけじゃないよ」

「とにかく、一八日、ちゃんと来てね」

「わかりました」


この日、律子、円、藤平の三人は、最初に豊島区南長崎に向かった。三人目の被害者・北柴良恵の遺族を訪ねるためだ。夫の北柴省三《しょうぞう》と自宅で面会の約束をした。

北柴家は建て売りの小さな一戸建てだ。両隣の家とまったく同じ造りで、敷地の境界に低いコンクリート塀があるものの家同士は一メートルも離れていない。

玄関の前に猫の額ほどの狭苦しい庭がある。そんな庭でも、両隣の家では花壇を拵えて、そこに色取り取りのかわいらしい花が咲いている。北柴家の庭だけが荒れている。最初から何もないのならば殺風景なだけだが、割れた鉢やプランター、竹の棒や破れたネットなど、かつては熱心に庭いじりをしていた様子が窺えるだけに、かえって物悲しい雰囲気を醸し出している。

インターホンを押すと、北柴省三が現れた。

まだ四七歳だが、かなり老けて見える。白髪も多いし、肌にも艶がなく、かさついている。目にはまったく覇気がない。貧相な小男という感じだ。

「警視庁の淵神と申します」

律子が名刺を差し出しながら挨拶する。続いて円と藤平も名乗る。

「どいてよ！」

北柴省三を押し退けるように、玄関から金髪の少女が出てくる。派手な色合いのジャンパーを着て、真っ赤なショートパンツをはいている。挑戦的な目で律子を睨むと、そのまま出て行ってしまう。

「お嬢さんですか？」

律子が訊く。

「ええ、なかなか、思うようにいかなくて……」

北柴省三が気の弱そうな笑いを口許に浮かべる。

三人は応接間に招じ入れられた。応接間は乱雑で片付いておらず、あまり掃除もされていないようだった。

「長くかかりますか？　これから仕事なもんですから」

「一時間ほどお時間をいただければと思っていましたが、もし、お急ぎのようでしたら……」

「それくらいなら平気ですよ。一時間くらいで終わるのなら」

「今は、どんなお仕事をなさってるんですか？」

律子が訊く。

「警備員です。ビルの警備をしてて、平日は深夜勤務ですが、土日は昼からなんです。勤務時間が不規則で困るんですが、下手に文句を言うとクビになっちゃうんで……」

「お辛いかもしれませんが、事件のことを伺ってもよろしいですか？」

「ええ、どうぞ」

「奥さまを殺害した犯人は身のこなしが敏捷で足が速く、体つきもスマートです。そういう人間が奥さまの身近にいませんでしたか？」

藤平が訊く。

「身のこなしが敏捷でスマートか……。まるで、うちの娘みたいだな」

ははは、と北柴省三が小さく笑う。律子たちが黙っているので、

「申し訳ないんですが、すぐには思い出せません。あまり心当たりはないような気がしますが……」

「何か思い出したら教えていただけますか？」

「はい、もちろん」

「何度も訊かれたことだと思いますが、奥さまに恨みを抱いていた人間については如何《いかが》ですか？　思い当たることはありませんか」

「いやあ、何もないです。平凡な専業主婦だったし、あまり人付き合いも得意な方じゃありませんでしたからね。地味な女でしたよ。何で、あんなひどい目に遭わなければならなかったのか……」

ふーっと深い溜息をつく。

「あの事件がショックだったのか、娘まで様子がおかしくなって……。しばらくは学校にも行けませんでした。受験の時期になっても勉強なんか手に付かないらしくて成績もどんどん下がったし……。何とか高校には入りましたが、さっきのような感じです。男親だけではどうにもなりません」

「立ち入ったことを伺ってもよろしいですか？」

円が口を開く。

「何でしょう？」

「事件が起こるまでご主人はサラリーマンでしたよね。事件の後に退職なさったのは、やはり、事件

の影響なんでしょうか？」

「そうとは言えませんね。事件の起こる一年以上前から窓際だったんですよ。肩叩きをされて、会社から退職を勧められてました。だけど、四十を過ぎて、そう簡単に仕事なんか見付かりませんし、娘も中学生だし、必死に会社にしがみついていたんですよ。事件の二ヶ月くらい前から、嫌がらせがひどくなって、何と言うのかな……パワハラって言うんでしたっけ？　仕事をもらえなかったり、自分の机がなかったり、上司に暴言を吐かれたり……さすがに耐え難くなりましてね。給料もどんどん下げられていたし、もう限界だと思って、妻とも相談して退職を決めたんです。退職すると失業保険と貯金だけが頼りですから、妻にもパートに出てもらうつもりでした。そんな話し合いをしているときに、あの事件が起こって……」

「会社は予定通り、お辞めになった？」

「引き留められましたよ。会社としても、妻が大きな事件の被害者になって、その遺族をクビにするのでは世間体が悪いと思ったんでしょうね。そんな会社に残っても未来なんかありませんから、大した金額ではありませんが妻の保険金も下りたので思い切って辞めました。今にして思えば、もう少ししがみついていればよかったかな、という気もします。ハローワークに通っても、なかなか仕事は見付からないし、ようやく見付かった仕事も給料が安くて勤務時間も不規則な警備員の仕事ですから。見通しが甘かったんですね」

　北柴省三が自嘲気味に笑う。

「あまり手掛かりになりそうなことはありませんでしたね」

　エンジンをかけながら藤平が言う。

「いや、そんなことはないさ」

円が何事か思案しながらつぶやく。

「何かわかったんですか？」

律子が訊く。

「下平幸司も、北柴良恵も他人から恨みを買うような人たちではなかった。どうやら、それは確かなようだ。しかし、彼らに恨みを持つ者がいたことは間違いのない事実だ」

「赤石富美子だって、そうじゃないですか。恨まれるような人じゃなさそうですよね」

藤平が言うと、

「それは違うな。もしかすると、この事件の謎を解く鍵は赤石富美子じゃないかと思っている」

「どういう意味ですか？」

「なるほど、赤石富美子自身は他人から恨まれることなどしていないかもしれないが、息子の徹はそうじゃない。徹を恨む者は多いはずだ。その徹を富美子が庇っていたとすれば、富美子も恨まれたかもしれない」

「息子のせいで母親が恨まれる……。赤石富美子はそうかもしれませんが、同じことが下平幸司や北柴良恵にも当てはまるでしょうか？」

律子が小首を傾げる。

「赤石徹には前科もあるし、犯罪行為にも手を染めていたから誰かから恨まれても不思議ではありませんが、他の二人はどうなんですかね。下平幸司の息子さんは医者だし、奥さんと娘さんは専業主婦ですよ。北柴良恵にしてもご主人は普通のサラリーマン、娘さんは中学生……恨みを買ったりしますか？」

藤平も納得できないようだ。

「実は、もうひとつ気になることがあるんだが、それは作間慎太郎の遺族に話を聞いてから言うことにするよ」

円が言う。

「作間慎太郎の父親は警察官ですから、もしかすると誰かの恨みを買っているかもしれませんよね。警察官は逆恨みされやすいですから」

藤平がうなずきながら車を発進させる。

二三

四人目の被害者・作間慎太郎の父親は池袋署の地域課に所属する巡査長だ。作間慎介、四〇歳である。非番だったので、律子たちは自宅に訪ねようとしたが、作間慎介の方から練馬総合運動場で会いたいと指定してきた。

駐車場に車を停めて多目的広場の方に歩いて行くと、ブルーのボタンダウンシャツにジーンズ姿の中年男がベンチに腰掛けて、多目的広場で行われている少年サッカーの試合を眺めているのが目に留まった。他にも少年たちを応援する保護者の姿は多かったが、律子はそれが作間慎介だとすぐにわかった。たとえ私服でも警察官には独特の雰囲気があり、電車に乗っているときでも、

（きっと、あれは警官だよね）

と、わかるのだ。

律子たちの姿に気が付くと、その中年男は素早く立ち上がって、背筋をピンと伸ばした。かなり身

長があり、一八五センチくらいはありそうだ。体重も九〇キロはあるだろう。被害に遭った作間慎太郎も一八〇センチ、八〇キロ以上だったから、体格のよさは父親譲りなのか、と律子は思った。ただ短い頭髪にはかなり白髪が目立ち、顔にも小皺が多い。潑剌《はつらつ》とした感じではなく、何となく疲れているような印象を受ける。そのせいなのか、まだ四〇という年齢なのに、五〇歳近くに老けて見える。

「作間さんですね?」

律子が声をかけると、

「はい」

作間慎介が頭を下げる。律子が藤平と円を紹介すると、作間慎介はいちいち丁寧に挨拶し、

「よかったら、あっちに行きませんか。ここは人が多いですから」

自ら先に立ってゲートボール場の方に歩いて行く。芝生の上に木製のベンチとテーブルがあるのを見付け、

「ここでよろしいですか?」

「はい」

多目的広場の周りと違って、ゲートボール場の近くは閑散としている。テーブルのそばには人がいないから会話を聞かれる恐れもない。

四人がベンチに腰を下ろすと、

「こんな場所を指定して申し訳ありません」

作間慎介が詫びる。

「とんでもない、こちらこそ、せっかくのお休みなのに時間を取っていただいて恐縮です」

「自宅に来ていただくことができればよかったんですが、妻の前で事件について話すのは控えており

まして……。かれこれ三年余りになりますが、まだ妻は立ち直ることができないでいます。あんな形で一人息子を亡くして、ひどいショックを受けたものですから」

「お察しします」

「遠慮せずに何でも訊いて下さい」

「ごく基本的なことから伺いますが、犯人に心当たりはありませんか？」

「ありません」

この三年間、自分なりに調べたり考えたりしたが、何も思い当たることがない、と作間慎介が首を振る。

「犯人に関しては通り魔説と怨恨説のふたつがありますが、わたしたちは通り魔ではなく、被害者に対して何らかの恨みを抱いている者の犯行だと確信しています」

「誰かが息子を恨んでいたというわけですか……」

作間慎介が深い溜息をつく。

「息子さんの身辺に、そういう恨みを持ちそうな人間はいませんでしたか？」

「いません」

「犯人は身のこなしが敏捷で足が速く、スマートな体つきをしています。そういう特徴に当てはまる人物はいないでしょうか？」

藤平が訊く。

「敏捷で足が速い……。息子は柔道部でしたが、他の部活に所属している生徒たちなら当てはまるかもしれませんね。陸上部とかバスケットボール部とか。しかし、その子たちが息子を襲うとは思えませんし、まして、他の三人の被害者の方たちを襲うことも考えられません」

「失礼を承知で伺いますが……」

「どうぞ」

「慎太郎くんではなく、お父さまが恨まれていたということは考えられませんか？」

律子が訊くと、一瞬、作間慎介の表情が歪む。

「つまり、わたしのせいで慎太郎が狙われたということですか」

「気を悪くされたのであれば、お詫びします。申し訳ありません」

「いや……」

作間慎介が溜息をつきながら首を振る。

「それも考えました。事件の後に事情聴取を受けた際も、その可能性を指摘されましたから。上司の許可を得て、これまでに自分が扱った事件の報告書を読み直しもしました。しかし、思い当たることがないんです。自分が善人だという意味ではありません。酔っ払って公園のベンチで眠り込んでいるサラリーマンを保護しようと交番に連れて行ったら逆ギレされて『税金泥棒！』と罵られたこともありますし、シンナーを吸っている少年を補導したら『てめえ、ぶっ殺してやる！』と怒鳴られたこともあります。まさか、その程度のことで息子が逆恨みされるとも思えませんでしたが、どんな些細なことでも話してほしいと言われたので捜査一課の刑事さんたちにお話ししました」

「ということは、作間さんが話した件に関しては、すべて一課が裏を取っているはずですから、その人たちが犯人である可能性はないということですね」

律子が言う。捜査一課の捜査能力がどれほど高いか、よくわかっているのだ。

「わたしからもいいかな？」

円が口を開く。

「どうぞ」

　作間慎介がうなずく。

「息子さんが被害に遭ったのは日曜日の午後七時三〇分ですが、普段から、日曜に外出することは多かったんですか？」

「土日も部活があるので外出はしてました。しかし、朝早くに出て夕方には帰宅することが多かったようです。事件のあった頃は、ちょうど大会を控えていて、いつも以上に熱心に練習してたんです。だから、帰宅時間も遅くなりました」

　その説明を聞いて、円と律子、それに藤平が顔を見合わせる。

「何ですか？」

　作間慎介が訊く。

「犯人は事件の前から息子さんを見張っていて、息子さんの行動を把握していたのだと思われます。他の三人の被害者の方たちも普段とは違う行動をしているときに襲われています」

　律子が言う。

「ずっと見張っていた……」

　作間慎介の顔色が変わる。

「何度も訊かれたことでしょうが、他の被害者の方たちについて何かご存じのことはありませんか？」

「それも考えましたが、何も思い当たりません」

「息子さんの胸に残されたアルファベットについてはどうですか？　息子さんの事件には目撃者がいます。本当ならすぐにでも逃げ出したかったはずなのに、犯人は、その場に留まって、わざわざ

『A』という文字を刻んでいます。犯人にとって重要なことだからではないでしょうか？」

円が訊く。

「……」

明らかに作間慎介の顔色が悪くなってきた。額には大粒の汗が浮かんでいる。辛い記憶が甦ってきたせいであろう。それを見て、

（このあたりが潮時だな）

と、律子は判断した。アルファベットについても思い当たることはないのであろう。何かあれば話してくれるはずだ。円と藤平をちらりと見遣ると、二人も小さくうなずいた。もう質問はない、という意味だ。

「ありがとうございました。何かわかれば、ご連絡します」

そう言って、律子は腰を上げた。


三人は警視庁に戻った。第三係の部屋で、それぞれの席に腰を落ち着けた途端、

「コーヒーでも淹れましょうか？」

すぐに藤平が立ち上がる。腰の軽いのが取り柄なのだ。

「昨日と今日で被害者の遺族に話を聞きましたけど、報告書に書いてある以外のことは聞けませんでしたね。特に目新しい事実もなかったし……」

コーヒーメーカーを操作しながら藤平が言う。

「そうは思わないな。衝撃の新事実はなかったにしろ、報告書を読むだけではわからないこともあった。やはり、現実に肉声を耳にすると違うものだね。現場に立つ重要さが身に沁みたよ」

円が自分自身に言い聞かせるようにつぶやく。

「例えば、どんなことがわかったんですか？」

藤平が訊く。

「被害者たちが襲われたのには明確な理由があるということだよ。ベガに恨まれる理由があったに違いない。但し、それは被害者自身のせいだとは限らないということだ」

「赤石富美子は、そうかもしれませんね。他の三人については、どうなんですか？」

「作間慎太郎も、父親の身代わりに襲われたんじゃないかと思う。作間巡査長は心当たりがないと言ったが、どこかに見落としがあるんだ。思い込みと言ってもいいかもしれない。こんなことで恨まれるはずがないという先入観があるために何かを見落としている。北柴良恵も同じだと思う。夫か娘か、たぶん、どちらかが誰かに恨まれることをして、その皺寄せを北柴良恵が受けた」

「それは素直にうなずけませんね」

律子が小首を傾げる。

「なぜかね？」

「赤石富美子が息子の身代わりに襲われたのは納得できます。なぜなら、息子は拘置所に入っていて手出しできなかったからです。だから、母親に報復したのかもしれません。作間慎太郎もそうです。父親は現職の警察官だし、かなり手強い相手です。息子も柔道の有段者とはいえ、所詮は高校生だし、父親よりは与《くみ》しやすい。しかし、その二人と北柴良恵はまったく事情が異なります。夫や娘に恨みがあるのなら本人を襲えばいい。赤石徹のように拘置されているわけでもなく、作間巡査長のように手強いわけでもない。ただのサラリーマンと中学生ですよ。二人を恐れる理由はないわけでしょう」

「なるほど、矛盾が生じてしまいますね」

ふむふむと藤平がうなずく。

「同じことは下平幸司にも言えると思います。もし家族に恨みを抱いているのなら、妻であれ息子であれ娘であれ、その本人を襲えばいい。わざわざ身代わりに父親を襲う理由はありませんよね？　しかも、下平幸司だけは生きているときに胸に文字を刻まれている。他の被害者に対するよりも深い恨みがあったからじゃないですか？　そうだとすれば、ベガは下平幸司本人に恨みを抱いていたと考えるべきじゃないでしょうか」

「すると、こういうことですか。ベガのターゲットは下平幸司、作間慎介、赤石徹、北柴良恵の四人だったが、作間慎介と赤石徹については、本人を襲うことができなかったので息子と母親を襲った……そうだとすると、この四人には何らかの繋がりがあるはずですよね？」

「ないはずだよ」

律子が首を振る。

「被害者本人同士の繋がりだけでなく、被害者の家族同士の繋がりも一課は調べたからね」

「え。そうなんですか？」

「ほんの二、三日、わたしたちが歩き回って思いついたことは、事件が起こったときに、当然、一課の刑事たちも思いついたんだよ。この事件に関しては無数の仮説が立てられて、その仮説を虱潰《しらみつぶ》しに立証していくというやり方が取られたの。あまりにも物証が乏しくて、犯人に繋がる手掛かりがなかったから、そうするしかなかった」

「だが、わたしが思いついた仮説は、当時も存在しなかった気がするな」

円が言う。

「そう言えば、北柴さんの家を出た後、もうひとつ気になることがあるって言ってましたよね？」

カップにコーヒーを注ぎながら藤平が訊く。

「アルファベットのことなんだ」

「被害者の体に刻まれた四つの文字ですか？」

「ひょっとしたらベガが残した文字は四つだけじゃないのではないか……そう思いついた」

「被害者の遺体に他にも文字が刻まれていたということですか？　写真を見ましたけど、そんな文字はなかった気がしますが……」

「遺体じゃないよ」

円がじっと律子を見つめる。

「ベガに襲われたのは四人だけじゃない。他にもいる」

「わたしと元岡さんのことを言ってるんですか？」

「君は脇腹を刺され、顔を切られた。だから、スカーフェイスと呼ばれている。ベガから受けた傷は、そのふたつだけで、他にはないね？」

「ありません」

「腹部の傷は刺されたものだから、それが文字であるとは考えにくい。しかし、その顔の傷は、どうかな？」

「それがアルファベットなんでしょうか……」

藤平が小首を傾げながら、ただの直線にしか見えませんけど、と言う。

「そんなアルファベットがあるじゃないか」

「まさか『I』のことですか？」

「そう読めないことはないんじゃないかな」

「報告書を読むだけでは、あのときの状況を想像しにくいだろうと思いますが、わたしがベガに襲われたのは、ほんの一瞬なんですよ。いきなり脇腹を刺されて、わたしは反射的に拳銃でベガの後頭部を殴りました。ベガが後退ったので、わたしが踏み込むと、今度は顔を切られたんです。せいぜい、二秒か三秒の出来事ですよ。わたしの顔にアルファベットを刻む余裕なんかなかったと思います。この傷が『I』に見えるなんて考えすぎじゃないですか」

「わたしの考えすぎかどうかは簡単に確認できるんじゃないかな」

「元岡さんのことを言ってるんですか？」

「死んではいないが、彼もベガの被害者だ。そのせいで警察を辞めざるを得なくなり、車椅子生活を余儀なくされているわけだからね」

「でも、元岡さんも刺されたんですよ。わたしと同じです」

「淵神君はベガとの接触時間がほんの数秒しかなかった。だから、その短い時間に刻めるアルファベットは『I』しかなかったのかもしれない。しかし、元岡君は、どうなんだね？」

「その話……」

藤平が口を開いて律子を見る。

「一昨日、現場のビルに行ったとき、そんな話をしたんですよ。ベガが元岡さんを襲っていた時間は一〇秒くらいだったんですよね？　あのときは、たった一〇秒ではアルファベットを刻んだり、爪を剝がすことはできないだろうと思いましたけど、もし淵神さんの顔の傷が円さんの言うように『I』だとすると、元岡さんの体にもアルファベットを刻んだ可能性があるんじゃないですか？」

「一〇秒か……。それだけ時間があれば、どんなアルファベットだって刻めるんじゃないかな？」

「しかし、元岡さんの体にアルファベットが刻まれたということは、どの報告書にも書かれていませんよ」

律子が言うと、円が微笑みながら、

「淵神君の顔にアルファベットが刻まれたと書かれた報告書を読んだ記憶もないよ」

「そ、それは……」

律子が口籠もる。

「やっぱり、円さんの仮説が正しいかどうかを確かめる方法はひとつしかありませんよ。ここで話し合いをしても堂々巡りが続くだけですし……。それに、もうひとつ問題があると思うんですよ」

「何だね？」

円が訊く。

「四人の被害者に残されていたアルファベットから、この犯人はベガと呼ばれているわけじゃないですか……」

藤平がノートに、

Ｖ　Ｅ　Ｇ　Ａ

の四つのアルファベットを書く。

「淵神さんの顔の傷もアルファベットだとすると……」

Ｉ

と書き加える。

「ベガイ？」

律子が首を捻る。

「厳密には、最初の四文字の並びが正しいかどうかもわからないわけですよね。いつの間にか『ベガ』と呼ぶのが当たり前になってしまっただけですから。この五文字のアルファベットを並べ替えると何か意味のある言葉になるんでしょうか……」

藤平がノートに顔を寄せて、五文字のアルファベットを凝視する。

「わたしの推理が正しければ五文字で終わりじゃないはずだよ」

「元岡さんの体に六つ目のアルファベットが刻まれているかもしれないということですね……」

律子がうなずく。

もし円の言うように律子と元岡にもアルファベットが刻まれたのだとすると、この三年、何の進展もなかった事件が大きく動く可能性がある。新たに重要な手掛かりを手に入れることができるからだ。

「わかりました。元岡さんに連絡してみます」

「早い方がいいから、明日、また三人で行きましょう」

藤平が提案する。

「悪いけど、元岡さんには一人で会いたいの。というか、会ってくれるかどうかもわからないけど」

律子の表情が曇る。

景子が帰宅したのは午後一一時過ぎだ。

ソファに寝転がって捜査資料を読んでいた律子が立ち上がって景子を迎える。

「お帰り」

「お腹、空いたでしょう？　いろいろ買ってあるんだ。温めようか」

「お惣菜？」

「うん。揚げ出し豆腐とか唐揚げとかサラダとか……。結構おいしかったよ。もちろん、景子さんの手料理にはかなわないけどさ」

「ありがとう。自分でやるわ」

「いいよ、やるよ」

「仕事してたんでしょう？」

「資料やメモを読み返してただけだよ」

「わたしのことはいいから仕事を続けて」

「わかった」

にっこり微笑むと、律子がソファに戻る。

景子は、お風呂と食事のどちらを先にしようか迷ったが、先に食事をすることにした。食事を済ませた後、ゆっくり入浴したいと思った。

部屋着に着替えて台所に戻ったとき、

「ねえ、景子さん」

と、律子がメモに目を落としたまま声をかけた。

「うろ覚えだけど、今の病院の前に勤めてたのが中野の警察病院で、その前は池袋の病院じゃなかったっけ？」

「そうよ」

　食事の支度をしながら、景子が答える。

「もしかして聖火会病院？」

「うん」

「下平幸一っていう先生のこと知ってるかな？　救急外来にいたらしいんだけど……。それってERのことでしょう？　景子さんも、そうだったんじゃないの？　今の病院もERだよね」

「そうと決まってるわけじゃないのよ。病院の都合で、いろいろな部署に配属されるの。今はERだけど、警察病院では外科病棟担当だったし」

「あ……そうか。だから、わたしも景子さんに担当してもらえたんだもんね。病院の仕組みってよくわからないから。じゃあ、あまり接点はないよね。聖火会病院って、大きいんでしょう？」

「フロアが違うと、あまり顔を合わせる機会はないわね。医者も看護師も勤務パターンが、普通の会社勤めの人たちと違って、まちまちだから」

「そうだよね」

「どうして、急にそんなことを訊くの？」

「ほら、ベガの事件を調べ直してるって言ったじゃない。その下平先生のお父さんも被害者の一人だから、昨日、住吉まで行って話を聞いてきたの。事件の後、聖火会病院を辞めて、下平外科病院を引き継いだらしいね。立派な病院だったよ」

「収穫はあった？」

「正直に言うと、あまりないのよ。事件が起こった当時、警察だって念入りに調べてるしね。今になって衝撃の新事実が出てくることを期待するのは無理だよね……」

律子は捜査資料に目を落としながら言う。

「……」

景子は律子に背を向け、台所で食事の支度をしているが、実際には何もしていない。手がぶるぶる震えていて、支度をするどころではない。顔からは血の気が引いて真っ青で、瞬きすらせず石のように固まっている。

第三部　VEGA

一

六月一一日（月曜日）

朝礼が終わると、律子は森繁係長の机に歩み寄り、

「係長、来週一八日の月曜日、有給休暇をいただけませんか」

と申し出た。

「うん、一八日ね。構わないよ」

森繁係長は詰め将棋の本に視線を落としたまま、簡単に許可を与える。理由も訊かない。

「ありがとうございます」

一礼して自分の机に戻ろうとすると、

「淵神ちゃん」

片桐みちるが有給休暇の申請用紙を顔の前でひらひらさせる。みちるから申請用紙を受け取り、机に向かって必要事項の記入を始める。

（申請理由か……）

親族の法事と書こうとして、いや、弟の法事なんだから親族の法事と書くのはおかしい、家族の法

事と書くべきだと思い直したが、この申請用紙にみちるや森繁係長が目を通すことを考え、単に「法事」と記入した。隠すようなことでもないから誰の法事なのかと問われれば正直に答えるつもりだが、たぶん、その必要はないだろうと思った。

申請用紙を記入してみちるに渡すと、

「藤平、もう出られる？」

「はい、大丈夫です」

「じゃあ、行こう。円さん、行ってきます」

「うん、行ってらっしゃい」

円がうなずく。

「頑張るなあ。まるで警察官みたいやないか」

あはははっ、と板東が笑う。他の者は誰も笑わないが板東は少しも気にしない。

廊下に出ると、

「元岡さん、会うことを承知してくれてよかったですね」

藤平が言う。

「承知なんかしてないよ」

「でも、昨日、連絡してたじゃないですか」

「こっちの用件を話しただけ。会うのは断る、そのつもりはない、と電話を切られた」

「大丈夫なんですか？」

「そんなことわからないよ。だけど、どうしても会う必要があるんだから、向こうの都合なんか気にしてられないよ」

律子の顔に残された傷がアルファベットの「I」なのか、それとも、そう見えるだけなのか、それを判断するには元岡の体にアルファベットが残っているかどうかを確かめなければならない。

それ故、昨日、律子は元岡に電話をした。

元岡は、ほとんど何も話さず、黙って用件だけを聞き、「会うのは断る、そのつもりはない」と口にして電話を切ったのである。

退職してからの元岡が、まるで人が変わったように荒れた生活を送っているという噂は律子も耳にしていた。コンビを組んでいたわけだし、心配して様子を見に行くのが普通なのだろうが、律子は一度も元岡に会いに行かなかった。会いに行くとすれば、ベガを逮捕したときだと決めていた。

それは元岡に言われたことでもあった。

事件の後、律子と元岡は別の病院に入院しており、律子の方が先に警察病院を退院することになったので、病院から元岡に電話したが、そのときに、

「見舞いなんかに来るなよ。同情なんか必要ない。おれと違って、おまえの傷は治る。以前のように動けるようになるんだから、必ず、奴を逮捕しろ。それが最高の見舞いだと思ってくれ。それ以外の見舞いはいらない」

と言われた。

まだベガを逮捕してはいないが、律子は元岡に会うと決めた。

それは、ベガを逮捕できるかもしれないという手応えを律子が感じているということだ。

元岡には律子一人が会うつもりだが、単独行動は禁じられているので、藤平を運転手役として連れて行く。

二人が地下駐車場に向かっていると、

「おう、お二人さん、朝っぱらからデートかよ」

という下品な声が背後から聞こえた。藤平が振り返ろうとすると、

「見ないで。このまま歩いて」

律子が低い声で言う。

後ろから小走りの靴音が近付いてきて、

「ふざけんな、シカトする気か、こら！」

芹沢が二人の進路を塞ぐように立ちはだかる。

「邪魔ですよ、どいて下さい。それに目障りです」

律子の声は冷たい。

「おい、それが大先輩に対する態度か！」

いつも芹沢とコンビを組んでいる捜査一課強行犯三係の巡査部長・新見学《にいみまなぶ》が背後から近付いてきて律子の肩に手をかけようとする。

その瞬間、律子がくるりと一回転して新見の手首をつかみ、腕を捻りながら新見の背後に回り込む。腕を捻られた新見は痛みに耐えかねて床に膝をつき、そのまま動くことができない。新見は体重一〇〇キロの巨漢で、柔道も黒帯だが、格闘術の技術と敏捷さでは、とても律子にかなわない。油断していたせいもあり、あっという間に律子に動きを封じられてしまった。

「淵神、てめえ……」

芹沢が顔を真っ赤にして詰め寄ろうとする。

「新見さんの腕が折れますよ」

「仲間の腕を折るってのか？」

「芹沢さんや新見さんが、いつからわたしの仲間になってくれたんですか？　それとも、人の足を引っ張ったり、悪口を言い触らしたりするのが仲間なんですか」

「何だと、この野郎……」

更に芹沢が踏み出そうとすると、新見が、ぎゃっと悲鳴を上げる。律子が強くねじり上げたのだ。芹沢が足を止める。

「おまえ、やっぱり、いかれてるな」

「余計なお世話です。そこをどいてもらいましょうか」

「くそっ！」

芹沢が壁際に移動すると、律子も新見を突き放した。新見は捻られていた腕を押さえたまま動けずにいる。律子が歩き去ろうとすると、

「元岡を苦しめるのはやめろ！」

律子の背中に向かって芹沢が怒鳴る。

「……」

律子が足を止める。

「どんなつもりでベガの事件を調べてるのか知らないが、今頃になって、元岡に連絡するとは、どういう料簡だ？　てめえは何も知らないだろうが、元岡は今でも苦しんでるんだよ。古傷の瘡蓋《かさぶた》を剝がすような真似をするな」

「行くよ」

藤平に顎をしゃくると、律子がすたすたと歩き出す。その後ろを藤平が慌てて追いかける。

首都高に乗ると、

「どうして芹沢さんは、ぼくたちが元岡さんに会いに行くことを知ってたんですかね？」

「元岡さんが芹沢に電話したんでしょう。あの二人、仲がよかったんだよ。きっと今でも付き合いがあるんだね」

「へえ、淵神さんの相棒が芹沢さんの親友だったなんて意外です。あんな……」

「あんな嫌な奴と……そう言いたいわけ？」

「はい」

「同期だからね」

「芹沢さんは、昔から淵神さんにはあんな態度なんですか？」

「最初から虫の好かないおっさんだと思ってたけど、やっぱり、露骨に嫌われ出したのは元岡さんが退職してからかな。元岡さんが退職したのは、わたしのせいだと思ってるんだよ」

「そんな……淵神さんだって被害者なのに」

「いいんだよ。あいつにどう思われても、わたしは気にしてないから」

律子が肩をすくめる。

「あんなことしてよかったんですか？」

「あんなことって？」

「新見さんに暴力を振るったことです」

「やらなければ、こっちがやられてただけのことだよ。あんた、新見のことを知ってるの？　芹沢の子分で、有名な暴力刑事だよ。わたしもそう呼ばれてるけど、あいつの方が性質が悪いよ」

「そうなんですか？」

「容疑者を取り押さえるとき、それが男なら暴行を加えるし、それが女ならセクハラするからね。逆らえば殴る蹴るさ。もっとも、相手が若い女のときだけだけどね」

「そんなひどいことをするんですか？」

「前から一度、絞めてやろうと思ってたんだ。だけど、あいつもバカじゃないから、どっちが強いかわかってるんだよ。普段は、絶対にそばに来ないんだけど、今日は芹沢が一緒だったから無理したんだろうね。いい気味だ」

「何だか、警察内部の話だとは思えません」

「甘いことを言うんじゃないよ。あんたはわたしと違って、キャリアのエリートなんだから、いずれ第三係から出て行く。また現場に戻されるようなら、自分の身は自分で守らないとダメだよ。いくら階級が高くても、相手に嘗められたら、平巡査だって、あんたの命令を聞かなくなる。何日か前、大部屋に資料を運んだ後、あんた、顔を腫らしてたよね？」

「気付いてたんですか？」

藤平が驚いたように訊く。

「芹沢にやられたんじゃないの？　一課に乱暴な刑事は多いけど、キャリア君をあそこまでボコボコにするようなバカは芹沢くらいしか思いつかない」

「……」

「殴られっぱなしだったわけね？」

「は、はい……」

「見るからに弱そうだから、芹沢と喧嘩しても勝てないのはわかる。だけど、一方的にやられちゃダメだよ。勝てなくても抵抗するの。三発殴られたら、一発でいいから殴り返すのよ。黙って殴られてたら相手は図に乗るだけ。誰も同情してくれないよ。嘗められるだけ。そうなったら誰も一緒に仕事をしてくれなくなる。みんなに無視される。現場にいられなくなるよ。警察庁に逃げ帰るつもりなら構わないけど、本気で現場に残ろうと思うのなら必死に立ち向かいなさい。その根性がないと、犯人とも戦えないよ」

二

江戸川区南葛西、レクリエーション公園のそばに元岡繁之の家はある。付近には同じようなタイプの家が何軒も建ち並んでいる。敷地面積はそれほど広くはないが、カーポートや庭も付いている。まだ真新しく見えるから、分譲されてから、せいぜい、三年か四年しか経っていないのであろう。

「ここで待ってて」

家の前に停めた車を降りると、白いペンキが塗られた背の低い門扉を押し開けて、律子は玄関扉に向かう。インターホンを押す。応答がない。しばらく待ってから、もう一度、インターホンを押す。更に、もう一度、押す。ようやく、

「はい」

という、くぐもった声が聞こえる。

「淵神です」

「……」

「元岡さんですね？」

「来るなと言ったはずだ」

「でも、来てしまいました。どうしてもお話しする必要があるんです。事件解決のために必要でなければ、ここに来ませんでした」

「芹沢に会わなかったのか？」

「会いました。力尽くで止めようとしましたよ。おかげで新見さんを痛めつけてしまいました」

「相変わらず乱暴な奴だ。待ってろ」

インターホンが切れる。

それから一分近く、律子は玄関先で待った。

ようやく、ガチャッと解錠する音がしてドアが内側から少し開いた。

「ドアを開けてくれ」

元岡の声がする。

律子がドアを開けると、二本の松葉杖で体を支えた元岡が裸足で靴脱ぎ場に立っている。

「元岡さん……」

律子が驚いたのは、元岡が車椅子生活をしていると思い込んでいたからだ。

「何だ、その顔は？　車椅子で現れると思ってたのか？　三年も経てば、少しはリハビリの成果も表れる。こんな狭い家で車椅子なんかに乗ってたら生活できないからな」

元岡がにやりと笑う。無精髭を生やし、白髪交じりの頭髪は乱れている。薄手のスエットの上下を着ているが、ブルーの生地のあちこちに染みが付いている。玄関に足を踏み入れて、ほんの一瞬、律子が顔を顰めたのは生ゴミの臭いがしたからだ。よく見ると、靴脱ぎ場にも泥や埃が積み重なっていて、長い間、掃除されていないのは明らかだ。恐らく、家の中も汚れているのだろう、と律子は推測した。景子と暮らすようになるまで自分もそんな生活をしていたから何となくわかるのである。律子

「お茶でもどうぞと言いたいところだが、生憎《あいにく》、散らかっていて、とても入れとは言えない」

自嘲気味に笑うと、

「どうせ帰れと言っても帰らないんだろうな？」

「帰りません」

「それなら公園にでも行くか。たまには、きれいな空気を吸いたい。この家は変な臭いがする。気付いてただろう？」

レクリエーション公園は一〇のエリアに分かれた広い公園で、アスレチック施設も充実していてキャンプ場もあるし、プールもある。野球場や、壁打ちテニス場、相撲場もある。ポニーに乗ることもできる。フラワーガーデンには花々が咲き誇り、特に真っ赤なバラが有名だ。展望の丘からは四方を見渡すことができ、ディズニーランドも見えるし、葛西臨海公園の観覧車も見える。

「いいところですね」

元岡の車椅子を押して展望の丘に登ると、律子が額の汗を拭いながら言う。

家の中では松葉杖で動き回っているが、さすがに外出するときは松葉杖では無理で、近くに買い物に行くときなどは一人で車椅子に乗って出かける。

しかし、一人でレクリエーション公園に行くほどの体力はないので、律子に押してもらって、元岡は久し振りに公園にやって来た。

「どうして訊かないんだ？」

「何をですか？」

「女房子供のことさ。うちの中は汚れ放題だし、自分で買い物にも出かけるとなれば、家に女房がいないってことだろう？」

「詮索するつもりはありません」

「出て行ったんだよ」

「……」

「事故の後、おれは荒れた。家の中でも暴れた。女房は文句ひとつ言わずに我慢してくれたよ。本人も辛かったろうが、おれの前では無理して笑顔を作ってたよ。それが変わったのは、おれが子供に手を上げたときだ」

「真由《まゆ》ちゃんを殴ったんですか？　あんなにかわいがってたのに」

「何か悪さをしたってわけでもない。遊んでいたボールが壁に立てかけておいた松葉杖にぶつかって倒れたとか、たまたま、おれが苛立ってたとか、そんな理由にならない理由で真由に手を上げた」

「……」

「この土地に引っ越してきたのは事件の一年くらい前だったかな。おれは、この公園が気に入った。走るのが趣味だったからな。女房は、ずっと江戸川区に住みたいと言ってたから、すぐに賛成してくれた。何でも、都内で一番子育てしやすい区なんだそうだ。学校も近いし、公園もたくさんあるし、こんな土地で生活できるなんて夢みたいだと喜んでたよ。まさか、一人暮らしをすることになるとは想像もしてなかった。まあ、自業自得だが……。あれが今の相棒か？」

　元岡が口許を歪めながら藤平を見る。

　藤平は二人の会話の邪魔にならないように三〇メートルほど離れたところに立っている。

「第三係に飛ばされたそうだな」

「芹沢さんに訊いたんですか？」

「よく電話をかけてくるし、酒と肴を手土産にして訪ねてくることもあるよ。今でも顔を見せてくれるのは、あいつくらいだ。物好きだよな。おれなんかの相手をしたって何の得にもならないのに」

「わたしは元岡さんとの約束を忘れていません。ベガを逮捕したら伺うつもりでした」

「それなら今日は何しに来た？　ベガが逮捕されたというニュースを聞いた覚えはないぞ」

「手掛かりらしきものを見付けた気がするので、元岡さんにも力を貸していただきたいんです」

「ほとんどお宮さんになりかけてる事件に手掛かりだと？　初耳だな。どんな手掛かりだ？」

「これです……」

　自分の顔の傷痕に指先で触れながら、ベガは律子と元岡の体にもアルファベットを刻んだのではないか、という円の推理を話した。

「そんなバカな話があるか」

　元岡が、ふんっ、と鼻を鳴らす。

「わたしも最初は、そう思いました。でも、わたしの傷ですが、確かに、アルファベットの『I』と読めないこともないような気がします」

「それが『I』だとして、どんな意味があるんだ？」

「わたしたちは被害者の体に残っていた四つのアルファベットを並べて、この犯人を『VEGA』と呼んできましたが、それが大きな間違いだったということになるかもしれません」

「犯人は『VEGA』じゃないってことか？」

「それを確かめに来たんです。もし元岡さんの体にもアルファベットが残されていたら……」

「おれの体を調べるっていうのか？」

「お願いします。傷痕を見せてもらえませんか？」

「……」

元岡がうつむいて思案する。

その傍らで、律子は元岡が決断を下すのを待つ。

やがて、

「いいだろう」

小さな溜息をつきながら元岡がうなずく。

「それが犯人逮捕に繋がるのなら傷痕を見せる。おれだって犯人が憎いからな。あんなことさえなければ……」

「ありがとうございます。写真を撮ってもいいですか？」

「好きにしろ。あの若い奴も呼べよ」

「いいんですか？」

「そう言ってるよ」

律子が手招きすると、藤平が駆け寄ってくる。

「元岡さんが協力してくれるって。あんたもそばにいていいそうだよ」

「ありがとうございます！」

藤平が深くお辞儀をする。

「礼はいい。さあ、撮れよ」

元岡がスエットをめくり上げて、腹を見せる。臍《へそ》の横にはっきりと傷痕が残っている。

それを見たとき、腹部を押さえ、血溜まりの中に倒れて呻き苦しんでいた元岡の姿が脳裏に甦り、

律子の表情を歪ませた。自分で写真を撮るつもりだったが、

「お願い……」

律子は藤平にカメラを渡した。

はい、とうなずいてカメラを受け取ると、藤平は元岡の傷痕を何枚も写真に撮る。

「背中にも傷があるんですよね？」

「よく知ってるな」

元岡が今度は背中をめくり上げる。ベガに襲われたとき、最初に元岡は背中を刺され、驚いて振り返ったときに腹を刺された。背中を刺された一撃で脊髄を損傷し、元岡は車椅子生活を余儀なくされているのだ。背中の傷も写真に撮ると、

「どうもありがとうございました」

藤平が頭を下げる。

「他はいいのか？」

「え？　他にもあるんですか」

藤平と律子が顔を見合わせる。捜査報告書には、元岡が負った傷は、腹と背中の二ヶ所と記載されていたはずだ。

「ここにもある」

元岡がスエットの裾をめくり上げて、右の脹ら脛を二人に見せる。

「腹や背中に比べたら大した傷でもないが、あの夜にできた傷であることは間違いない。やられたとすれば腹と背中を刺された後だと思うが、意識が朦朧としてたから、おれ自身、よく覚えてない」

「失礼します」

カメラのレンズを傷に向けようとして、藤平が、「あ」と声を発する。

「どうしたの？」

律子も傷痕に顔を近付ける。

（え）

思わず律子も声を上げそうになった。

その傷痕は、明らかにアルファベットの「P」に見えるのだ。


第一七保管庫。

外出先から戻った律子と藤平が元岡から得られた情報を円に説明している。円は律子から渡された写真を凝視しながら、

「これが『P』なのかね？」

「そう見えませんか」

「う～ん、そう言われれば、確かに、そんな気もするがねえ……」

「わたしの顔の『I』よりは、はっきりしてますよ。上の部分が丸くなっているのは偶然だとは思えませんし、背中と腹を刺して元岡さんが動けなくなってから、わざわざ脹ら脛なんかに傷を残した理由もわからない」

「しかし、これが『P』だとすると、どういうことになるんだろう」

「書いてみましょうか」

藤平がホワイトボードにアルファベットを書く。

VEGA　P　I

「ベガピ？」

円が首を捻る。

「いや、新たにふたつのアルファベットが加わったと考えれば、そもそも、最初の四つの並べ方がこれでいいかどうか怪しくなってきますよね」

藤平が言う。

「ベガではないということかな？」

「決めつけることはできませんが、この三年、この四文字が『VEGA』だという前提で捜査が進められてきて、それで何ら進展がないわけですから、一度、その前提を忘れて、この六文字が何を意味するかを考える方がいいんじゃないでしょうか」

「そうかもしれないな」

円がうなずく。

「しかし、すぐには何も思い浮かばないね。うちでゆっくり考えるか。君たちも疲れただろう」


真っ直ぐ帰宅してもよかったのだが、律子はスポーツクラブに寄ることにした。普段は土日に行くことが多いのだが、昨日も一昨日も休日出勤して捜査したのでジムで汗を流すことができなかった。定期的に行っているトレーニングを休むと、すぐに体が鈍《なま》ってしまう。実際、今日は体が重く感じられる。

警視庁を出ると景子に電話した。一時間くらいジムに寄りたいので、帰宅は八時頃になる、と話すと、

「その時間に合わせて食事の用意をしておく」

と、景子は快く承知した。律子が仕事に没頭し、アルコールを断っていることに景子も満足しているのだ。

ジムでは、ストレッチで体をほぐした後、マシンを使って次々と運動をこなしていく。どの部分の筋肉を鍛えるためには、どのマシンを使って、どの程度の負荷をかけるか、律子は熟知している。頭の中にきちんとメニューができているのだ。最後に一〇分ほど高速でランニングマシンで走って、トレーニングを終える。体からは大量の汗が流れ、刺激された筋肉に軽い痛みを感じるが、その痛みが心地よい。眠っていた筋肉が目を覚ましたという証だからだ。クールダウンのストレッチをしようと、スポーツドリンクを飲みながら、マットの方に歩いて行こうとしたとき、背後から誰かにぶつかられて、律子は口からドリンクを吐き出した。ペットボトルも床に落ちた。

「あ……おねえさん、ごめんなさいね」

派手な格好をした若い女がにこっと微笑みながら通り過ぎていく。

「すごいな。ジムで汗を流すのに、あそこまでばっちり化粧する必要があるのかね……」

律子は舌打ちしながらつぶやく。律子自身はほとんどノーメークだし、それは仕事中もオフのときも変わらないから、汗をかくことで素顔をさらしたくないという女性心理が理解できなかった。

ペットボトルを拾い上げようとして、不意に律子の動きが止まる。

(そうだ、この感じだ……)

若い女がぶつかってきたとき、ほんの一瞬だったが、男性とは明らかに違っている肉体の柔らかさが伝わってきた。お互いに薄いトレーニングウェアを着用しているだけだから尚更はっきり感じた。

律子が思い起こしたのは、ベガに襲われたときの記憶だ。ほんの一瞬の出来事に過ぎなかったが、それでも確かに律子はベガと接触した。そのときの感触は、若い女がぶつかってきたときに感じたものと同じだった。

（ベガは女だってこと？）

そのことに愕然とした。


ダイニングテーブルでコーヒーを飲みながら景子はぼんやりしている。

律子からは六時過ぎに電話があった。ジムに寄りたいので帰宅は八時頃になるという連絡だった。

景子がちらりと置き時計に目をやる。

もう八時は過ぎている。

たぶん、トレーニングに夢中になっているのだろう、と思う。

それは構わなかった。

景子も物思いに耽っていて時間の経つのを忘れていたからだ。

病院での出来事を思い出している。

休憩時間にラウンジで真琴とコーヒーを飲んだ。

そのとき、つい愚痴をこぼしてしまった。

律子がアルコールを口にしなくなったのは嬉しいが、すっかり仕事に夢中になってしまい、わたしのことなんか忘れている気がする……そんなことを話してしまった。

「町田さんを忘れるほど夢中になるなんて、どんな事件を扱ってるんですか？」

という真琴の質問に、何年か前に新聞を賑わせたベガ事件というの、律ちゃんの顔の傷はベガに襲われたときにできたものなのよ、と口を滑らせてしまった。

(あんなことを言うべきではなかった……)

後になってから強く悔やんだ。

しかも、ラウンジを出てから、真琴に手を引かれて物陰に誘われ、唇を押しつけられた。すぐに押し返せばよかったのに、ほんの一瞬とはいえ、真琴のキスに応えてしまった。

「困ります」

真琴の体を押し退けて、その場から小走りに去ったが、動悸が激しかったことを覚えている。興奮してしまったのだ。そのことに無性に羞恥心を覚え、律子にも申し訳ないと思う。病院で真琴に会ったら、恥ずかしくて正面から顔を見られない……そんな気がした。

律子から電話があったとき、帰宅が八時頃だと言われて、

「その時間に合わせて食事の用意をしておく」

と明るく答えたが、本当はすぐに帰ってきてほしかった。そして、両手で力強く抱きしめてほしかった。淋しかったのである。

律子のことを誰よりも大切な人だと思っているし、今では律子のいない生活など考えられないほどだが、真琴の誘惑に心が揺れているのも確かである。先週の水曜、バーでカクテルを飲み、店を出たところでキスされたときは驚きを感じただけだったが、ゆうべは、そうではなかった。応えてしまった。そのことに景子は後ろめたさを覚え、どうすればいいのかわからなくなっている。

(そばにいてほしいのに……)

律子が警察を辞めると言ったとき、どうして引き留めるようなことを口にしてしまったのか、今更ながら景子は後悔している。閑職に異動すれば、もう危険な目にも遭わないから安心だと考えたが、

まさか、その部署でベガ事件の再捜査を始めるとは想像もしていなかった。

しかも、仕事に熱中して景子のことなど二の次になっている。

（律ちゃん……）

景子は不安で仕方がなかった。

三

六月一二日（火曜日）

景子は早番だ。勤務時間は朝六時から午後二時までである。

更衣室にいる看護師たちは一様に疲れたような眠そうな顔をしている。

特に若い看護師がそうだ。普段の仕事が過酷なため、その反動で羽目を外すことが多いのだ。寝ぼけ眼《まなこ》で着替えをしながら、昨日のデートのことやら病院内の噂話やらで盛り上がるうちに頭も冴えてきて少しずつ仕事モードに切り替わっていくのである。

「実家がお金持ちらしいよ」

「そうでなければ私立の医学部なんかに通えないでしょうよ」

「いずれは、お金持ちと結婚するんだろうなあ」

「やっぱり、開業医でしょう」

「いいよねえ。バラ色の未来だもんね」

若い看護師たちの噂話が自然と耳に入ってくるが、景子は右から左に聞き流す。ハッとしたのは、

「西園先生は……」という言葉を耳にしたからだ。看護師たちが噂のネタにしていたのは西園真琴だったのだ。

「恋人はいないらしいわよ」

「一年目のシニアレジデントだもん。恋をしてる暇なんかないでしょうよ。病院と自宅を往復するだけの生活なんだろうから」

「病院で相手を見付けるしかないわよね」

「冴えない男ばかりじゃん」

「ひょっとしてレズだったりして」

「まさか……忙しすぎるだけでしょう」

看護師たちがきゃあきゃあ言いながら騒ぐ。

手早く着替えを済ませると、景子は更衣室を出る。息苦しくなって、看護師たちの噂話を聞いていられなかった。

トイレに入り、ハンカチを水で濡らして首筋に当てる。本当は顔に当てたかった。鏡を見ると、頬が火照っているのがわかる。

（どうして、わたしなんかに興味を持つんだろう……）

西園先生は若くてきれいだし、看護師たちの話が本当ならば、お金持ちの娘だ。恋の相手など選り取り見取りに違いない。そんな真琴が、なぜ、自分のような地味で取り柄のない、さしてきれいでもない年上の女に興味を持つのか……それが景子には不思議だった。

鏡に映る自分の顔を見ているとき、突然、景子の脳裏に、真琴からキスをされたときの記憶がフラッシュバックして甦る。咄嗟に景子は両手で顔を覆い隠した。動悸が速くなっている。

四

朝礼が終わってから、律子、円、藤平の三人は第一七保管庫に移動した。

「ベガが女？」

藤平が驚きの声を発する。

「決めつけるわけじゃないけど、その可能性もあるんじゃないかということ。ヒントをくれたのはあんただよ」

「ぼくが何かしましたか？」

「五感のすべてを使えと話してくれたじゃないの。三年前のあの夜のことを、頭だけじゃなく、五感のすべてを使って思い出してみた。そうしたら……」

「ベガは女かもしれないと思い至ったわけですか？」

「そういうこと」

律子がうなずく。

「どう思いますか、円さん？」

藤平が円に顔を向ける。

「言葉を失っている」

円が自分の額を指先でこつこつと軽く叩く。

「以前、わたしは自分なりの仮説を立てているが、まだ話すときではない、そのときが来たら話す……そう言ったことを覚えているかな？」

「ええ、もちろんです」

「ふたつの仮説を立てた。ひとつは、もう察しているかもしれないが、ベガに襲われた四人の被害者に繋がりがないのは、被害者本人が恨みを買っていたのではなく、被害者の家族が恨まれていたからではないか、恨みを買った当事者ではなく、当事者の家族に報復した、というものだ。なぜ、そんな回りくどいことをするのか、と問われると、わたしとしても自信を持って答えられるわけじゃないんだがね。もうひとつの仮説が、実は、ベガは女かもしれないというものだ」

「え？　淵神さんと同じ考えなんですか？」

「淵神君は実際にベガと格闘しているわけだから、その言葉には説得力がある。しかし、わたしはそうじゃない。あくまでも仮説に過ぎないし、女だと決めつけているのではなく、男だと決めつけるのはよくないんじゃないか、という程度のことに過ぎないけどね」

「どうして今まで黙ってたんですか？」

律子が訊く。

「証拠がないからだよ。直接証拠どころか、状況証拠すらない。仮説というより推理と言った方がいいかもしれない」

「しかし、円さんの仮説と淵神さんの五感が、ベガは女だと暗示しているのは無視できませんよね」

「あまり大袈裟に考えない方がいいようだね」

律子がふっと小さく笑う。

「たとえベガの正体が女だとしても、それで容疑者が絞り込めるというわけじゃないんだし」

「それはそうですね。男だろうが女だろうが、そもそも容疑者すら浮上していないわけですから」

「で、あんたの方はどうなの？　アルファベットの分析だけど」

「なかなか難しいです……」

藤平が顔を顰める。

四人の被害者の体に刻まれていた「V」「E」「G」「A」、元岡繁之の脹ら脛に残されていた「P」、律子の顔に残る「I」……これら六つのアルファベットを並べ替えて、どんな意味があるのかを分析するのは東大法学部卒のエリートの役目だ。

「そう簡単にはいかないさ。改めて現場を回り、被害者の遺族に話も聞いた。新たな発見もあったし、新たな推理も生まれた。それらを踏まえて、もう一度、捜査報告書を読み返してみようじゃないか。膨大な量だが、この中に犯人に繋がる手掛かりがあると、わたしは信じている。それが手掛かりだと誰も気が付いていないだけでね」

「そうですね」

テーブルの上に積み上げられた捜査報告書を律子が手に取る。

五

六月一四日（木曜日）

景子は遅番だ。午後二時から夜一〇時までの勤務である。

仕事を始めてから切れ目なしに患者が訪れ、ようやく休憩が取れたのは九時過ぎだった。若村千鶴と二人でラウンジに行った。

出勤するとき、間食用にコンビニでおにぎりをふたつ買ってきたが、そんな時間におにぎりをふたつも食べると帰宅してから何も食べられなくなってしまうので、ひとつを千鶴に食べてもらった。千鶴は自分でもサンドイッチを持参していたが、まだ二四歳と若いだけにいくら食べてもお腹が空くらしく、景子からもらったおにぎりを喜んで食べた。おにぎりのお礼だと言って、千鶴は景子にコーヒーを奢った。

千鶴が評判になっているテレビドラマの話をするが、景子はドラマをほとんど観ないので、もっぱら聞き役である。そのドラマに出ている女優が真琴に似ていると看護師の間で話題になっている……そんな話を千鶴が口にしたので、

「え、そうなの？」

咄嗟に景子も反応した。

「ええ、西園先生のファン、結構、多いんですよ。きれいだし、ボーイッシュな感じだから、余計に乙女心をくすぐるのかもしれませんね。宝塚の男役のスターに憧れるのと同じじゃないですか」

「ふうん……」

「興味ないですか？」

「宝塚とかよくわからないし」

「素敵ですよね。きれいだし、頭もいいし、お金持ちだっていうし……」

不公平だと思いませんか、と千鶴が口を尖らせる。

「何が？」

「天は二物を与えずって言いますけど、二物どころか三つも四つも恵まれたところがあるなんて、ちょっとずるいなあと思って」

「恵まれただけじゃなく本人も努力したと思うわよ」

「だからなのかなあ、大学病院に残る道を捨てて、敢えて厳しい道を選んだのは」

「大学病院って何の話？」

「又聞きですけど……」

と前置きして、西園先生はかなり優秀だったし、強いコネもあったので、その気になれば大学病院に残って医者としてのエリートコースに乗ることもできた、しかし、自ら希望して、この病院に移ったらしい……と千鶴は話す。

「うちだって二流というわけじゃないし、一応は大学病院だし、普通に考えれば、そう悪くもないと思いますけど、あそこに残る道を蹴ってまで来る人がいるなんて信じられませんけどね」

千鶴が「あそこ」というのは真琴が卒業した大学のことだ。私立大学の医学部としては日本でも最高峰であり、入学に必要な偏差値は東大医学部と変わらないと言われている。入学金や在学中に必要な学費を合計すると、都内の一等地に新築一戸建てが買えるほどの金額になるから、真琴の実家が裕福だというのは本当のことなのだ。

千鶴に緊急の呼び出しが入った。慌てて席を立つ。景子も一緒に立とうとするが、

「先輩はもう少し休んでて下さい。まだ休憩中なんですから。どうしても人手が足りなくなったら先輩にも呼び出しを入れますよ」

「ごめんね」

「おにぎりのお礼です」

にこっと笑うと、千鶴が足早にラウンジを出て行く。

一人になると、景子はバッグから「るるぶ」を取り出した。日曜に拓也に会うことになっている。有休を取って休むのだ。どこに連れて行くか決めなければならない。先月は豊島園に行った。最初は

ぎこちなく、どことなくよそよそしい様子だったが、律子とジェットコースターに乗ってから、弾けたように明るくなった。そのときの拓也の笑顔を思い出すと、景子は胸が温かくなる。

「どこがいいかなあ……」

独り言をつぶやきながら、景子がページをめくり始める。どこに連れて行けばいいだろう、まさか今月も豊島園というわけにはいかないだろうし……いろいろ思案しながらページをめくっていくうちに景子の眉間に小皺が寄ってくる。子供の扱いが苦手なのだ。どう対応すればいいのかわからないし、どうすれば六歳の男の子に喜んでもらえるのかもわからない。景子の口から重苦しい溜息が洩れる。

「わかんない、もう」

舌打ちしながら吐き捨てるように言うと、背後で、くくくっ、という小さな笑い声が聞こえる。ハッとして振り返ると、西園真琴が口を押さえて笑いを堪《こら》えようとしている。

「西園先生……」

「町田さんでも腹を立てることがあるんですね。すいません。聞こえてしまいました」

「……」

景子が赤くなる。耳朶《みみたぶ》まで真っ赤になっている。

「いいですか、ここ?」

「ええ、どうぞ」

コーヒーとサラダの載ったトレイをテーブルに置き、真琴が椅子に坐る。

「息子さんと、どこかに遊びに行くんですか?」

「え?」

「だって、それ……」

真琴が「るるぶ」を指差す。

「あ、そうか」

「おいくつですか？」

「六歳です」

「かわいい盛りですね。名前を訊いてもいいですか？」

「拓也です」

「どんな字ですか？」

「ええっと……」

胸に差したボールペンを手に取り、「るるぶ」の余白部分に「拓也」と書いた。

「町田拓也君か」

「違いますよ」

景子は、「拓也」の上に「矢代」と書き加える。

「ごめんなさい、失礼なことを言いました」

「いいんです」

「拓也君とは月に一度会うんですか？」

「……」

景子が訝しげに真琴を見る。どうして、そんなことを知っているのだろうという顔だ。

「先月の今頃もラウンジで『るるぶ』を読んでませんでした？」

「そうでしたね。読んでました」

景子が口許に笑みを浮かべ、日曜に拓也を連れて外出するので、どこに連れて行こうか思案していたところだ、と話す。

「淵神さんも一緒に行かれるんですか？」

「その予定です」

「離婚なさったとき、どうして拓也君を引き取らなかったんですか？」

「え」

「淵神さんと出会ったのは離婚した後だと伺いましたけど、男性を愛することができないと気付いたから離婚したんじゃないんですか？　だから、子供も引き取らなかったのでは……」

「こんな場所で、そんな話をしないで下さい」

景子が声を潜めて、素早く周囲に視線を走らせる。すぐ近くに人はいないが、ラウンジが無人というわけではない。どこで誰に話を聞かれるかわからない、と景子は怖れた。

「怒らせてしまったのなら謝ります」

「もう行かないと……」

景子が席を立とうとする。

「町田さん」

真琴が景子の手首をつかむ。

「わたしを避けてますか？」

「い、いいえ……。放して下さい。お願いします」

景子の表情が歪む。

「わたし、本気ですから」

じっと景子を見つめる。

「放して」

真琴の手を振りほどくと、景子は逃げるようにラウンジを出て行く。小走りに廊下に出て、突き当たりの自販機コーナーまで来て、ようやく足を止める。力が抜けたようにベンチにすとんと腰を落とす。幸い、近くには誰もいない。胸に手を当てて呼吸を整える。動悸も速くなっている。右手で左の手首をつかんでみる。まだ真琴の温もりが残っている気がする。思いの外、強い力だったな、と思い返す。

(どうして西園先生のことがこんなに気になるんだろう)

真琴のことをあれこれ考える。ふと、

(これって律ちゃんを裏切ってることになるのかな。もしかして浮気……？)

まさか、そんなはずはない、わたしが好きなのは律ちゃんだけなんだから……景子は立ち上がって更衣室に向かう。まだ頬が仄かに火照っているが本人は気が付いていない。


景子が帰宅したのは一二時近かった。

律子はソファに坐り込んで熱心に捜査資料を読んでいる。

「お帰り。ごはん、食べるよね？」

お惣菜ばかりなんだけどさ、と言いながら律子が立ち上がろうとする。

「いいよ、自分でやるから」

景子が制する。

「日曜なんだけど……」

景子が口籠もる。

「日曜って……。ああ、拓也君と会うんだよね。大丈夫だよ。忘れてないから」

「でも、忙しそうだから……」

「仕事も大事だけど、景子さんとの約束だって大事だもん」

律子がにこっと笑う。

その笑顔を見ているうちに景子の胸に律子への愛情が溢れてくる。

六

六月一六日（土曜日）

律子、円、藤平の三人は休日出勤して事件の分析を進めている。

「前科のある赤石徹と警察官である作間慎介は他人から恨まれる可能性がありますよね。だから、母親の赤石富美子と息子の作間慎太郎は自分たちは悪くないのに被害に遭ったのかもしれない。問題は下平幸司と北柴良恵ということになりますよね。当人だけでなく、その家族も誰かに恨まれそうではない。少なくとも命を奪われるほど恨まれていたとは考えにくい……。いくら考えても、ここから先に進みませんね」

藤平が溜息をつく。

「わたしたちにはわからなくても本人たちには心当たりがあるかもしれない」

円が言う。

「そんなことは何も口にしていませんでしたよ」

「誰かに恨まれるようなことなら、当人にとっても後ろめたいことだろうし、自分から進んで話すとも思えない。もっと相手の心に踏み込まないと駄目かもしれないわね」

律子が難しい顔になる。

「ご家族が殺されたのはあなたのせいかもしれませんよ……そう言うことになりますよね。きついんじゃないかなあ」

「気を遣ってばかりいても先に進めないよ。元岡さんのことで、それがわかった。腹を括って元岡さんを訪ねたことで、捜査報告書にも載ってない三つ目の傷痕が見付かったんだからね。説明できない疑問点はいくつもあるけど、わたしたちは間違った方向には進んでない気がする」

「敏腕刑事の直感かね」

円が口許に笑みを浮かべる。

「藤平、電話してアポを取って」

「下平さんと北柴さんですね？」

「うん」

「電話してみます」

藤平がアポを取る電話をするために保管庫から出て行く。一〇分くらいで戻ってくる。

「北柴さんは、午後から仕事だそうですが、これからすぐに来てくれるのなら会ってくれるそうです。下平さんは地元医師会の会合があるらしくて、帰宅時間がわからないので今日は無理だそうです。明日なら時間が取れるというので、一応、アポを取っておきました。それでよかったですか？」

「上出来だよ」

さあ、三人で出かけましょう、と律子が円を促すが、

「わたしは残るよ」

「え？　どうしてですか」

「赤石徹と作間慎介の接点を探りたいんだ。この二人は、きっと同じ人間から恨まれている。恨みを買ったのはベガの犯行が始まる直前のことだと思う。直前といっても、ベガは周到に犯行を計画したような気がするから、一週間とか二週間ではないだろう。三ヶ月なのか、半年なのか、それとも、一年なのか……。二人を結びつける事件が見付かれば、それが事件解決の突破口になるはずだ」

「それは必要なことだと思いますが……。だけど、現実には難しいですよね。今は個人情報の保護がうるさいですから。服役している赤石徹の履歴や犯歴なら何とか調べられるかもしれませんが、作間さんは現職の警察官ですから。第三係には、作間さんの個人情報を閲覧する権限がないはずです」

藤平が言うと、

「大部屋にいるときだったら、捜査に必要だという理由で大抵のことは調べられたんだけどね……」

捜査部門ではない第三係には権限がないから、森繁係長が課長宛に申請書を出すことになるが、たぶん、却下されるだろう、と律子が溜息をつく。

「まあ、やれるだけやってみるよ。どうせ、駄目元だからね」

円は楽観的な表情だ。

藤平と律子は北柴家に向かうことにした。豊島区南長崎だ。外回りをする予定はなかったので車両の使用申請書を出していなかった。第三係には専用の車両が割り当てられていないので、前日までに使用申請書を提出する必要があるのだ。緊急の場合には口頭で要請することも可能だが、それも森繁係長がいての話である。

「すいませんでした。使うかどうかわからなくても、一応、申請しておくべきでした」

藤平が詫びる。

「いいよ。電車の方が早いし、何軒も訪ねるわけじゃない。北柴さんを訪ねるだけだからね」

二人が出かけると、円は第三係の部屋に戻った。部屋には誰もいない。円一人だ。

自分の席につくと受話器を取り上げる。

「もしもし、円です。そう、第三係の円だよ。君に頼みたいことがあってね……」


北柴家の最寄り駅は西武池袋線の椎名町駅である。丸ノ内線で霞ヶ関から池袋まで二〇分少々、池袋で乗り換えれば椎名町まで一駅だ。乗り継ぎがうまくいけば三〇分で着く。

北柴省三は自宅で待っていた。この前の日曜に訪ねたときと同じように、かさついた荒れた肌で、目には力がない。平日は深夜勤務で、土日は昼からの勤務だというから不規則な生活で疲れが溜まっているのかもしれない、と律子は思った。

応接間に通され、ソファに向かい合って坐ると、

「率直に伺います……」

と前置きして、奥さまが狙われたのは、奥さまが恨まれていたからではなく、他のご家族が犯人に恨まれていたせいだとは考えられませんか、と律子が切り出す。

「は？」

北柴省三が怪訝な顔になる。

「他の家族って……。わたしか娘のどちらかが犯人に恨まれていて、妻が身代わりに殺されたと言うんですか」

「お腹立ちになるのはわかりますが、ひとつの仮説として考えていただけませんか。奥さまが被害に遭う以前、半年くらいの間にご主人かお嬢さんが誰かから深く恨まれたということはないでしょう

か？」

「いきなり、そんなことを言われても……」

北柴省三は首を捻りながら、誰かに恨まれるような覚えはないし、うちだって、ごく普通に暮らしていただけで、特にこれといって変わったこともありませんでしたけどねえ……とつぶやく。

そこに、突然、

「何を格好つけてんだよ！　うちがクソ貧乏だったときの話だろう。ママ、毎日、泣いてたじゃん。あんたがちゃんと稼がないで、ママに愚痴ばかりこぼすから、ママは、『もう死にたい』って泣いてたんだよ。どこが、ごく普通なんだよ！　何が、変わったこともないだよ！　最低だっただろうが。下らない見栄なんか張りやがって、ふざけんな！　どうして、ママが死んで、あんたが生きてるんだよ」

台所から金髪の少女が顔を出して、北柴省三を睨みつけている。娘の早紀《さき》だ。早紀の目に涙が溢れているのに律子は気が付いた。

「バカ野郎！」

と怒鳴ると、早紀は玄関から外に走り出て行った。

「……」

北柴省三は真っ青な顔で、膝の上に乗せた拳を小さく震わせている。

これ以上、質問しても無駄だな、役に立つことは聞けそうにない……律子は小さな溜息を洩らす。

北柴家を後にして、二人で駅に向かって歩く。

「かわいそうですよね。何だか胸が痛みました。あの娘さんだって、事件がなければ、ごく平凡に暮らして、ごく普通の高校生活を送っていたんでしょうから」

「父親がリストラされかかっていて、生活はかなり苦しかったみたいだし、いくらか揉め事はあったみたいだけど、それだけなら、どこの家にでもあるような珍しくもない話だからね」

「貧乏だけなら、家族で力を合わせれば何とか乗り越えていけるかもしれないけど、命を奪われてしまったら取り返しがつきませんからね」

「ささやかな幸せをベガに奪われたっていうことかもしれないね」

律子がうなずく。


同じ頃……。

円は警視庁のラウンジでコーヒーを飲んでいる。

窓際の席に坐り、ぼんやりと眼下の車の流れを見下ろしている。そこに、

「すいません」

あたふたと現れたのは芹沢義次だ。椅子に腰を下ろす前に、素早く周囲に視線を走らせる。客は少ないが、それでもあちこちのテーブルにぽつりぽつりと人の姿がある。知り合いがいないことを確かめたのだ。

「こちらこそ、せっかくの休みに呼び立てるようなことをしてすまなかった」

口では謝っているが、それほど申し訳ないという顔には見えない。

「持って来てくれたかね?」

「やばいですよ。ばれたら、ただじゃすみません」

「感謝してるよ」

「しかし……」

「片目を失う方がいいと言いたいのか?」

「……」

芹沢の顔色が変わる。額に浮かんだ玉の汗を掌で拭うと、ふーっと大きく息を吐きながら、A4サイズの茶封筒をテーブルに置く。

「そう心配するなよ。別に資料を外部に持ち出すわけじゃない。窓際かもしれないが、わたしだって捜査一課の人間なんだからな」

円が茶封筒を自分の方に引き寄せ、中身を確認する。赤石徹と作間慎介に関する資料である。同じように捜査一課の組織であるとはいえ、第三係にいる円では手に入れるのが難しい資料を、強行犯捜査三係に所属する芹沢ならば簡単に手に入れることができるのだ。この資料を手に入れるために、円は芹沢を自宅から呼び出したのである。

芹沢がそんな面倒で厄介な要求に応じたのは、しかも、後輩や同僚に対して傲慢で高圧的で、時には上司に対しても平気で食ってかかるような芹沢が、円の前では、あたかも借りてきた猫のようにおとなしいのは、もちろん、そうせざるを得ない因縁が二人の間に存在するからであろう。

「ありがとう」

茶封筒を小脇に抱えると、円はステッキを手にして立ち上がる。左足を引きずりながら、ゆっくりとラウンジから出て行く。あとには苦い顔をした芹沢だけが残される。

七

椎名町駅のホームで電車を待っているとき、律子の携帯に円から連絡が入った。

赤石徹と作間慎介の資料を手に入れたので、今日は自宅に戻ってじっくり分析したい。明日、下平幸一を訪ねるのも、二人だけで行ってほしい。自分は警視庁で待機しながら分析を続ける……そんな内容である。電話を切って、その内容を藤平にも伝えると、

「へえ、すごいなあ。円さん、どうやって手に入れたんでしょうね？」

「さあ……」

どんなやり方をしたって、必要なものが手に入れられたのなら、それでいいじゃないの、と律子が肩をすくめる。

「この世界、結果がすべてなんだからさ」

「そうですね。勉強になります」

「それ、皮肉？」

「とんでもない。本気で、そう思っています。円さんや淵神さんから学ぶことは多いですから」

円が帰宅するというので、律子と藤平もこれで解散することにした。明日は警視庁に寄らず、直接、下平外科病院を訪ねる予定なので、住吉駅で待ち合わせることにした。池袋駅に着くと、

「じゃあ、明日、よろしくお願いします」

藤平が立ち去ろうとする。

「ねえ」

律子が藤平を呼び止める。

「はい？」

藤平が肩越しに振り返る。

「あんた、よく頑張ってるよ。見直した」

「え」

藤平の表情がパッと輝く。本当ですか、と藤平が口にしたときには、すでに律子は藤平に背を向けて歩き出している。


藤平と別れてから、律子は実家に向かった。

実家は杉並の浜田山二丁目だ。最寄り駅は井の頭線・浜田山駅である。池袋からだと乗り継ぎが面倒で、何だかんだと一時間近くかかってしまう。

インターホンを押すが応答がない。

ドアノブに手をかけると鍵はかかっていない。

「不用心だなあ。年寄りの二人暮らしなんだから、鍵くらいかけておけばいいのに……」

ぶつぶつ言いながら、お母さん、いるの、と奥に呼びかける。返事はないが、リビングからテレビの音が聞こえるし、いつものように隆太郎の不機嫌そうな唸り声も聞こえる。その耳障りな唸り声を聞くたびに、

(来なければよかった……)

と、律子は暗い気持ちになる。

リビングに入る。車椅子に坐った隆太郎はダイニングテーブルの横にいる。菜穂子は隆太郎に背を向けてソファに坐り、テレビで時代劇を観ている。

(また、やってるよ。よく飽きないよなあ……)

隆太郎は左腕と左足を動かすことができない。歩くことはできないし、自分で車椅子を動かすこともできないが、右手は動くので、ちょっとした身の回りの用事をこなすことはできる。

しかし、車椅子がテーブルの右側に置かれているから、テーブルに置かれている飲み物や茶菓子に右手が届かないのである。車椅子をテーブルの左側に置けば、簡単に手が届くことを承知で、わざと菜穂子は車椅子をテーブルの右側に停めている、と律子にはわかっている。隆太郎の横暴な振る舞いによって、辛い結婚生活に耐えてきた菜穂子のささやかな復讐なのである。

「これ、ほしいのか？」

律子が羊羹《ようかん》を手に取って、隆太郎の鼻先に持っていく。

「うーっ、それ、くーっ、くうーっ」

「誰がやるもんか」

律子は羊羹をひょいと自分の口に入れる。

「ああ、おいしい。こんなにおいしい羊羹を食べたのは生まれて初めてだよ」

「りーっ、りーっ、つー」

顔を真っ赤にした隆太郎が血走った目で律子を睨む。

「お母さんも変な人だよね」

律子がソファに坐る。

「あら、何が？」

菜穂子は澄まし顔でお茶を飲んでいる。

「あんな不愉快な男の顔を見ていて楽しい？　ぎゃあぎゃあうるさいし。さっさと施設に放り込んで、一人で好きなことをすればいいのに」

「してるわよ、好きなこと。週に三度はテニスをしてるし、お茶とお花は週に一度ずつ。お友達とランチもするし、たまに飲み会にだって参加するのよ」

「あの親父がいなければ、もっと楽しいんじゃないの？」

「あんなわがままで自分勝手な人だもの。施設なんかに入れたら、どうせ職員の皆さんに迷惑をかけるに決まってるわよ。お金だって、かかるし」

「世話をしてるのはお母さんだから、今のままでいいのなら、わたしはとやかく言えないけどね」

律子と菜穂子が話している間も、隆太郎は喚き続ける。発声が不明瞭だが、菜穂子と律子を罵っていることくらいは律子にも理解できる。

明後日の法事に関する確認をしていると、

「ばー、ばか、どーもが、く、くだら、ないこと、ばかり……」

という言葉が耳に入り、律子は立ち上がって隆太郎に歩み寄る。

「おい、誰が馬鹿なんだよ！　何が下らないんだよ！　隆一が死んだのは、あんたのせいだろうが。隆一の法事が下らないことか？　法事の相談をしてるわたしとお母さんは馬鹿なのか？　それなら、あんたは何だ？　人でなしのクソ野郎じゃないのか。うちが人並みの幸せなうちじゃなかったのは、あんたが酒乱の暴力親父だったせいだろう？　隆一はあんたに殺されたんだよ。それが下らないことか？」

「……」

茹で蛸のように顔を真っ赤にした隆太郎は、憎悪に満ちた目で律子を睨む。

菜穂子は何も聞こえないかのように表情も変えずにお茶を淹れ直している。

「ちくしょう……」

実家を出た途端、涙が滲んできた。その涙を手の甲で乱暴にこすりながら、

「うちには幸せなんかなかった……」

と、律子がつぶやく。

その瞬間、北柴家を訪ねた後、藤平と交わした会話が脳裏に甦った。

「かわいそうですよね。何だか胸が痛みました。あの娘さんだって、事件がなければ、ごく平凡に暮らして、ごく普通の高校生活を送っていたんでしょうから」

そう藤平は言った。

「ささやかな幸せをベガに奪われたっていうことかもしれないね」

律子は、そんなことを口にした。深い考えがあって口にしたわけではない。ごく自然に出てきた言葉に過ぎなかった。

（幸せを奪われた……）

ハッとした。

赤石富美子、下平幸司、北柴良恵、作間慎太郎……この四人が殺されたことで、残された家族は心に深い傷を負い、事件から何年も経っているのに少しも幸せそうではない。

（もしかして、それがベガの目的？）

いや、そんな単純な話だろうか。なぜなら、家族が犯罪被害に遭って命を落としたりすれば、誰だって悲しむだろうし落ち込むだろうし、何年経とうが立ち直れなくてもおかしくないのでは……という疑問も湧いてくる。

（四人の被害者を繋ぐ糸は見付からないけど、四人の遺族は今でも苦しんでいて、誰も幸せじゃない。そんな当たり前の共通点しか見付からないなんて……。これって、こじつけなのかな？）

律子が難しい顔で考え込む。

景子が帰宅すると、律子はソファに坐り込んで捜査資料を読み耽っていた。その真剣な眼差しを見るだけで、いかに律子が事件にのめり込んでいるか、景子にもわかる。

今夜はダイニングテーブルにお惣菜は並んでいない。出勤前に、景子がクリームシチューを作っておいたからだ。律子に頼んだのはフランスパンを買ってくることだけだ。カットされたパンが皿に盛られ、ラップがかけられている。シチュー鍋を火にかけながら、

「先月は遊園地だったから、今度は別のところがいいんじゃないかと思うの。水族館なんかいいんじゃないかな？」

「……」

「律ちゃん？」

「え」

律子が捜査資料から顔を上げる。

「明日のことなんだけど」

「明日……」

律子の顔色が変わる。明日は下平幸一に会いに行くことになっている。その後は第三係に戻って円や藤平と事件について話し合わなければならない。景子との約束がすっぽり頭から抜け落ちていた。忘れていた。さすがに気まずい。

「わかってるよ。仕事なんでしょう？」

仕事に夢中になっている律子を責めるつもりはないが落胆を隠すことはできず、景子の声には力がない。

「ごめん……」

申し訳なさそうに律子が景子に手を合わせる。言葉に出さなくても、一緒に来てほしいという景子の思いはひしひしと律子の胸にも伝わってくるが、わかったよ、仕事なんかどうでもいいから景子さんに付き合うよ……そう言ってやりたかったが、それは言えなかった。景子と仕事のどちらが大事なのかという問題ではなく、今は律子の頭の中がベガ事件の捜査でいっぱいなのである。それが何よりも優先されるのだ。他のことなど考えられなかった。

八

六月一七日（日曜日）

早朝、二人は一緒にマンションを出た。

景子は拓也を迎えに武蔵小金井まで行かなければならない。渋谷、新宿を経由して四五分くらいだ。

景子が渋谷で降りるとき、

「本当にごめん」

律子は申し訳なさそうに謝った。

「わかってる。大丈夫だから。仕事、頑張ってね」

景子は、にこりと微笑んで電車を降りる。

だが、電車が行ってしまうと、景子の顔から笑みが消える。やはり、一人だと気が重いのだ。山手《やまのて》線のホームに向かう景子の表情は暗く、何度も小さな溜息をついた。お腹を痛めて産んだわが子に月に一度会える日だというのに、どうしてこんなに憂鬱なのか……その理由を考えると気が滅入って仕方がなかった。

武蔵小金井駅には、かつて夫だった矢代耕助が拓也を連れてきていた。耕助は不機嫌そうな顔で、景子とは目を合わせようとしない。そっぽを向いたまま、帰ってくるときには電車の到着時間を早めにメールしてくれ、と言うと、そそくさと離れていく。

優しい言葉などかけてもらえるはずがないと承知しているものの、ここまで露骨に嫌悪感を剝き出しにされると、景子の気持ちは更に暗くなる。気を取り直して、

「ねえ、拓也。今日は水族館に行こうか。お魚がたくさんいるところだよ」

「うん」

拓也の返事は素っ気ない。

「お昼はハンバーガーを食べる？」

「いいよ」

武蔵小金井駅から品川までは、中央線の快速で東京か新宿まで行って山手線に乗り換えることになる。五〇分くらいかかる。ホームのベンチに坐って電車が来るのを待っているときも思うように会話が続かず、景子は頭の中で必死に会話の糸口を探した。

「あの……」

「なあに？」

「ゲーム、していい？」

「うん、いいよ」

うなずくしかなかった。

携帯の着信音が鳴る。律子かもしれないと、一瞬、胸が弾むが、律子の番号ではなかった。真琴だった。

昨日の勤務に関する、ちょっとした確認の電話だった。日報を書くのに必要なのだという。しかし、さほど急ぐことでもないし、わざわざ電話してくるまでもないはずだった。

「三人で楽しんでますか?」

「いいえ……二人です」

律ちゃんは仕事で休日出勤することになったので……と真琴に訊かれたわけでもないのに、景子は自分から話し、どこに行くんですか、という問いかけにも、品川のアクアスタジアムに行ってみるつもりだ、と答えた。

「わたしも一緒に行きたいなんて言ったら、何て図々しい女だろうと軽蔑しますか?」

「まさか……先生を軽蔑なんかしませんよ」

「それなら行ってもいいですか?」

「別にいいですけど……」

本心では、ホッとしていた。今日一日、拓也と二人で過ごす自信がなかったのだ。

日曜も入院患者の治療や診察をしなければならないから、できるだけ手短にお願いします、と下平幸一は口にした。明らかに迷惑そうな顔だ。

「先日は、お父上が何者かに恨まれていたのではないか、何らかのトラブルに巻き込まれていたのではないか、と伺いました」

「思い当たることは何もないと答えたはずです」

「新たな可能性が浮かんできたので、今日は質問を変えさせて下さい」

「新たな可能性？」

「恨まれていたのはお父上ではなく、ご家族の誰かなのではないか、ということです」

「家族といっても、ごく近い身内は、母とわたし、それに妹だけですよ。あとは妹の夫や子供くらいでしょうか。しかも、母はアルツハイマーを患っているわけですし……。そもそも、なぜ、そんなことをする必要があるんですか？」

「ご家族を苦しめるためです」

「は？」

「この前、先生は『あの事件のせいで家族みんなが苦しみました。母の病状が悪化したのもそのせいだし、そのことで、わたしも妹も苦しんだんです』とおっしゃいました。つまり、お父上が被害に遭ったことでご家族の皆さんが苦しんだ。お母上の姿を見るたびに犯人への怒りが湧くともおっしゃいました。それこそが犯人の狙いだとは考えられませんか？」

　律子が訊く。

「そんな馬鹿な……」

「犯人が恨みを抱いたとすれば、事件が起こる以前の何ヶ月か、どんなに長くても一年くらいのことではないかと思われます」

「一年……」

「アルツハイマーを患っていたお母上を除外すれば、残るのは先生と妹さんのお二人ということになるんですが……」

「帰って下さい！」

下平幸一が立ち上がり、怒気を含んだ声を発する。

「無礼にもほどがある。わたしや妹のせいで父が殺されたなんて……。よくもそんなひどいことが言えますね。下らない妄想に耽る暇があるのなら、さっさと犯人を捕まえたらどうですか」

下平外科病院を出ると、

「おかしかったですね、先生の反応？」

「うん。何か隠してるよね。きっと思い当たることがあるんだよ」

「いったい、何を隠す必要があるんでしょう？　それが犯人逮捕の手掛かりになるかもしれないのに」

「それはわからないけど、少なくとも、ベガに恨まれていたのは、殺された下平幸司ではなく息子の幸一だということは間違いなさそうだね」

九

電車が品川駅に着く。

「降りるわよ」

景子が拓也を促す。

「うん」

返事をしながらも、拓也の目はゲーム機の液晶画面を見つめたままだ。ホームに降りてもやめようとしないので、

「歩きながらのゲームは危ないから駄目よ。もうやめてね」

「……」

拓也は不満そうに口を尖らせながらゲームをリュックにしまう。

人が多いから手を繋いだ方がいいと思うが、手を伸ばしかけて、景子はためらう。

(大したことじゃない。さりげなく明るく「手を繋ごうか」って言えばいいだけ……)

そう自分に言い聞かせるものの、もし拓也に拒まれたらどうしようと思うと、なかなか切り出すことができない。景子が迷っていると、不意に拓也が顔を上げ、さっと景子の手を握った。

(え)

と思うが、もう拓也はそっぽを向いている。幼稚園児にとって人混みで信頼できる大人と手を繋ぐことは、ごく当たり前のことなのだろうが、それでも景子は嬉しかった。拓也の小さな手をぎゅっと握ると、二人並んで歩き出す。

高輪《たかなわ》口で駅を出て、国道一五号線を横断歩道で渡ると、左手にアクアスタジアムが見えてくる。

景子が盛んに周囲を見回しているのは、西園真琴の姿を探しているのだ。

(来るはずがないわよね)

電話では、「行ってもいいですか?」と話していたが、あれは社交辞令に過ぎなかったのだろう。若くてきれいな真琴のような女性が、せっかくの休日を、子供相手に潰したいなどと本気で考えるはずがない……景子が溜息をつく。

真琴に会いたいという気持ちもあったが、景子が落胆した大きな理由は、これから夕方まで拓也と二人きりで過ごすことを想像するだけで気が重くなるからだ。拓也が嫌いなのではない。そんなはずがなかった。誰よりも大切なわが子である。

しかし、どうすれば拓也を喜ばせることができるか、どうやって接すればいいのか、それがよくわからないのだ。

入り口で料金を支払おうとバッグから財布を取り出したとき、背後から肩をとんとんと軽く叩かれた。何気なく振り返ると、真琴が立っている。

景子が驚いて手を口に当てる。

「本当に来てくれたんですか？」

「いけませんでしたか」

「西園先生……」

「いいえ……」

「こんにちは、拓也君」

真琴は拓也の前にしゃがみ込むと、にこやかに挨拶する。

「わたし、真琴っていうの、西園真琴」

「男の人なの？」

「そう見える？」

「だって、幼稚園にいるまこと君は男だよ」

「男みたいな名前だけど、わたしは女なのよ。今日、一緒に遊んでもいいかな？」

「いいけど」

「ここには水族館だけじゃなく、面白そうな乗り物もあるのよ。一緒に乗る？」

「うん」

拓也が大きくうなずく。それまでは無表情だったのに、目が輝き、口許に笑みが浮かんでいる。そ

れを見て、

（よかった……）

景子も明るい気持ちになる。

「わたし、子供の相手をするのは得意なんです。小児科研修でコツをつかんだんですよ」

真琴が景子の耳許で囁く。

一〇

律子と藤平が警視庁に戻ると、円は第一七保管庫で捜査資料を読み耽っていた。

「お昼、まだですよね？　よかったら、これを一緒に食べませんか」

コンビニのレジ袋から、藤平がおにぎりやサンドイッチ、ヨーグルト、ペットボトルのお茶などを次々に取り出してテーブルに並べていく。

「まるで遠足にでも行くみたいだな」

円が笑う。

「ラウンジに食事に行く方がいいですか？」

藤平が恥ずかしそうに頭を掻く。

「ごちそうになるよ。時間の節約になるしね」

ありがとうと言いながら、円が鮭おにぎりを手に取る。

「わたしたちが先に報告しましょうか？」

律子が訊く。

「そうだね。聞かせてもらおう」

円がうなずくと、北柴省三と下平幸一に会ってどんな話をしてきたか、藤平が説明をする。

「なるほど、北柴家は、一見、ごく平凡なサラリーマン家庭のようだが、家庭内ではかなり深刻な問題を抱えていたということか」

「特に北柴良恵が殺害される前は経済的に困窮していたようですね。ただ、淵神さんとも話したんですが、生活が苦しいというだけなら、大変だったとは思いますが、今の時代、さして珍しいことではないし、ベガの恨みを買った理由にもなりません。ぼくたちの仮説に従えば、夫か娘のどちらかがベガに恨まれていたはずなんですが……」

「何かを隠しているということはないか？」

「その可能性はありますが、昨日は、そんな話を訊ける雰囲気ではなくなってしまって……」

娘の早紀が現れて父親を罵ったことを藤平が話す。

「下平外科病院では手応えをつかんだわけか？」

「あの先生、話の途中で明らかに態度が豹変したんですよ。そうでしたよね、淵神さん？」

「たぶん、何かを隠してますね」

これは思いつきに過ぎないんですが……と前置きして、律子はベガの狙いが、恨みを持つ人間やその家族を不幸にすることではないか、と口にする。

「ベガは赤石徹を恨んでいる。だけど、本人ではなく、敢えて母親の富美子を殺害する。この世でたった一人、心から自分を愛してくれる母親を失ったことで、赤石徹は自分が被害に遭うよりも苦しんでいるんじゃないでしょうか。事件が起きたとき、赤石徹は拘置所に入っていて手出しできなかったから、その身代わりに富美子を狙った……そういう推理も成り立ちますが、本当は最初から富美子を狙っていたのではないかという気がするんです」

「作間慎太郎についても、恨まれているのは父親の慎介だが、慎介を苦しめるためにわざと息子を狙った、と言いたいわけだね？」

「はい」

「それが正しいとすれば、やはり、問題は動機ですよね。赤石徹、作間慎介、それに北柴家の誰か、下平家の誰か……その四人は同じ理由でベガの恨みを買っている。いったい、どんな恨みなんだろう……」

藤平が難しい顔で小首を傾げるが、突然、

「あ」

と声を発し、

「ただの思いつきなんですが、ベガが本人ではなく家族に危害を加えて、本人を苦しめようとするのは、自分も同じ目に遭ったからじゃないでしょうか？」

「どういう意味だね？」

円が訊く。

「ベガの家族もひどい目に遭って、その仕返しをしているんじゃないかという意味です」

「筋は通るわね」

律子がうなずく。

「ただ、その考えが正しいとすると、赤石徹、作間慎介、北柴家の誰か、下平家の誰か……少なくとも四人がベガの身内をひどい目に遭わせたことになる。そんなことがあり得るのかな？　被害者だけでなく、その家族同士にも接点は見付かってないんだよ」

「そうですね……」

「だが、目の付け所は間違ってないかもしれないぞ。もしかすると、その接点が見付かったかもしれない。君たちが聞き込みに出向いている間、わたしはこれを分析していた」

円が律子と藤平の前にＡ４サイズの茶封筒を一通ずつ置く。

「これは……」

中身を確認して、二人が驚く。赤石徹と作間慎介の資料である。

赤石富美子が被害に遭ったのは二〇〇八年五月一七日である。その事件が起こるまでの一年以内に赤石徹が関わった犯罪行為が資料に列挙されている。芹沢から渡された資料を、円が整理したものだ。

作間慎太郎が被害に遭ったのは二〇〇九年五月一七日、つまり、赤石富美子が被害に遭ったちょうど一年後だ。円は、赤石徹の犯罪行為を絞り込んだのと同じ時期の作間慎介の勤務記録を精査して資料に列挙した。時期を重ねたのは、二人はベガに同じ理由で恨まれているという仮説に従ったからだ。その仮説が正しければ、その時期に二人を結びつける何らかの事件が起こっているはずである。

「どうやって手に入れたんですか？」

藤平が訊く。

「それは訊かないでくれ。正規の手続きを踏んで入手したわけじゃない。万が一、ことが露見したときのために、君たちは何も事情を知らない方がいい」

「円さん……」

律子は驚いたように円を見つめる。そこまで覚悟して資料を入手したと知り、事件解決にかける円の執念を思い知らされた気がした。

「ひとつ気になることがあった」

「何ですか？」

「赤石徹は、あちこちで悪さをしている。どこで恨みを買ってもおかしくない。だが、作間慎介は交番勤務だ。二人に何らかの接点があるとすれば、交番の近くに違いないと考えた。赤石徹の資料の最後の方を見てほしい」

「轢き逃げ事件ですか？」

「そうだ。五年前の一二月二四日、イブの夜、赤石徹は盗難車を無免許で運転し、通行人をはねて逃げた。翌朝、母親に付き添われて出頭した」

「飲酒運転だったから逃げたんじゃないか……そう円さんは疑ってましたね」

藤平が言う。

「そう確信しているよ。何度も警察の厄介になっている男だから、飲酒運転の罪の重さを知っていたんだろう。だから、逃げた。その上で、翌朝、自首することで少しでも罪を軽くしようとした」

「この事故は、作間慎介の勤務する交番の担当区域で起こったんですか？」

作間慎介の資料を読みながら、律子が訊く。

「そうだ」

円がうなずく。

「繫がりましたね」

藤平が興奮気味にうなずく。

「そう単純じゃないよ」

「どうしてですか？　この資料を読むと、その夜、作間慎介は交番に勤務していて、事故現場にも足を運んでいるじゃないですか。しかも、一番乗りしてるみたいだ」

「赤石徹は轢き逃げしたんだよ。事故の被害者を置き去りにして逃げた」

「あ……」

藤平が、そうか、とつぶやく。

「つまり、作間慎介が現場に到着したとき、そこに赤石徹はいなかった、と言いたいわけですね？　だから、その夜、二人は顔を合わせていない」

「うん、そういうこと」

「でも、赤石徹は翌朝、自首したわけですから、そのときに会ったんじゃないですか？」

「資料をよく読んで。赤石徹は交番に出頭したわけじゃない。池袋署に出頭したのよ。その段階では、轢き逃げ事件として捜査が始まっていたはずだから、刑事課が担当していたはずよ。地域課に所属している作間慎介が赤石徹と接触する機会はなかった」

「この事件が二人の接点だとしても、そもそも、この二人が誰に恨まれたのかという問題もある。赤石徹と作間慎介は共通する何者かに恨まれたはずだ」

「その場には被害者の他に誰かいたんですかね」

「被害者に恨まれたのかもしれないじゃない」

「自分を轢き逃げした赤石徹を恨むのは当然として、どうして作間慎介を恨むんですか？　警察官として被害者を救助しようとしたはずじゃないですか」

「もうひとつの謎は、この事故に北柴家の何者かと、下平家の何者かが、どう絡むのかということだ」

「聖火会病院……」

律子がつぶやく。

「ねえ、下平幸一だけど、前に訪ねたとき、聖火会病院のERに勤務してたと言ってなかった？」

律子が藤平を見る。

「そうか、池袋ですよね、聖火会病院があるのは」

「この事故の被害者がどこに搬送されたか調べられますか？」

「被害者のことなら、わたしにもすぐに調べられる。被害者個人についても調べてみよう」

円がうなずく。

「交通事故の被害者ならERが処置するはずですよね。やった。三人が繋がったじゃないですか。あとは北柴家の父親か娘のどちらかがこの事故に関わっていれば、ベガ事件の謎が解けるかもしれない」

「円さん、わたしたち、出かけてきます」

「北柴家に行くのか？」

「その前に作間慎介に会いに行きます。事故が起こった夜、彼が誰に会ったのか、彼が何をしたのか、きっと報告書に書いていないことがあるはずです。本人に直に訊くのが早いと思います」

「わかった。君たちが出かけている間に、わたしは事故の被害者についてできるだけ調べてみる」

二

律子と藤平が作間慎介を訪ねたのは、先週の日曜日だ。その日は非番だったから、今週は出勤だろうと思って携帯に電話したら、今日は欠勤して自宅にいるという。どこか具合でも悪いのか、と律子は案じたが、作間慎介本人ではなく妻の具合が悪いのだという。

「こんなときに申し訳ないのですが……」

事件解決の手掛かりが見付かったかもしれないので少しお話を伺えないか、と遠慮がちに律子が申し出る。作間慎介は一瞬、ためらったものの、すぐに、

「わかりました」

この前と同じ練馬総合運動場で待っています、と承知してくれた。

一時間後……。

作間慎介、律子、藤平の三人はゲートボール場近くのベンチに腰を下ろしている。

「奥さま、如何ですか？」

「別に病気というわけではないんですよ。先週、淵神さんたちが来られたでしょう？　うっかり、それを妻に話してしまいましてね。わたしとしては、今でも事件解決のために尽力している警察官がいるんだ、慎太郎のことを忘れていない人たちがいるんだ……そう励ますつもりで話したんですが、それ以来、すっかり妻は塞ぎ込んでしまって……。家に一人で残して出かけるのが心配なので、今日は有給を取りました。明日になれば実家から義母が来てくれることになっています」

「お察しします」

「事件解決の手掛かりが見付かったとおっしゃっていましたが、どういうことなんですか？」

「藤平」

律子が促すと、藤平が四人の被害者を結びつける鍵は、五年前のクリスマスイブに起こった轢き逃げ事件かもしれないという説明を始める。

「……」

説明を聞かされても、作間慎介はピンとこないようだった。

「覚えていらっしゃいませんか？」

「そんなことはありません」

作間慎介が首を振る。

「イブの夜に起こった轢き逃げ事件で、被害者が有名なピアニストでしたからね。しかも、何日か後に自殺してしまったし……。よく覚えています。ただ、息子の事件とどう結びつくのか、それがわからなくて……」

「被害者は有名なピアニストだったんですか？」

「ええ、海外の音楽コンクールで優勝したことのあるクラシックの音楽家だったそうです」

「……」

律子と藤平が顔を見合わせる。円に見せられた資料には被害者の詳しい個人情報は記されていなかった。名前くらいは書かれていたかもしれないが、名前を見てピンとくるほど二人ともクラシックには通じていない。

「その夜に起こったことを聞かせていただけますか？」

「事故についてはきちんと報告書を作成して提出してありますよ」

「それは承知していますが、改めてお話を聞かせていただきたいんです」

「別に構いませんが……」

作間慎介が語ったのは次のような内容である。

二〇〇七年一二月二四日、夜一〇時過ぎ、人身事故が発生したので現場に駆けつけて被害者を救助し、現場を確保するようにという本部からの指示が交番に届いた。イブだったせいか、いつもに比べると、事件や事故が多かった。ひったくりや酔っぱらい同士の喧嘩、自動車の物損事故など、大きな事件や事故ではないものの夕方から交番の電話が鳴りっぱなしという状態だった。人身事故発生の知らせを受けたとき、交番には作間慎介しかいなかった。出払っている他の巡査たちに、手が空き次第、現場に駆けつけるように連絡した上で、作間慎介は一人で現場に向かった。人身事故なので一刻を争うと考えたからだ。事故の通報者が警察と消防のどちらに電話したか作間慎介にはわからなかったが、いずれにしろ救急車もすぐに現場に向かうはずだった。

交番から現場まで、警察バイクで五分もかからなかった。現場は国道から一筋逸れているだけだったが、ほとんど人通りがなかった。近くにはオフィスビルが多く、飲食店がほとんどないので夜になるとあまり人が通らないのだ。

国道から、その通りに曲がると、五〇メートルほど先に人が倒れているのが作間慎介の目に入った。その傍らに誰かが蹲《うずくま》っている。被害者の連れだろうか、きっと通報者に違いない、と作間慎介は思った。まだ救急車は到着していなかった。街灯のそばにバイクを止めて、

「通報なさった方ですか？」

「え？　いや、たまたま通りかかったら人が倒れていたから、どうしたのかと思って……」

被害者のそばで立ち上がったのはサラリーマン風の中年男だった。質問を続けようとしたとき、道路に倒れている被害者が呻き声を発したので、作間慎介は被害者に駆け寄った。声をかけても返事をしない。意識を失っていた。出血がかなりひどく、道路に血の染みが広がっていた。

しかも、手足がおかしな角度に曲がっていた。どういう救命処置を施すべきか思案していると国道の方から救急車のサイレンが聞こえてきたので、何もしない方がいいと考えた。

被害者を動かしていいのかどうかも判断できなかったので、車道に横たわっている被害者をそのままにしておき、万が一、車が通りかかったときに二次被害に遭わないように懐中電灯をつけた。車が来たら、懐中電灯を振り回して注意するためだ。

それから二、三分で救急車が到着した。救命士の質問に答え、ストレッチャーに乗せられた被害者が救急車で運ばれていくのを見守った。

被害者のそばにいたサラリーマンに話を聞こうとしたが、もう姿が見えなかった。

尚も作間慎介が現場に留まったのは現場検証にやって来る鑑識課職員の到着を待つためだった。

三〇分ほどで鑑識課職員と池袋署の刑事がやって来たので、簡単に状況報告をして、作間慎介は交番に引き揚げた。

「そんなところですが……」

「轢き逃げの犯人については、何かご存じですか？」

律子が訊く。

「事故の翌朝、自首したことは知っています」

「面識は？」

「ありません」

作間慎介が首を振る。

「轢き逃げの犯人は赤石徹といいます。まだ府中刑務所で服役しています」

「赤石というと……？」

「ベガの最初の被害者・赤石富美子さんは赤石徹の母親です。息子が池袋署に自首したときに付き添っています」

「え」

作間慎介が両目を大きく見開いて、じっと律子の顔を見つめる。

「そ、それじゃ……」

「今の段階では何もはっきりしたことはわかってないんです。ただ、その事故が何らかの手掛かりになりそうな予感がしているだけですから」

「……」

「今のお話を伺うと、事故の夜、作間さんが現場で会ったのは、通報者らしき中年男性だけなんですね？　あとは救命士と鑑識課の職員、池袋署の刑事……」

「そうです」

「不愉快な質問をしますが気を悪くなさらないで下さい」

「どうぞ」

「作間さんが現場にいる間、誰かに恨みを買うようなことをした覚えはありますか？」

「恨み？」

「この事故が事件解決の鍵だとすると、作間さんがベガの恨みを買ったのは、そのとき以外には考えられないんです。赤石徹が恨みを買ったのは、恐らく、轢き逃げをしたからです。ということは……」

「ベガは、轢き逃げの被害者、つまり、ピアニストの関係者だということですか？」

「わかりませんが、その可能性はあります。わからないのは、なぜ、作間さんが恨みを買ったのかということです。救急車が到着するまでの間に何か被害者にしましたか？」

「何もしていません。脈を取るために首筋に触れただけです。まさか、何も救命処置をしなかったから恨まれたということですか？　でも、それはおかしいでしょう。ピアニストは……そうだ、思い出した。天野だ。天野正彦というピアニストだ。天野さんは生きていたし、重傷だったものの、病院で手術をして助かったんですよ。わたしが救命処置を怠って、それで天野さんが亡くなったというのなら恨まれても仕方ないかもしれませんが……」

「もう一度だけ確認させて下さい。現場で作間さんが会ったのは、消防や警察関係の人間を除くと、通報者らしき中年男性だけなんですね？」

「そうです」

「どんな男だったか覚えてますか？」

「もう五年も前のことですし、かなり記憶は曖昧ですね」

「もう一度、会えばわかりますか？」

「自信はありません」

作間慎介が申し訳なさそうに首を振る。

「しかし、これは、どういうことなんですか？　わたしは何もおかしなことはしてませんよ。職務から逸脱したことをした覚えはありません。それなのに……あの夜、事故現場にいたことが原因で慎太郎は殺されたというんですか？」

「確かなことはわからないんです」

「そんな……」

作間慎介は両手で頭を抱えてしまう。

二二

何かわかったら、すぐに知らせると約束して、律子と藤平は作間慎介と別れた。

別れ際、作間慎介は意気消沈したように、がっくりと肩を落としていた。息子が死んだのは自分のせいだと思い詰めているせいだ。そんなことはない、作間さんのせいではありません……そう言って慰めてやりたかったが、真相が明らかになっていないので律子も藤平も何も言えなかった。

駅に向かって歩きながら、

「通報者らしき中年男のことなんですが……」

藤平が口を開くと、

「あんたの言いたいことはわかるよ」

律子がうなずく。

「下平先生は、事故の被害者が搬送された病院のERにいたわけですから、現場にいた中年男が北柴さんだったら四人の被害者が完全に繋がりますね。被害者同士ではなく被害者の家族が、という意味ですけど」

「勇み足は禁物だよ。その可能性が高まったからこそ、最後は慎重に詰める必要がある」

「そうですね」

「北柴さんに会えば、はっきりするわけだし」

池袋駅前、三越跡地にできた家電量販店から豊島区役所に歩いて行く途中、明治通りに面した商業ビルで北柴省三は警備員の仕事をしていた。警備室の隣にある六畳ほどの休憩室に通され、律子と藤平はテーブルを挟んで北柴省三と向かい合った。

「お仕事中、お邪魔して申し訳ありません」

律子が詫びる。

「いいんですよ。うちの会社の人たちは、妻が犯罪の被害者だと知ってますからね。警察の方が訪ねてきても驚いたりしないし、日中はそんなに忙しいわけでもないので、早めに休憩しても文句なんか言われません」

　もう少し給料が高ければ文句のつけようもないんですが、と北柴省三は笑う。

「早速ですが……」

　律子が本題に入る。五年前のイブ、夜の一〇時過ぎ、轢き逃げ事件の現場にいませんでしたか、と訊いたのである。

「五年前……」

「奥さまが被害に遭われる一年一ヶ月ほど前です」

「そんなことはありませんでしたね」

「確かですか？」

「轢き逃げ事件の現場にいたとなれば忘れるはずもありませんよ」

「奥さまを始め、四人の方々が同一犯によって命を奪われました。これまでは、なぜ、その四人の方々が襲われたのか理由がわかりませんでした。被害に遭われた皆さんには何の繋がりもなかったからです。しかし、見方を変えて、被害に遭われた当人ではなく、そのご家族に繋がりがあるのではないか、と考えました。そこで浮上してきたのが、この轢き逃げ事件なんです。奥さま以外の三人の被害者のご家族は何らかの形で轢き逃げ事件に関わっていることがわかりました。もし北柴さんが事件現場にいたとすれば……」

「知りません」

　北柴省三が強く首を振る。

「なぜ、そんなことを言うんですか？　いくら五年前のことだからといって轢き逃げ事件の現場に居合わせれば何かしら覚えているはずでしょう。でも、何も覚えていません」

「……」

律子と藤平がちらりと視線を交わす。これまで北柴省三に会ったときは常に物腰が柔らかく協力的だったのに、今は人が変わったように尖った言い方になっている。その豹変振りが、いかに口では否定しても律子の言葉が的を射ていることを認めていた。

「声紋をご存じですか？」

「せいもん？」

「言うなれば、声の指紋です。指の指紋と同じように声紋も人それぞれ違っているんです」

「それが何か？」

「轢き逃げ事件の通報者が北柴さんであれば、そのときの通話記録が警察か消防に残っていますから、北柴さんの声かどうか照合することができるんですよ。別の人が通報して、その人はすぐにいなくなり、その後で北柴さんが現場に居合わせたとすれば、交番からバイクで駆けつけた作間巡査長と顔を合わせているはずです。次にお目にかかるとき、作間巡査長を連れてくることもできます」

「なぜ、そんなことを……」

「先ほど、申し上げたように、北柴さんが現場にいたということになれば、すべての被害者を繋ぐ手掛かりになるんです。事件解決の糸口になります。どうか本当のことを教えて下さい」

「……」

北柴省三はしばらくうつむいたまま黙り込んでいたが、やがて、ふーっと重苦しい溜息をつき、

「思い出しました。五年前、イブの夜、事故現場にいました」

「通報なさったんですか？」

「警察に……。本当は救急車を呼ぶ方がよかったのかもしれませんけど、道路に血溜まりができているのを見て動転してしまって……」

「警察に通報して、作間巡査長が到着するまで被害者のそばにいてあげたわけですね？」

「そうです」

「なぜ、姿を消したんですか？　幸い、轢き逃げの犯人は翌朝、自首しましたが、逃げたままであれば、北柴さんの証言が重要だったはずです」

「役に立つことなんか話せませんでしたよ。そんなに目がいい方じゃないからナンバーも読み取れませんでしたし、車の色も曖昧で……。車にも詳しくないから、車のメーカーや車種なんかもわからなかったし……」

「でも、轢き逃げ犯は北柴さんに目撃されたと思って自首したんだと思いますよ。誰にも見られていないと思えば、そのまま知らん顔をするつもりだったかもしれません」

藤平が口を開く。

「もう一度、伺いますが、どうして現場から姿を消したんですか？　それに自分が通報者と別人だと現場に駆けつけた警察官に嘘をつきましたよね？　なぜですか？」

律子が訊く。

「どちらも同じ理由です。面倒だったからです。会社で嫌がらせを受けて、窓際に追いやられて、上司からは退職するように強要されてたんです。家族のこともあるし、不景気でそう簡単に次の仕事なんか見付からないとわかっていたから必死にしがみついてたんですよ。だけど、給料も下がるし、ボーナスは減らされるし、世の中はクリスマスで盛り上がってたけど、こっちはそんな気分じゃなくて……。うちに帰っても妻の小言を聞かされるだけだから、なけなしの小遣いをはたいて赤提灯で一杯やって帰るところだったんです。あの頃は、もうへとへとでした。轢き逃げされた人はかわいそうだと思いましたが、そのために警察に協力して時間を潰すような余裕はなかったんです」

「四人の方々が命を奪われたのは、五年前、その事故現場で何者かの恨みを買ったせいだと思われるんです。心当たりはありませんか？」

「それは、どういうことですか？」

「轢き逃げの被害に遭われた人から恨まれるようなことをした覚えがないか、という意味です。その被害者というのは天野正彦といって、かなり有名なピアニストだったそうなんですが」

「たまたま通りかかって、警察に電話して、そのおかげでおまわりさんも救急車も来たのに、なぜ、わたしが恨まれなければならないんですか？　わけがわからない……」

口ではそう言いながら、北柴省三は額に脂汗を浮かべ、顔色も悪くなっている。

それから律子と藤平が何を質問しても、北柴省三は、わからない、わからない、と首を振り続けるだけだった。

ビルを出ると、

「淵神さんのブラフが効きましたね」

「ブラフ？」

「だって、声紋の話と作間巡査長の面通しの話、あれってブラフでしょう？　北柴さんが通報したかどうか確かじゃないし、作間巡査長も現場にいた男を確認できるかどうか自信がないと言ってたし」

「だって、北柴さんが嘘をついてることは見え見えだったじゃないの。それでも正直にしゃべらないようなら何か他の手を考えたよ」

「どうして隠そうとしたんでしょうね？　そんな必要ないじゃないですか。現場から離れたのは感心しませんが、事情を聞けば納得できないこともないし……」

「青いね」

律子がじろりと藤平を睨む。

「人が嘘をつくときは、何か後ろめたいことがあるからに決まってるんだよ。あの男、きっと他にも隠してることがあるよ」

「その隠していることが原因でベガに恨まれたということですか？」

「たぶんね」

「なるほど、そういうことか……。警視庁に戻りますか？」

「下平外科病院に行こう」

「え。また行くんですか？」

「赤石徹、作間慎介、北柴省三……この三人は轢き逃げ事件に直接的に関わっていることがはっきりした。下平先生にも確認する必要がある。被害者が搬送された病院に勤務していただけで恨まれるはずがないから、きっと治療に関わったはずだよ」

「そう言えば、今朝、様子がおかしかったですよね」

「何かを隠している感じだったよね。きっと、この轢き逃げ事件に関係あることだよ」

「電話してアポを取りますか？」

「今朝、あんなに怒らせたのに素直に会ってくれるはずがないでしょうが。病院に押しかけて、何としてでも会ってもらう」

一三

「何て図々しい人たちなんだ。うちは被害者なんですよ。こんな不愉快な目に遭わされる覚えはない。あなたたちの上司に苦情を申し入れるつもりです」

インターホン越しに二〇分以上、押し問答した揚げ句、下平幸一は渋々、律子と藤平に会うことを承知した。

しかし、腹立ちと不快感を少しも隠そうとせず、激しい口調で文句を並べた。

下平幸一が怒鳴り疲れるのを待って、

「天野正彦という名前に心当たりはありませんか？」

律子が訊く。

「天野正彦……？」

「五年前、イブの夜に轢き逃げされて、病院に搬送されました。かなり有名なピアニストだったそうですが、ご存じありませんか」

「……」

下平幸一はゆっくり顎や口許を撫でながら、そうか、天野正彦か、とつぶやきながら、ふーっと大きく息を吐く。

「天野正彦の轢き逃げ事件がべガ事件と関係しているんですか？」

激しく怒っていた口調が影を潜め、落ち着いた口調に変化している。

「お父上以外の三人の被害者のご家族が轢き逃げ事件に何らかの形で関わっていたことが明らかにな

りました。もし下平先生が天野正彦の治療に関わっていたとなれば四人の被害者に明確な繋がりがあることになります」

「轢き逃げ事件が原因で、父もそれ以外の三人の方たちも殺されたということですか？」

「なぜ、犯人が恨みを抱いたのか、それがわからないんです。轢き逃げした犯人が恨まれるのはわかるとしても、現場に駆けつけた警察官や事故を目撃して警察に通報したサラリーマンが、なぜ、恨まれるのか……それに先生も」

「あの夜、わたしは天野正彦を治療しました」

「治療したのに恨まれるのは、おかしいですね。助けてあげたのに……」

藤平が首を捻る。

「命に関わるほどの深刻なダメージは受けていませんでしたが、ひどい外傷を負っていました。特にひどかったのが右腕です。二の腕の骨が折れて皮膚を突き破って露出していました。肘から下が千切れかかっていたほどです。わたしは切断を決意しました。それが最善の方法だと考えたからです」

「ピアニストの右腕を切断……」

思わず藤平が口にすると、下平幸一は険しい目で藤平を睨んで、

「あのときは天野正彦だとは知らなかったんです。重傷を負った患者が目の前にいたから、どう治療すればいいかを考えただけです」

「切断しないで右腕を救うことはできなかったんですか？」

律子が訊く。

「クリスマスイブで、彼が搬送されて来たのは夜の一一時頃だったんですよ、右腕を救うためには大掛かりな手術が必要だったでしょうが、あの夜、そんな手術をすることは不可能でした」

「人手さえあれば救えたということですか？」

「わかりません。絶対に不可能だったとは言えないかもしれませんが……」

下平幸一が力なく首を振る。

「天野正彦さんは自殺してますね？」

「手術から七日後、大晦日の夜でした。新年を迎えた直後に病院の屋上から飛び降りたんです。よく覚えています。忘れられませんよ」

重苦しい溜息が口から洩れる。

が、ハッとしたように顔を上げると、

「まさか……そのせいで親父は殺されたんですか？」

「それを調べているところです」

律子に言えるのは、それだけだった。

病院を出て、駅に向かって歩きながら、

「完全に繋がりましたね」

藤平がつぶやく。

「あとは、なぜ、四人が恨まれたのか、その理由を探ることだね。事故現場で何があったのか、被害者が搬送された病院で何があったのか」

「下平先生も何か隠してると思うんですか？」

「四人の被害者のうち、生きたままアルファベットを刻まれたのは下平先生の父親だけだよ」

「ピアニストの腕を切断したから誰よりも強く恨まれているということですか？　でも、それが最善の治療方法だったと話してたじゃないですか」

「本人がそう言ってるだけだよ」

「それもそうですけど……」

「交通事故の被害者が鍵だね」

「天野正彦の身内にベガがいるんでしょうか?」

「かもしれない」

律子が難しい顔でうなずく。

「何か気になるんですか?」

「この事件が起こってから、容疑者を辿る手掛かりが見付かったのは初めてなのよ。今まで容疑者の影も踏めなかったんだから」

「すごいですよね!」

藤平が興奮気味に頰を上気させる。

「まあ、確かにすごいことなんだけどね」

律子は浮かない表情だ。何か気になることがあるらしい。

一四

武蔵小金井駅。

拓也は電車の中で眠ってしまった。人混みに揉まれながら、景子が拓也をおんぶして改札に向かっていく。真琴は階段の横にある柱の陰に立っている。拓也がへとへとになるまで体力を使い果たしたのは、真琴が遊んでくれたからだ。自分で話していたように、真琴は本当に子供の扱いがうまかった。拓也は楽しい休日を満喫したはずだ。

改札を出ると、不機嫌そうな仏頂面をした元夫・矢代耕助が近付いてくる。

「疲れちゃったみたいで……」

愛想笑いを浮かべながら景子が拓也を引き渡すが、耕助は返事もしない。黙ったまま軽く会釈して景子から離れていく。

だが、景子は別に腹も立たなかった。離婚して四年も経つのに世間話すら拒まれるのは、そうされても仕方のないほどひどいことを自分がしたせいだと諦めている。耕助を恨む気持ちはない。むしろ、約束を守って、毎月、拓也に会わせてくれることを感謝している。そう納得はしているものの、やはり、一抹の淋しさを感じてしまう。景子は小さな溜息をひとつついて、また改札を通る。

階段を上り始めると、さりげなく真琴が追いついてきて横に並ぶ。

「何だか辛いですね」

「いいんです。慣れてますから。拓也は、西園先生のおかげですごく楽しかったみたいだし、本当にありがとうございました。貴重な休日なのに、わたしたちに付き合わせてしまって」

「とんでもない。わたしだって楽しかったですよ。水族館や遊園地なんて何年振りかな。もしかすると、拓也君より、わたしの方が楽しんでたかもしれませんね」

真琴がにこっと笑う。

ホームのベンチに腰を下ろしたとき、景子の着信音が鳴った。律子からだ。

「もしもし……」

うん、うん、わかった、気にしなくていいよ、頑張ってね……さして長い会話ではない。景子が携

帯をバッグにしまうと、

「淵神さんからですか？」

真琴が訊く。

「はい。休日出勤してるんですけど、何か捜査に進展があったらしくて帰りが遅くなるみたいです」

「例のベガ事件ですか？」

景子の耳許に顔を近付けて、真琴が小声で訊く。

「ええ。すっかりのめり込んでしまって、家にいるときも、ずっと事件のことばかり考えてるみたいなんですよ」

「腕利き刑事さんですもんね。町田さん的には、ちょっと淋しいですか？」

「仕事だから仕方ないと割り切ってますけどね。そうだ、西園先生。これから時間ありますか？　よかったら今日のお礼に何かごちそうさせて下さい」

「あ～っ、残念！　病院に行かないと」

「当直ですか？」

「残念ながら」

「ごめんなさい、うっかりして……。当直なら、今日はゆっくり休みたかったですよね」

「いいんです。気にしないで下さい。本当に楽しかったし、こう見えても結構体力はあるんです」

真琴が力瘤《ちからこぶ》を作って見せる。その仕草が子供っぽくて、思わず景子も笑ってしまう。

「四人の被害者が繋がったか……」

円が腕組みして難しい顔になる。

「淵神さんとも話したんですが、五年前の轢き逃げ事件が鍵だったんですよね。天野正彦の身内に犯人がいる可能性が強そうですが、そのあたり、何かわかりましたか？」

藤平が訊く。

「天野正彦本人については、いろいろわかったよ。何しろ、有名人だからね。インターネットで検索するだけで、かなり詳しい個人情報が手に入った。但し、本人に関する情報だけだ。さすがに家族のことまではインターネットではわからない」

円は立ち上がると、ホワイトボードに、

5／17
9／17
1／17
5／17
4／17

と書き並べた。

「これが何だかわかるかね？」

円が藤平と律子に訊く。

「四人の被害者が襲われた日付ですよね？　右から順に赤石富美子、下平幸司、北柴良恵、作間慎太郎……五番目の日付は何ですか？」

「天野正彦の誕生日だよ。１９８1年4月17日生まれなんだ。２００7年12月24日の夜に轢き逃げ事故に遭い、七日後の12月31日の真夜中、新年を迎えた直後に病院の屋上から飛び降り自殺をした」

「四人の被害者がすべて17日に襲われたのは、それが理由だったのか……。天野正彦の身内に犯人がいるという確信が強まりますね。残る謎は、なぜ、天野正彦を救った人間たちが恨まれるのか、ということですね。もちろん、赤石徹を除いてですが」

「どうかしたのかね？」

円が律子に訊く。さっきから黙りこくっているからだ。話しているのは円と藤平だけである。

「わたしたちは、かなり事件の核心に迫っていると思います。もしかすると犯人を突き止められるかもしれません」

「うむ」

「しかし、突き止めるのに時間がかかって犯人を逃がしてしまうかもしれないし、捜査の手が迫っていることに気付かれて、やはり、逃げられることになるかもしれません」

「ここから先は、わたしたちでは力不足だと言いたいのかね？」

「はっきり言えば、そうです。自分たちにできることとできないことを認識するべきじゃないでしょうか。現に天野正彦の身内に怪しい人物がいないかどうか、そんなことすら調べることができないんですよ。一課であれば、簡単に調べることができます」

藤平が怪訝な顔で訊く。

「ぼくたちが調べたことを丸ごと強行犯に引き渡すということですか？」

「手柄を渡したくない？」

「そうは言いませんが……」

「無理しなくていいよ。悔しい気持ちはわかる。刑事なんて、きれいごとだけじゃやれないしね。大部屋の刑事なら、自分で手に入れた情報を、たとえ同僚や上司にでも、そう簡単には渡さない」

「それなら、なぜ……？」

「同じ一課でも、第三係のわたしたちにできることには限りがあるからだよ。本音を言えば、わたしだって手柄を立てたい。そうすれば、また大部屋に戻れるかもしれないしね。だけど、欲を掻いて犯人に逃げられたら、わたしは自分を許せないと思う」

「淵神君の言う通りだな。わたしもちょっと熱くなって目が曇っていたかもしれない。わかった。これまでに手に入れた資料や情報を強行犯に渡そう。明日は淵神君が法事で休みだから、明後日の朝、三人で大部屋に出向いて管理官か理事官に話をしよう。明日、森繁係長と相談して段取りを決めておくよ。それでいいかな？」

「結構です」

律子がうなずく。


この夜、世田谷区経堂《きょうどう》の住宅街で、宮前優子《みやまえゆうこ》が自宅の玄関先で殺害された。二六歳の主婦で、妊娠六ヶ月だった。

植え込みの陰に倒れている妻を発見したのは夫の圭吾《けいご》である。

優子は鋭利な刃物で心臓を一突きされて即死、胸にアルファベットの「A」という文字が刻まれ、左中指の爪が剝がされていた。

ベガの五人目の犠牲者である。

一六

六月一八日（月曜日）

景子は日勤、律子は有給休暇を取って隆一の法事に出なければならない。

日勤は八時半からの勤務だが、いつも余裕を持って出勤するので、景子がマンションを出るのは七時一五分から二〇分の間だ。自分が先に出るつもりだったが、

「一緒に行こうよ」

「まだ早いでしょう」

「いいの。この頃、ゆっくり話もできてないし、一緒に出れば途中まで話せるじゃない」

「嬉しいけど」

景子がにこっと笑う。

ゆうべ、律子は帰りが遅かった。むっつりした、ひどく不機嫌そうな顔で帰宅した。

（捜査がうまくいってないのかな……）

強行犯にいるときも、思うように捜査が進まないと、律子は苛立ちを隠すことができなかった。律子の顔を見るだけで、景子は捜査の進捗状況を察することができるほどだった。それほど感情が表に出やすいということでもある。

だが、昨日は、西園真琴のおかげで、思いがけず拓也と楽しい休日を過ごすことができたので、景子の気分は浮き立っていた。にこやかに食事の支度をしたり、着替えや入浴の世話をしているうちに、

律子も、景子との約束をすっぽかしたことを思い出して反省したらしく、次第に表情が柔らかくなった。


最近は、部屋にいるときも夢中になって捜査資料を読み耽っていることが多いのに、ゆうべは、

「もういいの。円さんも藤平もわたしも、とにかく、わたしたちにできることはやったから」

と捜査資料を手に取らず、珍しく景子と一緒にさっさとベッドに入った。休日出勤が続いて疲れが溜まっていたのか、ベッドに横になった途端に律子は眠ってしまった。律子の健やかな寝息を聞いているうちに穏やかで幸せな気持ちになり、景子もすぐに眠ってしまった。熟睡したせいか、今朝は二人とも目覚めがよかった。


三軒茶屋駅まで歩きながら、不意に律子が、

「昔、景子さんが勤務してた聖火会病院のことなんだけどさ」

「何？」


景子の表情が引き締まる。警戒心の表れだ。

「五年前のクリスマスイブに轢き逃げ事件の被害者がＥＲに搬送されたのよ。天野正彦っていう有名なピアニスト。直接担当はしなかったかもしれないけど、かなり大きなニュースになったらしいから覚えてるんじゃないかと思って」

「そう言えば、そんなことがあったかもしれないわね。有名人とかに興味がないから詳しくは覚えてないけど、ナースたちが噂してたかもしれない。ニュースも見たかもしれないわね」

「大晦日の夜に病院の屋上から飛び降り自殺したんだよね？」


律子が景子の耳許で囁く。

「……」

景子の表情が更に強張り、左右の指先が小さく震えている。喉がひりひりして言葉が出てこない。ちょうど駅に着いた。周りに人が多いので、お互いの顔を見合って話をすることができない。もし普通の状態で話していたら、律子も景子の様子がおかしいことにすぐ気が付いたはずだ。

「じゃあ、ここで」

律子が景子の腕に軽く触れる。

景子の勤務先は新宿だから、東急田園都市線で渋谷に出て山手線に乗り換える。

律子は、法事の行われる世田谷区北烏山のお寺に行く。東急世田谷線で下高井戸に出て、京王線に乗り換えて千歳烏山に向かう。駅に着いたらタクシーに乗るつもりだ。

「ごめんね。一緒に行けなくて」

「景子さんのせいじゃないもん」

二人が一緒に暮らすようになってから景子を実家に連れて行ったことがあるが、二人がどんな関係なのか察した隆太郎が興奮して、呂律の回らない口で景子を罵り、菜穂子はそれを制するでもなく、やはり、景子に対して冷ややかな態度を崩さなかったので律子が腹を立てた。それ以来、景子を実家に連れて行ったことはない。隆一の墓参りに二人で出かけたこともあるが、法事となれば、また隆太郎や菜穂子と顔を合わせて景子が気まずい思いをするだろうから、出席しなくていいと律子が気を遣った。律子と別れて、ホームで東急田園都市線の準急を待っているとき、

（どうして正直に話せないんだろう……）

景子が溜息をつく。

五年前の天野正彦事件。

忘れられるはずがなかった。

その事件のせいで景子は聖火会病院を辞めたのだ。

同じ病院にいたものの自分は直接関わっていない……そう律子に説明したのも嘘だ。当時、景子は聖火会病院の救急外来にいて天野正彦の手術にも立ち会っている。轢き逃げ事故に遭って搬送されてきた天野正彦が七日後に飛び降り自殺をするまで、聖火会病院で何があったのかを最も身近で見た人間の一人なのだ。

まさかベガ事件を捜査する過程で律子が天野正彦事件を調べるとは想像もしていなかったから、聖火会病院で働いていたことを質問されたとき、咄嗟に嘘をついてしまった。ひとつの嘘が次の嘘を呼び、真実を告げるきっかけを失った。

できれば真実など告げたくはないが、律子が真実を探り当て、律子の手で景子の嘘が暴かれる事態は避けたい。きっと律子に軽蔑されるに違いないと思うからだ。

天野正彦が自殺した一ヶ月後に景子は聖火会病院を辞め、三ヶ月後に警察病院に就職した。耕助から離婚を切り出され、家から追い出されたのは、その直後である。「矢代景子」は「町田景子」に戻った。天野正彦事件について語ることになれば、退職や離婚についても話さなければならなくなる。それが怖いのだ。離婚したのは、甲斐性のない耕助に景子が愛想を尽かしたせいだと律子は勝手に思い込んでいるが、実際は、そうではない。愛想を尽かされたのは景子の方で、それどころか、警察に捕まってもおかしくなかったのである。

「離婚届に判を押して、おとなしく出て行くのなら、それで終わりにしてやる」

という耕助の言葉は、実は優しさの表れだった。

（やっぱり、本当のことなんか言えない……）

いつかは真実が白日の下に曝《さら》されるとしても、その日が来るまで自分は口を閉ざしていようと景子は決めた。

一七

律子がお寺に着いたときには、もう隆太郎と菜穂子は住職と何か話していた。隆太郎の傍らにいる大柄な男は、隆太郎が外出するときに付き添ってくれる畑山《はたやま》という介護ヘルパーだ。まだ仕事を続けているとき、隆太郎は何だかんだと理由を拵えて法事に出席しないことが多かった。

「少しは後ろめたいんでしょう」

と、菜穂子は言ったが、

「それなら法事に出て、きちんと隆一に謝ればいいんだよ」

律子は隆太郎の態度に腹を立てた。

定年退職して三年後に脳梗塞の発作を起こし、体の自由が利かなくなって車椅子生活を余儀なくされると、菜穂子は隆太郎のわがままを許さなくなった。それ以来、隆太郎は欠かさず法事に出席させられている。

律子を交えて一五分ほど住職の法話を聞いてから、

「そろそろ、あちらに参りましょうか」

という住職の言葉に促されて本堂に移動する。

読経が始まって五分ほど経ったとき、携帯の着信音が鳴り始めた。

「すいません」

電源を切り忘れていた。律子が携帯を取り出す。

（ん？）

藤平からだ。法事で有休を取ったことを承知していながら電話をかけてくるには、それなりの理由があるはずだと律子は考える。

そっと立ち上がって本堂を出る。菜穂子が咎めるように横目で睨むが、住職に気を遣ったのか何も言わなかった。廊下に出ると、

「もしもし」

「淵神さん、法事なのに申し訳ありません。だけど、すぐに知らせた方がいいと思って」

「何があったの？」

「ゆうべ、経堂で主婦が殺されました。たぶん、ベガの仕業です」

「え？」

「まだマスコミには発表されてませんが、手口がベガのやり方なんです。中指の爪も剝がされてます」

「あれは？」

「今度は『A』です。アルファベットの『A』でした」

「わかった。すぐそっちに行く」

携帯を切ると、律子は本堂に戻ろうとする。緊急の用事で警視庁に戻ることになったと菜穂子に伝えるためだ。

が、考えが変わる。

そんな説明をしても菜穂子が納得するとは思えなかったし、ましてや、それを聞いて隆太郎が何を言い出すかわからない。隆一の霊前でつまらない諍《いさか》いなどしたくなかった。

本堂に背を向け、律子は足早に廊下を渡っていく。

ホームで電車を待っているとき、律子の携帯が鳴った。菜穂子からだ。

「はい」

「ちょっと律子、どういうつもりなの？　今、どこにいるの？」

「大事な仕事で警視庁に行くことになったの。どうしても行く必要があるの」

「あんた、何を言ってるのよ？　隆一の法事なのよ。それなのに仕事だなんて……」

「あ、ごめん。電車が来た。電波も悪いみたい。よく聞こえない。また電話するね」

律子が携帯を切る。

すぐにまた着信音が聞こえてきたが、マナーモードに設定して携帯をバッグにしまう。

一八

第一七保管庫のドアを開けると、藤平が力の抜けた様子で椅子に坐り込んでいる。円は腕組みして目を瞑っている。

「淵神さん……」

藤平が今にも泣きそうな顔で律子を見る。

「……」

律子は黙ったまま保管庫の中を見回す。

何があったのか想像できる。

ベガ事件に関する捜査資料がすべてなくなっている。事件の要点をまとめておいたホワイトボードすら消えている。

「ゆうべの事件について、捜査本部が設置されました。何もかも大部屋にさらわれてしまいましたよ、ついさっき……。きれいさっぱりなくなりました。芹沢さんが嬉しそうに高笑いしてました」

藤平が悔しそうに唇を噛む。

「芹沢の奴か……」

律子がちっと舌打ちする。

「心配ない」

円が目を開けて律子を見る。自分の頭を人差し指でこつこつ叩きながら、

「必要なことはすべて頭に入っている。『広辞苑』というあだ名は伊達じゃない。うちに持ち帰ったままになっている資料もあるし、わたしたちのやり方には何の支障もきたさない。元々、明日には一課に差し出すつもりでいた資料だしね。何も惜しくないさ」

「え、そうなんですか」

藤平が驚き顔になる。

「どうして最初に、そう言ってくれなかったんですか？　ぼくは、てっきり、もう何もできないのかと思って……」

「強行犯が持ち去った資料を頭の中で整理してたんだよ。もう大丈夫だ。言ってくれれば、何でも頭から出てくる」

円がにこっと笑う。

「ゆうべの事件について詳しく教えてもらえる？」

律子が椅子に坐り、藤平を見る。

「電話で話したように、ゆうべ、経堂に住む宮前優子という専業主婦が殺害されました」

「年齢は？」

「二六歳です」

「ベガの犯行であることは確かなんだよね？」

「鋭い刃物で心臓を一突きという手口も同じで、胸にアルファベットの『A』が刻まれてました」

「それに左中指の爪か……。模倣犯なんかじゃないってことだよね。これがベガの犯行だとすると、被害者の家族が天野正彦事件に関わっているはずだけど、その点はどうなの？　さすがにまだ何もわかってないのかな？」

「いや、ほぼ見当がついているよ」

円が言うと、

「いつの間に調べたんですか？」

また藤平が驚く。

「きちんと調べたわけじゃないけど、わたしたちの仮説に従えば、大体の見当はつくという意味だよ。被害者の夫は出版社に勤務していて、五年前には、その出版社が出している週刊誌の記者だった。天野正彦が轢き逃げ事故に遭い、右腕を失ったことを報じ、もはや、ピアニストとしての未来は断たれたと言っていい……そんな記事が事故直後に発売された週刊誌に載っていたよ。その記事はインターネットで簡単に検索できる」

「もしかして、その記事を書いたのが……？」

藤平が訊く。

「記事の最後に執筆者の名前が載ってたよ。宮前圭吾。被害者の夫だ」

「なぜ、今頃になって犯行を再開したんでしょうか？　その記事が天野正彦を精神的に追い詰めて自殺の一因になったとすれば、もっと昔に犯行に及んでもおかしくなかったはずなのに」

律子が首を捻る。

「これはインターネットで調べたのではなく、ちょっと昔のコネを使って調べたんだがね。宮前夫婦は、ずっと外国にいたんだよ。天野正彦が自殺した三ヶ月後、宮前圭吾は週刊誌の編集部から国際部に異動になり、ニューヨークに赴任した。海外で評判になった小説の版権を買い付ける仕事らしい。ずっと海外にいて、妻が妊娠したのでようやく国内に戻されることになったらしい」

「いったい、どんなコネを使って調べたんですか？」

藤平が目を丸くする。

「長く警察に勤めていれば、誰だって、その程度のコネは持っているさ。なあ、淵神君？」

「まあ、そうかもしれませんけど……。今の話も強行犯に教えたんですか？」

「何かを教えるどころか、わたしたちのことなんか、まるで無視だよ。向こうから質問されれば何でも答えるつもりだったけどね」

「おまえたちに用はない、邪魔だからどいてろ……そんな感じでしたね」

藤平がうなずく。

「ふうん、向こうがそういう態度なら、こっちも遠慮なく勝手にやるだけの話だけどね」

律子が肩をすくめる。

「この事件から手を引くんじゃなかったんですか？」

「ゆうべの事件で状況が変わったじゃないの。ベガが犯行を再開したのよ。これで終わりじゃなく、これが新たな始まりかもしれないでしょう。強行犯とは違うやり方でわたしたちが捜査しても構わないと思う。肝心なのは一刻も早くベガを捕まえることなんだから」

「淵神君の言う通りだ。被害者は、もっと増えるかもしれない」

円がうなずく。

「藤平、被害者の夫に会いに行こう」

律子が言う。

「捜査本部の方で聴取してるんじゃないですか？」

「そうだとしても別に容疑者じゃないんだから、そう長い時間、聴取されるとも思えない。葬儀の準備とかいろいろあるだろうしね。その合間に少しだけでも話を聞きたい」

「その格好で行くんですか？」

「……」

法事の席から抜け出してきたので、当然、律子は喪服姿だ。確かに、その姿で被害者の夫に会いに行くのは普通ではない。

「ご自宅に寄って着替えてからにしますか？」

「そうだね……」

どうしようかと思案しているとき、ドアが開いて森繁係長が入ってきた。

「ふうん、ここで仕事をしてたのか」

興味深げに部屋の中を見回す。

「……」

律子と藤平が顔を見合わせる。二人が見慣れているのは詰め将棋を解いている森繁係長の姿だ。考えてみれば、第三係に異動してから、まともに口を利いたこともほとんどない。もちろん、この保管庫に顔を見せるのも初めてだ。

「そこ、いいかね？」

「どうぞ」

藤平がパイプ椅子を森繁係長の方に押し遣る。

「うむ」

森繁係長が椅子に坐ると、四人がテーブルを囲むことになる。こういうシチュエーションも初めてのことだ。

「大部屋の連中、いろいろなものを持って行ったようだな。さっき何台もの台車で段ボールをいくつも運んで行くのを見かけたよ」

「ええ、根こそぎ持って行かれました」

円が答える。

「それだけ君らの仕事が大したものだったっていうことなんだろうな。本来であれば、電話をかけてきて大部屋に資料を持って来いと言えばいいだけなのに、わざわざ、ここに出向いて根こそぎ持って行ったわけだからさ」

「ええ、当時の捜査資料だけでなく、ぼくたちが作成した資料も持って行ったんです」

藤平が憤慨する。

「よく頑張ったな。しかし、ここまでにしてくれないか。もう十分だろう」

「どういう意味ですか？」

律子が訊く。

「池袋署の作間巡査長を知ってるな？　君と藤平君が何度も訪ねたはずだ。彼は君たちの行動が気になったらしくて、事件の解明が進んでいるのなら自分にもきちんと教えてくれ、と強行犯に訴えてきた。それで君たちの活動が理事官の耳に入った。もちろん、課長の耳にもだ。強行犯がこの部屋にある資料を何もかも持ち去ったのは、ゆうべの事件だけが理由じゃないんだよ」

「作間さんから問い合わせが……」

律子が唇を嚙む。

「課長に呼ばれて、上に行ってきた。篠原理事官もいたが、あの人は相変わらず短気だな。口から白い泡を吹いて怒ってたよ。君は、よほど睨まれていたようだな、淵神君」

「はあ……」

「今後、この事件に関わることは禁止だそうだ。外回りも駄目らしい。本来の業務、つまり、捜査資料の整理・保管に専念しろ……そういう命令だ」

「そんないきなり……」

円が口を開こうとするが、

「部長も承知したことだ。誰も逆らえんよ。それとも総監か副総監に直訴するか？」

「……」

円も黙り込むしかない。

「そういうことだから」

森繁係長が立ち上がり、部屋を出て行く。

三人は、しばらく口が利けなかった。

やがて、藤平が、

「せっかく、ここまで頑張ったのに何もかも禁止だなんて……。ひどすぎませんか？」

「何もかもというわけじゃない。外回りは駄目だが、整理・保管のために捜査資料に触れることもできる。事件について頭で考えることまで禁止することはできないさ」

円が言う。

「この部屋で犯人を捜し出すとでも言うんですか？」

「天野正彦に近しい人間が犯人である可能性が強いが、前に淵神君が言ったように、そういう人間を見付け出すのは強行犯の得意分野だ。彼らに任せておけばいい。わたしたちは自分にできることをすればいい。強行犯と同じことをしようとするのは無意味だ。それにね、君たち二人が第三係に異動してきて、わたしたち三人が事件について調べ始めたことと、ゆうべの事件は無関係でない気がするんだよ」

「それって、つまり、ぼくたちの動きをベガが把握しているということですか？」

「わたしたちは自分たちが思っている以上に事件の真相に近付いてるのかもしれない。宮前夫妻は四月初めには帰国していたはずだから、事件を起こすのであれば四月一七日でも五月一七日でもよかったはずだ。なぜ、ゆうべだったんだろう」

「偶然じゃないんですか？」

律子が首を捻る。

「考えすぎだと言いたいのかね？　作間巡査長の資料を手に入れるときに感じたことだが、一般市民が第三者の個人情報を手に入れるのは、そう簡単なことではない。この犯人は、五年前の轢き逃げ事故に関わり、天野正彦に何らかの不利益を与えたと思われる人間たちの家族を標的にしたが、いったい、そんな情報をどうやって手に入れたんだろう？　不思議だと思わないか」

「そんなに難しいことですかね……」

　藤平が小首を傾げる。

「轢き逃げ犯人の赤石徹の名前は新聞やニュースで報道されたでしょうし、天野正彦の手術を執刀したのが下平幸一であることは病院に確認すれば教えてくれるんじゃないですか」

「あとの二人は、どうかな？」

「最初に現場に駆けつけた作間巡査長については、池袋署の地域課に問い合わせればいいんじゃないですか？」

「問い合わせの電話がかかってきたからといって、そう簡単に教えることはないよ。特に一般からの問い合わせにはね」

「犯人は警察官ということですか？　同じ警察からの問い合わせであれば、誰が現場に向かったかという程度のことはすぐに教えるはずです」

　律子が円をじっと見る。

「そう先走らない方がいい。犯人が警察官であれば、赤石富美子、下平幸司、作間慎太郎の情報を容易に入手できるだろう。だが、北柴良恵は、どうだ？」

「なるほど、それは難しいですね。そもそも事故が起こったとき、通報したのが北柴省三だということは誰にもわからなかったわけですから」

「作間巡査長が事情を聞こうとしたときには、もう姿を消していたわけだからね。聴取もされてないし、当然、捜査報告書にも名前は載ってないはずだよ。彼が現場にいたということは、君たちが探り出すまで誰にもわからなかったことだ。いや、ちょっと違うな。正確に言えば、犯人だけは事故現場に北柴省三がいたことを知っていた。だから、奥さんが殺された」

「いったい、どうやって知ったんですかね？」

「わからない」

円が首を振る。

「わたしが言いたいのは、この犯人が異様なほど情報収集能力に長《た》けているということだ。北柴省三のことなど、たとえ警察官であっても知りようがない。だが、犯人だけは知っていた。ゆうべの事件に関しても、犯人は宮前夫婦が外国に赴任していたことも、最近、帰国したことも知っていたわけだろう？」

「この五年、ずっと見張っていたということになりますよね？」

藤平が訊く。

「見張るというか……その出版社の内部情報にアクセスしていたということなんじゃないかな」

円が答える。

「そんなことができるんですか？」

律子の素朴な疑問だ。そういう分野が苦手なのだ。

「どうだね、藤平君？　君は詳しそうだな」

「そうでもありませんが……。簡単ではないが不可能ではない。そんな答えになりますかね。一流の出版社ともなれば、当然、ハッキング対策をしているはずですから、第三者が内部情報にアクセスするのは簡単ではないはずです。しかしながら、所詮は金庫破りと同じですから、どんなに頑丈な金庫であろうと、それを開ける手段はあるわけです。ヨーロッパのあるハッカー集団はアメリカ合衆国の機密情報にすらアクセスしましたからね。要は、テクニックさえあれば、どんな情報にアクセスすることも可能だということです」

「誰にでもできることじゃないわけだよね？」

律子が確認する。

「ええ、無理ですね。ぼくにもできません。不正にアクセスしようとすれば、すぐにばれて、アクセスの痕跡を辿られて捕まると思います」

「とすると、この犯人は、やはり、ただ者じゃないんだろうな。出版社の内部情報に不正にアクセスして、しかも、その事実を出版社に気付かれていないわけだから」

円がうなずく。

「身軽で敏捷で、人を殺すのがうまくて、どんな情報でも簡単に手に入れることができるなんて……こいつ、何者？」

律子が呆れたように首を振る。

一九

午前の受付時間が過ぎても待合室にいる患者の数は一向に減る気配がない。看護師は、一二時から交代で昼休みを取ることになっているが、とても休憩など取れる状態ではない。

ようやく一時頃になって患者の数が減ってきた。

「先輩、休憩に行って下さい」

若村千鶴が景子に声をかける。

「日勤で上がりが早いから、わたしは後でいいわ。先に行って来て」

「いいですよ、そんな。わたしだって日勤だし」

「あ、そうか。同じローテーションだったわね」

「午後の受付が始まると抜けるのが大変ですから今のうちに早く」

「ありがとう」

　この時間帯、一般のラウンジは外来患者も多く利用するので、職員専用のラウンジに行くことにする。財布を取りにロッカー室に足を向けると、廊下を曲がったところでばったり西園真琴に出会《でくわ》した。

「西園先生」

「これから食事ですか？」

「はい。先生は上がりですか？」

「そうしたいところですが、まだ細々とした雑用が残っていて……。レジデントの宿命です」

　真琴がにこっと笑う。

「昨日は本当にありがとうございました」

　景子が丁寧に頭を下げる。

「とんでもない。こちらこそ、とても楽しかったです。久し振りに息抜きできました。病院の仕事ばかりだとストレスが溜まりますから。よかったら、また誘って下さい」

二〇

六月一九日（火曜日）

　朝礼の後、円、律子、藤平の三人は第一七保管庫に移動しようと席を立つ。

「あんたら、性懲りもなくこそこそとようやるなあ。いい加減にしたらどうや?」

板東が呆れたように言うと、

「余計なことを言わないで株価でも見てたらどうですか」

片桐みちるが睨む。

「ああ、藪蛇や」

板東が肩をすくめて、イヤホンを耳に装着する。

森繁係長は何も言わずに詰め将棋を解いている。


「実は、思いついたことがあるんです。あまり自信はないんですけど……」

保管庫の椅子に坐ると、藤平がおずおずと切り出す。

「遠慮しないで言いなさいよ。どうせ、ここで話し合う以外にすることもないんだから」

律子が促すと、藤平がノートを開く。

ホワイトボードまで持ち去られてしまったのでノートを使うしかないのだ。

VEGA PI

藤平がボールペンでアルファベットを書く。

最初の四文字は、四人の被害者の体に刻まれていたもので、その次の二文字は元岡繁之と律子の体に残っていた文字だ。

そこに藤平は「A」を書き加える。一昨日の被害者・宮前優子の体に刻まれていた文字だ。

ＶＥＧＡ　ＰＩ　Ａ

「最初の四文字しかわからなかったときは、ぼくも先入観に惑わされて、これは『ベガ』なんだろうと思い込んでました。犯人がそう名乗っているのかな、と。だけど、元岡さんと淵神さんの体に残っていた二文字が加わったことで疑問を持ち始めたんです」

律子が訊く。

「この六文字で『ベガピ』ってこと？」

「もちろん、六文字を並べ替えることで何か意味のある単語ができるのではないかと最初に考えましたよ。でも、新たに『Ａ』が加わったことで、それは違うような気がしてきたんです。やはり、最初の四文字だけでひとつの単語になるような気がします……」

藤平はノートに、

ＧＡＶＥ

と書いた。

「ゲイブ？」

「これは『ＧＩＶＥ』の過去形だな？　『与える』の過去形だから『与えた』という意味か」

円が言う。

「はい」

藤平がうなずく。

「でも、『PI』を『与えた』というのでは意味が通りません。だから、もしかすると、まだ文字が足りないのではないか、ぼくたちが見落としているのか、それとも……」

「それとも更に犠牲者が増える……そう考えたわけね？」

律子が訊く。

「そうです。残念ながら、それが当たってしまいました」

「それが正しいとすると『PIA』を与えた、もしくは、『PAI』を与えた、それとも、『API』を与えた……そんな意味になるの？　よくわからないんだけど」

「ぼくは、そうは考えませんでした。推測というか、ほとんど想像に近いんですが……『P』と『I』を含む、何かしら『GAVE』と意味が繋がる単語があるのではないかと考えて、手当たり次第に洗い出してみたんです。ゆうべの事件で『A』が加わったことで更に絞り込むことができます。最も可能性が強いとぼくが思うのは、これです」

GAVE　PAIN

「ゲイブペイン……痛みを与えた、という意味かね？」

「天野正彦の死によって自分が受けたのと同じ痛みをおまえたちにも味わわせてやる……そんなメッセージなんじゃないでしょうか？」

「そうだとすると、まだ『N』が足りないな」

と口にして、円はハッとしたように表情を強張らせる。

「まだ復讐は終わっていない、他にも犠牲者が出る……そういうことですよね。恐らく、その被害者の体に『N』の文字が刻まれることになる。さっき円さんが言ったように、捜査の手が迫っていることを犯人が察知しているとすれば、これまでの犯行パターンからして次の犯行は来月の一七日に起こる可能性が強い。もっとも、一七日に復讐するというパターンを崩すほど犯人が精神的に追い詰められていれば、いつ起こっても不思議はないわけですが……」

律子が険しい表情で言う。

「何とか次の犯行を防がなければ」

円がうなずく。

「犯行を防ぐといっても、宮前さんのように、事故に関する記事を書いた記者までが恨まれてその家族が襲われるとなると、いったい、誰が狙われるのか見当もつきませんよ」

藤平が溜息をつく。

「投げやりになっては駄目だ。よく考えるんだよ。天野正彦が轢き逃げ事故に遭ってから自殺するまでに何があったのか、何が彼を追い詰めたのか……。それが次の犯行を防ぐ手掛かりになるはずだ」

円が戒める。

「事故現場に絞れば、そこに関わったのは、赤石徹、北柴省三、作間慎介の三人だけですよね？　この三人は、もう被害に遭っている。搬送された聖火会病院で天野正彦は手術を受け、右腕を切断され、執刀した下平幸一が恨まれた……」

律子が事実を再確認していく。

「今更何をという気もしますが下平先生が一人で執刀したんでしょうか？　素人考えですけど、腕の切断って、結構、大変なんじゃないですかね」

藤平が首を捻る。

「どうなんだろう、夜中だったから人手が足りなかったのかもしれないしね」

律子にもよくわからない。

「よし、調べてみよう」

円がうなずく。

「調べられるんですか？」

「他にも手術に加わった医師がいれば、間違いなく犯人に狙われる。何としてでも調べるさ。場合によっては大部屋に知らせる。わたしの言葉に耳を傾けてくれるかどうかわからないがね」

二

まだ午後七時を過ぎたばかりだというのに第三係のある地下は、しんと静まり返っている。

普通の会社ではあり得ないことだろうし、実は、警視庁でもこんな部署は他にない。六階の大部屋など、夜通し明かりが消えることがない。律子と藤平が異動してきてから、第三係でも休日出勤や残業申請が増えているが、そんなことは今までになかったことである。森繁係長を始め、板東雄治も片桐みちるも定時に帰宅してしまう。今日は律子と藤平も早めに帰った。円が帰るように言ったのだ。外回りを禁止されたので、これまでに手に入れた資料や情報をもとに三人で話し合うしかないが、

「三人が顔を揃えて話し合うことも必要だが、一人になって考える時間も役に立つんじゃないかな。そのおかげで、藤平君がアルファベットの謎も解いてくれたわけだし」

と、円は言い、今夜は、さっさと帰宅して、それぞれが事件を推理し、明日、その推理について三

人で話し合おうと提案した。その言葉に従って、律子と藤平は帰った。

しかし、当の円は残っている。

第一七保管庫に一人でぽつんと坐っている。何か作業しているというのではなく、椅子に坐って目を瞑り、何やら考え事でもしている様子だ。

午後一〇時を過ぎた頃、ガチャッ、とドアが開く。

円が目を開ける。

部屋に入ってきたのは芹沢だ。黙ってテーブルに近付くと、円の向かい側の椅子に腰を下ろす。

「捜査会議が長引きまして……」

「わかっているさ」

「こういうことは困ります……。以前、そう申し上げたつもりですが、わたしの意図が伝わっていませんでしたか」

「この前は助かった」

「あれで恩返しできたのか……そう思ってましたが、やはり、あれくらいでは円さんの目を失わせた代償にはなりませんでしたか」

「そう嫌みったらしいことばかり言わなくてもいいじゃないか。今日は、お互いに得になる話だと思うんだが」

「得になる？　ここには、もう何もないじゃないですか。全部うちがもらいましたからね」

「古い捜査資料だけじゃなく、わたしと淵神君と藤平君が三人で集めた資料まで持って行くとは、さすが強行犯はハイエナ揃いだよ」

「褒め言葉だと受け止めておきます。そんなことに遠慮しているようでは強行犯でやっていけませんからね」

　ふふっ、と芹沢が笑う。

「他人の苦労を踏み台にして何かわかったかね？」

「申し訳ありませんが、何も言えません」

「犯人の目星がついたとは言えないんだろうな。目星がついていれば、君もここにはいないだろうから。怪しい人間が浮かんできたという程度じゃないのかね？」

「……」

「天野正彦の血縁者なんだろう？」

　円が口にすると、芹沢の口許がぴくりと反応した。核心をついていたらしい。

「取引しないか？」

「は？」

　芹沢が首を捻る。

「ここには取引する材料なんか何も残ってないでしょう。はったりはやめて下さい」

「次の被害者に関する情報はどうかな？」

「どういう意味ですか？」

　芹沢の表情が険しくなる。

「犯人は捜査の手が迫っていると感づいている。だから、宮前優子が殺された。すぐに逮捕しないと次の犠牲者が出るぞ」

「なぜ、そんなことがわかるんですか？」

「取引だ」

「何を知りたいんですか？」

「強行犯が誰に目星を付けているのか知りたい。すでに絞り込んでいるはずだ」

「犯人だと断定しているわけじゃありません。参考人に過ぎませんよ。まあ、重要参考人ですが」

「それでいい。その名前を知りたい」

「円さんの情報次第です」

「いいだろう」

円はうなずくと、死体に残されたアルファベットの意味を芹沢に説明した。

「ふうむ、ＧＡＶＥ　ＰＡＩＮですか……」

「まだ、Ｎが足りないがね」

「だから、誰かが殺されるというわけですか？」

「恐らく、天野正彦が搬送された病院の関係者ではないかと思う……」

律子や藤平と共に推理した内容を芹沢に説明し、その夜、天野正彦の手術に関わった者を調べてほしい、と円が言う。

「なるほど……」

「取引は成立かね？」

「いいでしょう。実は、今夜、重要参考人として一人引っ張ることになってます」

「今夜？」

「こういうことは夜討ち朝駆けが鉄則じゃないですか」

「朝駆けはよく聞くが、夜中というのは珍しいんじゃないか？」

「仕方ないんですよ。自宅にいないし、職場に現れるのを待つしかないんです」

「夜中に仕事？　夜間警備員か何かかね」

「いいえ」

芹沢が首を振る。

「医者ですよ。今夜、宿直らしいんです」

「ほう、医者かね」

円がうなずく。何となく納得できる気がした。医者ならば刃物の扱いにも慣れているだろうし、緻密な計画を立案する頭脳にも恵まれているだろうと思うからだ。

「手術に誰が立ち会ったか調べてみます。少し時間がかかるかもしれませんが、わかったらすぐに知らせます。たぶん、今夜中に……。それとも明日の方がいいですか？」

「いや、今夜中にお願いしたいな」

「取引成立ですね」

二二

六月二〇日（水曜日）

（ちくしょう、飲みたいな……）

心の奥深いところから湧き上がってくる衝動を、律子は必死に抑えている。

景子は夜勤なので、午後一一時には出かけた。景子がいる間は何とか我慢できたが、一人になった途端、猛烈に酒が飲みたくなった。

ベガ事件に夢中で取り組んでいる間は酒のことなど忘れていた。宮前優子が殺害されたことで強行犯に捜査資料を持ち去られ、捜査に関わることすら禁じられた途端、ぽっかりと心に穴が空いたような虚脱感に襲われて、耐え難いほどの渇きを覚えた。

駄目だ、二度と酒には手を出さないと誓ったはずではないか、酒を口にしたら景子との約束を破ることになる……そう自分に言い聞かせるが、喉の渇きはひどくなる一方だ。

(たくさん飲みたいわけじゃない。ほんの一口でいい。それで満足できる)

探せば、どこかにウィスキーが残っているのではないか……律子は家の中を探し始めた。

二〇分ほど探し回って、納戸の奥からウィスキーの小瓶を見付け出した。それを手にして、いそいそとリビングに戻る。ソファに坐り、瓶にうっすらと付着している埃を手で拭い取る。

すぐにキャップを外さないのは、まだ律子の心に迷いがあるからだ。

(冷静に考えなさい。これを飲んだら、どうなると思うの？　景子さんとの関係が終わってしまうよ。警察にもいられなくなるよ。お酒をやめると誓って第三係で頑張ってるんでしょう？　ここで飲んだくれたら、第三係にいる意味もなくなってしまうじゃないの……)

そんな心の声が聞こえる。

「ふんっ、第三係にいる意味？　何をしたところで、最後には強行犯に持って行かれるだけじゃない。犯人さえ捕まればそれでいいなんて、所詮はきれい事だもん。自分の手でベガを捕まえて、ワッパをかけてやりたいのが本心。藤平の前で格好つけただけ。手柄を立てて大部屋に戻りたかったんだよ。理事官や芹沢を見返してやりたかったのに……」

ちくしょう、とつぶやいて律子がキャップを捻る。

小瓶に口を付けようとしたとき、携帯の着信音が聞こえた。

「新しい情報を入手した。今夜のうちに、淵神君と藤平君にも知らせておいた方がいいだろうと思ってね」

律子はテーブルにウィスキーの小瓶を置く。

「はい、もちろんです、どうなさったんですか？」

「今、話せるかね？」

円からの電話だ。

「夜分にすまない」

「そうですか、ありがとうございます」

口では感謝しながらも、律子の心は平静さを保ったままだ。どうせ捜査に関わることはできないのだから情報がもたらされても意味がないという醒めた気持ちなのだ。もっとも、それを円に言うほど礼儀知らずではない。

「情報はふたつある。ひとつは、今夜、強行犯が重要参考人に任意同行を求めるということ、もうひとつは、天野正彦の手術に立ち会った者たちの名前がわかったことだよ」

「今夜、任意同行ですか？」

円が抱いたのと同じ疑問を律子も口にする。

やはり、深夜の任意同行というのは異例なのだ。

「参考人は医者だというんだ。勤務先の病院で、今夜、宿直当番らしい。自宅に戻ってないようなので、勤務先に現れるのを待って任意同行を求めるということらしいな。天野正彦の妹らしいよ。両親が離婚して名字が変わっていたので所在確認に時間がかかったそうだ」

「どこの病院ですか？」

さして深い意味もなく律子が訊く。

「新宿の聖アウグスティヌス医科大学病院だよ。救急外来でシニアレジデントを務める女医だ」

「え」

律子の背筋がピンと伸びる。緊張のせいだ。表情も険しくなっている。

「名前は……その医者の名前はわかってるんですか？」

「西園真琴。名前を聞くと男のようだが、東西南北の『西』、花園の『園』、真実の『真』、和楽器の『琴』……それで西園真琴だ」

「西園先生が……」

律子が絶句する。

「もしもし、どうかしたのか？　淵神君、聞こえるか？」

「すいません。大丈夫です。聞いています」

律子の顔からは血の気が引き、顔面蒼白だ。

「天野正彦の手術だが、下平幸一以外には執刀した医者はいなかった。クリスマスイブの夜だから人手不足だったようだね」

「では、もう病院関係者が狙われる可能性はないということですね？」

「念のために手術に加わった看護師の名前も調べた。四人いたよ……」

円が四人の名前を口にしていく。

「えっ！」

律子がソファから跳び上がる。文字通り、体が跳ね上がった。あまりにも驚いたせいだ。

「淵神君？」

「あ、あの……」

声がうわずってしまう。

「今、『やしろけいこ』とおっしゃいましたよね。どんな字ですか？」

「うむ……」

円が説明する。

矢代景子

律子の体が小さく震えている。口の中がからからに渇いている。矢代景子というのは景子のことだ。離婚するまで、そう名乗っていたのだ。

円の電話を切ると、しばらく律子は動くことができなかった。頭の中が混乱している。

（西園先生が……あの女がベガなの？　そうだとしたら、なぜ、景子さんと同じ病院にいるの？　それに……それに、景子さんは、どうして天野正彦の手術に立ち会ったことを隠していたの？　なぜ、わたしに嘘をついたの……）

わからないことばかりだ。

律子は両手で頭を抱えたまま動くことができなかった。

（景子さん……）

ハッとして顔を上げる。

西園真琴が景子と同じ病院に勤務しているのは偶然であるはずがない。何か理由があるに決まっている。景子の身が危ない……律子はソファから立ち上がると大急ぎで着替えをする。部屋を飛び出し、エレベーターを待つ間に携帯で藤平に電話をかける。

「円さんから連絡は来た？」

「はい。たった今、話を聞いたところです、驚きましたねえ……」

「新宿の聖アウグスティヌス医科大学病院に来て。今すぐだよ！」

「え、それはどういう……？」

「つべこべ言わないで来なさい。わたしも、これから向かう」

「わかりました、すぐに……」

「あ、そうだ。ひとつ頼みがある」

そそくさと頼み事を伝えると携帯を切り、律子がエレベーターに乗り込む。

二三

町田景子は聖アウグスティヌス医科大学病院の救命救急センター、すなわち、ERに勤務している。

夜勤は深夜零時から、翌朝午前八時半までである。

深夜勤務だからといって日勤よりも暇ということはない。

近隣の病院の外来受付が終了する夕方からERは混み始め、二時間待ち、三時間待ちはざらだ。夜が更けるに従って、新宿という場所柄なのか、急性アルコール中毒で倒れた大学生や喧嘩で怪我をした酔っ払いなどが次々と運ばれてくる。

混雑する待合室で、受付を済ませた患者から景子と若村千鶴が聞き取りをしている。初診の場合、受付するときに患者が自分で問診票を記入することになっているが、問診票を見るだけでは患者の症状が軽いのか重いのか、緊急性を要するのかどうかという判断ができないので、看護師が直に患者から話を聞いて重傷患者を見逃さないようにしている。直感や経験がモノを言う作業だから、もっぱら、ベテラン看護師に任される仕事だが、若手看護師を育成するという意味で、ベテランと新人にペアを組ませて定期的に聞き取り作業をさせることがある。今夜がそうだった。

「終わった？」

「はい」

問診票が受付に二〇枚溜まると聞き取りを始めることになっているので、景子と千鶴が一〇枚ずつ分け合って患者から聞き取りを行った。

待合室から廊下に出ると、

「どうだった？」

景子が訊く。

「順番通りでいいと思います」

つまり、順番を飛ばして診察しなければならないほど緊急を要する患者はいないという意味だ。

「そうね……」

千鶴からクリップボードを受け取る。聞き取りした内容は問診票の余白に書き込まれている。それを一枚ずつ確認しながら、景子が待合室をざっと見渡す。自分が聞き取りをした患者だけでなく、千鶴が対応した患者にも気を配っていたが、確かに順番を飛ばす必要はなさそうに思われる。

「これでいいと思う」

「ありがとうございます」

景子からクリップボードを返してもらうと、

「何だか嫌な感じですね」

　待合室の奥に視線を走らせながら、千鶴が小声で訊く。そこに地味な色合いのくたびれたスーツを着た二人の男が坐っている。患者ではない。警視庁捜査一課の刑事たちだ。待合室にいるのは二人だが、他にも四人の刑事たちがどこかにいるはずだ。六人の刑事たちがやって来たのは三時間ほど前で、西園真琴が出勤してくるのを待っている。

「西園先生、何をしたんでしょうね？」

「何かの事件の参考人として話を聞きたいだけだというから、西園先生が何かしたわけじゃないんじゃないかな」

　準夜勤の看護師から仕事を引き継ぐとき、主任の小堀弓枝から聞いた説明だ。小堀弓枝自身、詳しい事情を知らない様子だった。

「ただの参考人として話を聞くだけなのに、刑事が六人も来るんですかね？」

「わからないけど……」

　千鶴の言うように、何か普通でないことが起こっているらしいことは景子も感じている。そもそも小堀弓枝が準夜勤から夜勤への引き継ぎ時間まで残業していること自体が普通ではなかった。よほど律子に電話して、これはよくあることなのかと訊きたかったが、詳しい事情もわからないのに話を大袈裟にするのもどうかと思って電話を控えた。

「西園先生、出勤してくるんですかね？　ちらりと小耳に挟んだんですけど、自宅にもいないらしいですよ。職場に来るくらいだから、警察だって、まずは自宅に行きますからね」

「今夜、出勤予定なの？　だって、日曜も当直だったでしょう」

「え？　日曜ですか。西園先生、日曜はお休みでしたよ」

「あら、そんなはずないわよ」

日曜日、西園真琴は景子と拓也に夕方まで付き合ってくれた。おかげで二人とも楽しい休日を過ごすことができた。そのお礼に夕食でもごちそうしたいと景子は誘ったが、当直だから病院に戻らなければならない、と真琴は断ったのだ。

景子が怪訝な顔をしているのが気になるのか、

「間違いですよ。主任に休出を頼まれて、遅番、遅番、日勤というパターンでしたから西園先生が当直なら必ず顔を合わせたはずです。わたし、会ってませんから」

と、千鶴がムキになって主張する。

「別に疑ってるわけじゃないわよ」

景子が苦笑いする。気になったのは、なぜ、当直だと嘘をついたのか、ということだ。

（ずっと、わたしと拓也に付き合って疲れちゃったのかな。夜まで付き合うのは嫌だから病院に戻るなんて嘘をついたのかも……）

そうだとしたら悪いことをしちゃったなあ……微かに胸が痛むのを感じながら景子は小さな溜息をつく。ポケットに振動を感じる。マナーモードに設定してある携帯が振動しているのだ。ちらりと液晶画面を見ると律子からだ。

「ちょっとごめん。これ、受付に戻しておいて」

自分のクリップボードを千鶴に渡すと、景子は非常階段の方に歩いて行く。患者のいる前で私用電話に出るわけにはいかないからだ。

「もしもし、律ちゃん？」

「景子さん！　今、どこにいるの？　無事なの」

「どこって……病院に決まってるでしょう。無事って、どういう意味？」

「安全なところにいる？」

「病院の中だから……」

「病院のどこ？」

「今は待合室の近くにいるけど」

「それなら周りに人がたくさんいるよね？」

「ええ、そうね。いったい、どうしたの？」

「お願いがあるんだ。わたしが着くまで絶対に一人にならないで。必ず周りに人がいる場所にいてほしい。できるだけたくさんの人がいるところ」

「律ちゃん、ここに来るの？」

「タクシーでそっちに向かってるところ。道路が空いてるから、あと二〇分くらいで着けると思う」

「もしかして……西園先生に関係のあることなの？」

「えっ！」

律子が携帯の向こうで大きな声を出す。

「まさか、そばに西園真琴がいるの？」

「ううん、いない。だけど、さっきから刑事さんたちが、西園先生の出勤を待ち構えているわ」

「刑事は何人いる？」

「六人だけど」

「それなら刑事のそばにいて！　安心だから」

「だって、仕事があるし……」

「あと二〇分だけ！　ううん、飛ばしてもらうから一五分でいいわ。お願いだから、わたしの言う通りにして」

「よくわからないけど……できるだけ、そうする」

二四

携帯をポケットにしまうと、

「すいません、もっと急いでもらえますか」

身を乗り出して、律子がタクシーの運転手に声をかける。ごま塩頭の中年男だ。

「これ以上、スピードを出したら警察に捕まりますよ。最近、厳しいですからね」

「大丈夫です。わたしが警察ですから」

律子は警察手帳を運転手に見せる。えっ、と運転手は驚きの声を発する。

「わかりました。急ぎます。信号無視もしていいんですか？」

「信号無視はやめましょう。事故でも起きたら困りますから。信号無視はしなくていいです」

タクシーが加速するのを感じながら、律子はシートに深くもたれる。

（六人か……）

ただの参考人として聴取するだけだとすれば、捜査一課の刑事が六人も出向くのは多すぎる。まだ西園真琴がベガだという証拠がないから参考人として任意同行を求めることしかできないが、心証としてはクロだから絶対に逃がさないように六人も出張っているのだと律子には想像がつく。

律子自身、同じ心証を抱いている。刑事としての勘が真琴が犯人だと教えてくれるのだ。

律子が感じているのは、それだけではない。

真琴が景子を狙っているという確信めいた予感も抱いている。景子と真琴が同じ病院に勤務しているのは決して偶然ではない。景子を狙って、真琴はひたひたとそばに忍び寄ってきたのだ。

わからないのは、なぜ、こんなに時間をかけて遠回りなやり方をするのかということだ。今までベガがそんなやり方をしたことはない。被害者を待ち伏せして、いきなり襲いかかって心臓を鋭利な刃物で一突きにするというのがベガの手口だ。

(動機は、あの女を捕まえればわかるわ)

何よりも優先しなければならないのは景子の安全を確保することだ。それさえ済めば、あとは西園真琴を見付け出せばいい。面も割れて、名前も住所も身内も、個人情報が何もかもわかっているとなれば、日本のどこにも逃げ場所はない。そんな相手を逃がしてしまうほど警視庁捜査一課は甘くない
……そう律子にはわかっている。

「運転手さん、あとどれくらいで着きますか?」

「五分ですね」

「五分か……」

律子がふーっと大きな溜息をつく。たった五分という時間をこれほど長く感じたことはない。

二五

タクシーが病院の玄関前に横付けされると、律子は、

「お釣りはいらない!」

千円札を何枚か差し出して、タクシーから飛び出す。ＥＲの待合室に向かって走る。

待合室は混み合っている。

だが、看護師の姿は見えない。診察を待つ患者ばかりだ。奥の方に仏頂面をした刑事が二人坐っているのが目に入る。

（芹沢……）

椅子に坐っているのは芹沢義次と新見学だ。

芹沢は腕組みして目を瞑っている。

ここに二人が坐り込んでいるということは、まだ西園真琴に接触できていないのだなとわかる。

（景子さんは、どこなの？）

律子はナースステーションの方に走る。

だが、景子はいない。

「すいません、町田さんはどこにいますか？」

「さあ……今さっき、ここにいたんですけど」

若い看護師が首を捻る。

律子は更に走る。

廊下の向こうで、医師と話している看護師がいる。律子の足音に気が付いて、医師が怪訝そうに顔を上げる。看護師も肩越しに振り返る。

（景子さん！）

声を出したつもりだが、喉が引き攣って声が出なかった。

律子を見て、景子が驚いたように目を見開く。

景子が言葉を発する前に、律子が景子に抱きつく。

「よかった。景子さん、無事だったんだね」

「律ちゃん……」

景子が何かを言おうとするが、律子の目が涙で潤んでいるのを見て言葉を飲み込んでしまう。


律子と景子はラウンジで向かい合った。

あまり人がおらず閑散としている。景子と同じような深夜勤務の職員が何人か休憩しているだけだ。

「どういうことなのか、きちんと説明して」

突然、職場に押しかけてきた律子の振る舞いに怒りと戸惑いを感じている様子だ。

律子は、じっと景子を見つめながら、

「説明してほしいのは、わたしの方だよ、景子さん」

「どういう意味？」

「天野正彦……前に話したよね？　轢き逃げ事故に遭って、クリスマスイブの夜に聖火会病院に搬送された人。以前、景子さんが勤めていた病院でのことだよ。その轢き逃げ事故に関わった人たちがベガの標的になっていることがわかったの。正確に言えば、事故に関わった人の家族が襲われている」

「本人じゃなくて家族が？」

「そう……。そのペンを借りていい？」

律子は景子が白衣の胸ポケットに差しているボールペンを指し示す。

「え、ええ」

景子がボールペンを渡すと、律子はテーブルに載っている紙ナプキンにゆっくりと、と書く。書き終わると、何の気なしに、そのボールペンを自分の胸ポケットに差してしまう。

「ベガが被害者の体に残したアルファベットを並べ替えると、こんな文章になるらしいの。『痛みを与えた』という意味だよ。つまり、自分が味わったのと同じ痛みを事故に関わった人たちにも味わわせてやるということらしいの。これは推測に過ぎないし、厳密に言えば、まだアルファベットは足りないんだけど、それで間違いないと、わたしも藤平も円さんも確信している。アルファベットが足りないのは、ベガの復讐が終わっていないからだと思う」

「痛みを与えた……」

「円さんが天野正彦の手術に加わった四人の看護師の名前を調べてくれたんだけど、その中に『矢代景子』という名前もあった。景子さんだよね？　どうして隠してたの？」

「ごめんなさい」

景子が視線を落としてうつむく。律子の顔をまともに見られないのであろう。

「景子さんを含めて、四人の看護師は今のところ無事だよ。円さんが捜査本部に連絡したから、今頃は警護がついてるはず。景子さんのことは、わたしが守る。もう病院にも刑事が六人もいるしね。事情を訊いたら、あいつらの力も借りる」

「あの刑事さんたち、わたしを警護するためにいるの？　参考人として西園先生に話を聞きたいだけだと主任から言われたけど」

「ベガは天野正彦の復讐をしているんだと思う。天野正彦には妹がいるの。両親が離婚して名字が変わってた」

「まさか……」

　景子の顔色が変わる。

「西園真琴は天野正彦の妹だよ。たぶん、あの女がベガだ。景子さんと同じ病院に勤務しているのは偶然じゃない。何か理由があると思う」

「そういうことなら他の三人は心配ないわ。狙われるとすれば、わたしよ。あの頃、聖火会病院では、赤字を解消するために合理化が進められたんだけど、その過程でいろいろな問題が起こって優秀な医師や看護師が次々に辞めていったの。慢性的な人手不足で、あまり経験のない医師や看護師だけが残っていた。わたしも若かったけど、他の看護師は、もっと若かったから、大して経験もないのに主任という立場にいたの。医療事故や治療ミスは日常茶飯事だったし、他の病院ではあり得ないようなことばかりだったわ。幸い、命に関わるような深刻な事故やミスではなかったから、患者さんやご家族にわからないように揉み消したのよ」

「ひどいね」

「うん、ひどかった。よく四年も勤めていたと思う。いずれ大きな事故か大きなミスが起こるだろうという予感はあった。だから、天野さんのことだって起こるべくして起こったことだと思う。小さな不運が重なって、取り返しのつかない結果を招いてしまった。搬送されたのが他の病院であれば、天野さんが自殺することはなかったんじゃないかと思う」

「何があったの？」

「この病院でもそうだけど、命に関わるような患者さんを優先して診察するし、そういう患者さんはベテランの先生が対応する。あの夜、聖火会病院のＥＲはものすごく混んでいたし、酔っぱらい同士が喧嘩をした揚げ句、刃物で相手を刺すなんていう事件も起きていて、てんてこ舞いだったわ。天野さんが運ばれてきたときも、轢き逃げ事故の被害者だし、どんな怪我をしているのかもわからなかったから最初はベテランの先生が対応したの。だけど、すぐに経験の浅いシニアレジデントに担当が代えられた」

「命に別状がなかったから？」

「そう」

景子がうなずく。

「重傷には違いなかったけど、命に別状はないと判断した。一番深刻な状態だったのは右腕だったけど、右腕の怪我がどんなにひどくても死ぬことはないから。そうは言っても、かなりひどい状態で、右腕を救うには優秀な外科医を招集して長い手術をする必要があった。天野さんが不運だったのは身元がわからなかったことよ。身分証明書も財布もなかったし、本人は意識不明だったから名前もわからなかった。天野さんが有名なピアニストだと知っていれば、そう簡単に下平先生が切断手術に踏み切ったかどうかわからない。たぶん、上司に相談するくらいのことはしたと思う。手術が間違っていたと言ってるわけじゃないのよ。腕を救うために手術をしたとしても、結果的には切断することになっていたかもしれない。それくらい難しそうな手術だったから。ただ切断するかどうか、もっと時間をかけて、上司や同僚の意見も聞いてから決めてもよかったんじゃないかという気がする。下平先生だけを責めているわけじゃないの。主任として下平先生に意見を言うべきだったと反省しているわ。あの夜、下平先生は機嫌が悪かった。本当は出勤予定じゃなかったのに、同僚の先生が過労で倒れたために急遽呼び出されたのよ。デートをキャンセルしたことで、ものすごく不機嫌だった。元々、下平先生のことはあまり好きじゃなかったし、あの夜は、わたしも憂鬱だったから、患者さんを第一に考えるという当たり前のことができなかった……」

　景子が重苦しい溜息をつく。

「手術は成功したけど、次の日になって天野さんの名前がわかると、病院は大騒ぎになった。右腕を切断する必要があったのか、何とか救うことはできなかったのか……病院長を中心に何度も話し合いが行われ、結局、いつものことだけど病院には何の非もない、切断手術は必要だったということになったの。下平先生もわたしも、手術に立ち会った者はかたく口止めされた。あの事件はマスコミにも大きく取り上げられて、精神的に追い詰められた天野さんは手術の七日後に自殺してしまった」

「その直後に景子さんも病院を辞めたんだよね？　事件がショックだったんでしょう？　どうして話してくれなかったの？　病院から口止めされていたからなの？」

「言えなかった。本当のことを言えば、律ちゃんに軽蔑されるとわかっていたから」

「そんなことないよ。景子さんが悪いわけじゃない。天野さんのことは……」

「そうじゃないの」

　景子が首を振る。

「あの頃、わたしもおかしくなっていた。だから、主任として、当然、言わなければならないことを下平先生に言うことができなかった。姑とも夫ともうまくいかなくて、家にいるのが嫌で、だから、クリスマスイブにも喜んで出勤した。うちにいるのは針の筵《むしろ》に坐っているみたいだったし……」

「ひどい奴らだよね」

「違うのよ、律ちゃん。悪いのは、わたしなの」

「どうして景子さんが悪いわけ？」

「それは……」

景子がごくりと生唾を飲み込む。

「わたしが拓也を虐待していたからよ」

「え？」

「拓也が生まれてから、育児ノイローゼになったの。精神のバランスが崩れて、わたしは拓也を虐待した。拓也を出産する前から姑とは折り合いが悪かったし、夫は見て見ぬ振りをして何も助けてくれなかった。だけど、それだけが理由で虐待したわけじゃない。たぶん、子供が生まれたら、わたしは虐待してしまうんだろうなと思っていたけど、本当にその通りになったというだけのこと」

「どういうこと？」

「わたしも子供の頃、同じ目に遭ったから。母から虐待されて育ったから……」

景子が手の甲で涙を拭う。

「絶対に母と同じことをしないと誓っていたけど、もしかすると同じことをしてしまうかもしれないと、ずっと怖れていた。それが現実になったの。そんな自分が嫌でたまらなくて、仕事を理由にして、なるべく家にいないようにしていた。拓也が可愛くないわけじゃない。大好きなのよ。だけど、拓也を叩いたり、抓《つね》ったりしてしまう。そんな自分が嫌で悩んでいた。そんなときに天野さんのことが起こったのよ。あの事件について触れるには、あの頃の自分の状態と向き合う必要がある。だから、律ちゃんには言えなかった……」

「景子さん……」

「天野さんが自殺して一ヶ月後に聖火会病院を退職して、三ヶ月後に警察病院に勤め始めた。夫から離婚を切り出されて家を出たのは、その直後よ。正直、ホッとしたわ。これで拓也を虐待することもなくなると思ったから」

「月に一度、拓也君と会ってるじゃない。普通の親子でしょう？　景子さんが拓也君を虐待してたなんて信じられないよ」

「面会日が来るのが怖い。また同じことをするかもしれないから……。できるだけ二人だけで会わないようにしてきたの。律ちゃんに無理を言って付き合ってもらったのは、それが理由よ」

「そんな……」

律子が呆然とする。

二人が黙り込んでしまったとき、

「ここにいたんですか」

小走りに藤平が近付いてくる。

遅くなってすいませんでした……と詫びながら額の汗を拭う。

「仕方ないよ。警視庁に寄ってもらったんだから。大丈夫だった？」

「はい。これでも警部ですから」

「階級だけなら、森繁係長と同じだもんね」

「淵神さんに預けておく方がいいですか？　ぼくが持っていても役に立たないでしょうし」

藤平がジャケットの前を開くと、ホルスターに差した拳銃が見える。マンションを出るときに、律子が藤平に頼んだのは、警視庁に寄って装備課から拳銃を持ち出すことだったのである。通常、所属する部署の上司の許可が必要だが、深夜なので、それは不可能だ。キャリアの藤平は森繁係長と同じ警部だから、緊急時には自分で申請書を作成して拳銃を借り出すことができる。

「今はいいよ。あんたの拳銃を、わたしが持っているのは、さすがにまずい。何かあったときに、あんたが責任を取らされるからね」

「そんなことは構いませんよ」

「この病院には一課の刑事が他にも六人いるんだから、いざというときには仕事をしてもらうよ」

「それでも構いませんが……。で、どういうことなんですか？　重要参考人がこの病院に勤務する女医であることはわかりましたが……」

「どうして、こんな夜中にわたしが大騒ぎしてるのかってこと？」

「はい」

「景子さん、この坊やは、わたしの相棒の藤平警部だよ。捜査経験の乏しい頼りない相棒だけど、頭はすごくいい。アルファベットの謎を解いたのも藤平だしね。円さんと藤平には隠し事をしたくないんだ。さっきの話、藤平にも聞かせていいかな？」

律子が景子に訊く。

「うん」

景子が小さな声で返事をする。

「この人は町田景子さんといって、わたしと一緒に暮らしてるの。天野正彦が聖火会病院に搬送されて右腕を切断する手術をしたとき、主任看護師として手術に加わった。手術には四人の看護師が加わったけど、ベガに狙われるとすれば自分じゃないか……そう景子さんは言うんだ。実際、西園真琴は、この病院に勤務しているわけだし……」

律子がざっと説明をする。

もちろん、景子が拓也を虐待していたことや、それが原因で離婚したことは伏せた。

藤平は真剣な面持ちで説明に聞き入ったが、律子の話が終わると、

「気になることがあるんですが……」

「何?」

「失礼ですが、淵神さんと暮らしているということは、町田さんは独身なんですよね?」

「そうだよ」

「ご家族はいらっしゃいますか?」

「父と母はもう亡くなっていますし、兄弟もいません。息子が一人いますが、四年前に離婚して、今は夫が育てています」

「どういうこと、藤平?」

「西園という女医がベガだとしたら、いったい、町田さんのそばで何をしていたんだろうと不思議なんです。町田さんが天野正彦の手術に立ち会ったのだとしたら、ベガに恨まれている可能性は強いと思います。でも、ベガは事件に関わった当事者に復讐するわけじゃありませんよね? 当事者の家族に復讐して、自分と同じ痛みを感じさせるというやり方をしています。そうだとすれば……」

「拓也君」

さーっと律子の顔から血の気が引く。景子も顔付きが変わっている。

「電話してみて」

「わかった」

景子が携帯を取り出して、矢代家に電話をかける。

「藤平、待合室に芹沢がいるから呼んできて。もうわたしたちの手には負えない。所轄に連絡して拓也君の保護を頼まないといけないから」

「わかりました」

藤平が小走りにラウンジを出て行く。

ようやく景子の電話が繋がる。

「夜遅くにすいません。景子です。拓也は無事ですか？　すいません。事情があるんです。あとからきちんと説明しますから……。拓也がちゃんと寝ていることを確かめてもらえませんか……」

景子は通話口を手で押さえながら、

「矢代よ。子供部屋に様子を見に行ってもらった」

「大丈夫だよ。心配しないで。すぐに所轄の警官を警護に向かわせるから」

律子が景子の手に自分の手を重ねる。

そのとき、景子が、

「え」

と大きな声を発して、ぶるぶる震え始める。

「いないって……いないって、どういうことですか？　なぜ、いないんですか？　よく捜して下さい……」

「どうしたの、景子さん？　まさか拓也君がいないっていうことなの？」

律子の携帯が鳴り始める。無視しようと思うが、もしや藤平や芹沢からの電話かもしれないと考え直して電話に出る。

「はい、淵神です」

「おまえたちを見ているぞ」

ザーッという耳障りなノイズに混じって、野太く低い男の声が聞こえる。

（こいつ……）

たとえ録音されても声紋を判別できないように自分の声を機械で変換しているのだなと律子はピン

とくる。

「あんた、誰？」

「矢代拓也を死なせたくなければ、今すぐ二人で地下二階の駐車場に降りろ」

「何だと？」

「時間がないぞ。そこに刑事たちがやって来たら、この話は終わりだ。矢代拓也を殺す。助けたければ急げ。町田景子に電話を切らせろ。矢代拓也は自宅にはいない。この病院の駐車場にいる。三〇秒以内に来なければ殺す」

電話が切れた。

律子が立ち上がる。電話が冗談などではないと判断したのだ。景子の携帯を奪い取ると通話を切る。

「景子さん、来て！」

「だって、拓也が……」

「拓也君を助けたければ急ぐの」

律子は景子の手首をつかんで立ち上がらせ、引きずるようにラウンジから連れ出す。

エレベーターホールに向かうが、エレベーターは上層階に停止している。待っている時間が惜しいので、非常階段を使うことにする。

「律ちゃん、どういうことなの？」

「拓也君は駐車場にいる。ベガにさらわれた」

「え」

「急がないと拓也君が殺される。走って！」

二人は息を切らして階段を駆け下りる。

駐車場の扉を押し開ける。

日中は地下一階と地下二階の駐車場を両方使っているが、外来診療の時間が終わると、地下二階には一般客の車両は立ち入ることができない。しんと静まり返っていて、人気《ひとけ》もないのは、そのせいだ。

(間に合った……)

肩で息をしながら、律子が周囲に鋭い視線を走らせる。心の中で数えていたから、三〇秒以内に地下二階に降りたのは間違いない。それで息が切れた。普段、あまり運動などしない景子は呼吸するのも苦しそうだ。

「律ちゃん、いったい、どういう……」

「しっ!」

律子が景子を黙らせる。

人の啜《すす》り泣きが聞こえるのだ。

その泣き声が近付いてくる。

柱の陰から、パジャマ姿の拓也の手を引いた黒ずくめの人間が現れる。啜り泣いていたのは拓也だ。

「拓也!」

「我慢して。下手に動くと何をされるかわからないから」

景子が駆け寄ろうとするのを律子が制する。

「あんたがベガだね?」

「……」

頭の先から爪先まで全身を真っ黒なジャンプスーツに包んでいる。すらりとした華奢な体つきだ。顔には透明な仮面を着けている。材質はアクリルか強化プラスチックだろう。透明と言っても、デスマスクのように有名人に似せて作られていて表面に凹凸があるので、光の屈折の関係で仮面を着けている本人の素顔はわからない。

「いや、ベガなんて呼ぶ必要はないよね。西園真琴なんだろう？　この期《ご》に及んで正体を隠す必要がある？　上には何人も刑事がいる。あんたが犯人だってばれてるんだよ。もう逃げられない」

「別に……」

仮面に手をかける。

「逃げようなんて思ってない」

「西園先生！」

仮面の下から現れた西園真琴の顔を見て、景子が悲鳴のような声を発する。

「医者になるほど賢い人間が、どうして復讐なんて馬鹿なことをするんだい？　有名なピアニストだったお兄さんが右腕を失って絶望したのはわかる。きっと自殺するほど辛かったんだろうね。お兄さんの自殺にあんたがショックを受けたのもわかる。だからといって人を殺していいはずがない。しかも、あんたが殺したのはお兄さんの事故とは何の関係もない人たちばかりじゃないか」

「兄は死んだ。もう何も感じないところに行ってしまった。だけど、わたしは生きている。生きているから痛みや悲しみを感じる。誰よりも尊敬していた兄が死んで、わたしも死にたくなった。生きているのが嫌になった。兄は轢き逃げ事故の被害者なのに、マスコミは面白おかしく書き立てて兄を追い込んだ。それって、おかしいよね？　なぜ、加害者よりも被害者の方が苦しまなければならないの？　罪を犯した連中は、被害者よりも、もっと苦しまなければならないはずでしょう？　兄を死に追いやる手伝いをした連中を殺すのは簡単だったけど、死んだら何も感じなくなる。だから、本人ではなく、あいつらが愛している者を奪ってやった」

「赤石富美子を殺したのは、息子が轢き逃げの犯人だから？」

「言うまでもないでしょう」

「下平幸司を殺したのは、なぜ？　息子の下平先生は、お兄さんを助けてくれたんだから感謝するのが当然でしょう。なぜ、恨んだりするの？」

「それは違う」

真琴が首を振る。

「あの馬鹿医者に当たり前の判断力があれば、自分一人で切断手術を決定したりしなかったはず。そうですよね、町田さん？」

「そ、それは……」

「わたしが、なぜ、外科医になろうとしたかわかりますか？　自分が外科医で、兄のような患者が運ばれてきたら、どう対応するだろうか……それを知りたかったからです。ERのシニアレジデントになってわかったことは、兄のような怪我をした患者が運ばれてきたら、たとえ深夜であろうと、それがイブの夜であろうと外科医を招集してチームを編成し、何とか右腕を救おうとするべきだということです。それが医者の義務ですよ、町田さん」

「あの病院と、この病院は違うんです」

景子が言う。

「病院が違っても、医者の義務に違いはありませんよ。医学を志したものであれば、どんな患者であろうと最善の処置を施すのが医者としての義務です。下平幸一は、その義務を怠ったから、罰を受けなければならなかったんです」

「じゃあ、作間巡査長は、どうなの？　轢き逃げされたお兄さんを救助したんだよ。何も悪いことなんかしてない。警察官としての務めを立派に果たしたじゃないか。それなのに、なぜ、息子の慎太郎君を殺す必要があるのよ」

　律子が言う。

「あの人は義務を果たしていない」

　真琴が首を振る。

「警察官としての義務をきちんと果たしていれば兄が右腕を失うことはなかった。兄の身元がわかっていれば、つまり、世間に名前の知られたピアニストだとわかっていれば下平幸一の対応は違っていたはずですよね、町田さん？」

「そ、それは……」

　景子がごくりと生唾を飲み込む。

「そうだとしても、あのときは天野さんの身元を知る術はなかったんです」

「違う。作間が北柴省三を逃がさなければ、そうはならなかった」

「どういう意味？」

　律子が首を捻る。

「簡単な話よ。北柴が兄の所持品をすべて盗んだっていうこと。財布だけじゃなく、免許証や名刺の入った定期入れまで盗んだ。小銭入れも。海外のコンクールで優勝したときに副賞としてもらった万年筆や両親からプレゼントされたカフスボタンやネクタイピンまでね。事故の唯一の目撃者、第一発見者という立場を利用して、瀕死の兄からせっせと金目のものを奪い取った。作間が駆けつけたとき、北柴のポケットは兄から盗んだもので膨れ上がっていたのよ。作間が勘のいい警察官なら、北柴の挙動不審に気が付いただろうし、たとえ鈍い警察官だとしても、ごく当たり前の行動を取っていれば北柴を逃がすようなことはしなかったはず。他の警察官が到着するまで北柴を見張っていれば、北柴の悪事はその場で露見しただろうし、そうすれば、兄の身元も判明して病院に連絡がいったはずなのよ。作間の無能さが兄の右腕を奪った」

「……」

律子も反論できない。真琴の言うように、北柴省三を事故現場から逃がしたのは作間慎介の失態だと認めざるを得ないからだ。

そこで、律子は、ハッとした。円や藤平も抱いた疑問を思い出したのだ。作間慎介は北柴省三の身元を確認しなかった。つまり、事故現場に北柴省三がいたことは誰にもわからないはずなのだ。それなのに、なぜ、真琴は知っているのか?

その疑問を口にすると、

「兄が自殺した後、兄のCDが爆発的に売れた。CDだけじゃないわ。追悼写真集まで出版されて、兄のサインが入ったコンサートのパンフレットには、びっくりするようなプレミアがついた。どこで見付けてきたのか、兄が使っていたという楽器や音楽学校時代の教科書までオークションで高値がついた」

「北柴さんもオークションに?」

「さすがに財布や免許証を出品する度胸はなかったみたいだけど、万年筆やカフスボタンは図々しく出品したのよ。かなりの金額で落札されたわ。事前にわかっていれば、何としてでも手に入れたかったけど、わたしが知ったのはオークションが終わった後だったから」

「宮前優子さんを殺したのは、ご主人がお兄さんの記事を書いたせいなんだよね?」

「そう。あのときは、ひどい記事がたくさん出たけど、特に、あの男の書いた記事はひどかった。病院にまで押しかけて、兄にインタビューしようとした。兄は何も答えなかったのに、勝手にインタビューを捏造《ねつぞう》して週刊誌に掲載した。兄を傷つけるようなひどい記事だった。被害者なのに、まるで兄が何か悪いことでもしたかのような、兄を貶《おとし》める悪意に満ちた記事だったわ」

「あんたは、どうして何でも知ってるの？　宮前さんが帰国したこともそうだし、北柴さんが盗んだものをオークションに出品したこと、お兄さんが搬送された病院での動き……どうやって調べたの？全部一人でやったの？　それとも共犯がいるの？」

「何でも知りたがるのね、淵神さん」

ふっと真琴が口許に笑みを浮かべる。

「オペレイター」

「え？」

「わたしは、そう呼んでいる。あなたも話したでしょう？」

「あ……」

ラウンジにいるときにかかってきた電話を律子は思い出した。ノイズと共に聞こえた低い声。あれが真琴の共犯者なのか……。

「そのオペレイターという奴が共犯者なのね？」

「ちょっと違う。わたしは情報をもらい、指示に従っただけ。もちろん、強制されたわけじゃない。わたし自身が望んでやったことよ。オペレイターは、その望みをかなえてくれただけ。さあ、そろそろ、おしゃべりを終わりにしないとね。時間稼ぎしようとしても無駄よ」

「もうひとつ教えて。どうして、この病院にいるの？　景子さんに何の恨みがあるの」

「それは町田さん自身がわかっているはず。町田さんが犯した罪の重さは、下平幸一のそれとほとんど変わらない。だから、同じ罰を受ける必要がある」

真琴が自分の背後に右手を回す。次の瞬間、右手に二本の鋭い刃物が握られている。

「スティレット……」

律子がつぶやく。縦に細長い十字架のような形をしており、長さは三〇センチほどだ。先端は鋭く尖っているが、側面は平坦なので、切る道具ではなく、あくまでも刺すための道具である。十字軍の時代にヨーロッパで使われるようになった武器で、鎧《よろい》を着た敵と戦うときに鎧の隙間から急所を突き刺したり、助かりようのない深手を負った味方に一瞬で止めを刺すときに使われた。

「さすが武器には詳しいわね。それなら、これが別名『ミセリコルデ』と呼ばれることも知っているでしょうね？」

「慈悲の剣……」

「死にきれずに苦しむ味方を楽にするために使われたから、そう呼ばれる。罪を犯した連中に罰を与えるために、その家族に死んでもらったけど、自分が罪を犯したわけでもないのに死に際に苦しませるのはかわいそうでしょう？　だから、できるだけ苦しまないように楽にしてやった」

「下平幸司には生きたままアルファベットを刻んだじゃない。苦しませたはずよ。きれいごとを言わないで！」

「それは仕方がない。何だかんだいっても、下平幸一が兄の腕を切断したんだから。最も重い罰を受けるのは当たり前でしょう？」

真琴は肩をすくめると、スティレットの一本を景子の足許に放り投げた。

「拾いなさい」

「え？」

「早く」

真琴が拓也の腕を軽くねじる。拓也の泣き声が激しくなる。

「やめて！」

景子も泣きながら、急いでスティレットを拾う。

「さっきの質問に答えてあげる。どうして、わたしが町田さんと同じ病院にいるのかということよ。わたしは兄を奪われた。それで苦しんだ。だから、最愛の人を奪って、罪を犯した連中に同じ苦しみを味わわせる。それは一人でいい。二人は必要ない。町田さん、あなたは誰を愛してるんですか？それがわからない。拓也君なの、それとも、淵神さん？」

「……」

「ずっと町田さんのそばにいたけど、拓也君と淵神さんのどちらをより強く愛しているか、わたしにはわからないんです。だから、町田さんが決めて下さい。拓也君と淵神さん、あなたの手でどちらかを選んでもらいます」

「わたしに何をしろと……」

景子が顔を引き攣らせる。

「簡単な話ですよ。拓也君を助けたいのなら、そのスティレットで淵神さんの心臓を刺せばいい。それができないのなら……」

真琴がスティレットの先端を拓也の首筋に当てる。

「わたしが拓也君を殺します」

「……」

景子の顔から血の気が引いていく。

「淵神さんを殺せば拓也君は助かる。何もしなければ拓也君は死ぬ。町田さんが本当に愛しているのはどちらなのかすぐにわかります。これから二〇数えますから決断して下さい。町田さんが何もしなければ、二〇秒後に拓也君は死にます。これが脅しでないことは淵神さんにはわかるはずです。淵神さん、一か八かで何かしようなんて考えないで下さいよ。あなたがわたしを手にかける前に拓也君は死にますからね。相手が子供だからといって、わたしはためらったりしませんから。さあ、町田さん、始めましょうか。一、二……」

「待って！　そんなこと、できるはずがない」

「五、六、七……」

「そんなことをする必要はない。わたしを殺せばいいでしょう。それとも、自殺すればいいの？」

景子がスティレットを逆手に持って、自分の腹に刺そうとする。

「何をするの、景子さん！」

律子が必死に止める。

「町田さんに死んでもらっては困ります。生きて、苦しんでもらうんですからね。自殺なんかしたら拓也君も淵神さんも殺します」

「そ、そんな……」

「八、九、一〇……」

「景子さん、ためらってる暇はない。あいつは本気で拓也君を殺すつもりだよ。わたしを刺して！」

「できない。できるはずがないでしょう、そんなこと……」

「一三、一四……」

「拓也君を助けるの！」

律子は景子の手を握ると、スティレットを自分の胸に向けさせ、ぐいっと前に踏み出す。体重をかけると、スティレットがすーっと律子の左胸に吸い込まれる。

「何をするの！」

景子がスティレットを握ったまま後退りする。切っ先から血が滴り落ちる。

律子が床に片膝をつく。右手で胸を押さえるが、指の間からどくどくと真っ赤な血が溢れ出る。

「う……」

小さな呻き声を発し、表情を歪ませて、律子が横向けにコンクリートに倒れる。

「律ちゃん……」

崩れるように景子が床に両膝をつく。

「町田さん、止めを刺しなさい。ミセリコルデ……慈悲を与えるのよ。もう一度、心臓を刺すか、あるいは、頸動脈を切ればいい。痛みを感じることなく淵神さんは死ぬ」

「できない……そんなことできない。律ちゃんを殺すなんてできるはずがない……」

景子の手からスティレットが落ちる。コンクリートにぶつかって金属音が人気のない駐車場に響く。

景子は律子の手に自分の手を重ねて、ぐいっと強く押さえる。看護師としての本能が咄嗟に止血処置をさせたのだ。景子の手もすぐに律子の血で真っ赤になる。微かな振動が景子の手に伝わってくる。

律子が震えているのだ。ショック症状を起こしそうになっていると景子にはわかる。

「そのまま放っておけば出血多量で死ぬことになる。だけど、それを待つことはできない。わたしが姿を消せば、淵神さんを助けるために町田さんが応急処置をするだろうし、もうすぐ刑事たちもやって来るだろうから」

真琴が拓也を突き飛ばす。拓也は足をもつれさせて、尻餅をつく。激しく泣きじゃくる。

だが、景子は律子のそばを離れない。止血しないと律子が死んでしまうからだ。

「ここで淵神さんは死ぬ。町田さん、わたしが味わったのと同じ苦しみをあなたにも味わってもらいますよ」

真琴が近付いてくる。右手にはスティレットが握られている。

「やめて！　律ちゃんを殺さないで。復讐したいのなら、わたしを殺して！」

「そうはいかない」

真琴が景子と律子を見下ろす。

「今まで同じ人間にふたつのアルファベットを刻んだことはないけど仕方がないわね。左頬に『I』があるから、今度は右頬に『N』を刻みましょう」

真琴が律子の髪を左手でわしづかみにして持ち上げ、スティレットの切っ先を律子の右頬に押し当てる。

そのとき、駐車場のドアが開いた。

ガチャッという音が響く。

藤平が現れる。

「え」

驚きの声を発し、一瞬、固まってしまう。

真琴が藤平に視線を向ける。

死んだように横たわっていた律子がカッと目を見開く。胸ポケットに差していたボールペンをつかむと、真琴の左ふくらはぎに思い切り突き刺す。

あっ、と叫んで真琴がよろめく。ボールペンはふくらはぎに刺さったままだ。

「藤平、撃て！」

律子が叫ぶと、藤平は、ハッと我に返り、大慌てで胸のホルスターから拳銃を引き抜く。両手で拳銃を構え、真琴を狙う。

「止まれ！　手を上げろ！」

警告を発する。

「いいから撃て！」

もう一度、律子が叫ぶ。

「はい！」

藤平が引き金を引こうとするが、安全装置を外していないので発射できない。

「バカ！」

景子が落としたスティレットを握ると、律子は床を転がって真琴に接近する。真琴の足を刺そうとするが、真琴がひらりと身をかわす。律子が方向を転じようとするが、その前に真琴のスティレットが律子に向かってくる。

ダーンッ、という拳銃の発射音が響く。

真琴の左腕から血が飛び散る。藤平の銃弾がかすったのだ。

続けざまにもう一発、銃声が響く。

今度は右胸に命中した。

真琴はよろめきながらも律子に襲いかかる。

二人が転がったまま揉み合う。

やがて、二人とも動かなくなってしまう。

「淵神さん！」

藤平が駆け寄る。

真琴の体の下で律子が目を瞑っている。顔が血まみれだ。

「あ……」

律子が死んだと思い、藤平の目から涙がぽろぽろこぼれる。

と、いきなり、律子が目を開ける。

「下手くそ」

「え？」

「重いから、この女をどけて」

律子が言うと、藤平が真琴の体を横にどかせる。律子が握っていたスティレットが真琴の心臓に突き刺さっている。

エピローグ

律子がじっと病室の天井を見つめている。

ベッドの傍らには円と藤平がいる。重傷を負った律子の見舞いに来ているにもかかわらず、何となく二人の声が弾んでいるのは自分たちの手でベガ事件を解決に導くことができたという自負があるせいだろう。

「板東さんや片桐さんもお見舞いに来たがったんですが、大勢で来るのもどうかと思って……。たぶん、近々、お見舞いに来るはずです。森繁係長も一緒に」

「広報課の人間も来るだろうな。マスコミからの問い合わせがすごいらしくてね。広報課でも対応に苦慮しているらしい」

円が言う。

「淵神さん、今や時の人ですからね」

「冗談じゃないよ」

藤平の言葉にムッとしたように律子が眉を顰める。

「背後関係はどうなってるんですか？」

「まだ捜査本部は解散してないからね。西園真琴について、更に詳しい身辺調査が為されているようだが……今のところ、共犯者の存在は明らかになっていないようだね」

「ベガは……いや、西園真琴はオペレイターという協力者がいたことをはっきり口にしたんですよ。わたしも電話で話しました。だから、地下に降りたんですから」

「その言葉を疑うわけじゃない。今の段階では何もわかっていないというだけでね」

「……」

律子が口を尖らせてそっぽを向く。

藤平と円が視線を交わし、

「また来るよ」

と腰を上げる。

二人が病室を出て行く気配がするが、律子は、そっぽを向いたままだ。

しばらくすると、

「三食昼寝付きの有給休暇か。いい身分だよな」

「何しに来たの？」

顔を見なくても、それが誰なのかわかる。芹沢だ。

「見舞いに来たなんて、きれい事を言うつもりはない。ひょっとして症状が悪化して死んでるんじゃないかと期待した」

「さすがだね。わざわざ嫌味を言いに来るなんて。おかげで気分が悪くなったよ」

「おまえは命を粗末にしてるよな。死にたくて仕方がないっていう感じだ。マジでむかつくぜ。そんなに死にたけりゃあ、さっさと死ねばいい。ところが、本人は一向に死なない。周りに迷惑をかけているだけだ」

「帰ってよ。加齢臭と汗の臭いで吐きそうだ」

「昔の自分を見てる気がするよ」

「……」

「若気の至り……そう言えば聞こえはいいが、そんな言葉じゃ許されないことだってある。現におれが格好つけたばかりに、教育係だった円さんは片方の目を失い、左足が不自由になった。二〇年も前の話だが、だからって許されるわけじゃないよな。時間が経ったからといっても、それで円さんの目が見えるようになったわけじゃないし、不自由なく歩けるようになったわけでもない。何も変わってないんだからな」

「どういうこと?」

律子が芹沢に顔を向ける。

「だが、少なくとも、おれもそのことから教訓を得た。スタンドプレーをすれば周りに迷惑がかかる。仲間を危険にさらすことになる。だから、おれは教訓を肝に銘じた。同じ過ちを二度と繰り返さなかった。おまえは違う。何も学ぼうとしない。同じ過ちを繰り返して、次から次へと相棒を危険にさらしている。だから、おまえが許せねえ。おまえなんか警察にいるべきじゃないし、他人を死なせるくらいならおまえがさっさと死ねばいい。おれは、そう思ってる」

「……」

「ベガを捕まえて、さぞ鼻が高いんだろうな。カニは、おまえのことが大嫌いなくせに、おまえがマスコミに持ち上げられて、上層部が誉めるもんだから、おまえを大部屋に戻すことに賛成してるよ。ふざけるなって感じだよな。おまえはまたスタンドプレーをした。あの病院には、おれを含めて六人の刑事がいた。それなのに自分一人で手柄を立てようとした」

「それは違う」

「言い訳するな。結果としては、そういうことじゃねえか。おまえは自分の手柄のために町田景子と矢代拓也を危険にさらした。時間がなかったなんて下手な言い訳をするんじゃねえぞ。藤平宛に電話をかければ、たとえ会話する時間がなかったとしても、何かおかしいと察して、もっと早くおれたちが駐車場に行ったはずだ」

「何を言っても無駄ですよね」

「ああ、無駄だ。大部屋に戻ってくるのなら覚悟しておけ。何としても、おまえを叩き潰してやる」

芹沢は花束をベッドに放り投げると、病室から出て行った。菊の花束だった。

（ここまでやるか。嫌な奴……）

律子が天井を見上げながら溜息をつく。

手柄を立てたかったわけじゃない。それは確かだ。しかし、命を粗末にしている、そのせいで周りの者たちや相棒に迷惑をかけている、と指摘されれば、すぐには反論できなかった。

事件を解決して、本当なら晴れ晴れとした気分ですっきりするはずなのに、まったくそんな気分ではなかった。

携帯が鳴った。

本来であれば病室に携帯を持ち込むことは許されていないが、個室ということもあって特別に許可されている。警視庁から緊急の連絡が入ることも考えられるからだ。

「淵神です」

その瞬間、ザーッというノイズが聞こえてきて、律子の体は緊張感で硬直した。

「西園真琴は使命を果たした」

機械的な声が聞こえる。

「君が死ぬはずだったが、その代わりに西園真琴が死んだ。自分の命を差し出すことで、彼女は任務を完了した」

「任務って何？　あんたがオペレイターなの」

「世の中は公平でなければならない。それ故、正義が為される必要がある。人の命を奪った者は、その罪を贖《あがな》わなければならない」

「あんたの狙いは何なの？」

「淵神律子、君も多くの罪を犯している。警察官だからといって罪が赦されるわけではない。町田景子も同じだ。西園真琴が死んだからといって、彼女の罪が消えたわけではない。君たち二人には罪を償ってもらう」

「何をするつもりなの？」

「入院中の君を殺すことは簡単だが、それは心配しなくていい。ゲームはフェアでなければならない。君の傷が回復したらゲームを始めよう」

「ゲーム？」

「そうだ、ゲームだよ。人生など所詮、ゲームじゃないか。違うか？」

電話が切れた。

「……」

律子は携帯電話をじっと見つめる。

くそっ、と吐き捨てると携帯電話を放り投げる。

ベッドに仰向けに寝る。

「飲みたいな……」

無性に酒が飲みたい。

飲みたくてたまらなかった。

この作品は「ポンツーン」（平成二十五年六月号〜平成二十六年七月号）の連載に加筆・修正したものです。

〈著者紹介〉
富樫倫太郎　1961年北海道生まれ。1998年第4回歴史群像大賞を受賞した『修羅の跫』（後に『地獄の佳き日』と改題）でデビュー。著作に『早雲の軍配者』『信玄の軍配者』『謙信の軍配者』『信長の二十四時間』、「SRO」シリーズ、『ファイヤーボール　生活安全課0係』などがある。

スカーフェイス
警視庁特別捜査第三係・淵神律子
2014年10月25日　第1刷発行

著　者　富樫倫太郎
発行者　見城 徹

発行所　株式会社 幻冬舎
〒151-0051 東京都渋谷区千駄ヶ谷4-9-7

電話：03（5411）6211（編集）
03（5411）6222（営業）
振替：00120-8-767643
印刷・製本所：図書印刷株式会社

検印廃止

Printed in Japan
ISBN978-4-344-02660-5 C0093
幻冬舎ホームページアドレス　http://www.gentosha.co.jp/

この本に関するご意見・ご感想をメールでお寄せいただく場合は、
comment@gentosha.co.jpまで。